Susanne Hanika
Und führe uns nicht in Versuchung

PIPER

Zu diesem Buch

Arglos radelt die Jungjournalistin Lisa Wild durch den Wald und sinniert über ihren neuesten Zeitungsartikel, als sie ein Handy klingeln hört. Und neugierig, wie sie ist, kann sie es nicht einfach so liegen lassen. Doch der Besitzer ist nicht weit – nur wenige Zentimeter vom Telefon entfernt sieht Lisa eine wächserne Hand liegen, die aber ganz sicher kein Handy mehr bedienen kann. Als Lisa schließlich abnimmt, meldet sich am anderen Ende eine nur allzu bekannte Stimme: die ihres Freundes Max, der als Kriminalkommissar eher vergeblich versucht, Lisa aus seinen Fällen herauszuhalten. Und während Lisa Hals über Kopf den Tatort verlässt, um bloß nichts mit dem Ganzen zu tun zu haben, stolpert sie über zwei unbestrumpfte Frauenbeine …

Susanne Hanika, geboren 1969 in Regensburg, lebt noch heute mit ihrem Mann und ihren vier Kindern in ihrer Heimatstadt. Nach dem Studium von Biologie und Chemie promovierte sie in der Verhaltensphysiologie und arbeitete als Wissenschaftlerin im Zoologischen Institut der Universität Regensburg. Nach »In Ewigkeit, Amen« und »Und bitte für uns Sünder« ist »Und führe uns nicht in Versuchung« ihr dritter Kriminalroman mit der Ermittlerin Lisa Wild.

Susanne Hanika

Und führe uns nicht in Versuchung

Kriminalroman

Piper München Zürich

Mehr über unsere Autoren und Bücher:
www.piper.de

Von Susanne Hanika liegen bei Piper vor:
In Ewigkeit, Amen
Und bitte für uns Sünder
Und führe uns nicht in Versuchung

MIX
Papier aus verantwortungsvollen Quellen
FSC® C014496
FSC
www.fsc.org

Originalausgabe
Januar 2013

Umschlaggestaltung und -motiv: Hauptmann und Kompanie Werbeagentur, Zürich
Satz: Satz für Satz. Barbara Reischmann, Leutkirch
Gesetzt aus der Sabon
Papier: Munken Print von Arctic Paper Munkedals AB, Schweden
Druck und Bindung: GGP Media GmbH, Pößneck
Printed in Germany ISBN 978-3-492-30072-8

Für meine Eltern

Kapitel 1

Früher hatte ich gar keine Hobbys. Das war zu der Zeit, als Anneliese Duftradiergummis zu sammeln begann. Und Klebebilder aus Duplos, mit Fußballern von Bayern München beispielsweise, das war echt was wert. Bei Anneliese entwickelte sich diese Sammeltradition kontinuierlich weiter. Nach einer Weile waren Duftradiergummis total out und plötzlich nur noch Tees von Interesse. Natürlich meist aromatisierte – ihr größter Favorit war ein Schwarztee mit Mangogeschmack. Ich kannte damals überhaupt keine Mangos. Und Schwarztee mit Mangogeschmack fand ich ziemlich widerlich. Aber ich traute mich nichts dagegen zu sagen, weil ich ja überhaupt kein Hobby hatte. Da konnte ich schlecht über Mangos lästern.

Bei uns zu Hause wurde nichts gesammelt, sondern nur aufgehoben. Deshalb habe ich mit meinem Hobby auch erst angefangen, als ich schon längst erwachsen war. Wobei nicht ich mein Hobby gefunden habe, sondern mein Hobby mich und ich im Grunde auch gut und gerne darauf hätte verzichten können. Denn wenn ich etwas noch widerlicher fand als Mangos, dann waren es Leichen. Leichenfinden ist jetzt nicht das klassische Hobby, mag man einwenden, und das ist auch durchaus richtig, denn es ist nichts, worüber man abendelang sprechen möchte. Aber gegen bestimmte Entwicklungen im Leben kann man einfach nichts unternehmen.

Nicht ahnend, was mir noch alles passieren sollte, fand ich den Tag ganz gut, auch wenn das Wetter nicht so sonnig wie angekündigt war, sondern ziemlich schwül. Ganz weit im Westen türmten sich bereits Gewitterwolken auf. Normalerweise wäre ich bei diesem Wetter niemals auf mein Rad gestiegen. Um genau zu sein, stieg ich grundsätzlich ungern auf mein Rad. Denn bei uns war es nicht so wie in der Stadt. In der Stadt fuhren ganz viele Leute mit dem Fahrrad, es gab Radwege und Fahrradhelme. Und Autofahrer, die anhielten, wenn ein Radfahrer ihren Weg kreuzte.

Aber hier auf dem Land, da gab es nur Leute, die viel zu schnell Auto fuhren, Radfahrer frech anhupten und ihnen den Vogel zeigten, wenn sie sich nicht gleich in den Straßengraben warfen, um den motorisierten Verkehrsteilnehmern auszuweichen. Und mit Radlhelm schämte man sich hier zu Tode. Der Einzige, der bei uns einen Radlhelm trug, war der Meilinger. Aber den nahm hier sowieso keiner für voll, weil er nämlich sowohl evangelisch war als auch die SPD wählte. Da machte der Radlhelm das Kraut auch nicht mehr fett, wie meine Großmutter zu sagen pflegte.

Aber ausgerechnet heute stand mein Auto mit tropfenden Bremsleitungen beim Luke. Und weil der wieder sonst was machte, nur nicht mein Auto reparierte, musste ich mich der Bedrohung des Radfahrens aussetzen. Noch schlimmer war, dass ich eine äußerst faule Natur bin und eine Abkürzung genommen hatte, eine äußerst gefährliche Strecke durch den Wald, entlang derer – meiner Großmutter zufolge – hinter jedem Baum ein potenzieller Vergewaltiger saß. Bis jetzt hatte sich noch keiner hervorgetraut, aber wer wusste schon, wie lange diese trügerische Ruhe noch anhielt.

Die Überlegung, was mich in der Redaktion erwartete, brachte mich auf andere Gedanken. Seit Neuestem war ich nämlich von der Volontärin zur richtigen Journalistin aufgestiegen und bekam auch richtige Aufträge. Gerade gestern hatte ich den ersten bekommen, der nichts mit unserem Dorf zu tun hatte. Das war praktisch der Ritterschlag und dazu gleich etwas, das man als Auslandsauftrag gelten lassen konnte. Denn es ging um die Chancen und Risiken von Facebook und Co., und bei dem Thema stellte sich die Informationssituation im Dorf recht mager dar. Das bedeutete blöderweise auch, dass ich dazu nicht wie gewohnt Großmutter oder den Schmalzlwirt befragen konnte, die keine Ahnung von Social Media hatten, aber vielleicht konnte ich dann auf das zurückgreifen, was mich mein Kollege Kare in den letzten Jahren gelehrt hatte, nämlich großzügig Wissen von Wikipedia in mein Geschreibsel zu kopieren.

Als es wieder ein wenig bergab ging, genoss ich trotz der Nähe zu den potenziellen Vergewaltigern die Fahrt. Die lästigen Bremsen wurden fortgeblasen, der Fahrtwind kühlte die schwitzige Haut. Und dann roch es so gut. Nichts geht über den Geruch von Kiefernnadeln in einem warmen Wald, das ist einfach unbeschreiblich. Anneliese würde mir nicht glauben und anmerken, dass sie lieber kiefernnadelaromatisierten Tee trank. Weil Anneliese auch in den nächsten einhundertfünfzig Jahren nicht den Unterschied zwischen kiefernnadelaromatisiert und dem echten, einzigen Kiefernnadelduft verstehen würde. Ich will sogar behaupten, dass man durch original Kiefernnadelduft irrsinnig viele Endorphine ausschüttet.

Die folgenden Erlebnisse kann ich auch nur darauf zurückführen, dass ich durch diesen Kiefernnadelduft derart euphorisiert war, dass ich überhaupt nicht mehr mitdachte. Denn mitten während meiner rasanten und holprigen Fahrt über die ganzen Kiefernwurzeln klingelte plötzlich ein Handy. Ich machte sofort eine Vollbremsung, obwohl ich genau wusste, dass es nicht mein eigenes Handy war. Ich hätte mir nämlich niemals bei jedem Anruf Mozarts »Alla turca« vordudeln lassen. Das Handy klingelte genau aus der Richtung, wo der kleine Fußweg abzweigte. Und es klingelte so penetrant weiter, als wäre der Besitzer nicht in seiner Nähe.

Da hat doch jemand das Handy verloren, dachte ich mir stillvergnügt. Ich legte mein Fahrrad neben den Weg und stapfte den kleinen Pfad entlang in den Wald hinein. Nichts macht mehr Spaß, als das Zeug von anderen Leuten zu finden. Das war ähnlich euphorisierend wie Kiefernnadelduft oder ein so richtig fetter Döner.

Meine Großmutter hatte mir zwar schon immer eingeschärft, dass all diese schrecklichen Teile, die nur von elektrischen Wellen leben, schädlich sind. Nicht nur schädlich, sondern richtig schlecht und bedrohlich. Ich hatte ihr nie geglaubt. Dann hatte ich mir einen Fernseher gekauft, der jeden Tag ein so schlechtes Programm sendete, dass es wirklich bedrohlich war. Und ein Netbook, das mir immer wieder so viel Text fraß und vernichtete, dass einem schlecht werden konnte. Manchmal sollte man sich wirklich an dem orientieren, was ältere Leute zu einem sagen. Sie haben Lebenserfahrung und Weisheit, auch wenn sie verrückt sind, komplett veraltete Dinge von sich geben und ständig vergessen, den Herd auszuschalten. Hin und wieder steckt trotzdem ein Körnchen Wahrheit darin.

Das fremde Handy dudelte noch immer seinen »Alla-turca«-Marsch vor sich hin. Wäre Großmutter bei mir gewesen, hätte sie bestimmt gesagt, lass es klingeln. Aber beseelt von dem Wunsch, verlorene Handys zu finden, ging ich weiter den Weg entlang, bis ich es direkt neben mir klingeln hörte. Ha, dachte ich begeistert, als ich auf Anhieb das Teil sah, wie es blinkend im hohen Gras lag. Es hörte genau in dem Moment auf zu klingeln, als ich mich danach bückte. Das Display zeigte einen Anruf in Abwesenheit an. Wahrscheinlich von seinem eigenen Besitzer, mutmaßte ich, als ich es in die Hand nahm. Der radelte jetzt bestimmt durch die Gegend und rief sich ständig selbst an. Diese Vorstellung fand ich unglaublich komisch, ich musste ein ziemlich blödes Grinsen im Gesicht haben, so sehr amüsierte ich mich.

Im selben Moment sah ich, dass der vermutliche Besitzer gar nicht so weit weg war. Zumindest lag eine wächserne Hand keine zehn Zentimeter vom Handy entfernt im Gras.

Ich hatte noch immer ein blödes Grinsen im Gesicht.

Ich hatte mir im letzten Jahr viel vorgenommen. Eines der wichtigsten Dinge war, dass ich in meinem ganzen Leben keine Leiche mehr finden wollte. Wenn ich eine fand, dann wollte ich mich nicht übergeben. Falls doch, dann wenigstens so weit entfernt, dass keiner auf die Idee kam zu untersuchen, ob die Kotze von mir stammte.

Auf einen Schlag waren alle drei guten Vorsätze beim Teufel. Denn ich konnte nicht so schnell weglaufen, wie ich gehofft hatte. Mit zusammengekniffenen Augen würgte ich meine letzte Mahlzeit – eine Leberkässemmel – hervor und torkelte noch ein paar Meter, bis mir die Füße den Dienst versagten. Ich versuchte am Boden sitzend so etwas wie Kopf-zwischen-die-Beine-Stecken zu produzieren, was bestimmt sehr seltsam aussah.

Das Vierte, das ich mir vorgenommen hatte, war, niemals wieder die Polizei von meinem Leichenfund zu informieren. Diesmal standen die Chancen echt gut, dass ich davonkam, bevor mich jemand mit der Leiche in Verbindung bringen konnte.

Gut. Das war etwas naiv. Bestimmt würden die Rosenkranztanten zusammenstehen und tuscheln. Und zu dem Schluss kommen, wer schon drei Leichen gefunden hat, der findet auch eine vierte. Wohl wahr, kann ich dazu nur sagen. Aber weit und breit war keine Rosenkranztante zu sehen. Großmutter war zu Hause. Und der Schmalzlwirt stand bestimmt in seinem Wirtshaus.

Ich rappelte mich wieder auf. Obwohl ich Sternchen vor den Augen tanzen sah, ging ich stur weiter. Es waren auch keine richtigen Sternchen, beruhigte ich mich selbst. Mehr so bunte Lichtpunkte, die kometenartig durch mein Gesichtsfeld schwirrten.

Dann klingelte erneut das Handy.

Was darauf folgte, war der endgültige Beweis, dass meine Großmutter über bedeutend mehr Lebenserfahrung verfügte als ich und ich mir angewöhnen sollte, mich an ihre Ratschläge zu halten. Und dass Handys tatsächlich ein Werkzeug der CIA sind, um die psychische Gesundheit der deutschen Bürger so weit zu untergraben, dass diese, verwirrt von dem ganzen elektrischen Zeugs, nur noch ferngesteuert durchs Leben torkeln. Und Unsinn machen.

Denn wieso sollte sich eine sonst ganz normale Lisa Wild

von einer blechernen Melodie zwingen lassen, auf einen grünen Knopf zu drücken und Ja zu sagen?

Am anderen Ende war einen Moment Schweigen. In meinen Ohren surrte plötzlich das, was der Beginn einer gewaltigen Gotteseingebung hätte sein können. Das passiert mir häufiger. Dass es plötzlich in meinem Ohr surrt, rauscht und klingelt. Wenn es bei Großmutter im Ohr surrte, dann bekam sie eine Gotteseingebung, ich war dazu noch nicht versiert genug.

»Das ist nicht mein Handy«, dachte ich sehr weise, hatte es aber noch immer am Ohr, was eine unglaublich gruselige Lebenserfahrung war. Das Handy eines Toten am Ohr, das war der beste Einstieg für einen Horrorschocker. Und wer hatte es in der Hand? Ich, Lisa Wild, die weder Leichen finden noch Besitztümer von Leichen in der Hand halten wollte. Meine Ohrgeräusche steigerten sich zu einem gewaltigen Hörerlebnis.

Ich quietschte so erschrocken auf, als hätte ich noch eine Leiche gefunden.

Nach einer Schrecksekunde sagte am anderen Ende der Leitung schließlich eine bekannte Stimme: »Lisa? Bist du das?«

Ich ließ das Handy einfach fallen. Irgendwie schaffte ich es wieder nicht, meinen Brechreiz zu unterdrücken.

Das Telefon redete unter dem Busch hektisch und unverständlich weiter, während ich mich erleichterte und beschloss, es einfach liegen zu lassen. Ich starrte vornübergebeugt auf den unansehnlichen Mageninhalt und versuchte, an eine Ausrede zu denken. Natürlich hatte ich niemals ein Leichenhandy in der Hand gehabt. Wer machte denn so etwas. Ich würde natürlich niemals an ein fremdes Handy gehen. Und zudem nicht quietschen.

Im nächsten Moment surrte mein eigenes Telefon in der Tasche. Ich beschloss, es zu ignorieren, denn ich wusste genau, wer dran war. Wenn nämlich etwas Größeres im Ort passierte, wenn zum Beispiel tote Mesner oder Organisten gefunden wurden oder Knochen in Kistln, dann holte man den Kriminalhauptkommissar Max Sander. Gegen den hatte ich eigentlich gar nichts, im Gegenteil. Max Sander ist nämlich der Mann, der mir anhängt, um es mit biblischen Worten auszudrücken. Und normalerweise sind wir wirklich ein Herz und eine Seele, ausgenommen in den Phasen in unserem Leben, in denen ich eine Leiche gefunden habe. Und diese Phasen kamen leider überproportional häufig in unserer Beziehung vor.

Schon nach dem ersten Leichenfund hatte ich mir eine Überlebensstrategie ausgedacht, die ich für unschlagbar hielt: einfach weitergehen. So tun, als hätte ich nichts gesehen. Diese Idee war mir immer sehr klar und schlüssig vorgekommen. Aber das zweite Mal hatte dummerweise Großmutter die Leiche gefunden, die von meiner Strategie keine Ahnung hatte. Beim dritten Mal war uns die Rosl in die Quere gekommen. Und jetzt Max. Der Depp, der.

»Ja«, sagte ich schließlich ins Telefon.

»Stehst du neben einer Leiche?«, sagte Max mehr als Feststellung denn als Frage und ohne mich vorher zu begrüßen. Dass mich mein Freund am Quietschen erkannte, war eine reife Leistung. Aber ich wollte es ihm nicht zu leicht machen.

»Nein«, antwortete ich, denn immerhin stand ich auch nicht direkt daneben. Ich hatte einen Schweißausbruch und spürte ganz deutlich, dass ich drauf und dran war, entweder Brechdurchfall zu bekommen oder eine ganz schlimme Nebenhöhlenvereiterung. Wenn man gerne und häufig Leichen findet, sollte man wenigstens keinen Kriminaler als Freund haben.

»Hast du heute schon einmal neben einer Leiche gestanden?«, fragte Max, und auch das klang nicht nach einer Frage.

Das war ganz schlecht gelaufen, und natürlich war es meine Schuld. Allein, dass ich das Leichenhandy in die Hand genommen hatte, so im Schock, war unglaublich. Dass ich das Gespräch auch noch angenommen hatte, war bereits unverzeihlich. Und dass ich schließlich mein eigenes Handy nicht ausgeschaltet hatte, war dermaßen der Gipfel der Blödheit, dass es mich selbst im Nachhinein noch fassungslos zurückließ. Zu meiner Liste, was ich bei meinem nächsten Leichenfund machen würde und was nicht, hatte ich gleich mehrere Punkte hinzuzufügen.

Ich ging den schmalen Weg zurück zu meinem Fahrrad, um möglichst viel Abstand zwischen die Leiche und mich zu bringen. Eigentlich hätte ich diesen blöden Weg gar nicht betreten sollen. Schon als Kind hatte ich ihn gehasst, denn er führte zum Ferienhaus vom alten Schaller, bei der gesamten Dorfbevölkerung nur »Schallerhäusl« genannt. Das war das alte Forsthaus, das vielleicht vor hundert Jahren noch seinen Dienst erfüllt hatte und dann vom alten Schaller oder einem seiner Vorfahren gekauft worden war. Nix gegen den alten Schaller, aber der Kerl litt schon seit Jahren an Verfolgungswahn. Um sein Grundstück mitten im Wald und das Häuschen darauf vor Einbrechern zu schützen, hatte er überall Schilder aufgestellt, auf denen zu lesen war: Selbstschussanlage, Betreten auf eigene Gefahr.

Anneliese hatte mir damals erklärt, dass ihr Vater meinte, dass das ein totaler Schmarrn sei. Wer stellte denn mitten im Wald eine Selbstschussanlage auf. Aber auf das, was Annelieses Vater meinte, konnte man auch nicht viel geben. Er hatte vor Kurzem auch gemeint, dass es gut sei, viel Geld in Aktien zu stecken. Und das war auch der totale Schmarrn gewesen, um mit seinen Worten zu sprechen.

Anneliese und ich hatten uns damals häufiger an das Häuschen herangeschlichen. Es sah so wahnsinnig gemütlich aus. Ganz aus Holz war es und hatte sogar einen ersten Stock. Die Fenster hatten ein Fensterkreuz und waren schnuckelig klein, und die Fensterläden hatten sogar Herzerl drin. Hinter den Scheiben sah man rot karierte Vorhänge. Zu gerne hätten wir noch weiter hineingespitzt. Vielleicht wohnten da ja in Wirklichkeit die sieben Zwerge, und der alte Schaller hatte sich zum Ziel gesetzt, diese Zwerge mit einer Selbstschussanlage zu schützen.

»Ach geh. Was du wieder erzählst«, kicherte Anneliese. »Man schützt doch Zwerge ned mit einer Selbstschussanlage. Die werden doch dann auch derschossen, wenn s' in den Garten gehen.«

»Der hat bestimmt an alles gedacht«, widersprach ich. »Die Selbstschussanlage ist halt so eingestellt, dass sie nur die Großen trifft. Und die Zwerge laufen unter den Kugeln herum und werden nicht getroffen.«

Anneliese kicherte weiter. Wir lagen im Moos, ganz tief an den Boden gedrückt, damit wir nicht versehentlich erschossen wurden.

»Wie des wohl in der Nacht immer knallt …«, prustete Anneliese.

Ich konnte vor Lachen kaum mehr atmen, weil ich mir vorstellte, wie die Zwerge ihren Garten bewirtschafteten und um sie herum die Kugeln nur so pfiffen.

Aber wahrscheinlich hatte Annelieses Vater ausnahmsweise einmal recht gehabt, dachte ich mürrisch, während ich jetzt neben meinem Fahrrad wartete. Der alte Schaller hatte einfach nur irgendwo ein altes Schild herbekommen. Und wir waren alle so deppert und glaubten auch noch, was draufstand.

Es dauerte nicht lange, und ich sah einen daytonagrauen Audi langsam über die Wurzeln auf mich zuschaukeln. Als Max direkt vor mir hielt, hörten wir beide eine Sirene, die rasch näher kam. Schorsch schoss mit dem Polizeiauto in einem Irrsinnstempo über den Waldweg und bremste derart abrupt hinter dem Audi ab, dass die Kiefernnadeln nur so spritzten.

Ich verkniff es mir, die Augen zu verdrehen.

»Und, wie geht's?«, fragte Max.

Er hatte wieder seine Polizistenmiene aufgesetzt, die ich mir gerne ansah, wenn wir miteinander Sex hatten. Kurz vor einer Befragung fand ich diese Miene hochgradig widerlich. Dann sah er nämlich aus, als würde er an gar nichts denken oder an alles. Und ich fühlte mich gleich sehr verdächtig. Vor allem lagen mir Worte auf den Lippen, die man so interpretieren konnte, dass sie mich sehr, sehr verdächtig machten.

»Gut«, sagte ich und versuchte, ebenfalls undurchdringlich auszusehen.

»Musstest du dich wieder übergeben?«, fragte er nicht besonders zartfühlend nach.

»Hm«, antwortete ich böse.

»Mehr als einmal?«, bohrte er weiter.

Als ich nicht antwortete, fügte er, diesmal mit gedämpfter Stimme, hinzu: »Und wann hättest du angerufen?«

»Gleich. Danach«, zischte ich und warf dem Schorsch, der gerade mit dem Absperrband kämpfte, einen bösen Blick zu. »Ich kann eben nicht telefonieren, wenn ich mich gerade übergeben muss.«

Max hob gekonnt eine Augenbraue.

»Hast scho wieder a Leich g'funden?«, fragte der Schorsch missbilligend.

Ich antwortete nicht, sondern bedachte diesmal Max mit meinem bösen Blick.

»Und wo liegt sie?«, fragte Schorsch neben mir so laut, dass ich zusammenzuckte.

Ich zeigte unbestimmt zu dem kleinen Pfad.

»Beim Schaller seim Häusl?«, fragte er erstaunt.

»Nein. Aber auf dem Weg dorthin«, brummelte ich, noch immer verärgert darüber, dass mich Max so penetrant nach meinem revoltierenden Magen gefragt hatte.

Während Schorsch sich noch immer in das Absperrband einwickelte, telefonierte Max schon wieder. Ich durfte nicht weiterfahren, obwohl ich jede Menge zu tun hatte.

»Das Handy«, sagte schließlich Max, als ich hinter ihm den schmalen Weg entlangging. »Wo ist das jetzt?«

Ich zuckte unbestimmt mit den Schultern, obwohl er das nicht sehen konnte. Ich hatte es irgendwo fallen gelassen.

»Keine Ahnung«, sagte ich, als er sich umdrehte. »Du hast mich so erschreckt mit deinem blöden Anruf, dass ich es einfach fallen gelassen habe.«

Max verdrehte die Augen. Gleich würde er sagen, wie schaffst du das nur, immer mir die Schuld in die Schuhe zu schieben.

»Ja, telefonier du doch mal mit einem Leichenhandy!«, fauchte ich ihn an. »Da würdest du auch erschrecken.«

O.k. Würde er vermutlich nicht. Bestimmt hätte er das Handy gar nicht ohne Plastikhandschuhe angefasst. So ein Mist aber auch.

Max war so galant, sich eine Antwort zu verkneifen. Wahrscheinlich hatte er aber auch Angst davor, dass ich ganz gewaltig hysterisch werden würde.

»Da hinten«, sagte ich und wedelte ein wenig mit der Hand in Richtung der Leiche.

»Weißt du, wer es ist?«

»Sag mal, meinst du, ich kenne jede Leiche, die ich finde?«, fauchte ich ihn an. Das wäre ja noch schöner. Bis jetzt hatte ich zwar noch jeden Toten gekannt, aber irgendwann war mein Bekanntenkreis natürlich erschöpft. Da konnte man nicht uferlos weiter bekannte Leichen finden.

»Ich hab sie mir auch so genau nicht angesehen«, gab ich zu. Eigentlich gar nicht. Eine wächserne Hand hatte jedenfalls gereicht, um mir den ganzen Tag zu vergällen. Da würde ich doch nicht auch noch hingehen und mir die ganze Bescherung anschauen.

Der Schorsch hatte da keine Hemmungen. Er schob die Blätter des Busches ein wenig zur Seite und gab ein seltsames Geräusch von sich. Ich drehte mich vorsichtshalber um, um nichts zu sehen.

»Ja. Des is er«, sagte er.

»Und, wer ist es?«, fragte ich neugierig nach.

Max sah aus, als meinte er, ich hätte ja selbst gucken können und nicht den Schorsch vorschicken.

»Der is scho länger tot«, sagte der Schorsch hinter mir. »Der is scho eiskalt.«

Ich spürte schon wieder den unwiderstehlichen Drang, mich zu übergeben.

»Wenn du dich übergeben musst, dann bitte weiter dahinten«, empfahl mir Max ziemlich hartherzig. »Das ist ein Tatort.«

Ich spürte, wie mein linkes Augenlid zu zucken begann. Man darf sich als Frau nicht alles gefallen lassen. Wehret den Anfängen, würde meine Großmutter sagen.

»Sonst ist wieder alles vollg'spien«, stimmte der Schorsch zu. »Die Spurensicherung hat ja auch noch was anderes zu tun.«

Das war der berühmte Tropfen.

»Ihr blöden Deppen, ihr blöden!«, keifte ich Max hysterisch an. »Ich speib hin, wo ich will! Und dein blödes Gerede brauch ich mir auch nicht anzuhören! Da nehme ich euch die harte Arbeit ab und finde die Leichen, und ihr habt nichts Besseres zu tun, als an mir rumzumeckern!«

Kritik von Max konnte ich nämlich überhaupt nicht vertragen. Der jedoch nahm auf meinen Gemütszustand kein bisschen Rücksicht und verdrehte die Augen zum Himmel.

Ha.

Das war jetzt wirklich das Allerletzte.

Eigentlich war ich nicht für eine feste Beziehung geschaffen. Ich hatte jetzt zwar schon monatelang an der Seite meines Freundes ausgeharrt, aber ich wollte lieber nicht darüber nachdenken, wie oft ich mir gedacht hatte, was für ein Depp er war. Ein einfühlsamer Freund hätte mich jetzt getröstet, anstatt mir wegen meiner Überempfindlichkeit im Magenbereich zuzusetzen.

»Da hätte doch jeder gespien«, behauptete ich. »Und wage es nicht, mir noch einmal zu sagen, wann ich mich wohin übergeben darf!«

Ich geriet wirklich in Rage, und das auch zu Recht, fand ich, denn wenn ich gewusst hätte, dass ich eine Leiche finden würde, dann hätte ich garantiert keine Leberkässemmel mehr gegessen. Besonders auf den Senf hätte ich dann verzichtet. Aber wer konnte das schon ahnen!

Wütend drehte ich mich um und lief in Richtung Fahrrad. Damit Max es möglichst schwer mit der Verfolgung hatte, wenn er sich bei mir entschuldigen wollte, nahm ich eine Abkürzung quer über die Lichtung und stolperte bei jedem zweiten Schritt über dorniges, stacheliges Gebüsch. Hier gab es mehr Berberitzen und Schlehen, als es in einem Wald geben sollte. Meine Beine waren nach kürzester Zeit so zerkratzt, dass ich hätte heulen können. Dafür hatte ich überhaupt kein Bedürfnis mehr, mich zu übergeben. Vielleicht lag es auch daran, dass ich nichts mehr im Magen hatte.

Am meisten ärgerte mich aber, dass Max mir nicht folgte. Ich hatte es mir richtig schön ausgemalt, wie er in alle Dornen hineinstolperte, die auch meinen Waden zusetzten. Und wie er mich am Schluss, vollkommen fertig von dem Marsch durch den Wald, in die Arme schließen und um Verzeihung bitten würde.

Für einen Moment hatte ich nicht genügend aufgepasst. Meine Füße verhakten sich so gründlich in etwas, dass ich ungebremst auf dem Boden aufschlug. Ich war ziemlich froh, dass ich genau an dieser Stelle gefallen war. Weil ich nämlich in einen stachelfreien Hartriegel gerauscht war. Und auch das, worüber ich gestolpert war, war Gott sei Dank keine Berberitze, denn es hatte ebenfalls keine Dornen.

Das mit dem Gott sei Dank nahm ich in der nächsten Sekunde wieder zurück. Denn als ich mich wieder aufrappelte, sah ich, was mich zum Stürzen gebracht hatte.

Es waren zwei lange, unbestrumpfte Frauenbeine.

Eine Singdrossel sang klar und laut ihr Lied. Eine ständige selbstvergessene Wiederholung dessen, was sie schon zuvor gesungen hatte und auch die nächste Stunde immerzu singen würde. Nach dem letzten Regen war das Gras über Nacht gewachsen. Die Büsche vor dem Wald waren jetzt hellgrün, und über mir sausten Unmengen von Distelfaltern in den Wald hinein. Einer nach dem anderen, als hätten sie ein ganz konkretes Ziel.

Ein Zilpzalp zwitscherte sein ewig gleiches Gezilpe, was mich ein wenig beruhigte. Man konnte sich einbilden, es wäre ein ganz normaler Tag. Mit einem ganz normalen Zilpzalp-Gezilpe.

Ich saß am Waldrand und wusste, dass mich ungefähr dreihundert Meter von dem Grauen trennten. Ich versuchte, es zu vergessen, und hörte auf die vor sich hin schwätzende Heckenbraunelle. Ich betrachtete die trockene Wiese vor mir – die Kartäusernelke leuchtete pinkfarben aus dem dunklen Grün, aufrecht reckte der Ziest seine cremefarbenen Blüten nach oben.

Als es hinter mir knackte und raschelte, drehte ich mich etwas zu schnell um. Die Schlehen hinter mir waren schon längst verblüht. Vor meinen Augen verschwammen für einen Moment die alten grauen Stämme der Fichten, beschirmt von den graugrünen Nadeln. Dann sah ich wieder klar.

Ich hörte Max hinter dem Schlehengebüsch fluchen. Im nächsten Moment tauchte er neben mir auf. Ich runzelte angestrengt die Stirn, um nicht gleich loszuheulen.

Max ging neben mir in die Hocke.

»Na«, sagte er freundlich.

Er erwähnte mit keinem Wort, dass ich mich an diesem Vormittag nun schon zum dritten Mal übergeben hatte.

Ich zuckte nur mit den Schultern. Was sollte ich jetzt dazu sagen? Ich war vom Schicksal auserwählt, Leichen zu finden. Und wenn irgendwo mehr Leichen herumlagen, dann fand ich die auch. Eine nach der anderen. Und wenn da noch mehr lagen, dann fand ich jede einzelne.

»Wie viele habt ihr noch gefunden?«, fragte ich besonders würdevoll. Ich wollte mir nichts nachsagen lassen. Auf keinen Fall wollte ich als hysterisch gelten, auch wenn ich das vielleicht war.

Max sah mich ein wenig betrübt an. Vielleicht, weil sie keine weiteren gefunden hatten. Vielleicht, weil ich ihm leidtat. Vielleicht auch, weil er Hunger und Durst hatte und sich mit zwei Leichen im Wald herumschlagen musste.

»Keine weiteren«, sagte er mit seiner zartfühlendsten Stimme.

»Ein Massenmord«, sagte ich düster. Das nimmt noch ein schlimmes End, würde Großmutter sagen.

Eine Weile sagten wir gar nichts, sahen auf die Wiese vor uns, in der die hohen Gräser leicht im Wind wippten. Der Thymianduft der Wiese konnte jedoch den metallischen Blutgeruch nicht aus meinem Gedächtnis vertreiben.

Max hatte sich neben mich gesetzt und mir den Arm um die Schultern gelegt. Ich wartete darauf, dass er irgendetwas sagte. Arme Lisa, zum Beispiel. Schon wieder ein paar Leichen. Stattdessen sahen wir auf den Maisacker vor uns und schwiegen wie ein altes Ehepaar vor dem Fernseher.

Ich hörte Schorsch niesen und – offensichtlich keineswegs durch den Leichenfund belastet – trompeten: »Da werden wir uns so was von die Zecken holen. Eine hab ich schon gefunden. Müssen die unbedingt im Wald rumliegen ...«

Er verstummte, als er auf die Lichtung kam. Vielleicht weil Max etwas angenervt dreinblickte. Vielleicht aber auch, weil er die nächste Zecke gefunden hatte.

»Jetzt wären s' da«, sagte er sehr kryptisch, ohne mich anzusehen.

Großmutter war wie erwartet überhaupt nicht mitfühlend. Sie sah eher so aus, als hätte sie mir gerne die Leviten gelesen. Die Angewohnheit hatte sie früher nämlich immer gehabt, wenn mir etwas Unangenehmes widerfahren war. Bevor sie mich tröstete, wurde ich grundsätzlich erst geschimpft. Vom Rad gefallen zu sein bedeutete nämlich nicht nur ein aufgeschlagenes Knie, sondern auch, dass ich wieder irgendwo unterwegs gewesen war, wo ich nicht hätte herumfahren sollen.

Bei den Leichenfunden war das ganz ähnlich. Dummerweise war nämlich, bevor ich das mit den Toten beichten konnte, die Rosl am Gartenzaun aufgetaucht mit einem: »Und, weißt es schon?« Und Großmutter hatte es eben noch nicht gewusst, weil ich zu lange von der Polizei aufgehalten worden war.

Deswegen war ihr erster Kommentar zu mir auch kein »Mein armes Kind, schon wieder ein paar Tote« gewesen, sondern »Wo hast dich denn schon wieder rumgetrieben?« und dann noch viel böser: »Muss ich mir den ganzen Schmarrn von der Rosl anhören.« Die wusste natürlich um einiges genauer als ich, wie das war, mit dem Leichenfund.

»Ich kann nichts dafür«, sagte ich und setzte mich auf die Eckbank. Irgendwie tat es gut, dass Großmutter kein Mitgefühl kannte. Sie schüttelte nur ungläubig den Kopf über meine Beine.

»Wie der Lazarus schaust aus«, sagte sie tadelnd. »Da g'langen ja die Pflaster gar ned, die wir daheim haben.« Sie hatte anscheinend auch überhaupt keine Lust, Pflaster zu organisieren. Sie schnalzte nur mit der Zunge und mutmaßte, dass ich fürs Leben entstellt sei, mit solchen Beinen.

Zornig sah ich mir meine Beine an. Ich war anscheinend durch alles gelaufen, was auch nur annähernd Stacheln hatte. Angefangen von den blöden kleinen Berberitzen bis hin zum stacheligen Wacholder und den Brombeeren, die einem Stolperschlingen legten.

»Und, wer war's dieses Mal?«, fragte Großmutter nach.

»Ich hab nicht geschaut«, gab ich zerknirscht zu.

Sie sagte nichts dazu, obwohl man ihr ansah, dass sie das nicht verstehen konnte.

»Die finden das schon raus«, redete ich mich heraus und verschmierte Spucke auf einem Kratzer am Bein.

Aus unserem Wohnzimmer kamen komische Geräusche, als würde ein Hund an der Tür kratzen. Ich sah unter den Tisch, aber unser Hund lag da noch. Außerdem roch es ziemlich angebrannt, obwohl kein Topf auf dem Herd stand.

»Glaubst das nicht«, sagte Großmutter seufzend. »Und gleich drei.«

»Drei?«, echote ich ungläubig. »Drei Leichen? Also, ich hab nur zwei gefunden.«

»Das reicht ja auch«, antwortete sie. »Angefasst hast sie nicht, oder? Dass du mir fei keine Leichen anlangst!«

Ja pfui Teufel.

»Nein, hab ich nicht«, sagte ich mürrisch. Nur das blöde Handy, aber das würde ich nicht verraten. Was ich mir da wieder würde anhören müssen. Über Elektrosmog und Pipapo. Es roch noch immer nach überhitzter Herdplatte. Frustriert stand ich auf, um den Ofen abzudrehen. Wieso konnte sie sich das nicht merken? Irgendwann passierte bestimmt noch etwas ganz Schreckliches. Dieses Irgendwann war drei Sekunden später. Kurz bevor ich den Herd erreichte, machte es PUFF, und die Platte stand in Flammen.

Großmutter stellte sich neben mich, und wir sahen dem Brand bewegungslos zu.

»Wie geht denn so was?«, flüsterte ich, schon ein klein wenig hysterisch.

»Da ist Fett drauf. Auf der Platte«, erklärte Großmutter routiniert. »Des fängt dann zu brennen an. Wenn's zu heiß wird.«

Wir sahen noch immer zu.

»Mach was«, schlug ich fassungslos vor.

Großmutter beugte sich nach vorn und blies die Flamme aus.

»Oh«, sagte ich nur, während Großmutter sich umdrehte und wieder zur Eckbank ging. Ich schaltete den Herd ab. Mir zitterten die Knie, mir war schon wieder schlecht. Das ging so nicht weiter. Wie sollte ich da in Ruhe arbeiten, wenn meine Großmutter in der Zeit die Küche abfackelte? Da war ja so ein Leichenfund ein Klacks dagegen!

Ich ließ mich ebenfalls auf die Eckbank fallen und atmete ein paarmal tief durch. Irgendwie würde ich das schon lösen.

Da war es schon wieder, dieses komische Kratzen. Misstrauisch sah ich erneut unter den Tisch. Aber unser Hund lag da noch immer bewegungslos.

»Was ist denn da im Wohnzimmer?«, wollte ich wissen.

»Ach, des is dieses Hundsvieh von der Resi«, erklärte Großmutter. »Du weißt schon. Die ist doch zu ihrer Tante, weil die ein Schlagerl hat und jetzt im Krankenhaus liegt.«

»Und dir hat sie den Hund aufs Auge gedrückt?«, wollte ich wissen. Hatte die überhaupt keinen Respekt vor dem Alter? »Hat die nicht noch ihren Papa, der so was machen kann?«

»Der sieht doch nicht mehr g'scheit«, wandte Großmutter ein. »Und mit dem Spazierengehn hat er's auch nicht so.«

Als wenn meine Großmutter es »mit dem Spazierengehen« so hätte.

»Aber er ist bestimmt fünf Jahre jünger als du. Und bis zum Schmalzl schafft er's auch noch. Da wird er doch noch dieses blöde Hundsvieh mitnehmen können.«

»Ja. Aber sie hat ihn ja auch dir dagelassen und nicht mir«, erklärte Großmutter.

Mir stand der Mund sperrangelweit offen. »Aber. Das kann die doch nicht machen.« Noch dazu, ohne mich zu fragen.

»Ist doch nur für zwei Wochen«, beruhigte mich Großmutter. »Ob du jetzt mit einem oder zwei Hunden rausgehst, ist doch grad wurscht. Hat sie g'meint.«

Blöde Kuh. Wie sollte ich denn das hinbekommen? Auf Großmutter aufpassen, meinen Hund Gassi führen und dazu noch einen total gestörten Hund, der sich mit allem paarte, was ihn nicht auffraß oder schlug.

»Der Pfarrer war's aber nicht?«, wollte sie wissen, denn die Hundeproblematik interessierte sie ganz offensichtlich gar nicht. Nachdem jetzt schon sowohl der Organist als auch der Mesner gestorben waren, wäre das der Gipfel gewesen. Und wo sollten wir jetzt auf die Schnelle einen neuen Pfarrer herbekommen?

»Ich hab doch nicht geschaut«, erinnerte ich sie.

»Weil, das wäre ja noch schöner«, sagte sie und nahm ihr Glas mit Wasser, um es in die Grünlilie am Fensterbrett zu schütten.

Kapitel 2

Anneliese war schon immer meine beste Freundin gewesen. Eine Zeit lang hatten wir zwar keinen rechten Kontakt gehabt, aber seit ich meine erste Leiche gefunden hatte, waren wir wieder richtig gut befreundet. Trotzdem ging ich ihr in letzter Zeit gerne aus dem Weg. Sie versuchte seit bestimmt fünf Monaten, wieder schwanger zu werden, und es wollte und wollte nicht klappen. Inzwischen wusste ich im Detail darüber Bescheid, wie das mit dem Schwangerwerden funktionierte, und ich persönlich fand die Schilderungen ziemlich eklig.

Dass sie an diesem Morgen schon in aller Früh direkt vor unserem Gartenzaun auftauchte und mich abfing, bevor ich mit meinem Hund eine Runde hatte drehen können, und noch dazu ohne quengelnden Anhang, konnte alles Mögliche bedeuten. Entweder, sie war schwanger und hocherfreut und würde mich volllabern, oder sie war nicht schwanger und furchtbar frustriert und würde mich volllabern. Und in beiden Fällen würde das ewig dauern. Oder aber sie wollte wissen, ob ich Leichen angefasst hatte, und mich nach ihrer Identität fragen. Mein Hund konnte nicht mehr an sich halten und pinkelte bei der Reisingerin an den Gartenzaun. Ich beschloss, das zu ignorieren. Schließlich konnte ich nichts dafür, dass Resis blöder Köter genau an diese Stelle gepinkelt hatte und mein Hund sich das nicht gefallen lassen wollte. Außerdem war es sowieso eine Zumutung, dass ich zweimal Gassi gehen musste, nur weil sich die Hunde ständig stritten.

»Und, wie geht's?«, fragte mich Anneliese recht erwartungsfroh. Ach ja. Wenn sie mit diesem Satz anfing, dann ging es auf jeden Fall nicht um ihre Schwangerschaft, da war sie viel direkter. »Hab g'hört, der Max und du, ihr habts euch recht gestritten.«

Der Schorsch. Der Depp, der. Musste alles weitererzählen.

»Ja, mei«, erwiderte ich böse. Obwohl ich wusste, dass Anneliese furchtbar scharf auf die Details war, beschloss ich, dass der Streit über meinen empfindlichen Magen keinen etwas anging. Max und ich stritten uns regelmäßig, wenn ich eine Leiche fand, aber das konnte ich leichter ertragen als Uneinigkeiten bezüglich der Wohnungseinrichtung. Da würde ich bei ihrem Göttergatten die Krise kriegen.

»Und dein Thomas, der hat sich eine Flashplate gekauft ...«, sagte ich voller Genugtuung, um vom Thema Leichenfinden abzulenken. Ich hatte nämlich ihren Mann im Baumarkt dabei ertappt, wie er sich so eine »Blitzplatte« kaufte, auf der blaue Blitze zuckten, wenn man sie berührte. Und tief in mir drinnen wusste ich, dass das die neue Variante von zu Tischen umfunktionierten Wagenrädern darstellen musste.

»Hast du die gekannt?«, fragte sie, ohne sich von mir ablenken zu lassen. Ich hatte eher die Frage erwartet, wie mir denn das schon wieder hatte passieren können. Eine Leiche nach der anderen. Das war doch nicht normal! Aber Anneliese interessierte sich nur für Namen und Anschrift der Opfer. Das war mal wieder der Beweis, dass sich in unserer Gemeinde kein Mensch für mich interessierte. Keiner machte sich über meinen psychischen Zustand nach einem Leichenfund Gedanken. Kein Mensch interessierte sich auch nur ein bisschen für meine Gefühle und Ängste! Und besonders Anneliese, als Freundin prädestiniert dafür, mit mir mitzufühlen, benutzte mich nur als Schutthalde für ihren Spermafrust und ihre eklatante Neugier.

»Nein.« Keine Ahnung.

»Der Resi ihr Papa lebt zumindest noch«, sagte Anneliese. »Nur ihren damischen Hund, den hab ich noch nicht gesehen.«

Ich sah sie düster an. So angestrengt, wie sie sich das Grinsen verkniff, wusste auch sie schon von meinem Hundezuwachs. »Ich muss dann wieder«, flötete sie. Und weg war sie.

Mein Hund lief vor mir in die Küche und knurrte Resis Hund böse an, so mit gefletschten Zähnen und richtig grimmiger Miene. Dann drehte er sich, bevor er sich hinlegte, so lange unter dem Tisch, bis Großmutter reichlich entnervt etwas wie »Lästiges Hundsvieh« brummte. Misstrauisch sah ich eine Weile Resis Hund zu, der etwas eingeschüchtert mitten in der Küche stehen blieb, bis er sich traute, sich ganz nah neben mich zu setzen. Er hatte sich den ganzen Morgen lang mit nichts gepaart. Vermutlich lag das daran, dass ich ihn seit fünf Uhr morgens mit meiner alten Wasserpistole beschossen hatte, wenn er wieder angefangen hatte, sich neben meinem Bett mit einem Polster zu verlustieren. Mein Hund war seitdem total stinkig, weil er nicht wie gewohnt neben meinem Bett schlafen durfte, und ich war total stinkig, weil das Polster jetzt wegen der Wasserpistolenschüsse nass war. Nur Resis Rüde hatte beschlossen, dass er mich liebte, und drückte sich besonders nah an mein Knie. Konnte ich meine Großmutter mit den zwei Hunden allein lassen? Großmutter sah nicht so aus, als müsste sie vor irgendetwas gerettet werden. Sie saß mit miesepetriger Miene vor der Zeitung und sah nicht einmal auf, als ich begann, mir mein Frühstück zu machen.

Ich stellte mich vor den Kühlschrank und beschloss, dass ich jetzt als richtige Journalistin meine Ernährung umstellen sollte. Als erfolgreiche Reporterin aß man in der Früh bestimmt nur noch eine Kleinigkeit zu einer riesigen Tasse Kaffee. Vielleicht etwas Obst und Cornflakes. Jemand, der so ein mageres Frühstück aß, konnte bestimmt auch seinem Chef die Meinung geigen, wenn der einem die blöden Jobs andrehen wollte.

Ich griff nach der Milchflasche. Hinter mir machte Großmutter ziemlich laut tststs. Ich spitzte ihr vorsichtig über die Schulter, während ich die Milch auf den Tisch stellte.

Die Hunde-Sex-Puppe, las ich ganz rechts außen. Uuups. Wofür sich Großmutter interessierte! »Der Geschlechtstrieb des Durchschnittshundes ist sehr ausgeprägt und zeigt sich als heftige Leidenschaft, Rausch, welcher sie mehr oder weniger närrisch macht«, stand dort Alfred Brehm zitiert.

Die Sache mit unserem Hundesitterdienst schien sie doch mehr zu belasten, als sie zugab. Und ich bezweifelte, dass mein Wasserpistoleneinsatz eine langfristige Wirkung zeitigen würde. Denn normalerweise hatte der blöde Hund einen Sexualtrieb, der jede Vorstellungskraft sprengte. Da wurde alles zum Sexualobjekt, von Sofakissen angefangen über Menschenbeine bis hin zu Plüschtieren. Insofern wunderte mich das Interesse von Großmutter nicht. Vermutlich lebte sie in der Angst, sich in meiner Abwesenheit einen sexuell frustrierten Hund vom Leib halten zu müssen. Und was wäre da besser als eine rote Doggie Lover Doll? Ein pflegeleichtes Weichgummiweibchen. Wenn das mal nicht eine gute Nachricht war!

»Weißt du, was ich in der Zeitung gelesen habe?«, sagte sie schließlich mit gerunzelter Stirn.

Oh. Oh. Sexuelles mit meiner Großmutter durchzukauen war irgendwie nicht das, was ich mir als Frühstücksunterhaltung vorstellte. Es reichte, dass ich schon wieder in eine Mordermittlung verwickelt war, da war ein tiefschürfendes Gespräch über ein Hormonabfuhrprodukt nicht das, was ich wirklich brauchte.

»Was denn?«, antwortete ich gottergeben, da sie sowieso nicht abzuhalten sein würde, mir davon zu berichten.

»Die Leiche«, erklärte Großmutter. »Stell dir das vor.«

Ich will jetzt nicht weinerlich sein. Aber noch schlimmer als ein Gespräch über Doggie Lover Dolls aus pflegeleichtem Weichgummi war eines über Leichen. Und ich wollte mir definitiv nichts vorstellen. Plötzlich hatte ich das Gefühl, ganz, ganz viel essen zu müssen.

»Weißt du, wer die Toten waren?« Großmutter sah mir triumphierend zu, wie ich im Kühlschrank nach etwas suchte, das sehr fett, sehr süß und sehr kalorienreich war. Zu meinem Ärger fand ich nichts. Anscheinend hatte der Kare die Identität schon herausgefunden. Jetzt hockte Resis Rüde neben mir und beobachtete mit hungrigen Augen, wie ich im Kühlschrank wühlte.

An der Haustür klingelte es. Das war jetzt entweder Anneliese, die nun auch in die Zeitung geguckt und gelesen hatte, wer die Toten waren, oder die Reisingerin, die sich darüber aufregen wollte, dass unser Hund es nicht ein paar Meter weiter zu Laschingers an den Gartenzaun geschafft hatte. Großmutter seufzte und sagte: »Dann mach ihm halt auf. Dem Max.«

Richtig. Der konnte es auch noch sein. Max kam nämlich hin und wieder zum Frühstücken vorbei, weil er lieber Großmutters Marmelade aß als die Fertigkonfitüre.

»Wundern tut mich des ned«, sagte Großmutter, während Max und ich in die Küche kamen. Mein Hund und Resis Rüde sprangen wild bellend um Max herum, mein Hund giftete furchtbar herum, und ich schlug Resis Rüden mit der Zeitung eins auf die Rübe.

Grinsend ließ Max sich auf einen Stuhl fallen und streckte die Beine aus. Mein Hund kuschelte sich an Max und warf mir einen vorwurfsvollen Blick zu, während Resis Hund sich an mein Bein schmiegte. Blöder Köter.

»Hast du vergessen, dass ich dich geschlagen habe?«, wollte ich wissen, während er mir den Kopf zwischen die Beine steckte. »Der Hund hat echt ein großes Problem. Sitz«, fauchte ich ihn an. »Platz. Menschenskinder.«

Das Grinsen von Max wurde noch breiter, während er meine dilettantischen Erziehungsversuche beobachtete.

»Ich habe noch nicht gefrühstückt«, behauptete er und lächelte dabei sein cooles Polizistenlächeln, das mich sonst immer schwachmachte. Heute aber nicht. Denn wenn heute in der Zeitung stand, wer die Toten waren, dann wusste Max das schon seit gestern.

»Weißt du schon, wer die Toten sind?«, fragte ich bei Max nach und knallte ihm sauer die Kaffeetasse vor die Nase. Er sagte dazu wohlweislich gar nichts, sondern schüttete den Kaffee aus der Untertasse wieder in die Tasse hinein.

»Der Roidl Anton und sei Weib«, klärte mich Großmutter auf. »Du weißt schon, der Bub vom alten Roidl.«

Ich drehte mich abrupt zu ihr um. »Wer? Der Anton?«, unterbrach ich sie.

»Bub?«, fragte Max.

Ich ignorierte ihn. Meine Übersetzertätigkeit bei seinen Ermittlungen würde ich aus Rache einstellen. Und er als »Preiß« würde garantiert nicht verstehen, dass man als Sohn immer der Bub blieb, auch wenn man schon ein aufgedunsener Gschwollschädel war wie der Roidl Anton.

»Einen anderen Buben hat doch der alte Roidl gar ned«, sagte Großmutter und ignorierte Max' Einwurf. »Der einzige Bub, dahingemeuchelt. Wennst dir des vorstellst.« Sie schnalzte wieder mit der Zunge und las weiter in der Zeitung. »Na ja, und seine Frau ist ja praktisch auch das einzige Mädl, wo doch damals ihre Schwester einfach davon ist.«

Und der Anton hatte sogar eine Frau gefunden, wenn das mal nicht eine Neuigkeit war.

»Und schon wieder ist der Mesner tot«, stellte ich düster fest. Bei dem Verschleiß, den wir hatten, würden wir wahrscheinlich nie wieder einen Freiwilligen finden, der dieses Amt übernahm.

»Ah geh, Mesner.« Großmutter sah unwillig auf. »So ein richtiger Mesner war der doch gar nicht. Des war doch reine Gschaftlhuberei. Des war doch dem gar kein Bedürfnis.«

Meine Rede.

Großmutter nahm ihr Wasserglas, stand auf und schüttete es in unsere Grünlilie.

Der Roidl Anton. Ein Wunder war das auch nicht, also, dass gerade der ermordet worden war. Bereits früher hatte ich mir immer vorgestellt, wie der irgendwann ermordet werden würde. Ich konnte mich noch gut erinnern, wie mal die Klassenkameraden dem Sebastian eingeredet hatten, dass der Roidl Anton den Spitznamen »Dorschenschädel« trug. Und dass er ihn nur mit diesem Namen anreden sollte, weil er sonst zornig werden würde. Der kleine Sebastian, der jedem Konflikt aus dem Weg ging, besonders Konflikten mit großen, kräftigen und cholerischen Jungs, wie der Anton einer war, hielt sich natürlich an diesen

Ratschlag. Er hatte anscheinend keine Ahnung, was Dorschen sind, weil seine Mutter ihn zu einem völlig weltfremden Bürschchen erzogen hatte. Er kannte nur Wörter wie Quark-Hirse-Auflauf oder Linsenbratlinge mit Dinkeleinlage. Obwohl jeder vernünftige Mensch sich im Klaren darüber sein konnte, dass Dorschenschädel nicht der Klang eines liebevollen Spitznamens ist, wie etwa Schnucki. Und Putzilein. Max würde jetzt sagen, na und, was soll daran schlimm sein. Aber wenn jemand nicht weiß, dass Dorschen Rüben sind, kann er sich auch nicht vorstellen, wie der Roidl Anton da reagiert hat.

Man muss nämlich wissen, dass der Roidl Anton damals schon fast zwanzig Jahre alt war und ziemlich groß und kräftig. Und in seinem breiten Rübenkopf steckte kein besonders feiner Geist. Deswegen war der Name Dorschenschädel auch so passend. Wir fanden es auf jeden Fall richtig tapfer vom bleichen Wastl, wie er dem Anton freundlich winkend Dorschenschädel zugerufen hatte.

Großmutter sah von einem zum anderen, weil keiner etwas sagte, und knallte die Zeitung auf den Tisch.

»Erdbeeren oder Zwetschgen?«, fragte sie, da ich zu wenig Gastgeberin war, um Marmelade zu holen.

»Zwetschge«, sagte ich. Der Max hatte überhaupt kein Anrecht darauf, jetzt noch Ansprüche zu stellen, welche Marmeladensorte es zum Frühstück gab. Ich sah vor meinem inneren Auge immer noch lauter fette Nahrungsmittel. Am liebsten hätte ich jetzt zum Frühstück einen Döner gegessen. Oder eine Riesenportion Pommes.

Als Großmutter aufstand, um aus der Speisekammer die Zwetschgenmarmelade zu holen, lächelte mich Max an.

»Und, wie geht's dir?«

Ich lächelte zurück, obwohl es mir im Moment schwerfiel. Ich wusste ganz genau, dass uns eine harte Zeit bevorstand, bis nämlich der Mörder hinter Schloss und Riegel saß. Natürlich konnte ich mich nicht zurückhalten, wenigstens das mit dem Roidl musste ich jetzt loswerden.

»Das weißt du doch schon seit gestern«, sagte ich statt einer Antwort. »Dass das der Roidl ist.«

»Zumindest war es sein Handy«, sagte er.

Ach herrje. Natürlich.

»Außerdem wollte ich dir noch sagen …«, fing Max an. Ganz schlecht. Wenn er mit so etwas anfing, dann endete das meistens in einem Streit. »Bitte keine eigenen Ermittlungen, ja?«

Keine eigenen Ermittlungen.

»Nicht in fremde Häuser einsteigen, Leute befragen, Spuren vernichten …«

Wie bitte? Spuren vernichten?

»Lass die Ermittlungen einfach meine Sorge sein, o.k.?« Er legte mir die Hand aufs Knie und strahlte mich an.

»Was meinst du jetzt damit?«, fragte ich eisig nach und starrte einen längeren Moment böse auf die Hand, die auf meinem Knie lag.

Eigentlich brauchte ich das gar nicht zu fragen. Ich sah es in seinen Augen. Nicht schon wieder ein Chaos nach dem anderen.

»Ich will nicht, dass du dich in Gefahr begibst …«, fing er an. »Jemand, der zwei Leute erschießt …«

»Ja. Ja«, sagte ich, als hätte ich noch nie in meinem ganzen Leben daran gedacht, der Polizei dazwischenzupfuschen. »Ich habe momentan wirklich Wichtigeres zu tun, als euch zu helfen.«

Max hob beide Augenbrauen und sah mich skeptisch an.

»Ich hab ein neues Projekt bei der Zeitung, eine Serie über Social Media. Leider kann ich dann nicht immer mittags nach Hause kommen.« Ich senkte die Stimme zu einem Flüstern. »Und ich habe keine Ahnung, was ich in der Zeit mit Oma und den Hunden machen soll. Morgen bin ich in einem Gymnasium bei so einem Vortrag, da komm ich auch später.«

Wir starrten uns eine Weile an.

»Kannst du nicht … wenigstens mittags …«, fragte ich, so leise ich konnte.

Max räusperte sich unbehaglich. »Also …«

»Erst gestern hat unsere Herdplatte gebrannt. Wenn uns das Haus abbrennt, bist du schuld. Dann muss ich bei dir einziehen«, drohte ich ihm mit einer ganz furchtbar fiesen Miene. »Zusammen mit der Oma.«

Er räusperte sich noch einmal.

»Und ich lasse immer Socken und Unterhosen rumliegen«, setzte ich noch eins drauf. »Und die Oma hat riesige Unterhosen.«

»O.k. Ich schau mal vorbei«, seufzte Max.

Großmutter knallte das Marmeladenglas zwischen Max und mich, und damit war das Problem schon mal geklärt.

Da ich sowieso keine Ambitionen hatte, mich in irgendwelche Ermittlungen einzuklinken, gestaltete sich das Frühstück harmonisch. Schließlich war es auch sehr nett von Max, dass er sich so um meine Sicherheit sorgte. Und dass er mir nicht gleich gesagt hatte, dass es der Roidl gewesen war und seine Angetraute, das war auch nicht so wichtig. Die Ermittlungen interessierten mich eigentlich gar nicht. Und wenn ich dann erst einmal meine Zeugenaussage hinter mir hatte, würde mich das alles noch weniger tangieren. Außerdem fand ich es sehr nett von Max, dass er in letzter Zeit von dem Projekt, mich in seine Familie zu integrieren, Abstand genommen hatte. Ich hatte das gute Gefühl, sowohl mein Leben als Leichenfinderin als auch mein Leben als Freundin eines Kriminalkommissars eindeutig im Griff zu haben. Schließlich nahm ich meine Tasche, Max seine Autoschlüssel, Großmutter ihre Weihwasserflasche, und der Tag begann.

Max brauste mit seinem daytonagrauen Audi davon. Bevor ich mein Auto erreichte, tauchte die Rosl vor unserem Gartentürl auf.

»Akkurat jetzt«, sagte sie ohne eine Begrüßung, und Großmutter schnalzte hinter mir mit der Zunge, als wüsste sie, worum es ging. »Ausgerechnet jetzt, wo sich bei uns die Grabschänder so rumtreiben, gleich drei Leichen.« Sie sah mich missbilligend an, als wäre hauptsächlich ich an der Leichenzahl schuld.

»Des wird ja immer schlimmer mit dir«, wandte sie sich auch gleich an mich. »Früher hast nur eine Leich g'funden. Und jetzt. Auf einen Schlag glei drei.«

»Zwei«, verbesserte ich sie griesgrämig.

»Des is doch auch nix, wennst so viele Beerdigungen hast, und dann musst Angst haben, dass die Grabschänder wieder zuschlagen«, fuhr sie fort, ohne auf mich einzugehen.

»Grabschänder?«, fragte ich fassungslos. Ich konnte mir ja einiges vorstellen, aber Grabschänder in unserem Dorf …

»Stell dir das vor«, sagte die Kreszenz neben mir. Ich zuckte zusammen. Was war denn das für ein Menschenauflauf vor unserem Garten? Und ausgerechnet die Kreszenz, die sah ich sonst nie! Sie strahlte mich an, anscheinend richtig begeistert, dass wenigstens einer noch nicht wusste, was passiert war.

»Das Ernsdorfer-Grab, richtig umg'wühlt ham sie's, diese Vandalen!«

Das Auto vom Metzger hielt bei uns, und die Metzgerin stieg aus.

»Habts ihr des schon g'seh'n?«, wollte sie wissen, ohne sich mit Höflichkeitsfloskeln aufzuhalten.

»Ja. Ich hab's mir auch grad ang'schaut! Alle Pflanzln rausgerissen und die Erde über die Grabeinfassung, des schaugt aus!« Die Rosl war hellauf begeistert. »Wer des wohl war. Der arme Ernsdorfer, hat doch so viel mitg'macht, und jetzt auch noch das.«

Dem Ernsdorfer war das bestimmt total egal, ob jemand alle Pflanzln rausriss. Aber seine Frau und seine Schwiegertochter mit ihrem Putzfimmel, die fanden das bestimmt total erbärmlich und gemein.

Großmutter nickte beipflichtend. »Vielleicht is des ja nur bei den Ernsdorfers. Weil sie gar so pietätlos zu ihrem Opa waren.«

So ein Schmarrn, dachte ich mir. Man kann doch nicht jedem

zur Strafe das Grab der Ahnen umbaggern, nur weil man mit irgendetwas nicht einverstanden war.

»Sechzig Euro Stiefmütterchen«, sagte die Kreszenz. »Hat die Ernsdorferin g'sagt.«

»Schmarrn, sechzig Euro«, sagte Großmutter und schnalzte ganz energisch mit der Zunge. »Ich hab mir die vor ein paar Tagen ang'schaut. Des waren die von Aldi.«

»Ja. Des Steigerl für zwei Euro neunundneunzig«, pflichtete die Metzgerin ihr bei.

»Gleich heute hat's fünf Sackerln Friedhofserde geholt«, erzählte die Rosl. »Wenn das überhaupt reicht. Die haben ja mit der Erde umgearbeitet, wie die Vandalen. So eine Bagage! Die Leut, die kennen keine Schand. Nicht einmal auf dem Friedhof bist noch sicher.«

Immerhin lag der Ernsdorfer zwei Meter tief. Und er hatte schon weitaus mehr mitgemacht, sowohl lebender- als auch toterweise. Deswegen verstand ich die ganze Aufregung nicht so richtig.

Dann sahen die drei mich missbilligend an, als wäre ich für die Leichenschwemme verantwortlich und zusätzlich für die Grabschändung. Hatte ich etwa Graberde an den Fingern?

»Ich werd gleich morgen nachschauen, ob des Grab von meiner Mutter noch in Ordnung ist«, erklärte die Rosl bestimmt.

»Das war bestimmt nur bei den Ernsdorfers«, beharrte Großmutter. »Wieso sollt denn jemand bei uns des Grab aufgraben?«

Die Rosl zuckte mit den Schultern. »Mei. Was so ein richtiger Grabschänder ist. Der macht wahrscheinlich keinen Unterschied.«

»Vielleicht war das der Gleiche, der den Roidl und seine Frau umgelegt hat«, mutmaßte die Kreszenz. »Ich frag mich nur, wieso.«

»Da fragst dich schon«, stimmte die Rosl zu. »Einfach den Roidl niederschießen. Wo wir doch so dringend einen Mesner bräuchten. Des will doch keiner mehr machen, wenn man gleich derschossen wird, sobald man's ist.«

Ein Mesnermörder. Ich versuchte, den Mund geschlossen zu halten. So ein Unsinn. Das war bestimmt ein Zufall, dass bei uns jetzt schon der zweite Mesner im Wald gestorben war.

»Ich mach auf jeden Fall nicht den Mesner«, sagte Großmutter energisch. »Wo kämen wir denn da hin. Da musst ja ständig nachschauen. Und jeder red dir blöd her.«

»Ich bin dafür auch zu alt«, sagte die Rosl und schaute die Metzgerin an.

»Ich steh den ganzen Tag im G'schäft«, erklärte die Metzgerin und warf einen drohenden Blick auf die Kreszenz.

Die Kreszenz räusperte sich und wand sich. Sie war eigentlich nicht zu alt, außerdem war sie immer abartig nett. Ich freute mich diebisch über ihre Ratlosigkeit. So wie sie herumdruckste, wollte auch sie nicht das nächste Opfer vom Mesnermörder sein.

»Ich pfleg meine Eltern«, sagte sie schließlich.

»Na ja, die Mama ist ja ständig unterwegs«, sagte die Metzgerin schadenfroh. »Und der Papa …«

»Der Papa mit seinem Holzbein, der braucht ständig was«, sagte die Kreszenz böse und sah dann mich an. Schließlich hatte ich keine Angehörigen, die Holzbeine hatten.

Oh je, ich konnte jetzt schlecht vor Großmutter sagen, dass ich ständig nachschauen musste, ob auch ja der Herd ausgeschaltet war. Dass für mich nicht einmal eine Übernachtung bei Max infrage kam. Vielleicht sollte ich anmerken, dass ich so schon kaum Zeit für Sex mit Max hatte und dass ein zusätzlicher Job einfach nicht mehr drin war.

Bevor ich zu etwas verdonnert wurde, ging ich lieber noch einmal ins Haus und tat so, als hätte ich etwas vergessen. Mesner war nämlich der allerletzte Job, den ich machen wollte.

Es dauerte nicht lange, dann waren alle Weiber wieder weg. Die Metzgerin musste schließlich ins Geschäft, die Rosl musste die Dorfbevölkerung über die neuesten Ereignisse informieren, und die Kreszenz musste sich um ihren holzbeinigen Papa kümmern.

Jetzt traute auch ich mich wieder hervor, packte meine Tasche und ging zur Haustür hinaus.

Großmutter stand mit einer großen Gartenschere im Vorgarten und widmete sich ihrer momentanen Lieblingstätigkeit. Sie ging durch den Garten und zerschnitt Nacktschnecken in zwei Teile. »Die fressen dir alles zam«, sagte sie, als hätte ich damit etwas zu tun.

»Ich muss jetzt in die Arbeit«, erklärte ich und ignorierte die Schere. Ich beteiligte mich nicht an diesen Schneckenmorden. Meine Methode war, die Schnecken der Reisingerin rüberzupfeffern. Immerhin hatte ich sie auch schon mehrfach dabei ertappt, wie sie uns Schnecken in den Garten geworfen hatte. Das war sozusagen ein altbiblisches Schneck um Schneck, aber nicht ganz so grausam und schleimig wie Großmutters Methode.

»Jaja«, sagte sie darauf ohne Zusammenhang. »Wenn der Kopf ab ist, dann hat der Arsch Feierabend.«

Pfui Teufel.

»Ich hab den Hund von der Resi im Wohnzimmer eingesperrt«, erklärte ich. »Lass am besten die Tür zu.« Soll er sich doch mit der Sofalehne paaren. Da hatten wenigstens mein Hund und Oma ihren Frieden.

»Hast du des von der letzten Gemeinderatssitzung gehört?«, fragte Großmutter und blieb direkt vor mir stehen. »Des hat die Ernsdorferin der Kreszenz erzählt.« Anscheinend hatten die ganzen Weiber vor unserem Zaun im Schnelldurchgang auch noch die Gemeinderatssitzung durchgekaut. Aber das wusste selbst ich schon, und wenn ich es wusste, dann wussten es vermutlich bereits die halb tauben, bettlägerigen Bewohner unseres Altenheimes.

»Was ist denn ein Swingerklub?«, hatte der Vater vom Schorsch nämlich angeblich gefragt.

»Ja mei«, hatte der Bürgermeister geantwortet. »Da swingen s' halt.«

Das half einem natürlich weiter. Und der Vater vom Schorsch

hatte darauf gemeint: »Ja mei, wenns moana.« Also frei übersetzt, wenn es Ihnen gefällt. Und die Ernsdorferin, die meines Erachtens seit letztem Frühjahr überhaupt kein Recht darauf hatte, irgendwie »g'schnappert« zu tun, hatte empört eingeworfen: »Herr Spreitzer. Ich bin entsetzt.«

»Da waren richtige Tumulte«, erklärte Großmutter. »Weil sie in die alte Backstube einen Swingerklub reinmachen wollten. Und den armen Spreitzer haben die so blöd angeredet, nur weil er ned g'wusst hat, was des is. Des Swingen.«

»Hm«, sagte ich, eher darüber erstaunt, dass Großmutter das wusste. »Mei. Die Ernsdorferin. Die hat doch nimmer alle«, sagte ich dann nur. »Ich muss jetzt los.«

Außerdem ärgerte es mich, dass ich immer von Gemeinderatssitzungen berichten musste, wenn es so langweilig war, dass man Nahtoderlebnisse hatte, während Kare immer dabei sein durfte, wenn es Tumulte gab. Das war einfach nicht gerecht. Ich hatte mich jedenfalls aus dieser Swingerklubsache total ausgeklinkt und nur noch mitbekommen, dass es um die alte, leerstehende Konditorei gegangen war.

»Und was ist jetzt so ein Swingerklub?«, fragte Großmutter doch nach.

»Ja. Mei«, sagte ich verlegen. Musste sie ausgerechnet mich so etwas fragen? Ich räusperte mich umständlich und runzelte angestrengt die Stirn. Wenn ich jetzt viel Glück hatte, dann kam die Reisingerin aus ihrem Haus und sagte etwas ganz besonders Blödes über aussamendes Unkraut in Nachbarsgärten. Aber ich hatte kein Glück.

Großmutter blieb vor mir stehen und bückte sich nach einer Schnecke.

»Da geht man halt hin, und dann hat man Sex wie die Karnickel«, erklärte ich schließlich doch, als sie direkt vor meinen Augen eine Schnecke zerschnitt. »Mal mit dem. Mal mit dem anderen.«

Ich wusste zwar nicht hundertprozentig, ob Kaninchen ein gutes Beispiel für Swingerklubs waren, besonders als ich Großmutters ungläubigen Blick sah, aber mir fiel auf die Schnelle kein geeigneteres Beispiel ein.

»Ach geh«, sagte sie nach einer langen Pause. »Wer macht denn so was.«

Na ja. Der Spreitzer und meine Großmutter anscheinend nicht, so ahnungslos, wie die beiden herumfragten. Aber vielleicht der Bürgermeister. Der hatte angeblich sehr routiniert gewirkt.

»Keine Ahnung«, sagte ich wahrheitsgemäß. »Ich jedenfalls nicht.« Ich räusperte mich umständlich. »Die Schnecken machen das ständig«, behauptete ich.

Als mich Großmutter mit einem glühenden Blick bedachte, sagte ich hastig: »Ich muss dann mal los. Wenn was ist, ruf mich an. Kochen brauchst du nicht, ich bring was mit. Und lass den Hund im Wohnzimmer. Mittags bin ich wieder da.«

Echt, ich hatte gar keine Zeit zum Arbeiten, weil ich nur Herdplatten kontrollieren und Hunde ausführen musste.

»Wennst eh beim Friedhof vorbeikommst, dann schaust mal nach«, bat mich Großmutter, und ich hörte schon wieder so ein ekliges Geräusch. »Mir hat die Langsdorferin gesagt, dass ihr Grab jetzt auch richtig schlimm ausschaut. Und des muss richtig schlimm ausschaun, wenn des sogar die Langsdorferin sieht.«

Stimmt, die war nämlich halb blind. Und wenn ich Pech hatte, musste ich mit der Langsdorferin demnächst Graberde kaufen fahren, weil mit dem Gehwagerl ist das ein Ding der Unmöglichkeit.

»Ich muss jetzt wirklich in die Arbeit«, sagte ich, bevor ich noch zu weiteren Tätigkeiten rekrutiert wurde.

»Ich muss auch los«, erklärte Großmutter. »Zum Rosenmüller. Dann kann ich den auch gleich fragen, was des alles soll, mit dem Grabschänder.«

Was unser Pastoralreferent gegen Grabschänder machen sollte, war mir ein Rätsel. Aber ich hatte keine Zeit mehr, herauszufinden, was Großmutter und der Rosenmüller für ein Date miteinander hatten. Ich hatte irgendwie ein schlechtes Gefühl dabei, einfach wegzufahren, wie oft in letzter Zeit. Aber was sollte ich machen? Ich konnte schlecht meine Großmutter ständig mitnehmen, wenn ich zur Arbeit musste.

Vielleicht würde ich demnächst damit anfangen.

Schon vor Längerem hatte ich beschlossen, mir eine richtig dunkle Sonnenbrille zu kaufen. Nicht etwa, weil die Sonneneinstrahlung seit dem Ozonloch in unserem Ort so stark geworden war, sondern schlicht und einfach, weil ich nie rechtzeitig in die Arbeit kam, wenn ich jeden beachtete, der so am Straßenrand herumstand.

Es war schon wieder passiert.

Anneliese winkte so heftig, dass ich Angst haben musste, dass sie sich den Ellbogen ausrenkte, wenn sie so weitermachte. Ich machte eine Vollbremsung, kurbelte aber nur das Fenster herunter und rief bei laufendem Motor: »Ja?«

Anneliese sah mich böse an und schrie zurück: »Jetzt steig schon aus. Es ist wichtig.«

Es war auch wahnsinnig wichtig, dass ich rechtzeitig in die Arbeit kam. Ich kam fast nie pünktlich. Und dann musste ich mir immer diese unglaublich frauenfeindlichen Äußerungen vom Kare anhören. Der sagte dann nämlich meistens so Sachen wie: Na, wieder zu lange gebraucht beim Schminken? Wo jeder sah, dass ich mich überhaupt nicht schminkte.

In Wirklichkeit hätte ich mich über ihn lustig machen können, denn er hatte eine kaputte Kaffeemaschine zu Hause, und bei uns im Büro stand eine nagelneue. Wenn das der einzige Grund für Pünktlichkeit war, dann verzichtete ich gerne darauf. Allerdings hätte ich momentan auch gerne darauf verzichtet, mich mit Anneliese in aller Früh zu unterhalten, und lieber Kaffee in unserem Büro getrunken.

»Was ist denn so wichtig?«, fragte ich mürrisch und wollte es gar nicht wissen.

»Weißt du schon, wer's war?«

Ich zuckte mit der Schulter. Ich hatte es ja nicht gewusst, aber der Kare, dieses Gscheithaferl, wieder mal.

»Wieso hast du die nicht erkannt?«, hakte Anneliese nach. »Die beiden kennst doch schon ewig.«

»Ich hab halt nicht g'schaut«, antwortete ich böse. »Was gibt's denn Wichtiges? Das hat ja heute jeder in der Zeitung lesen können.«

»Also, wennst des ned weißt«, empörte sich Anneliese. Anscheinend hatte sie, bevor sie die Kinder in den Kindergarten gebracht hatte, keine Zeit zum Zeitunglesen gehabt. Aber jetzt mich angiften.

»Habts es schon g'hört ...«, sagte jemand so dicht hinter mir, dass ich zusammenzuckte. Oh je. Die Mama von der Kreszenz Gruber. Die hieß auch Kreszenz, aber alle nannten sie nur Zenz, manchmal sogar die alte Zenz oder die alte Schallerin. Die wackelte und zuckte immer so mit ihrem Kopf und den Armen, dass man gar nicht mehr gerade denken konnte.

Ihre Schultern begannen zu beben. »Und stellt's euch vor, es war eine Beziehungstat.«

Das Wort »Beziehungstat« sprach sie so hochdeutsch aus, dass mir die Ohren schmerzten.

»Beziehungstat? Was ist denn das?«, fragte ich unvorsichtigerweise. Man sollte Gespräche mit der Zenz nicht unnötig in die Länge ziehen. Irgendwann holte sie aus ihrer voluminösen Tasche doch irgendetwas heraus, das sie einem schenkte.

»Na ja. Sie hat erst ihren Mann erschossen. Und dann hat sie sich selbst umbracht.«

Ich starrte auf die große Handtasche.

»Ich muss jetzt in die Arbeit«, sagte ich, ohne beachtet zu werden.

»Nie und nimmer«, sagte Anneliese neben mir böse. »Nie und nimmer hat die jemanden erschossen.«

»Freilich. Ham s' heut in der Metzgerei erzählt. Und die Kreszenz hat gemeint, dass sie sich schon immer gedacht hat, des tut koa Gut, mit den zweien. Und mein Mädl, des kennt sich mit so was aus. Mit so Beziehungszeug.« Die Kreszenz Gruber war nämlich das »Mädl« von der alten Zenz.

»So ein Schmarrn«, widersprach Anneliese energisch. »Die Kreszenz soll doch keinen solchenen Krampf reden.«

Beleidigt klemmte sich die Zenz ihre Tasche fester unter den Arm. »Meine Kreszenz, die wird mir jetzt einen Schmarrn erzählt haben.«

Ich verdrehte heimlich die Augen. Meine Großmutter würde jetzt sagen, Zenz, erzähl keine blöden Geschichten herum. Pass lieber auf deinen Alten mit seinem Holzbein auf. Der wär das letzte Mal mit dem Moped beinahe in den Straßengraben gefahren. Mit einem schlecht gelaunten »Pfiad euch« ging die alte Zenz weiter.

»So ein Schmarrn«, sagte Anneliese noch einmal energisch, während wir der Zenz nachschauten. »Die soll doch lieber schauen, was aus ihren Enkelsöhnen g'worden is. Der Girgl nimmt so viel Drogen, dass er nimmer grad gehen kann. Und was der Anderl in seiner Freizeit macht, will ich gar ned wissen.«

Ich auch nicht. Ich wollte eigentlich nur in die Arbeit und mal so richtig ranklotzen.

»Nie und nimmer. Die erschießt doch nicht ihren Mann.«

»Na ja. Der Roidl Anton, der war halt auch ein Depp«, schränkte ich ein. »Und wenn sie ihn mit der anderen Frau in flagranti erwischt hat …«

»Die Marlis. Jetzt sei doch mal ehrlich. Die ist doch sogar umgefallen, nur weil damals in der dritten Klasse der Sebastian zwei Bänke vor ihr Nasenbluten gekriegt hat.«

»Die Marlis?«, fragte ich fassungslos mit der Betonung auf Marlis. »Die Marlis hat den Dorschenschädel geheiratet?«

»Ja, von wem reden wir denn die ganze Zeit?«, fragte mich Anneliese ziemlich genervt. »Wie viele Marlis' gibt's denn bei uns hier?«

Wir hatten überhaupt nicht von der Marlis gesprochen. Außerdem war es doch so was von weit hergeholt, dass irgendeine aus unserem Dorf den Anton geheiratet hatte.

Das war das Problem bei Leuten wie mir. Ich hatte mich einfach in den letzten Jahren zu sehr aus dem Gemeindeleben ausgeklinkt. Ich hatte nichts mitbekommen. Wer wen geheiratet hatte, wer wie viele Kinder bekommen hatte. Hauptsache, ich war nicht verheiratet und hatte keine Kinder, versuchte ich mich zu beruhigen. Man sollte sich nicht so am Leid der anderen Leute aufgeilen.

»Wieso hat sie denn das gemacht?«, fragte ich konsterniert. »Die kennt ihn doch schon so lang.« So konnte sie sich nicht einmal rausreden, dass sie nicht gewusst hätte, wen sie da heiratete.

»Na ja. Der ist schließlich eine gute Partie«, erklärte Anneliese.

Eine gute Partie? Dafür musste sie damit rechnen, alle ihre Kinder per Kaiserschnitt zu entbinden. Weil ein Kind vom Dorschenschädel kam bestimmt niemals normal auf die Welt. Nun, man konnte nicht an alles denken. Und Geld hatte er, das musste man zugeben.

»Außerdem, wie stehen wir dann da?«

»Wir?«

»Nicht du«, fauchte mich Anneliese entnervt an. »Du bist ja nicht mit ihr verwandt. Aber wenn die eigene Verwandtschaft sich derschießt, das ist doch nix.«

Die Marlis. Klar. Die Marlis war ihre Cousine. Aber sie standen sowieso schon blöd da, weil die Marlis so einen Rüpel geheiratet hatte. Das wäre mir zum Beispiel peinlicher, als wenn meine Cousine diesen Rüpel erschossen hätte. Andererseits zeichnete sich die Marlis auch nicht gerade durch besonders zartfühlenden Umgang aus. Manchmal war die richtig ordinär gewesen. Ich konnte mich noch blendend an die Grundschulzeit erinnern. Da hatte die Marlis, wenn sie zur Toilette musste, immer zur Tafel vorgeschrien: »I muass brunzn.« Ich will zwar nicht behaupten, dass alle Leute, die das Wort brunzen in den Mund nehmen, leichter zu Mördern werden als andere, aber es war immerhin ein Zeichen von schlechter Erziehung. Oder zumindest ziemlich ordinär.

Viel wichtiger war aber, dass ich jetzt bestimmt schon eine Viertelstunde zu spät dran war und mein Chef garantiert wieder einen Tobsuchtsanfall bekommen würde.

»Aber man weiß doch, was passiert, wenn eine Frau ihren Mann mit einer anderen erwischt«, sagte ich. »Da drehen auch Frauen durch, die bei Nasenbluten umfallen. Außerdem hat sie ja nicht unbedingt zuschauen müssen, wie der Anton im Wald verblutet ist.«

Anneliese sah aus, als würde sie gleich umkippen.

»So ein Schmarrn«, antwortete sie. »Du hast doch viel mehr davon, wenn du dich scheiden lässt.«

»Vielleicht konnte sie ohne ihren Anton einfach nicht mehr existieren«, schlug ich vor.

Wir sahen uns eine Weile schweigend an. Anneliese hob eine Augenbraue.

O.k.

»Wie stehen wir dann da«, sagte Anneliese noch einmal düster.

»Ach geh«, tröstete ich sie. »Die von der Polizei kriegen das schon raus, wie's wirklich war.«

Und bestimmt hatte die Marlis einen richtig guten Grund, und dann stand keiner dumm da. Ich machte einen vorsichtigen Schritt zur Seite, um schon mal anzukündigen, dass ich mich gleich aus dem Staub machen würde.

»Wennst du des sagst«, meinte Anneliese schlecht gelaunt.

»Hm«, machte ich freundlich. »Ich muss dann mal wieder.«

Auf der anderen Straßenseite sah ich Großmutter zielstrebig von dannen schreiten. Für einen Moment war ich versucht, sie wieder einzusammeln und nach Hause zu bringen.

»Die geht zum Rosenmüller«, erklärte Anneliese, die meinem Blick gefolgt war. »Die Rosl hat gemeint, dass sie ihm immer die Hand auflegt. Wegen seiner Migräne.«

Hand auflegt? »Schmarrn«, stieß ich entsetzt hervor.

»Doch. Hat sie gesagt. Zweimal die Woche schaut deine Großmutter beim Rosenmüller vorbei und legt ihm die Hand auf. Und dann wird das alles besser mit den Kopfschmerzen.«

Jetzt nicht hyperventilieren, befahl ich mir selbst. Einfach nicht dran denken.

«Könntest du vielleicht die Oma mit nach Hause nehmen?«, fragte ich hoffnungsvoll. »Nur bis ich wiederkomm.«

»Könntest du vielleicht rauskriegen, ob der Anton im Wald eine Frau getroffen hat ...?«, fragte Anneliese.

Das war bestimmt eine sehr gute Möglichkeit, wie ich mich mit Max so richtig zerstreiten konnte. Wenn ich ihn fragte, mit wem der Roidl vor seinem Tod Sex gehabt hatte. Vor allem nachdem ich mich ganz begeistert dazu entschlossen hatte, keinen Finger bei den Ermittlungen zu rühren.

»Man kann ja sogar rauskriegen, ob die Sex miteinander hatten«, schlug Anneliese vor, ohne dabei an meine eigene Beziehung zu denken. »Die von der Pathologie kriegen des alles raus.«

Pfui Teufel.

»Und dann hat die Marlis die beiden erwischt und ihn erschossen«, schlug ich unbedacht vor.

»Red doch du ned auch so einen Schmarrn«, fauchte sie mich an. »Die Marlis macht so was ned. Glaub mir des.«

Eine Weile schwiegen wir uns an. Ich sah Großmutter verschwinden, irgendwo auf dem Weg zum Handauflegen.

»Außerdem hab ich gemeint, ob die Marlis mit dem Roidl im Wald Sex gehabt hat. Und dann erschossen worden ist.«

Igitt.

»Weil, wenn sie Sex gehabt hatten, dann wird sie ihn doch nicht erschossen haben. Des macht ma doch ned.«

Ausgenommen, es war irrsinnig schlechter Sex.

»Ich muss noch arbeiten«, sagte ich nach einer Pause. »Und auf der Resi ihren Hund aufpassen.«

»Du denkst dran, den Max zu fragen?«

»Hm«, machte ich ausweichend und hob grüßend die Hand. »Mach's gut.«

Anneliese sagte nicht, dass ich es auch gut machen sollte, sondern drehte sich noch immer schlecht gelaunt um und lief in Richtung Metzgerei. Wenn das mal gut ging. Da wurde ihr garantiert eingeredet, dass ihre Familie ewig an der Schuld zu knabbern hätte, dass sie mit der Marlis und dem Roidl Anton verwandt war.

Ein Gutes hatte das Gespräch gehabt. Während mir Anneliese sonst immer viel zu genau erzählte, was sie in diesem Zyklus gemacht hatte, um ein Kind zu bekommen, hatte sie heute an das Wort Vaginalschleim offensichtlich nicht einmal gedacht.

Ich machte, dass ich wegkam.

Natürlich war ich zu spät im Büro. Der Kaffee war alle, mein Chef nörgelte an meiner Arbeitseinstellung herum. Und der Kare ließ ein paar blöde Bemerkungen über meinen letzten Artikel fallen. Mein letzter Artikel war echt gut gewesen, daran änderten auch seine pseudoironischen Kommentare nichts. Nachdem wir unsere alltägliche Verteilung der Jobs hinter uns gebracht hatten, ermittelte ich zehn Sekunden im Fall Roidl mit Gattin. Zumindest hatte ich den Kare gefragt, ob man schon wisse, ob der Roidl eine Freundin gehabt habe. Und das wusste man noch nicht. Insofern konnte Anneliese nicht von mir erwarten, dass ich das jetzt so mir nichts, dir nichts herausfand.

Ich hatte mir fest vorgenommen, über die ganze Social-Media-Thematik mehrere Artikel zu verfassen, und machte mir gleich einmal einen tollen Aktionsplan. Als erste Aktion wollte ich einen Schulvortrag über die Gefahren des Internets für die Jahrgangsstufen fünf bis neun besuchen. Dafür musste ich zwar dreißig Kilometer Auto zu einem Gymnasium im Nachbarort fahren, und vermutlich hatte ich danach keine Bleibe mehr, sondern nur noch eine schwarze, abgebrannte Ruine, aber das Risiko musste ich eingehen. Danach hatte ich ja vielleicht ein klein wenig Zeit, um herauszufinden, was der Roidl mit der Marlis im Wald gemacht haben könnte. Schließlich war Anneliese meine beste Freundin. Da wollte ich mich nicht anstellen. Von richtigen Ermittlungen konnte schließlich nicht die Rede sein, versuchte ich mir einzureden. Mehr so Nachbarschaftshilfe.

Also packte ich meine riesige Umhängetasche und fuhr los,

um mir den Vortrag in der Schule reinzuziehen. Während der Fahrt telefonierte ich zweimal mit Max, um ihn daran zu erinnern, dass er dringend nach unseren Herdplatten schauen musste und die Kühlschranktür gut zudrücken sollte. Beim dritten Anruf klang er schon ziemlich genervt, sagte aber noch immer Jaja.

Nach dem Vortrag, der tatsächlich irrsinnig spannend war, raste ich, so schnell ich konnte, nach Hause. Statt der Feuerwehr oder eines daytonagrauen Audis stand ein alter Fiat Punto vor unserem Garten, und mein Hund hockte mit stinkiger Miene vor der Haustür. In unserer Küche ging ein fremder junger Mann mit meiner Großmutter in gebückter Haltung durch das Zimmer.

»Wer ist denn das?«, wollte ich flüsternd wissen.

»Riechst du des nicht auch?«, fragte Großmutter. Ihr Stimme klang jetzt dumpf und etwas gepresst, denn sie war plötzlich mit knirschenden Knien auf alle viere gegangen und kroch unter dem Küchentisch herum. »Grauslich riecht des.«

Der junge Mann, der anscheinend nicht wusste, ob er jetzt auch auf allen vieren durch unsere Wohnung kriechen sollte, richtete sich auf und begann heftig meine Hand zu schütteln. Ich starrte fasziniert auf die Segelohren, die von seinem schmalen Gesicht abstanden.

»Maarten Backhus«, sagte er so norddeutsch, als wären wir irgendwo in Ostfriesland.

»Lisa Wild«, antwortete ich misstrauisch.

»Das ist der Martin«, erklärte Großmutter vom Boden aus. »Der Max hat angerufen, dass der Martin was zu essen braucht.«

Mein Blick glitt zum Tisch, wo ein Teller stand, auf dem anscheinend meine Blutwürste gelegen hatten.

»Ich bin der neue Praktikant«, erklärte Maarten, als würde es ihn gar nicht stören, bei meiner Großmutter in der Küche nach stinkenden Dingen zu suchen und mit Martin angeredet zu werden.

Max, der Depp. Ich hatte ihm nicht aufgetragen, dass er irgendwelche Praktikanten bei meiner Großmutter in die Küche setzte, die dann mein Essen vertilgten.

»Und was macht der Hund vor der Tür?«

»Die haben so g'stritten, die zwei Hund«, erklärte Großmutter. »Ein ständiges Gerumpel war des in der Wohnung, des hab ich nimmer ausgehalten.«

Resis Köter war echt die Pest. Auch wenn er sich jetzt gerade an den Maarten ranwanzte und ihn ansah, als würde er ihn abgöttisch lieben.

»Dann schmeiß das nächste Mal Resis Hund raus«, grummelte ich. Vielleicht lief er dann von selbst zu einer Autobahnraststätte und war auf Nimmerwiedersehen verschwunden.

»Vielleicht liegt da unten irgendwo was und fault vor sich hin«, sagte Großmutter und krabbelte weiter unter dem Tisch herum.

»Das ist doch mehr bei der Spüle«, machte ich sie aufmerksam.

»Ach geh. Ich riech's ganz deutlich. Riech doch mal dahinten.« Sie zeigte auf einen Punkt unter der Eckbank. Was sich Großmutter wieder vorstellte. Als würde ich jetzt unter der Eckbank herumkriechen und riechen. Großmutter stand auf und schüttelte unwillig den Kopf.

»Da unter der Eckbank kann ich ned hin. Ich in meinem Alter«, sagte sie missbilligend. »Da könnte bei uns eine Leich unterm Esstisch verfaulen, und du würdest nicht mal runterriechen.«

Tja. Richtig. Das würde ich garantiert nicht machen, wenn da eine Leiche wäre.

Maarten hatte ein neutrales Lächeln im Gesicht und mischte sich lieber nicht ein.

»Das ist auch gar nicht unter der Eckbank«, behauptete ich, weil ich überhaupt keine Lust hatte, unter der Eckbank nach fauligen Sachen zu suchen.

»Riech halt mal.«

»Das ist bei der Spüle«, beharrte ich. »Bestimmt ist das die Grünlilie, die fault.«

Oder der blöde Köter von der Resi hat sich nicht beherrschen können.

»Unsere Grünlilie fault nicht.«

Und ob sie das tat. Wenn nicht jetzt, dann bald. So viel Wasser, wie Großmutter in diesen einen Blumentopf entsorgte, das konnte nicht gut gehen.

»Grünlilien brauchen viel Wasser.« Großmutter riss den Schrank unter der Spüle auf.

»Ja, pfui Teifel«, rief sie aus. »Riech amal rein.«

Ich hielt mir die Nase zu. »Das ist eine Kartoffel.«

»Greißlich«, bestätigte Großmutter.

Gott sei Dank klingelte in dem Moment das Telefon, sonst hätte ich tatsächlich meine Nase über eine faulige Kartoffel halten müssen.

Das mit dem Gott sei Dank nahm ich schnell wieder zurück, als ich Annelieses Stimme hörte.

»Du musst mir helfen«, schrie sie mir aufgeregt ins Ohr. »Die Polizei, die macht gar nichts, die redet einen Schmarrn über Beziehungstat, und jeder weiß, dass die Marlis niemals eine Beziehungstat … also nein …«

Ich überlegte mir, ob ich doch noch die Nase über die faulige Kartoffel halten und in Ohnmacht fallen sollte.

»Hm«, sagte ich mit angehaltenem Atem, weil Großmutter gerade ein Sackerl voller Kartoffeln an mir vorbeitrug.

»Riech amal«, ließ sie nicht locker. »Greißlich.«

»Was ist jetzt, bist noch dran?«

»Hm«, sagte ich noch einmal undeutlich, weil ich auf gar keinen Fall in diesem Moment einatmen wollte. Ich sah dem »Martin« und meiner Großmutter hinterher und vermied weitere Kommentare.

»Hat sie je wie ein psychopathischer Killer ausgesehen, ja oder nein?«, fragte Anneliese streng.

Ich verdrehte die Augen. Was für eine blöde Frage, kein Mensch sah wie ein psychopathischer Killer aus. Oder jeder, je nachdem. Wenn ich mich manchmal auf meinem Laptop betrachtete, mit den Augen der Digital Motion Camera, die mich durch den Bildschirm anglotzten, sah ich grundsätzlich aus wie jemand, der einen an der Klatsche hatte. Und bis jetzt hatte ich noch keinen umgebracht. Was natürlich auch wieder nichts hieß. Das konnte schließlich noch werden.

»Nein«, sagte ich trotzdem folgsam. »Marlis sah nicht aus wie eine Killerin.« Sie sah eher aus wie ein dummes blondes Mädel, das den erstbesten Dorschenschädel heiratete, der ihm über den Weg lief.

»Die Kreszenz hat gerade zu mir gesagt, dass sie das schon immer geahnt hat«, fauchte Anneliese mich an. »Blöde Kuh. Die soll doch mal ihre zwei Söhne anschaun. Von dem Girgl hab ich schon seit Jahren keinen vernünftigen Satz mehr gehört, so viel Drogen hat der schon intus.«

Ja, der Girgl war wirklich eine arme Sau. Aber mit der Kreszenz als Mutter musste man sich vermutlich hin und wieder die Dröhnung geben.

»Und der Anderl …« Sie holte empört Luft und verschluckte sich.

»… der vertickt bestimmt Drogen«, machte ich weiter. Aber das hieß noch lange nicht, dass die Marlis nicht den Roidl erschossen hatte.

»Wir müssen einfach alles unternehmen, um die Marlis von dieser Anschuldigung reinzuwaschen.«

»Hm«, machte ich unschlüssig. »Aber man ist nicht unbedingt psychopathisch, wenn man seinen Mann erschießt. Sie hatte ja ihre Gründe.«

Das Schweigen am anderen Ende der Leitung wirkte irgendwie bedrohlich. Anscheinend war das nicht das, was Anneliese in diesem Moment hören wollte. Nach einer Schweigeminute sagte sie dann: »Sie hätte ihn auch nicht erschossen, wenn er sie betrogen hätte, glaub mir.«

Jetzt kam bestimmt wieder die Stelle mit dem Nasenbluten und dem Umfallen.

»Weißt du noch, in Biologie? Da hatte doch der Lehrer Schweineaugen mitgebracht, damit wir die Linse herauspräparieren. Und? Wer ist umgekippt?«

Nun gut. Aber sie musste dem Roidl Anton auch keine Linsen herauspräparieren. Ich verkniff mir ein Seufzen und machte ein unbestimmtes »Hm«.

Am anderen Ende herrschte ein aufforderndes Schweigen.

»Und ich soll das alles bezeugen, oder was soll ich machen?«, fragte ich misstrauisch. Einen Teufel würde ich tun. Ich würde auf gar keinen Fall irgendwelche Aussagen machen, in denen ich bestätigte, dass die Marlis nie und nimmer dem Roidl Anton Augenlinsen herauspräpariert und ihm niemals blutende Wunden zugefügt hätte. Ich hatte sowieso schon einen ganz blöden Ruf bei uns am Polizeirevier, noch blöder ging eigentlich fast nicht. Aber mit diesen Aussagen vielleicht doch.

»Du solltest den Mörder finden«, erklärte mir Anneliese. »Du kannst das doch so gut.«

»Das Einzige, was ich wirklich kann, ist Leichen finden«, erklärte ich missmutig. »Und davon habe ich jetzt genug. Fünf Leichen, das ist kein Spaß.«

»Weißt du jetzt schon, was die Polizei ermittelt?«

Ich verdrehte gründlich die Augen. Ich musste schließlich auch mal arbeiten. Und an Max hatte ich in dieser Zeit nicht einmal gedacht.

»Reicht es nicht, dass ich alle gefunden habe?«, fragte ich böse. »Ich hab ein Trauma.«

»Ja, ja«, sagte Anneliese ebenfalls missmutig und vor allen Dingen überhaupt nicht mitfühlend. »Aber du findest doch auch, dass Marlis unmöglich geschossen haben kann.«

»Das werden die schon rausfinden«, wich ich aus.

»Ach, Krampf«, beharrte Anneliese. »Die machen sich doch keine Mühe. Du weißt ja, wie das ist. Nur damit sie Steuergelder sparen, sagen sie Beziehungstat, und das war's dann schon.«

Hm. Das hatte ich von Max zwar noch nicht gehört, aber da er mir ganz selten was von seiner Arbeit erzählte, konnte es natürlich sein.

»Hilfst mir jetzt oder nicht?«

»Und, was soll ich da machen?«, fragte ich nach. Vielleicht sah sie dann selbst ein, dass ich gar nicht die Möglichkeit hatte, ihr zu helfen.

»Du könntest schon mal beim Max rausfinden, wie weit die sind.«

Oh. Oh.

»Was für eine Waffe hast du denn bei der Marlis gefunden?«, fragte sie weiter.

Ich hatte nur die Leichen gefunden. Ich war schließlich nicht bei der Spurensicherung beschäftigt. Und ich würde auch bei jedem weiteren Leichenfund auf gar keinen Fall nach Waffen suchen.

»Keine Ahnung«, gab ich zu. »Ich hab gar nichts gesehen.«

»Ja, sag einmal. Leichen finden und nicht schauen, ob da noch Waffen rumliegen.«

»Find du mal Leichen«, sagte ich düster.

»Na ja. Das kriegst dann schon noch irgendwie raus«, meinte sie zuversichtlich. »Und wennst das weißt, dann suchen wir halt nach Verdächtigen.«

Verdächtig war meines Erachtens hauptsächlich die Marlis. Oder es war ein verrückter Fremder. Das war mir sowieso immer das Allerliebste, da brauchte man nicht lange nachzudenken.

»Du musst mir einfach helfen«, sagte sie schließlich, weil ich nichts mehr gesagt hatte. »Wir sind doch Freundinnen.«

Ich verkniff mir das Seufzen, Stöhnen und Augenverdrehen und sagte brav: »Ja.«

»Und wir müssen jemanden beschatten.«

Ich presste meine Augen zusammen, so fest ich konnte. Das hörte sich jetzt überhaupt nicht gut an. Wenn ich eines nicht leiden konnte, dann waren das die ganzen unqualifizierten Vorschläge von Anneliese. Wenn sie wenigstens einen einzigen Krimi gelesen hätte, bevor sie sich leidenschaftlich in Ermittlungen stürzte. Das hätte vielleicht gereicht, um sie zu desillusionieren. Aber mit ihren Rosamunde-Pilcher- Verfilmungen kam man da echt auf keinen grünen Zweig.

»Lisa!«, fauchte mich Annelieses Stimme aus dem Telefonhörer an.

»Wen denn?«, fragte ich gottergeben.

»Ja, denk dir doch jemanden aus«, schlug Anneliese vor.

Jemanden ausdenken. Anneliese war als Privatdetektivin wirklich komplett ungeeignet.

»Der sollte dann aber verdächtig sein«, gab ich zu bedenken. »Irgendjemanden zu beschatten ist ja blöd.« Außerdem konnte ich jetzt, wo ich eine anständige Journalistin war, nicht jeden Quatsch mitmachen.

»Das kann doch nicht so schwer sein. Da jemanden zu finden, der ein bisserl verdächtig ist.«

Verdächtige gab's in unserem Dorf natürlich jede Menge. Meine Lieblingsverdächtigen waren der Kreiter, der Metzger und der Troidl.

»Wenn überhaupt, sollten wir lieber rausfinden, was die im Wald gemacht haben«, wandte ich ein.

»Ach«, wehrte Anneliese ab.

»Sind die jemals freiwillig in den Wald gegangen?«, wollte ich wissen. »Die waren doch beide überhaupt nicht der Typ, der in den Wald geht.«

Ich drehte mich um, damit ich die Küchentür im Auge hatte. Vor Maarten wollte ich kein solches Gespräch führen, der petzte das bestimmt weiter.

»Ja und«, entgegnete Anneliese unmotiviert. »Wollten s' halt mal was für die Gesundheit tun.«

Krampf. »Und dann werden sie gleich erschossen.«

Ich schüttelte den Kopf. Ich war mir ganz sicher, dass wir ein ganzes Stück weiter wären, wenn wir wüssten, wieso sie sich im Wald herumgetrieben hatten. Mal abgesehen davon, dass ich eigentlich gar nichts davon wissen wollte.

»Jetzt sag schon, wer ist jetzt verdächtig«, wollte Anneliese wissen.

Ich musste echt an meinem Durchsetzungsvermögen arbeiten. Einfach mal Nein sagen und sich nicht irgendwie herauswinden.

»Der Kreiter?«, schlug ich wenig begeistert vor.

»Ach geh«, sagte die Anneliese. »Streng dich doch ein bisserl mehr an. Der Kreiter hat doch ned den Roidl erschossen.«

Stimmt. Der hätte ihn wahrscheinlich eher mit seinem neuen Claas Axion überrollt.

»Wir könnten ja mal mit dem Metzger anfangen.«

»Mit dem Metzger?«, fragte ich ungläubig. Ich fand den Metzger auch immer verdächtig, aber bis jetzt hatte er sich ganz unauffällig verhalten. »Hat der denn ein Motiv?«

»Man braucht nicht unbedingt ein Motiv.«

Kein Motiv? Ich schwieg beeindruckt. Wahrscheinlich brauchte man da eine ganz hochgradig komplizierte Psychose, um jemanden vollkommen grundlos umzubringen.

»Ich bräuchte auch ein bisschen Hilfe«, versuchte ich sie abzulenken, wo es schon mal um Hilfe unter Freundinnen ging, und senkte etwas meine Stimme. »Die Oma hat schon wieder fünf Dosen Sauerkraut gekauft, obwohl wir noch ein ganzes Regal davon haben, und außerdem hatte sie die Herdplatte an, während sie beim Metzger war. Und Resis Hund läuft mir ständig nach.«

Den Satz »Wir sind doch Freundinnen« verkniff ich mir.

»Ich muss jetzt Essen machen«, erklärte Anneliese im Brustton der Überzeugung. »Mit Sauerkraut kannst schön Krautknöderln machen. Wir treffen uns später zur Lagebesprechung.«

Als ich auflegte, kam Großmutter wieder mit dem Maarten herein und hielt mir den Eimer für die Kartoffeln unter die Nase. Ich fragte mich nicht einmal, ob mit Lagebesprechung meine Betreuungsproblematik gemeint war oder nicht.

»Machst des sauber für mich?«, fragte sie. »Und dem Martin, dem müssten wir auch ein bisserl helfen. Der soll nämlich für den Max was über die Roidls recherchieren.« Und keiner sagt ihm was. Das sagte sie zwar nicht, aber irgendwie war das klar.

Ich starrte eine Weile auf Maartens beige Bundfaltenhose, die eine perfekte Bügelfalte hatte. Mannometer. In seinem Alter sollte man auf gar keinen Fall Bügelfaltenhosen tragen. Damit sah jeder halbwegs vernünftige Mann wie ein Nerd aus. Ich seufzte und ließ Wasser in den Eimer reinlaufen.

»Die Anneliese meint, dass die Marlis den Roidl nicht erschossen hat«, erklärte ich ihm großzügig und schüttete Spülmittel in den Eimer. Außerdem meinte sie, dass man aus vierzig Dosen Sauerkraut gut Krautknöderln machen kann.

Maarten sah mir etwas hilflos zu.

»Und die Kreszenz meint, dass er nur erschossen worden ist, weil er der Mesner war«, fügte ich sehr hilfreich hinzu. Und die Anneliese hatte richtig Glück gehabt, weil eigentlich hätte ihr Ehemann, der Thomas, das Amt übernehmen sollen, aber der faule Hund hatte halt keine Lust gehabt.

»Er war also ein sehr engagierter Mann«, analysierte Maarten. »Und gläubig.«

»Schmarrn«, erklärte ihm Großmutter kopfschüttelnd. »Der is halt ein Gschaftlhuber. Und in d'Kirch is der auch nie gangen. Davor. Bevor er Mesner geworden is.«

Maarten sah hilflos von Großmutter zu mir.

»Er war ein ungläubiger Wichtigtuer«, übersetzte ich ins Ostfriesische und grinste dabei breit.

»Die Rosl hat gesagt«, machte ich weiter, »dass es ganz gut sei, einen so kräftigen und jungen Mesner zu haben.«

»Ja, der Anton, der hat schon als Baby Händ g'habt wie Klodeckel«, stimmte Großmutter zu. »Von so einem willst koane G'nackwatschen kriegen.«

Wieso ein Mesner G'nackwatschen verteilen sollte, war mir nicht ganz klar.

»Einen Schlag ins Genick«, erklärte ich dem fassungslosen Maarten. »Aber in letzter Zeit ist mir nichts zu Ohren gekommen. Dass er G'nackwatschen verteilt hätte.«

»Jetzt haben wir scho wieder keinen Mesner mehr«, sagte Großmutter und warf mir einen bösen Blick zu, als wär das mit den Watschen meine Idee gewesen. »Ich hab gleich g'sagt, nehmts einen, der katholischer ist als der Roidl. Der war ja so ordinär.«

»Wie die Marlis«, klärte ich Maarten auf. Die zwei hatten super zusammengepasst. Maarten sah aus, als hätte er keine Ahnung, wie er aus diesen Informationen eine anständige Persönlichkeitsanalyse der Opfer zustande bringen könnte.

»Weißt noch, was der über den Pfarrer g'sagt hat?« Großmutter schnalzte widerwillig mit der Zunge und schüttelte neben mir den Kopf darüber, dass ich nur mit spitzen Fingern in die stinkende Brühe fasste. »Geh, Mädl, so wird des nie sauber.«

Ich konnte mich nur daran erinnern, dass der Roidl Anton sich darüber aufgeregt hatte, dass der Pfarrer keinen Swingerklub mitten am Marktplatz haben wollte. Und er hatte dabei wirklich schlimme Wörter gesagt. Ich hatte überhaupt keine Lust, dass sie das vor dem Maarten bis ins Detail durchkaute.

»Scheinheilige Brut, hat er g'schrien. Der alte Kuttenbrunzer, der alte, der soll doch selber erst amal schaun.«

Ich wurde genauso rot wie damals, als der Roidl das gesagt hatte. Und ich würde auf gar keinen Fall meine Übersetzertätigkeit aufnehmen, egal wie fragend der »Martin« schaute.

»Sagt ma des?«, fragte Großmutter und schob mich von dem Spülbecken weg. Ich verkniff mir zu sagen, dass sie es eben selbst gesagt hatte.

»Nein«, antwortete ich brav und übergab den Spülschwamm an meine Großmutter.

»Koa Wunder, dass sie den derschossen hat«, behauptete Großmutter. Anscheinend hatte sie vergessen, dass die Marlis genauso ordinär gewesen war wie ihr Mann und auch dem Wort mit K nicht abgeneigt.

Kapitel 3

»Neuer Tag, neues Glück, sieh nach vorne, nie zurück«, hatte meine Großmutter heute früh sehr sinnreich gesagt, als ich, ohne gefrühstückt zu haben, aus dem Haus stolperte, weil mein Hund Resis Hund schon wieder zur Sau gemacht hatte. Vielleicht sollte ich Resis Hund bei der nächsten Autobahnraststätte aussetzen, überlegte ich schlecht gelaunt. Weil mein eigener so unartig nach rechts zerrte, beschloss ich, ihn ebenfalls zurückzulassen, sollte ich mal in die Nähe einer Raststätte kommen. Um mich von meinen schlechten Gedanken abzulenken, dachte ich an Maarten. Wenn ich Glück hatte, schickte Max ihn öfter vorbei. Als ich mich gestern bei Max bedankt hatte, hatte er etwas kryptisch gesagt, dass es ganz gut sei, wenn man den Praktikanten außer Haus hatte. Dann könne man mal ordentlich arbeiten. Ich dachte lieber nicht darüber nach, was er damit sagen wollte, Hauptsache, Maarten war bereit, sich in unsere Küche zu setzen und den Herd auszuschalten. Und irgendwann würde ich ihn dazu bringen, andere Hosen zu tragen. Dann sah er bestimmt wie ein ganz normaler junger Mann aus.

Mein Hund zerrte nach rechts, während Resis Hund wohlgesittet neben mir herging. Entweder hatte er eine irrsinnige Angst davor, dass ich ihm wieder die Zeitung über den Kopf zog, oder davor, dass er die nächsten zwei Wochen auf Sauerkrautdiät gesetzt werden würde.

Als ich in die Straße einbog, wo der Schorsch wohnte, sah ich meine Chance gekommen, etwas über den Ermittlungsstand zu erfahren, ohne dass ich mich deswegen gleich mit Max zerstreiten musste.

Schorsch putzte gerade sein Auto. Vielleicht konnte ich ihm währenddessen ein paar wichtige Informationen aus der Nase kitzeln, zum Beispiel über irgendwelche Freundinnen vom Roidl. Das würde der Anneliese hoffentlich reichen, um ihr Ermittlungsvorhaben wieder aufzugeben.

Aber eigentlich konnte ich jetzt schon sagen, dass bei einem Gespräch mit dem Schorsch nichts Rechtes herauskommen würde. Mit der Polizei in unserem Ort ist das nämlich ein richtiges Gfrett, um mit den Worten vom Schmalzlwirt zu sprechen. Dass es bei uns nicht zugeht wie in Sodom und Gomorrha, liegt definitiv nicht daran, dass unsere Polizeistelle so hochkarätig besetzt ist. Der Hauptakteur ist nämlich der Schorsch, einer meiner alten Schulkameraden. Wer ihn von früher kannte, hätte als Berufsziel allenfalls auf Straß'grabenlieger getippt. Denn welcher halbwegs normale Mensch steckte sich den Holzstiel eines Eises quer in den Mund und tauchte dann derart missgestaltet hinter Büschen auf, um laut Buh zu schreien? Richtig. Unser jetziger Polizeibeamter Schorsch Spreitzer. Gut, inzwischen war er dreizehn Jahre älter, und das mit den Eisstielen hatte er sich komplett abgewöhnt, aber irgendwelche Spuren hinterlässt das schließlich in der Psyche. Schorsch sah nicht aus, als legte er Wert auf meine Gesellschaft. Er war nämlich grässlich unangemessen gekleidet. Allein die hässliche, labberige Seidenblouson-Jogginghose war eine Zumutung, und auf seine nackten Füße in den ausgetretenen Latschen wagte ich erst gar keinen genaueren Blick zu werfen. Er hatte zugenommen, stellte ich zufrieden fest und erschrak im gleichen Augenblick, weil ich jetzt erst sah, dass hinter dem Auto der Metzger stand. Der Schorsch sah nicht so aus, als würde er sich mit ihm unterhalten, denn er schüttelte bei laut gedrehter Musik die Fußmatten aus und bedachte ihn keines Blickes. Außerdem wunderte es mich stark, dass der Metzger um diese Uhrzeit nicht in seinem Geschäft stand.

»Früher, da hast halt eine Saufeder g'habt«, sagte der Metzger gerade mürrisch. Er wirkte, als würde er sich von keinem davon abhalten lassen, seine Geschichte loszuwerden.

Schorsch erwiderte nichts.

»Eine Saufeder?«, fragte ich neugierig nach. »Was ist denn das?«

Der Metzger warf mir einen ärgerlichen Blick zu. Die jungen Leut heutzutage, die haben von den wirklich wichtigen Dingen keine Ahnung, stand auf seiner Stirn geschrieben.

»So eine lange Stange, vorne mit einer eisernen Spitze«, antwortete er trotzdem. »Ein Sauspieß halt. Da lässt die Sau reinrennen, und dann ist's aus.«

Ich ließ den Mund offen stehen.

»Mit der Sau«, erklärte er weiter.

Mein Hund zerrte nach rechts und klang, als hätte er starkes Asthma, während sich Resis Hund ganz eng an mein linkes Bein schmiegte. Der Metzger sah mit gerunzelter Stirn auf Resis Rüden und sagte dann zum Schorsch: »Anders kriegen wir des gar nimmer unter Kontrolle. Des kannst mir glauben.«

Der Schorsch tauchte aus dem Fußraum seines Wagens auf und warf ebenfalls einen Blick auf den Hund. »Da muss ich erst einmal drüber nachdenken.«

Wie bitte? Dachten die zwei allen Ernstes darüber nach, den Hund von der Resi in einen Sauspieß rennen zu lassen? Anders werden wir seiner nicht mehr Herr? Na ja. Es gab da vielleicht doch ein, zwei unblutigere Varianten, die vor allen Dingen leichter mit sich herumzutragen waren. Ein Pfefferspray beispielsweise. Das hatte ich zwar auch nicht, aber sich gleich eine Saufeder zuzulegen, fand ich doch etwas übertrieben. Außerdem benahm er sich gerade ausgesprochen wohlerzogen, im Gegensatz zu meinem eigenen Hund.

»A bisserl Mut musst schon haben«, schwadronierte der Metzger weiter. »So ein Viech, des wiegt ja was.«

Oh ja. Das konnte ich aus leidvoller Erfahrung sagen. Der blöde Köter wog gut und gerne seine fünfzig Kilo, weil die Resi ihm immer viel zu viel zu fressen gab. Und wenn er einen ansprang, konnte man von Glück sagen, wenn man nicht umfiel. Aber ich wäre nie auf die Idee gekommen, deswegen den Hund umbringen zu lassen. Das mit der Zeitung auf den Kopf und die Wasserpistole hatten sich eigentlich super bewährt, ein Sauspieß war da gar nicht nötig.

»Aber wer soll das machen?«, fragte der Schorsch nach. »Des darf ja auch keiner wissen.« Er warf mir einen Blick zu, als wollte er sich vergewissern, dass ich dichthalten würde. »Was meinst, wie die dann alle schreien.« Er verstellte seine Stimme: »Des arme Viecherl«, sagte er mit der Stimme eines tierschützenden Weicheis. »Das kann man doch nicht machen.« Er tauchte wieder in den Fußraum seines Autos ab.

Der Metzger sah mich böse an, als sei mir zuzutrauen, dass ich ein tierschützendes Weichei war. Ich schluckte hart. Bis jetzt hatte ich es eigentlich für einen Witz gehalten. Metzger hatten ja einen etwas eigenartigen Humor. Aber wenn der Schorsch so etwas sagte, dann musste es stimmen, denn der war eigentlich komplett humorlos.

»Dann kommen bestimmt ein paar daher und reden von Naturschutz, hin oder her«, sagte der Schorsch und tauchte wieder aus dem Auto auf. Sein Blick war ziemlich grimmig. »Tierschutz, die armen Viecherln.«

»Tierschutz«, brummte der Metzger böse. »Alles braucht man sich doch auch nicht g'fallen lassen.«

Mein Hund verkroch sich plötzlich auch hinter meinen Beinen. Kluges Tier.

»Und der Troidl, der feige Hund, hat g'meint, ein G'wehr tät's auch«, erklärte der Metzger triumphierend. »Weil er sich halt nix traut. Mit so einer Saufeder, da musst schon Mut haben.«

Der Schorsch wiegte den Kopf hin und her. »Mit dem G'wehr musst halt dann schon g'scheit aufpassen, dass du nicht ein paar andere gleich mitderschießt. Und erlaubt ist des auch ned. Da will ich nix davon g'hört haben.« Er verschwand wieder halb in seinem Auto, und der Metzger hatte so ein ganz fieses Lächeln im Gesicht. Wenn ich nicht gewusst hätte, dass der Metzger eigentlich ein herzensguter Mensch war, hätte ich an dieser Stelle prophezeit, dass er demnächst einen Mord begehen würde.

Das konnte doch nicht wahr sein. Der Troidl konnte doch nicht auf offener Straße auf Resis Hund schießen. Und billigend in Kauf nehmen, dass er mich auch noch traf.

»Ja, ich muss dann mal weiter«, sagte ich schnell, bevor sich die zwei überlegten, ob mein Hund nicht auch aufgespießt gehörte. Anneliese konnte von mir nicht erwarten, dass ich mich so einer Gefährdung aussetzte. Wer wusste, was dem Schorsch einfiel, wenn ich ihn ein bisschen zum aktuellen Fall befragte. Bestimmt war das ein Scherz gewesen, versuchte ich mich zu beruhigen. Man konnte doch nicht einfach am helllichten Tag beschließen, den Hund von der Resi umzubringen, Saufeder hin oder her.

Vor unserem Gartentürl wartete dann auch prompt Anneliese auf mich, die mir, ohne meine Gegenwehr zu beachten, befahl, ab neun Uhr abends den Metzger zu beobachten.

Um das Gespräch nicht in die Länge zu ziehen, erzählte ich ihr nichts vom Sauspieß, sondern sagte mit einem Blick auf meine Uhr einfach nur »Jaja«.

»Die meinen, glaub ich, noch immer, dass es die Marlis war«, erklärte sie düster.

Statt einer Antwort versuchte ich, aufmerksam dreinzuschauen.

»Mit einer Pistole schießen, das musst können«, behauptete Anneliese. »Die Marlis hätt doch den Anton nie troffen. Einfach draufdrücken, da triffst überhaupt niemanden. Hast du schon mal mit einer Pistole geschossen?«

Auf dem Volksfest. Ich hatte damals statt der Schießscheibe einen Teddybären erschossen. Deshalb war ich da nicht mehr so gerne gesehen. Ich konnte mich aber blendend daran erinnern, dass die Marlis beim letzten Schützenfest in dem Superdirndl schlechthin aufgetreten war. Man hatte ständig Angst gehabt, dass ihr die Brüste mit allem Drum und Dran aus der Auslage hüpften. Und sie hatte jede Menge ordinärer Sprüche losgelassen, statt nur lieblich zu lächeln. Außerdem hatte sie tatsächlich geschossen, ich konnte mich zwar nicht mehr an die Waffe erinnern, aber sie hatte jedes Mal die Schießscheibe getroffen.

»Nicht schlecht. Für ein Weibsbild«, hatte der Kreiter dazu gesagt. Und die Marlis hatte dann was ausgesprochen Ordinäres erwidert, was auch nicht schlecht war für ein Weibsbild.

»Also, du fängst um neun Uhr an«, wiederholte sie, weil ich noch immer so apathisch wirkte.

»Und du machst dann um zehn Uhr weiter?«, fragte ich, in der Hoffnung, dass sie dann von ihrem komischen Vorhaben abkäme.

»Das geht leider nicht. Die Nachtschichten musst du übernehmen.«

»Die Nachtschichten?« Moment mal. »Wieso denn das?«

»Ich kann doch schlecht in der Nacht weg«, erklärte Anneliese. »Wegen den Kindern. Sabine schläft so schlecht in letzter Zeit. Und der Thomas kann sie nicht gut beruhigen. Also eigentlich gar nicht.«

Thomas. Der Depp, der. Konnte nicht mal seine eigene Tochter beruhigen.

»Man muss ja auch nicht unbedingt in der Nacht beschatten«, schlug ich vor. »Die meisten Leute schlafen in der Nacht.«

Und jetzt sage ich Nein. Einfach NEIN. Ich beschatte niemanden. Ich ermittle nicht.

»Aber nicht die Kriminellen«, verbesserte Anneliese mich. »Am besten machen wir das gleich heute Nacht.«

»Ich«, sagte ich düster. »Du beruhigst ja die Sabine.«

»Was machst du bis dahin?«

Was dachte Anneliese eigentlich? Ich hatte einen Job! »Ich gehe in die Sauna. Danach zum Sushiessen und zur Thaimassage«, schlug ich vor. »Und wenn ich noch Zeit habe, schnappe ich mir den Grabschänder. Wennst Lust hast, kannst gerne mitkommen. Vormittags sind deine Kinder ja im Kindergarten.«

Anneliese drehte sich beleidigt um.

Und ich würde niemanden beschatten. Auf gar keinen Fall.

In der Arbeit war mir danach, viele eigene Ideen einzubringen, und so redete ich recht gescheit über die Social-Media-Expertin und den Medienpädagogen daher, mit denen ich ein Telefoninterview geplant hatte. Richtig geplant war das zwar nicht, aber es war mir noch rechtzeitig vor unserem Meeting eingefallen, dass sich nach meinem Artikel über den Vortrag am Gymnasium Stellungnahmen von ein paar Experten zu dem Thema bestimmt gut machten. Der Kare war richtig sauer, weil er nämlich den blöden Auftrag abbekam, auf dem Friedhof nach dem Grabschänder Ausschau zu halten. Ich konnte mir ein Grinsen kaum verkneifen, als ich mich supergeschäftig hinters Telefon klemmte und die routinierte Journalistin raushängen ließ. Der Kare saß mit bitterer Leidensmiene vor seinem Computer und suchte anscheinend schon mal virtuell nach Grabschändern.

Nachdem ich die Termine für die Telefoninterviews gemacht hatte, packte ich noch geschäftiger meine Umhängetasche und düste nach Hause, um dort meinen Facebook-gefährdet-die-Jugend-Artikel zu schreiben und gleichzeitig den Herd zu überwachen.

Zu Hause stand schon wieder ein Fiat Punto vor der Tür, was ich sehr wohlwollend registrierte. Maarten war echt ein feiner Kerl, Bundfaltenhose hin oder her. Und dass man durch seine Ohren die Sonne sehen konnte, war schließlich nichts, was einen stören musste. Die zwei Hunde stürzten sich begeistert auf mich, ansonsten schien das Haus verwaist zu sein.

»Oma?«, rief ich etwas beunruhigt.

Es kam eine undeutliche Antwort aus Richtung Bad.

Na dann.

Als Erstes wollte ich mir einen Facebook-Account zulegen. Schließlich konnte man schlecht über etwas schreiben, von dem man gar keine Ahnung hatte.

»Jetzt hilf uns doch mal!«, rief die Oma noch immer reichlich undeutlich.

Seufzend ließ ich meinen bootenden Laptop auf dem Küchentisch stehen und ging ins Bad. Anscheinend betätigte sich Maarten sogar als Klempner. Mein Wohlwollen stieg ins Unermessliche.

»Meine Zähn«, erläuterte Großmutter sehr undeutlich. »Die sind da drin.«

»Das kriegen wir schon hin«, beruhigte Maarten sie. »Ich bräuchte nur eine Rohrzange.«

Rohrzange. Zähne.

»Die sind bestimmt im Siphon«, erklärte mir Maarten.

»Willst du nicht lieber neue vom Zahnarzt?«, fragte ich nach. Wenn ich nur an die ganzen Haare, den Sand und den Schlaaz im Siphon dachte ...

»Ah geh, Mädl«, rügte mich Großmutter. »Die teuren Zähn.«

Seufzend setzte ich mich in Bewegung, um die Rohrzange zu organisieren.

»Und, klappt's mit dem Ermitteln?«, fragte ich freundlich nach, als ich wieder zurück war.

Maarten nahm mir betrübt die Rohrzange ab. »Irgendwie komme ich nicht so richtig ins Gespräch.«

Max war echt ein Depp, den armen Maarten durchs Dorf zu jagen, wo er doch wusste, wie unkooperativ da alle waren. Ich setzte mich auf den Rand der Badewanne und sah ihm zu. »Manchmal hilft's, wenn man irgendetwas ganz anderes erzählt. Dann vergessen die Leute, dass man eigentlich ermittelt«, schlug ich als Strategie vor.

»Das hatte ich auch vor. Ich habe erzählt ...« Angestrengt drehte der Maarten mit der Rohrzange. »... dass ich drei ältere Schwestern habe.«

Hm. Der Schmalzlwirt würde jetzt sagen, die arme Sau.

»Der arme Bub«, sagte Großmutter undeutlich.

Maarten schraubte den Siphon ab und zog triumphierend die Teilprothese von Großmutter heraus. Schlaaz war gar kein Ausdruck für das, was man da sah.

»Das nächste Mal«, sagte ich und versuchte krampfhaft nicht auf die Zähne zu schauen, »erzählst du die Geschichte von den

Zähnen im Siphon. Da stehst du gleich im Zentrum der Aufmerksamkeit. Die liegen dir da echt zu Füßen bei solchen Geschichten.«

»Ah geh«, sagte Großmutter schon wieder und nahm Maarten die Zähne ab.

»Und dann kannst du noch die Geschichte von der Rosl erzählen, der ist das nämlich auch passiert«, fabulierte ich begeistert weiter. »Die hatte nur keinen Maarten zur Hand, und dann ist sie mit dem Radl durchs Dorf und hat ihrem Mann nachgeschrien ... Kimm hoam.«

Ich begann zu lachen und spürte, dass ich so schnell nicht aufhören könnte. »Ich muss arbeiten«, prustete ich undamenhaft und verschwand aus dem Bad. Ob das ein guter Tipp für einen angehenden Kriminaler gewesen war, wusste ich auch nicht. Aber die Weiber im Dorf fanden die Geschichte von der Rosl, die ohne Zähne »Kimm hoam« kreischte, bestimmt super.

Noch immer kichernd, setzte ich mich vor meinen Laptop und eröffnete ein neues E-Mail-Konto auf den Namen Maarten Zahn, was einen neuen Lachanfall auslöste. Mit diesem E-Mail-Konto legte ich meinen Facebook-Account an, auf den Namen »Mahlzahn«. Mal sehen. Vielleicht fand ich ja ein paar Freunde. Da mir so auf die Schnelle kein Bekannter einfiel, der bei Facebook sein könnte, tippte ich auf gut Glück den Namen Jenny Meier ein und fand mich auf der Pinnwand einer fünfundzwanzigjährigen Frau, die unglaublich viele Freunde hatte, nämlich 532, und anscheinend ganztags FarmVille spielte. Nebenbei machte sie lauter irrsinnig wichtige, öffentliche Mitteilungen wie: Ich hab ja so einen Kohldampf. Und das fanden dann drei Leute gut. Nach dem Aufstehen hatte ich sehr böse Kopfschmerzen, postete Jenny, und irgendwie merkte ich schon, dass sich bei mir bei solcher Lektüre ähnliche Kopfschmerzen einstellen würden. Seit dem Vortrag über die Gefahren des Internets wusste ich ja, dass Arbeitgeber nur darauf warteten, dass man solchen Quatsch postete, um einem dann schnell mal zu kündigen.

Großmutter und Maarten kamen gemeinsam in die Küche

zurück, Maarten sah sehr niedergeschlagen aus. »Aber irgendetwas sollte ich über den Roidl Anton in Erfahrung bringen.«

»Der war halt a bisserl so wie sein Alter auch«, erklärte Großmutter sehr energisch, jetzt wo sie wieder ihre Zähne im Mund hatte. »Der hat sie auch nicht mehr alle g'habt. Und wenn ich mir überleg, dass der Roidl unbedingt so einen Swingerklub haben wollte. Des is doch auch nix G'scheits.«

Maarten ließ für einen Moment den Mund offen stehen. Anscheinend konnte er nicht verkraften, dass er den ganzen Tag im Ort herumschlich, und keiner erzählte etwas über einen Swingerklub.

»Der Roidl Anton wollte einen Swingerklub eröffnen?«, vergewisserte er sich.

»Na ja«, schränkte Großmutter ihre Aussage ein. »Ursprünglich waren s' ja zu zweit. Aber dem anderen ist jetzt sein Geld auch zu schad.«

»Welchem anderen?«, wollten Maarten und ich gleichzeitig wissen.

Großmutter zuckte mit den Schultern, als wäre ihr das gerade eben entfallen.

»Oma!«, drängte ich sie, natürlich nur, um Maarten zu helfen. »Das kannst du jetzt nicht machen. Denk doch nur, was Maarten für Ärger kriegt.«

»Vom Max?«, wollte Großmutter ungläubig wissen.

»Nein. Vom obersten Staatsanwalt«, log ich. »Die lochen ihn bestimmt ein, wenn er das nicht rauskriegt.«

Großmutter schüttelte böse den Kopf. »Was du wieder für einen Schmarrn redest. Ich mach dem armen Buben auf jeden Fall die Bratwürstl, die wir im Kühlschrank haben.«

Meine Bratwürstl. Seufzend sah ich wieder auf meinen Bildschirm, mit meinen Gedanken noch immer beim Swingerklub. Jenny postete, dass ihr ja sooo langweilig sei. Jenny teilte der Welt per Facebook mit, dass sie jetzt mal aufs Klo müsse, zwinker, aber gleich wieder da sei. Ich beschloss, mich mit Jenny Meier anzufreunden, und versendete eine Freundschaftsanfrage.

»Vielleicht hat die Marlis den Anton ja deswegen erschossen«, schlug ich plötzlich begeistert vor. »Einen Swingerklub, das hält auch nicht jede Ehefrau aus.«

Großmutter machte tststs, während sie scheppernd nach der Pfanne suchte.

»Die hätte doch da bestimmt mitg'macht«, erklärte sie dem Maarten. »Die ist ja auch ein richtiger Gschäftswenzl. Wegen so einem bisserl Geld, da würd die doch alles machen.«

»Gemacht haben«, verbesserte ich sie. »Außerdem war der Roidl der Mesner. Wie passt denn das zusammen.«

Ich zwinkerte Maarten zu, der noch größere Ohren zu bekommen schien, während er uns zuhörte. Wenn ich mich so für ihn ins Zeug legte, kam er bestimmt gerne mal wieder.

»Der war eh koa g'scheiter Mesner. Das letzte Mal im Gottesdienst, da war des Spitzendeckerl am Altar so krumpelig, des hätt er bügeln müssen.«

»Die Marlis war so was von ordinär«, erklärte ich ihm. »Die hat das bestimmt überhaupt nicht gestört. Also, das mit dem Swingerklub.«

»Ein Swingerklub ist nix für unser Dorf. Wir leben doch ned im Wilden Westen«, erläuterte Großmutter das Problem.

»Im Wilden Westen hatten die doch ihre Saloons«, widersprach ich ihr. »Das war so ähnlich wie in einem Swingerklub.«

Großmutter sah aus, als würde sie sich denken, so ein Schmarrn, Mädl, putz lieber g'scheit. Dann knallte sie die Pfanne auf den Herd und drehte uns ihren wütenden Rücken zu.

»Das kriegst du schon raus«, flüsterte ich Maarten zu. »Das mit dem Kompagnon ist eine unglaublich heiße Spur. Du darfst dich nicht abwimmeln lassen. Das fällt ihr bestimmt wieder ein.«

Maarten nickte begeistert.

»Besonders, wenn du ihr Kraut lobst. Das macht sich gut«, gab ich ihm weitere Tipps, während ich meinen Laptop zuklappte. »Ich muss noch mal weg. Und dir drück ich die Daumen.« Ich reckte beide Daumen in die Höhe und zwinkerte ihm zu.

Nachdem meine Bratwürstl ohnehin in einem anderen Magen verschwinden würden, setzte ich mich zufrieden in mein Auto und fuhr zu Max. Dort aß ich vernünftig zu Abend, weil Max wirklich ganz hervorragend Chili con Carne kochen kann, und hatte fest vor, im Überschwang der Gefühle die Beschattung des Metzgers komplett zu vergessen. Max unterbreitete mir den Vorschlag, wir könnten einmal Urlaub im hohen Norden machen. Vermutlich, um seine Familie beim Grünkohl-und-Pinkel-Essen zu unterstützen, aber das konnte ich geschickt abwenden. Nach dem Essen wärmte ich mich noch ein wenig seelisch auf, denn noch besser als im Chili-con-Carne-Kochen ist Max im Bett.

Ich gönnte es mir sogar, noch ein Viertelstündchen neben Max liegen zu bleiben und einfach nur blöd vor mich hinzuschauen und an gar nichts zu denken. Max lag hinter mir, hatte seinen Arm um mich geschlungen und dachte anscheinend auch an gar nichts. Es hörte sich fast so an, als würde er schnarchen. Er zuckte zusammen, als neben ihm das Handy klingelte. Ich dachte in schneller Folge an Anneliese und Großmutter und dann an Maarten, dass ich ihn nämlich am liebsten adoptieren würde. Dann könnte er immer, wenn ich etwas anderes zu tun hatte, bei Oma bleiben. Als Max »Neun Millimeter« sagte, entspannte ich mich. Das war dienstlich.

Während er telefonierte, streichelte er sanft meinen Oberschenkel, und ich war ganz kurz davor, wirklich einzuschlafen.

»Aber im Schützenverein schießen die doch mit Kaliber .22«, sagte er, und schlagartig war ich wach. Ermittlungsergebnisse live. Ich stellte mich schlafend, damit er nicht aufstand und heimlich weitertelefonierte. »Na ja. Wenn du meinst.« Er hörte sich ungläubig an. »Vielleicht ist das da auf dem Land anders.«

Kaliber .22? Lächerlich. So ein kleines Kaliber war ja was für Schattenparker. Der Metzger würde jetzt sagen, da schrumpft mir ja der Schwanz, bei einer .22er.

»Dann erkundige dich doch, in welchem Verein hier in der Gegend auch mit größerem Kaliber geschossen wird«, schlug Max vor. Da brauchte er sich gar nicht zu erkundigen. Bei uns im Verein wurde mit allem geschossen, was es nur gab. Die hatten eine Glock als Vereinswaffe und eine 1911er, das wusste sogar ich. »Die ist nicht schlecht«, hatte der Schmalzlwirt gesagt. »Die, wennst runterwirfst, is sie nicht gleich hin. Aber mit meiner SIG Sauer kann die nicht mithalten.«

»Vielleicht hat da auch jemand eine Glock«, sagte Max noch, »das müsst ihr halt noch überprüfen.«

Am anderen Ende der Leitung kam wohl eine ziemlich langwierige Erklärung, bis Max mit den Worten unterbrach: »Alle. Die müssen alle überprüft werden«, dann sagte er ein ziemlich hochdeutsches »Servus«.

Oh je. Das mit der Vereinswaffe müsste ich ihm jetzt eigentlich sagen. Aber, so redete ich mir ein, Max hatte selbst gesagt, ich solle mich aus allen Ermittlungen komplett raushalten. Deswegen hielt ich den Mund.

Statt an Ermittlungen zu denken, dachte ich also mehr darüber nach, wie ich Maarten mehr in mein Leben integrieren könnte.

»Und, an was denkst du gerade?«, gähnte Max.

»An Maarten«, antwortete ich wahrheitsgemäß.

Er warf mir einen schrägen Blick zu.

»Ich mein ja nur«, verteidigte ich mich. »Glaubst du, er lässt sich von mir bei der Polizei abwerben? Als Omasitter?«

Danach hätte mich Max beinahe davon überzeugt, bei ihm zu bleiben. Wir knutschten so lange an der offenen Wohnungstür, bis ich allein davon schon wieder vollkommen ausgehungert war und noch einen Teller Chili hätte vertragen können.

Gerade als ich auf Höhe des Metzgerhauses war, klingelte in meiner Handtasche das Telefon. Ich hatte gleich das ungute Gefühl, dass Großmutter gerade unser Haus abfackelte, weil ich zu lange bei Max geblieben war. Ich hielt an.

»Lisa?«, fragte Annelieses Stimme, bevor ich etwas sagen konnte. »Bist du beim Metzger?«

»Ja«, sagte ich missgelaunt. Ich musste ja nicht erwähnen, dass das reiner Zufall war und ich gleich wieder weiterwollte.

»Gut. Weil, ich hab nämlich in der Metzgerei erfahren, dass der Metzger superverdächtig ist.«

Die Leute erzählten sich in der Metzgerei, dass sie den Metzger für verdächtig hielten. Wenn das mal nicht komisch war.

»Das ist nämlich so. Die Roidls sind mit einer Glock erschossen worden«, erklärte sie versiert.

»Woher weißt du das denn?«, fragte ich fassungslos nach. Nicht einmal jetzt hatte ich einen Ermittlungsvorsprung.

»Die ist neben der Marlis gelegen, hat der Schorsch g'sagt«, antwortete sie, als würde das meine Frage beantworten.

»Und so eine hat der Metzger auch.«

Und wahrscheinlich noch fünf andere Leute aus unserem Dorf. Und die Vereinswaffe war auch eine Glock.

»Und der Troidl?«, fragte ich nach. »Und der Kreiter?«

So wie ich den Metzger einschätzte, hätte er es eher mit einem Sauspieß erledigt. Anneliese antwortete nicht.

»Ich dachte, der hat eine SIG Sauer.«

»Ach, geh. Der hat halt eine Glock und eine SIG Sauer. Und sein Jagdgewehr. Und was weiß ich noch alles.«

»Und wieso soll dann ausgerechnet …«

»Ja. Mei«, wich Anneliese aus. »Ich hab's nicht so ganz verstanden, wieso jetzt akkurat der Metzger so verdächtig ist. Aber bleib du mal sitzen.«

Na prima. Das half natürlich weiter. Und wieso wusste das die Anneliese schon wieder früher als Max? Eigentlich hätte es andersherum sein müssen. Seufzend drückte ich den Anruf weg und starrte eine Weile auf die Tür des Metzgers, um nicht ganz so schamlos lügen zu müssen, sollte Anneliese nachfragen.

Nachdem ich zwanzig Sekunden die Tür des Metzgers beobachtet hatte, schweifte mein Blick zu den Nachbarhäusern. Was für gepflegte Vorgärten es doch in unserem Ort gab. Direkt nebenan wohnte die Kreszenz. Sie freute sich besonders darüber, dass das Morddrama eine Beziehungstat war. Jedenfalls erzählte sie jedem, der es nicht wissen wollte, dass sie die ganze Misere schon vorhergesehen hatte, da war noch nicht mal »des ausg'schamte Zeug« im Gespräch gewesen. Also das mit dem Swingerklub. Hier saß ich also und konnte auf einen Schlag gleich die Metzgerfamilie UND die Kreszenz-Großfamilie, die Gruber-Schaller-Bagage beobachten. Sie wohnte da nämlich mit der »Schaller-Oma«, die schon vierundachtzig war, und dem »Schaller-Opa«. Der war wahrscheinlich schon hundertzwanzig Jahre alt und hatte ein Holzbein, weil sie sein richtiges im letzten Weltkrieg weggeschossen hatten. Na ja. Und dann gab es noch ihren Mann, den Mane Gruber, und die zwei Söhne. Als hätte ich sie mit meinen Gedanken herbeigerufen, hielt ein Auto vor dem Haus, und die Kreszenz Gruber stieg aus.

Sie erinnerte mich schon seit jeher ganz stark an einen Wollschweber. Klein und total süß. Man konnte diesen Tierchen stundenlang zusehen, wie sie rastlos in der Luft standen – puschelige, kleine pelzige Knöllchen mit vorgestreckten Rüsseln. Kleine Puschel-Starfighter zum Liebhaben. Aber was waren sie? Hinterhältige Biester, die, um ihre Jungen aufzuziehen, ihre Eier in fremder Leute Nester schossen. Niedliche Babys, die anderer Leute Babys fraßen. Das war nämlich das Grundsatzproblem bei Leuten, die irrsinnig nett waren. Heimlich ernährten sie sich dann doch von Babys. Insofern konnte man der Kreszenz durchaus auch einen Doppelmord zutrauen. Mit ihrem ständigen Betonen dessen, dass sie »schon immer gewusst hatte«, wie es mit der Marlis und dem Anton einmal enden würde, wollte sie bestimmt nur von sich ablenken.

Die Kreszenz schlug die Beifahrertür zu, und das Auto rollte in die Garage. Im selben Moment schaltete sich die Außenbeleuchtung ein. Uuuh. Erst jetzt sah ich, wie sich die Kreszenz herausgeputzt hatte, anscheinend kam sie gerade von einer Abendeinladung. Sie trug eine rostfarben schillernde Bluse mit riesengroßen Erdbeeren darauf. Wenn das mal nicht modisch verfehlt war. Allein die Erdbeeren waren eine Zumutung – aber wahrscheinlich ein Zugeständnis an ihre irrsinnige Freundlichkeit.

Kurz darauf kam ihr Mann aus der Garage. Ihr Mann Mane, das war ein Kapitel für sich. Er war nämlich auch irrsinnig freundlich, und man musste echt schnell und gewieft sein, um ihm zu entkommen. Ansonsten gab er einem nämlich die Hand, und dann hatte man ein Problem. Ich stellte mir immer vor, dass er Saugnäpfe an den Fingern hatte und gar nichts dafür konnte, dass er sich so an der Hand des anderen festsaugte. Wenn's ganz schlimm kam, tätschelte er auch noch mit der freien Hand die umklammerte gefangene. Und dann schüttelte und schüttelte er die Hand. Sofern man nicht bereit war, sie ihm mit aller Kraft zu entreißen, stand man während der ganzen Unterhaltung händchenhaltend da. Wenn das nicht widerwärtig war, dann wusste ich auch nicht.

Mit seiner Frau machte er das anscheinend nicht, denn sie gingen wortlos den gepflasterten Weg zum Haus entlang. Und ihre Hand hielt er auch nicht. Kurz bevor sie bei der Haustür waren, ging die Tür auf, und einer ihrer Söhne kam heraus. Der Anderl. Das war ganz schön lustig, die drei zusammen zu sehen. Man hätte nie geahnt, dass sie auch nur weitläufig verwandt waren. Die Kreszenz und der Mane, so irrsinnig nett, dass es schon widerwärtig war, und dann der Anderl, der auch als Zuhälter von zwanzig Prostituierten hätte durchgehen können. Ich lehnte mich zufrieden im Autositz zurück und sah zu, wie die drei ein paar Worte wechselten. Hach, und noch schöner, nebenan spitzte die Metzgerin aus dem Fenster und verschwand dann wieder hastig. Vielleicht sollte ich mich häufiger mit dem Auto vor anderer Leute Gärten stellen. Das war ja richtig lustig. Bestimmt erzählte die Metzgerin ihrem Mann jetzt im Detail von der grässlichen Bluse. Und dass der Anderl schon wieder in der Nacht herumstrawanzte. Aus dem wird nie was, sagte sie bestimmt. Höchstens ein Straß'grabenlieger. Was ich viel spannender fand, war die Frage, wie zwei pathologisch nette Leute so einen Sohn großziehen konnten. Der nicht einmal grüßte und den ich stark in Verdacht hatte, dass er entweder ganz viele Drogen vertickte oder ganz viele Frauen dazu zwang, für ihn zu arbeiten. Vielleicht hatte das ja auch mit den Genen zu tun. Zweimal furchtbar nett ergab einmal ganz grässlich kriminell. Großmutter würde jetzt sagen, red doch koanen solchen Schmarrn, aber man wird doch seine Theorien haben dürfen.

Als der Anderl weiterging, bückte ich mich hastig und wühlte in meiner Handtasche. Das fand ich eine wirklich gute Idee, denn hätte er an die Scheibe geklopft, hätte ich sagen können, dass ich hier nur parkte, weil ich ein dringendes Telefonat führen musste und man schließlich nicht während der Fahrt telefonieren durfte.

Der Anderl klopfte aber nicht an meine Fensterscheibe, sondern ging zu seinem Auto – einem schwarzen Mercedes Roadster, der nach Angaben von Anneliese über neunzigtausend Euro gekostet haben musste. Angeblich, weil die Zenz halt mal was in ihren Enkelsohn investieren wollte. Aber man konnte sich genauso gut vorstellen, dass das Geld von den ganzen Prostituierten stammte.

An der Haustür stand jetzt die alte Zenz, das war die Mutter von der Kreszenz. Sie ließ die Kreszenz und den Mane rein. So munter konnte man auch nur mit jeder Menge Schonkaffee sein. Sie war so aktiv, dass man als junger Mensch direkt ein schlechtes Gewissen bekam. In meinem Alter war kein Mensch ganztags unterwegs und verteilte Kaffee und vor allen Dingen keine selbst gemachten und selbst gebackenen Sachen. Da gab es zum Beispiel diese Schwammerln, die sie immer einlegte, die dann so aussahen, als wären es Gallensteine in Formol. Da hatten wir auch ein Glas zu Hause, das sich keiner von uns zu öffnen traute. Oder die Marmeladen, bei denen, wenn man Glück hatte, auch noch drobenstand, was für Früchte drin waren. Davon hatte ich erst vor Kurzem gleich ein paar Gläser entsorgt und Großmutter eingeschärft, nie wieder etwas anzunehmen. Schließlich machten wir selbst Marmelade und hatten genug damit zu tun, unsere eigene aufzuessen.

Dann verschwanden die drei im Haus, und ich versuchte, nicht daran zu denken, was die Alte für ungeheuerliche Dinge einmachte, sondern mich noch zehn Sekunden ganz und gar auf den Metzger zu konzentrieren.

Das war's, dachte ich mir und beschloss, dass das jetzt genug vor dem Metzgerhaus herumgelungert war, um Anneliese morgen nicht anlügen zu müssen. Ich wollte gerade den Autoschlüssel herumdrehen, als die Tür vom Metzger aufging.

Das war noch eine gute Chance, Anneliese zu berichten, was für grässliche Sachen bei den Meiers in der Nacht passierten. Ich rutschte ein wenig tiefer hinter das Lenkrad. Wahrscheinlich brachte die Metzgerin nur den Papiermüll raus. Damit konnte Anneliese sie als Verdächtige streichen und ich mir am Abend wieder blöde Filme ansehen.

Papiermüll war es aber nicht, was die Meierin in den Armen hatte. Es war etwas, das ziemlich schwer und in eine dunkle Decke gehüllt war. Ich kniff die Augen zusammen, konnte aber nichts erkennen. Vielleicht war es nicht einmal eine Decke, sondern ein Teppich. Oder eine Leiche? Die Form war jedoch nicht sehr leichenähnlich, es sei denn, der Metzger hatte die Leiche in seinem Kühlhaus in eine leichenuntypische Form gefroren. Ah. Wie ekelhaft.

Die Meierin schien es auch ziemlich ekelhaft zu finden. Für einen Moment wurde ihr Gesicht gespenstisch von der Straßenlaterne beleuchtet, ihre Gesichtszüge waren verzerrt und kalkweiß. Kurz bevor sie aus dem Lichtkegel der Lampe heraustrat, sah sie sich noch einmal um. Dann verschwand sie unter dem großen Kirschbaum im Vorgarten, und man hörte ein dumpfes »Fump«, als das Teil irgendwohin fiel.

Das musste ich sehen. Dann hatte sich der Abend wirklich gelohnt. Leise öffnete ich die Autotür und schlich hinter die Thujenhecke der Kreszenz. Tatsächlich. Die Metzgerin gab dem schweren unhandlichen Teil noch einen letzten Stoß, dann verschwand es mit einem weiteren »Fump« in einer Grube.

Eine Grube. Sie hatte vor, Beweismaterial zu vernichten. Ich ließ den Mund offen stehen.

Die Metzgerin putzte sich die Hände ab, was von der Straßenlaterne gespenstisch untermalt wurde. Sie atmete schwer, und ihr Gesichtsausdruck war so angewidert, dass mir ganz schlecht wurde. Was um Himmels willen hatte sie da weggeworfen? Es musste etwas sein, das so unglaublich widerwärtig war, dass selbst die Metzgerin, die ja alles gewöhnt war, sich fast übergab.

Uuuh.

Die Metzgerin drehte sich um und ging wieder Richtung Haus. Ob ich es wagen sollte, durch den Vorgarten zu rennen, um zu sehen, was sie da entsorgt hatte? Vielleicht holte sie jetzt den Spaten, und dann verschwand das Teil auf Nimmerwiedersehen in der Gartenerde. Wenn es aber etwas wirklich Ekliges war, dann konnte es natürlich passieren, dass ich mich übergab, und dann kam ich nicht so schnell weg, wie ich gerne wollte. Und wie sollte ich der Metzgerin erklären, dass ich reihernd in ihrem Vorgarten stand?

Gott sei Dank hatte ich mich nicht getraut. Denn bevor ich es mir richtig überlegt hatte, kam sie wieder aus dem Haus, mit zwei riesigen Körben rechts und links auf den Hüften, die sie ebenfalls in die Grube entleerte. Dann stellte sie die Körbe neben sich ab und rieb sich tatendurstig die Hände.

Ich war sprachlos. So viel Beweismaterial gab es doch gar nicht, das man vernichten konnte. Jetzt griff die Metzgerin nach einer Schaufel, die sie wohl schon früher bereitgelegt hatte, und begann voller Elan zu schaufeln.

Damit hatte ich nun wirklich nicht gerechnet. Auch wenn ich bei jeder Leiche, die ich fand, als Allererstes den Metzger verdächtigte, hätte ich nie erwartet, dass es damit tatsächlich etwas auf sich haben könnte. Die Metzgerin war richtig schnell. Sie schaufelte so voller Elan, dass der kleine Erdhaufen neben dem Loch in null Komma nichts verschwand. Einmal sah sie sich kurz um, es kam mir ein klein wenig gehetzt vor, vielleicht ängstlich, dass sie jemand ertappen könnte.

Irgendwie bekam ich jetzt doch Angst. Bis eben war die Metzgerin nur unsere Metzgerin gewesen, die etwas im Garten vergrub. Plötzlich kam es mir vor, als hätte sie einen so enormen Dachschaden, dass für mich Lebensgefahr bestand. Zumindest, wenn sie mich entdeckte. Ich drückte mich an den Jägerzaun und überlegte mir, wie ich ungesehen bis zu meinem Auto zurückrobben konnte. Aber die Vorstellung, plötzlich die Metzgerin mit einem riesigen Fleischermesser hinter mir zu haben, machte mich so fertig, dass ich mich einfach nur zusammenkauerte und versuchte, nicht zu atmen. Hin und wieder linste ich durch die Sprossen hindurch, ob sie schon weg war.

Aber sie trampelte gerade mit solch zorniger Zufriedenheit auf der Erde herum, dass ich Schluckauf bekam. Sie sah jetzt richtig entspannt aus. Das erschreckte mich. Dieser Ekel vorher. Und dieses Glück nachher.

Vielleicht hatte sie ihren Mann enthauptet. Und jetzt vergrub sie ihn peu à peu im Vorgarten.

Uuuh.

Daran hatte ich bis jetzt überhaupt nicht gedacht. Ich merkte, dass ich mich demnächst wirklich würde übergeben müssen, wenn ich weiter an den enthaupteten Metzger dachte. Als die Metzgerin endlich wieder im Haus verschwunden war, schleppte ich mich zu meinem Auto und kroch auf den Fahrersitz. Ganz langsam atmen. An etwas ganz anderes denken. Ganz aufrecht sitzen und an Großmutter denken.

Kraftlos blieb ich im Auto sitzen. Ein richtiger Detektiv hätte gewusst, was zu tun war. Nun gut, ich wusste das im Prinzip auch. Eigentlich hätte ich jetzt aussteigen, in den Vorgarten gehen und graben müssen. Beweisfotos schießen und die Metzgerin überführen.

Aber irgendwie war ich doch keine richtige Privatdetektivin. Ich war nur eine Journalistin, die ungern zum Recherchieren zum Kreiter oder zum Schmalzlwirt ging und die am liebsten ihre eigene Verwandtschaft interviewte. Und für nächtliche Einsätze war ich gänzlich ungeeignet. Vielleicht sollte ich mir auch ein Kind zulegen. Dann hätte ich wenigstens einen guten Grund, nicht in der Nacht aus dem Haus zu gehen. Ich gab einfach Gas und fuhr nach Hause. Marlis war schließlich nicht meine Cousine.

Kapitel 4

Endlich war wieder Wochenende. Statt einmal auszuschlafen, hatte ich mir einen Hausputz vorgenommen – hauptsächlich, weil ich mich vor Maarten schämte. Außerdem wollte ich vermeiden, auf Anneliese zu treffen und ihr gestehen zu müssen, dass ich jetzt, wo die Metzgerin etwas vergraben hatte, auf gar keinen Fall weiter mit der Sache zu tun haben wollte, auch wenn ich vor Neugier platzte. Vorsichtshalber hatte ich unser Telefon ausgesteckt und nur das Handy an, wo ich an der Nummer sehen konnte, wer anrief. Noch lieber, als zu Hause herumzuhängen, hätte ich etwas mit Max unternommen. Aber der hatte überhaupt keine Zeit, wegen der blöden Roidls. Mussten die sich ausgerechnet vor einem Wochenende mit wirklich schönem Wetter umbringen lassen? Max hatte mir versprochen, Grillfleisch zu besorgen und die samstägliche Arbeit schon irgendwie wettzumachen. Dabei hatte er aber so erschöpft geklungen, dass ich nicht daran glaubte.

Als das Telefon klingelte und »MAX« auf dem Display aufleuchtete, hörte ich begeistert auf zu putzen.

»Ich fahre am Nachmittag zum Fleischkaufen«, eröffnete mir Max.

»Der Metzger hat dann nicht mehr offen«, sagte ich, gleich wieder schlecht gelaunt. Dass er sich nicht merken konnte, dass bei uns am Samstagmittag alles dicht war.

»Ja, ja«, antwortete er mir. »Willst du Brüstl haben?«

»Wie meinst du das jetzt?«, fragte ich mit einem breiten Grinsen.

»Ach, Baby.« Er schien auch zu grinsen.

»Und kauf ein paar Stück mehr Fleisch. Dann lade ich den Maarten mit ein.«

Am anderen Ende der Leitung trat eine seltsame, irgendwie bedrohliche Stille ein.

»Maarten?«, fragte Max, als würde er den Namen zum ersten Mal hören.

»Du weißt schon. Deinen Praktikanten«, half ich ihm auf die Sprünge. »Der arme Kerl hat drei Schwestern. Außerdem mag ihn die Oma.«

»Na dann«, seufzte Max und schien wieder zu grinsen.

»Wisst ihr jetzt schon, ob der Roidl eine Freundin hatte?«, nutzte ich die gute Stimmung aus. Solche Infos könnte ich ganz gut dem Maarten zuspielen, und er könnte dafür auf die Oma aufpassen.

»Habt ihr Senf zu Hause?«, antwortete er mir stattdessen.

»Hatten die Sex miteinander? Im Wald?«

»Ketchup?«

»Senf«, sagte ich noch schlechter gelaunt. »Kannst du mir nicht ein bisschen was verraten?«

»Damit es morgen in der Zeitung steht?« Er schien noch mehr zu grinsen.

»Übermorgen«, versuchte ich zu handeln. Eigentlich auch egal. Schließlich war Maarten im Ermittlungsteam bestimmt so integriert, dass er mehr mitbekam als ich.

»Soll ich Ketchup mitbringen?«

Idiot.

»Ich kann Gedanken lesen«, warnte er mich und drückte das Gespräch weg.

Im nächsten Moment klingelte es an unserer Haustür Sturm.

»Euer Telefon geht nicht«, erklärte Anneliese mir, als ich die Tür öffnete.

»Ja. Schon länger«, log ich. »Ich hab grad gar keine Zeit.«

»Wir müssen in die Offensive gehen.«

»Offensive«, echote ich. »Was meinst du denn damit?«

Sie warf einen schrägen Blick auf Resis Hund, der mit abgeklärter Miene neben mir stand. »Was hast du denn mit dem gemacht?«, fragte sie misstrauisch. »Unter Drogen gesetzt?«

»Eine halbe Stunde Rad gefahren. Volles Tempo«, erklärte ich mit einem bösen Blick auf den Hund. Und am Schluss hatte ich ihn fast über den Haufen gefahren, aber das musste ja keiner wissen.

Sie senkte wieder ihre Stimme und wisperte: »Und? Was war jetzt gestern Abend?«

»Die Metzgerin hat was vergraben«, platzte ich heraus.

»Echt?«, fragte Anneliese ungläubig. »Die Metzgerin? Was denn?«

Es klang eine Spur nach dem Vorwurf, dass ich schließlich den Metzger hätte beschatten sollen und nicht seine Frau.

»Keine Ahnung«, gab ich mürrisch zurück. »Es war Nacht. Und sie hatte es in etwas eingewickelt.«

»Eingewickelt«, hauchte Anneliese begeistert. »Wie groß denn?«

Ich machte eine Armbewegung, die ungefähr eine Autoreifengröße umspannte.

»Uhh«, sagte Anneliese und runzelte die Stirn. Sie dachte wohl darüber nach, was das gewesen sein könnte.

»Und schwer«, fügte ich düster hinzu. »Die hat jetzt bestimmt einen Bandscheibenschaden. Mich wundert nur, dass ihr der Metzger nicht geholfen hat. Der hätte das doch mit links getragen.«

Das Stirnrunzeln ging weiter.

»Und wo hat sie's vergraben?«

»Im Vorgarten«, wisperte ich, weil ich hinter mir die Großmutter rumkruschen hörte.

»Im Vorgarten? Wer macht denn so was? Da sieht's ja jeder«, wandte Anneliese ein.

Nun ja. Die Metzgerin war vielleicht eine genauso gute Kriminelle wie ich eine gute Detektivin. Ich zuckte mit den Schultern.

»Ich glaub jedenfalls nicht, dass sie mit der Marlis was zu tun haben.«

»Spinnst du?«, fragte Anneliese böse. »Jetzt, wo sie was Verdächtiges vergraben haben.«

»Du weißt doch gar nicht, ob das verdächtig war«, schränkte ich Annelieses Aussage ein. »Das ist bestimmt etwas total Unverdächtiges.«

Anneliese rollte die Augen zum Himmel. »Sag mal. Wenn man was einwickelt und vergräbt. Wenn das nicht verdächtig ist, dann weiß ich auch nicht.« Mit zusammengekniffenen Augen meinte sie schließlich: »Da hilft nur eins. Du musst heut Nacht noch mal hin und des Zeug ausgraben.«

»Spinnst du?«, fragte ich entsetzt. Wenn ich da den toten Metzger fand, würde ich mich bis an mein Lebensende übergeben.

»Der Metzger steht in seinem G'schäft und verkauft Beinscheiben. Den findest du da nicht«, schien sie meine Gedanken zu lesen. »Du wirst Beweismaterial finden. Und wennst du des nicht ausgräbst, dann wissen wir das nie. Was des war, was sie eingegraben hat.«

Beweismaterial. Ich schüttelte energisch den Kopf. »Kommt gar nicht infrage. Ich grabe nicht nachts in fremden Vorgärten.«

Wir sahen uns eine Weile energisch an, und ich war richtig stolz auf mich, dass ich Nein gesagt hatte.

»Das ist eine Straftat«, erklärte ich bestimmt.

»Als hätte dich das je gestört«, erklärte Anneliese bestimmt.

»Wie bitte?«, fragte ich böse.

»Erinnere dich nur daran, wie du beim Kreiter in die Scheune rein bist und dort nach einem Schatz gegraben hast.«

Tja. Da war ich acht Jahre alt gewesen. Und ich hatte nichts gefunden, außer einer alten verrosteten Gabel.

»Außerdem ist das doch eh Quatsch, dass du ermitteln musst«, erklärte ich ihr. »Keinen Menschen stört das, dass die Marlis den Anton erschossen hat.«

Anneliese hob nur die Augenbrauen.

»Außer der blöden Kreszenz. Den anderen ist das alles so was von wurscht, ob du mit der Marlis verwandt bist oder nicht.«

»Die denken sich das halt nur«, giftete Anneliese zurück. »Ich seh ihnen des an, dass die des denken.«

Ich seufzte. Auf solche Diskussionen hatte ich echt keinen Bock. Wenn ich mir die Leute aus unserem Dorf ansah, dann dachten die in ihrer Freizeit wahrscheinlich an gar nichts, vor allen Dingen nicht daran, ob die Anneliese eine dumme Kuh war, nur weil die Marlis den Anton erschossen hatte.

»Außerdem bräuchte ich jemanden, der Schmiere steht«, erklärte ich, da mich Anneliese noch immer furchtbar böse ansah. »Soll ich vielleicht meine Großmutter mitnehmen?«

Hach, das war doch mal eine gute Ausrede. Man brauchte ja wirklich jemanden, der aufpasste. Sonst buddelte ich da vor mich hin, und die halbe Nachbarschaft sah zu.

Anneliese zog die Nase kraus.

»Hm.«

»Hm«, sagte ich bestätigend. Damit hätten wir das auch geklärt. Und nur weil der Thomas die Sabine in der Nacht nicht beruhigen konnte, dachte ich zufrieden. Das hatte doch wirklich seine Vorteile.

»Ich komm mit«, unterbrach mich Anneliese. »Wir machen das halt morgen. Oder hast wieder so viel zu tun mit deinen Interviews?«

Auweia. Die hatte ja einen spitzen Unterton.

»Denk an Sabine«, sagte ich streng.

»Ja. Wir müssen uns halt beeilen.«

»Der Thomas kriegt das nicht gebacken.« Ich würde auf gar keinen Fall irgendetwas ermitteln.

Sie warf mir einen feurigen Blick zu. Anscheinend bekam der Thomas nicht nur das nicht gebacken.

»Das kriegen wir schon hin …«, behauptete sie. »Wir müssen nur herauskriegen, wann die beste Zeit ist, um ein bisschen zu graben.«

Ein bisschen graben war leicht gesagt. Die Metzgerin war auf der lockeren Erde ziemlich herumgesprungen und hatte alles festgetreten. Dass da so einfach zu graben war, bezweifelte ich.

»Geh du mal in die Metzgerei und frag. Ich schau mir inzwischen den Tatort an«, meinte Anneliese.

»Fragen?«, fragte ich fassungslos. »Du spinnst total. Ich geh doch nicht in die Metzgerei und frag den Metzger, wann es ihm genehm ist, dass wir seinen Vorgarten umgraben.«

»Ach geh. Du stellst dich echt an wie die Kuh zum Scheißen«, erwiderte Anneliese böse.

»Danke«, antwortete ich genauso böse.

»Du sollst ja auch nicht fragen, wann du den Vorgarten umgraben sollst. Sondern nur, was er morgen Abend macht.«

Ja freilich. Noch auffälliger ging's praktisch gar nicht.

»Dann mach ich das halt mit dem Metzger. Ich meld mich wieder.« Anneliese drehte sich um und ging tatsächlich in Richtung Metzgerei.

Oh. Oh.

Ich wäre zu gerne mitgegangen und hätte zugehört, was sie da drinnen fragen wollte. Aber ich muss zugeben, ich war einfach zu feige. Und ein klein wenig hoffte ich, dass auch Anneliese Schiss bekäme und von ihrem komischen Vorhaben abkam.

Früher hatten wir nie gegrillt. Großmutter lebte nämlich in der festen Überzeugung, dass beim Grillen so viele krebserregende Substanzen erzeugt wurden, dass man eigentlich sofort nach dem Verzehr des gegrillten Fleisches dahinscheiden musste.

Seit Max am Grill stand und die Kohlen zum Glühen brachte, hatte sich Großmutters Meinung jedenfalls radikal geändert. Ohne mit der Wimper zu zucken, setzte sie sich vor ihren Teller und aß ihr Grillfleisch einfach weg. Etwas verlegen saß Maarten zwischen Großmutter und mir, vor allen Dingen, weil Max einen unglaublich besitzergreifenden Blick draufhatte, wenn er Maarten ins Auge fasste. Ich beschloss, das einfach zu ignorieren.

»Na«, fragte ich meine Großmutter und sah ungläubig auf ihren beinahe leeren Teller. »Glaubst nicht, dass das gefährlich ist?«

»Ah geh«, antwortete sie erstaunlich friedfertig. »In meinem Alter.«

Was hatte denn das mit dem Alter zu tun?

»Bis der Krebs herg'wachsen ist, lieg ich doch eh schon im Grablöchl drin«, lieferte sie kauend die Erklärung.

Max hatte auch mir ein ordentlich dickes Stück Fleisch auf den Teller gelegt und dabei richtig fies gegrinst. Bei mir dauerte das nämlich noch, bis ich freiwillig ins Grablöchl sank.

»Ich glaub das sowieso nicht«, sagte ich und schaufelte das Fleisch in mich hinein. Was meine Großmutter konnte, das konnte ich auch.

Max begann zu zwinkern, bestimmt nur von der krebserregenden Rauchentwicklung am Grill, und knallte sich auch ein riesiges Stück Fleisch auf den Teller.

»Und, wie steht's mit deinem Grablöchl?«, fragte ich mit vollem Mund.

»Polizisten leben eh gefährlich«, erklärte er mir. »Da macht hin und wieder ein Stück Fleisch vom Grill nicht so viel aus.«

»Recht ham S'«, nickte Großmutter und schaufelte ihm noch Kartoffelsalat dazu. »Außerdem, ewig leben ist auch ein Schmarrn. Am Schluss hast Alzheimer und weißt eh ned, obst lebst oder ned – da hast ja dann auch nix davon.«

Krebserregendes Grillfleisch in sich reinstopfen, um dem Alzheimer zu entkommen. Prima Idee.

Maarten starrte Gedankenkringel in die Luft und fühlte sich offensichtlich wahnsinnig unwohl. Vielleicht lag es auch an Resis Hund. Der saß die ganze Zeit neben ihm und starrte ihn verliebt an.

»Warst jetzt schon am Friedhof?«, fragte Großmutter. »Der soll ja inzwischen so verwüstet sein, da kannst gar nicht mehr reingehen.«

Schmarrn, dachte ich mir. Die Rosl hatte bestimmt maßlos übertrieben. Und die Langsdorferin war so blind, die sah doch überhaupt nicht, ob ein Grab geschändet war oder nicht.

»Nein, war ich nicht«, musste ich gestehen. »Aber morgen geh ich. Gleich.«

»Aber pass auf dich auf«, empfahl mir Großmutter. Ich fragte lieber nicht nach, weshalb. Vermutlich, weil der Grabschänder seit Neuestem auch Journalistinnen auflauerte und diese vermöbelte.

Eine Weile aßen wir schweigend vor uns hin und genossen die abendliche Stille. Max hatte sein rechtes Bein um mein linkes Bein gelegt. Hin und wieder, wenn er gerade seinen Bierkrug nahm und sinnend zum Garten der Reisingerin hinübersah, streichelte er ein wenig meinen linken Oberschenkel, dass mein Rock jedes Mal ein Stückchen weiter nach oben rutschte.

»Die Kreszenz hat gesagt, das hat was zu bedeuten«, erläuterte Großmutter schließlich weiter.

»Was?«, fragte ich und zog den Rock wieder ein klein wenig nach unten.

»Na, welches Grab geschändet ist oder nicht«, sagte Großmutter.

»Und was hat es zu bedeuten, wenn unser Grab nicht geschändet ist?«, fragte ich irritiert. Dass wir nicht bedeutend genug waren? Dass in unserem Grab nur eine ganz harmlose alte Dame namens Wild lag?

»Der Letzte, der übrig bleibt, ist der Grabschänder«, behauptete Großmutter.

So ein Schmarrn, dachte ich mir. Da würde ich ja gleich losziehen und unser eigenes Grab schänden, sicherheitshalber.

»Die Kreszenz ist doch nicht normal«, schlug ich vor. »So freundlich, wie die ist.« Ich wandte mich an den Maarten. »Morgen zeig ich dir, wer die Kreszenz ist, und ihre Mutter, die Zenz, lernst dann auch gleich kennen. Dann kannst du ermittlungstechnisch mal richtig zuschlagen.«

Max verdrehte die Augen, und Großmutter sah mich böse an.

»Bin ich nicht normal, nur weil ich freundlich bin?«, fragte sie beleidigt und sehr hochdeutsch.

Da saß ich jetzt gewaltig in der Diplomatiepatsche. Ich konnte ihr jetzt schlecht sagen, dass sie nicht annähernd so freundlich war die die Kreszenz. Von der Kreszenz hörte man ja nie ein schlechtes Wort, die konnte sogar noch freundlich Entschuldigung sagen, wenn ihr jemand auf die Füße stieg. Davon war Großmutter meilenweit entfernt. Die sagte dann schnell mal: »Pass halt auf, du datscherter Uhu, du datscherter.«

»Hm«, sagte ich deswegen, als wäre ich auf jeden Fall ihrer Meinung.

»Des hat die von ihrer Mama«, sagte schließlich Großmutter. »Die ist ja auch so was von freundlich. Wie lange die oft unterwegs ist, immer mit einem Packerl Kaffee dabei.«

»Packerl Kaffee«, sagte ich zu Maarten. »Die Zenz hat immer eine riesige Tasche dabei, wo sie ungeheuerliche Mengen an Kaffee und eingeweckten Gallensteinen drinhat. Und wenn man nicht aufpasst, schwupps, kriegt man's geschenkt.«

»Ins Altenheim geht s' alle bind«, erzählte sie Max.

»Ständig«, übersetzte ich für Maarten. »Ständig geht sie mit Kaffeepackerln ins Altenheim.« Die alte Kreszenz-Mama arbeitete praktisch aktiv an der greisenhaften Bettflucht.

»Deswegen schlafen die auch nie, im Altenheim«, behauptete ich, um Max ein wenig aufzumuntern.

»Schmarrn«, sagte Großmutter. »Die werden jetzt deswegen ned schlafen. Die kauft doch Schonkaffee.«

Max sah aus, als würde er in einer Runde Außerirdischer sitzen und sich Gespräche über intergalaktischen Kaffeekonsum anhören. Und Maarten nickte zuvorkommend, obwohl er auch keine Ahnung zu haben schien, worum es ging. Fürsorglich tätschelte ich Max das Knie.

»Und, ham S' ihn schon?«, fragte Großmutter kauend weiter, diesmal an Max gerichtet.

»Den Mörder«, fügte ich hinzu, damit auch Maarten verstand, um was es ging.

»Welchen Mörder?«, fragte Max und stand auf, um sich noch ein Stück Brüstl vom Grill zu spießen.

Ich verdrehte die Augen. »Wer hat eigentlich dieses fette Brüstl gekauft? Das verstopft einem die Arterien ja allein vom Anschauen«, probierte ich es mit bekloppten Gegenfragen.

»Die Frau Roidl hat sich vermutlich selbst erschossen«, erklärte der Maarten.

»Ach, Schmarrn«, sagte Großmutter selbstsicher. »Die Marlis doch ned.«

»Sie hatte Schmauchspuren an der Hand«, verplapperte sich Maarten und sah dann schuldbewusst zu Max hinüber, da er mit Sicherheit die Anweisung hatte, uns nichts zu erzählen.

»Nur weil sich die Marlis ned g'scheit die Hände wascht, heißt des noch lang ned, dass sie sich selber derschießt.«

Ich verdrehte die Augen. Großmutter wieder, keine Ahnung von polizeilichen Ermittlungen. Aber ich durfte nicht so gemein sein, immerhin nahm sie mir wunderbar die Ermittlungsarbeit ab, und ich brauchte mich in gar kein Fettnäpfchen zu setzen.

»Genau«, nickte ich deswegen beifällig und versuchte, nicht zu grinsen.

Max sah von seinem Teller auf und warf mir einen misstrauischen Blick zu.

»Die Marlis konnte nicht mal Schweineaugen im Biounterricht sezieren«, erklärte ich entschuldigend. »Die würde sich nie und nimmer selber umbringen.«

»Und den Anton auch nicht«, fügte Großmutter hinzu.

Nun ja, dafür würde ich nicht die Hand ins Feuer legen. Gerade die Geschichte mit dem Swingerklub hätte ich ihm persönlich auch ganz schön übel genommen. Wenn er mein Mann gewesen wäre, meine ich. Aber wenn sie sich nicht selbst umgebracht hatte, dann war die logische Schlussfolgerung, dass der Roidl Anton auch von einem Unbekannten erschossen worden war.

»Die hatte auch gar keine Waffe«, erklärte sie dem Max. »Und der Roidl auch nicht. Der war nicht einmal im Schützenverein.«

Das war ja mal eine wichtige Information. Max sah aber so aus, als wüsste er das schon.

»Was machts ihr denn für einen Schmarrn in der Schule«, sagte sie dann noch mit einem schiefen Blick auf mich. »Schweineaugen. Die armen Viecherln.«

»Das kann man gut brauchen. Später, im Beruf.«

Großmutter schüttelte ungläubig den Kopf.

»Für welchen Beruf denn?«, fragte Max grinsend nach.

»Und hatte der Roidl jetzt eine Freundin?«, stellte ich die Gegenfrage. »Oder die Marlis einen Freund?« Ich stieß Maarten ein wenig an. Das war mal etwas, das er herausbekommen könnte.

»Mir fällt beim besten Willen kein Beruf ein, in dem man Schweineaugen sezieren muss. Außer vielleicht Biologen und Tierärzte«, ignorierte Max meine Frage.

»Berufszombies, beispielsweise«, erklärte ich schlecht gelaunt, weil er schon wieder meine ganzen wertvollen Fragen ignorierte. »Erst vor Kurzem hat das Londoner Gruselkabinett welche eingestellt. Die haben ein Jahresgehalt von dreißigtausend Pfund. Da könnte ich mir die Finger ablecken.«

Max musste lachen. Anscheinend fand er die Idee, seine Freundin könnte ein Berufszombie sein, sehr komisch. Er verhakte seine Beine wieder mit meinen und grinste mich breit an. So ein Depp. Ich ließ meine Beine trotzdem verhakt. Man konnte schließlich nicht erwarten, dass man einen Freund hatte, der in jeder Lebenslage das Richtige tat. Max hatte wieder seine Lieblingsstellung eingenommen, die eine Hand am Bierkrug, die andere Hand auf meinem Oberschenkel.

»Vielleicht hat er sich im Wald mit einer anderen getroffen«, schlug ich vor.

»Ach geh, Mädl, der war doch mit der Marlis verheiratet«, widersprach mir Großmutter.

Ja, eben. Und da hat's dann der Marlis gereicht.

»Vielleicht hat er die andere geschwängert«, machte ich weiter. »Und die Marlis nicht, da gibt's Frauen, die flippen wegen so was total aus.« Wenn ich an Anneliese dachte und ihren dritten Kinderwunsch, konnte ich mir sehr gut vorstellen, dass die ausrastete, wenn ihr Mann an ihrer statt beispielsweise die Resi schwängerte.

»Die Marlis konnte er gar nicht schwängern«, erklärte Großmutter und löffelte sich noch Kartoffelsalat auf den Teller.

Uiuiui. Der Dorschenschädel impotent, wenn das mal nicht eine Nachricht war!

»Die Marlis hatte verklebte Eileiter«, sagte Großmutter ungerührt, als würde sie von ihrem beruflichen Werdegang reden. »Da wirst ned schwanger.«

Maarten sah aus, als würde er darauf warten, dass sich der Boden unter ihm auftat.

»Und da hat sich der Roidl eine Freundin genommen. Vielleicht als Leihmutter«, setzte ich begeistert hinzu. Sodom und Gomorrha in unserem Dorf, das war jetzt wirklich eine Eins-a-Nachricht.

Max sah aus, als würde es ihn gleich vor Lachen zerreißen. Das sah man bei ihm immer daran, dass er so angestrengt auf sein Essen starrte, als müsste er sich irrsinnig auf das Schneiden von Fleisch konzentrieren. Und Maarten wusste überhaupt nicht, was er mit seiner Mimik tun sollte. Er wollte sich ja nicht vor seinem Chef blamieren.

»Ah geh, Mädl«, antwortete Großmutter streng und reichte mir die Schüssel mit dem grünen Salat. »Iss was Grünes und red ned immer so einen Schmarrn. Die engagieren doch niemand als Leihmutter.«

Aus Max' Bauch hörte man eine Art Gluckern. Als würde er gleich furchtbar loslachen.

»Weiß man's«, sagte ich nur und steckte mir auch ein riesiges Stück Fleisch in den Mund. »Und was haben die im Wald gemacht? Auf allen vieren?«, machte ich mit ziemlich undeutlicher Artikulation weiter. Ich wurde rot, denn in Kombination mit dem Swingerklub konnte man sich da sonst was drunter vorstellen.

Großmutter anscheinend nicht, denn sie seufzte nur unwillig und sagte: »Meinst, ich hab Zeit, den ganzen Tag beim Metzger zu stehen und diesen Ratschkathln zuzuhören? Ich hab schließlich noch den Kartoffelsalat fertig machen müssen. Der, wenn nicht zieht, dann schmeckt er so was von fad.«

Auch wieder wahr. Vielleicht sollte ich mir ein Feldbett zum Metzger stellen und den Ratschkathln zuhören. Dann wäre der Fall mir nichts, dir nichts geklärt.

»Des kannst dir auch selber ausdenken, was die da g'macht haben. Spazieren gehen«, sagte meine Großmutter mit vollem Mund. »Schwammerl suchen.«

Ja klar. Im Juni Schwammerl suchen. Und der Gschwollschädel Roidl ging doch unter Garantie nie spazieren, und mit der Marlis schon dreimal nicht.

Max schien seine Heiterkeitsattacke überwunden zu haben, denn er sah mich an, als würde er mich gerne ausziehen. Ich gab ihm einen Rempler. In Anwesenheit meiner Großmutter schaute man einfach nicht so. Vor allen Dingen nicht so, als könnte man sehr gut verstehen, was der Roidl da im Wald gemacht hatte.

»Mei. Des geht uns auch gar nix an«, sagte Großmutter nur. »Und jetzt iss auf. Sonst kommen die ganzen Wepsen und fressen uns das Fleisch zam.«

Max sah mich an, als wollte er auch, dass ich aufaß, damit wir endlich zum richtig angenehmen Teil des Abends übergehen konnten.

»Des Noagerl trinkst noch aus«, sagte Großmutter und hielt mir mein Glas vor die Nase.

»Genau«, pflichtete Max ihr bei und zeigte auf seine Uhr. Wir treffen uns bei mir, sollte das heißen. Ich bekam ein warmes Gefühl im Bauch und nahm den letzten Schluck aus meinem Glas.

Hinter uns begann es heftig im Gebüsch zu wackeln und zu knacken. Die beiden Hunde bellten, als würde gleich eine Heerschar von Hundekillern über uns herfallen, bis mein Hund Resis Hund derart angiftete, dass dieser verstummte und sich wieder dem Anschmachten von Maarten widmete.

»Gut, dass ich Sie treff«, sagte im nächsten Moment die Mare atemlos.

Oh je. Die Mare, das war so etwas wie die Resi hoch zehn. Sie war zwar älter, bestimmt schon fünfundfünfzig oder so, aber die komischen Rückschlüsse, die sie immer zog, waren denen von der Resi ganz ähnlich. Das verwunderte auch nicht weiter, weil die alle irgendwie miteinander verwandt waren. Die Mare war nämlich eine Nichte von der Langsdorferin, das prägt vermutlich. Und unverheiratet war sie außerdem.

Und überhaupt, was hieß hier, gut, dass ich Sie treff, schließlich war sie in unseren Garten eingedrungen! Max sah ziemlich resigniert drein und legte das Besteck weg.

»Habts des schon g'hört, am Friedhof soll's weizen«, stieß die Mare aufgeregt hervor.

»Weizen«, wiederholte Großmutter kopfschüttelnd. »Der Boandlkramer weizt doch ned am Friedhof.«

Max lächelte entspannt, Maarten sah verständnislos von einem zum anderen. »Boandlkramer?«, fragte er. Maarten stellte sich noch blöder an als Max, wenn es darum ging, Bayerisch nachzusprechen.

»Gebeinhändler«, half ich ihm, und gleichzeitig sagte Max: »Der Tod.«

»Der Tod geistert am Friedhof herum«, übersetzte ich und versuchte, mein Grinsen aus dem Gesicht zu bekommen.

Maarten nickte ernsthaft und sah weiterhin verständnislos drein.

»Spuken. Das heißt spuken«, flüsterte ich ihm zu und nickte aufmunternd. »Und der Boandlkramer ist der Tod, weißt du.«

»Die Tante hat's auch g'hört«, rechtfertigte sich die Mare. Die Tante, das war die alte Langsdorferin, die mit dem Gehwagerl. Die sah zwar fast nichts mehr, aber anscheinend hörte sie umso mehr.

»Ich hab da noch nichts gehört«, wandte ich ein.

»Mei«, sagte die Mare böse. »Ich hab's auch g'hört. Richtig bös schnaufen tut er.«

»Der Boandlkramer«, setzte ich hilfreich hinzu. »Und wieso sollte der am Friedhof rumschnaufen? Da sind doch schon alle tot.«

Max verdrehte unauffällig die Augen.

»Da wäre es doch gescheiter, wenn er hier bei uns rumschnaufen würde«, schlug ich unbedacht vor.

Die Mare kreischte los. »Du spinnst ja, Lisa.«

Jetzt musste sogar Maarten grinsen, enthielt sich aber eines Kommentars.

»Da muss doch die Polizei was machen!«, schrie die Mare aufgeregt. »Da kann man doch ned länger zuschauen. Man traut sich ja in der Nacht nicht mehr rumgehen.«

»Wer geht denn auch in der Nacht am Friedhof rum?«, fragte Großmutter und stapelte die Teller. »Da siehst ja gar ned, welches Grab du gießt.«

»Vielleicht sind des auch die Grabschänder«, schlug ich vor. »Die sind bestimmt nachts auf dem Friedhof.«

»Schmarrn«, stieß die Mare böse hervor. »Wieso sollten die Grabschänder so schnaufen.« Inzwischen war die Mare rot angelaufen.

»Gräberschänden ist halt auch anstrengend. Allein das Grabsteineumwerfen«, schlug ich vor. »Und vielleicht ist er Asthmatiker. Oder sie.«

»Geh, Mädl«, unterbrach Großmutter meine Phantasien. Das »Verzähl doch koanen solchenen Schmarrn« ließ sie weg.

»Ich werde mich drum kümmern«, sagte Max freundlich.

Wie bitte? Ich drehte mich mit offenem Mund zu Max. Das waren ja Neuigkeiten. Max, der unerschrockene Jäger von herumweizenden Gespenstern und asthmatischen Grabschändern. Ich hatte plötzlich das Gefühl, einen wirklichen Helden zu lieben. Das würde ich ihm heute Nacht erzählen. Wenn ich heute Nacht überhaupt dazu kam, irgendetwas zu erzählen. Denn ich hatte mich eigentlich darauf gefreut, mit Max nach Hause zu fahren und etwas ausgesprochen Nonverbales zu machen. Aber wenn jetzt noch ein paar Leute hier auftauchen würden, die den Körpereinsatz von Max forderten, dann hatte ich das Nachsehen.

Aber irgendwie sah Max aus, als würde er mit »ich« eher »Maarten« meinen.

Die Mare sah uns triumphierend an. »Ja. Zeit wird's.« Zufrieden drehte sie sich um.

»So ein Schmarrn«, sagte Großmutter noch.

Bevor ich mich zu Max abseilen konnte, musste ich noch das Ding mit Anneliese durchziehen. Ich war so angenehm vollgefressen, dass ich am liebsten, ohne zu Anneliese oder Max zu fahren, in meinem eigenen Bett eingeschlafen wäre.

Als ich bei Annelieses Haus vorbeifuhr, sah ich noch immer das Familienauto vor der Garage stehen. Ich schloss mit mir selbst eine Wette ab, dass Anneliese keine Lust hatte zu kommen und in wenigen Minuten anrufen würde, um mir ausführlich von der Inkompetenz ihres Mannes zu erzählen.

Tatsächlich läutete mein Handy, als ich in der Straße vom Metzger parkte. Natürlich, Anneliese sagt ab, dachte ich zufrieden, als ich die Nummer am Display sah.

»Ich brauch noch ein bisserl«, sagte sie etwas atemlos. »Bin gleich fertig. Das Binerl stellt sich grad ein bisserl an mit ihrem Breierl.«

Breierl. Die Hormone machten aus Frauen seltsame Wesen, außerdirdisch, intergalaktisch, entrückt. Wie konnte man an das Wort Brei noch eine Verkleinerungsform hängen?

»Du kannst ja schon einmal anfangen«, schlug sie vor.

Du hast sie ja nicht mehr alle, dachte ich mir. »Ist das nicht ein bisschen spät zum Füttern?«, fragte ich unbedacht.

»Mei, hab du einmal Kinder!«, kreischte sie hysterisch ins Telefon. »Dann merkst selber, wie das ist.«

Sie knallte den Hörer auf die Gabel, und ich lauschte dem Tuten an meinem Ohr. Wenn ich gewusst hätte, dass Anneliese noch mit »Breierl« zugange war, hätte ich mich zu Hause auf die Eckbank gelegt. Während ich mich noch über diese Fehlentscheidung ärgerte, sah ich, dass ein Auto direkt vor dem Haus des Metzgers hielt. Ich kniff die Augen zusammen, um zu sehen, wer denn da ausstieg.

Der Troidl.

Was machte der zu dieser Zeit beim Metzger? Seinen Schweinsbraten vorbestellen? Die Außenbeleuchtung ging an, und die Metzgerin erschien in der Tür. Dann verschwand sie wieder, und der Metzger kam heraus. Er sah sich nach seiner Frau um, wartete eine Weile, dann zog er die Haustür hinter sich zu und bedeutete dem Troidl, von der Haustür wegzugehen.

Oh je. Das sah jetzt sehr geheimniskrämerisch aus. Mich jetzt ermittlungstechnisch etwas aus dem Fenster lehnen wäre wirklich hilfreich. Vielleicht war ich aber auch zu müde, um auch nur den Fensterheber zu bedienen.

Ich beschloss, etwas richtig Tapferes zu tun, und quetschte mich leise aus dem Auto, um dann zum Gartenzaun des Metzgers zu krabbeln. Atemlos lehnte ich mich gegen den Jägerzaun und sperrte die Ohren auf.

»Ein Anruf hätte auch gereicht«, hörte ich den Metzger gerade ärgerlich sagen. »Je weniger davon wissen, desto besser.«

»Mei, deine Alte wird scho nix sagen«, schlug der Troidl vor, die Antwort vom Metzger hörte ich nicht.

Das war ja unglaublich! Die zwei heckten tatsächlich etwas aus! Mein Herz schlug sofort unrhythmisch und holprig.

Beim Troidl muss man wissen, dass der ganz allein auf einem alten Bauernhof lebt. Das einzige quasimenschliche Wesen in seiner Umgebung ist ein uralter Gartenzwerg in der Größe eines deutschen Schäferhundes, der aussieht, als hätte er einen anormal hohen Sexualtrieb. An bestimmten Tagen ging der Troidl wahlweise schlecht gekleidet oder gleich im Negligé zum Schmalzlwirt und aß dort einen gemischten Braten mit Knödeln. Außerdem hatte er ein düsteres Geheimnis, das mir schon bei meinem letzten Fall Bauchschmerzen verursacht hatte. Und bis jetzt wusste ich noch nicht, was es war.

»Ab dem sechzehnten Juni geht's«, sagte der Metzger etwas lauter.

»Dann machen wir's gleich am Sechzehnten«, stimmte der Troidl zu. »Recht lang rumtun brauchen wir da gar nicht.«

»Dann treffen wir uns auf dem Friedhof. Wenn's dunkel ist«, schlug der Metzger vor. »Jeder mit dem Gewehr.«

»Länger lassen wir uns des nimmer gefallen«, stimmte der Troidl zu. »Da darf man nicht zimperlich sein. Irgendwann muss halt einer mal hart durchgreifen.«

Sie schwiegen beide, anscheinend beeindruckt von ihrer eigenen Härte.

»Und wenn wir ihn erwischen, dann tun wir ihn in dein Auto.«

Der Metzger knurrte unwillig. »Ich komm mit dem Lieferwagen doch nicht durch des Tor. Da musst schon mit dem BMW kommen.«

»Dass mein Auto versaut ist?«, schimpfte der Troidl halblaut. »Des ganze Blut, des kriegst doch nie wieder raus.«

»Da tust a Plastikplane rein, dann merkt ma nix vom Blut«, erklärte der Metzger versiert.

Gewehr? Blut? Wenn ich nicht ganz sicher gewusst hätte, dass der Troidl und der Metzger ganz liebe Gesellen sind, die niemand etwas zuleide tun würden, und zwar niemals nicht, wäre ich glatt auf die Idee gekommen …

Für einen ganz langen Moment hielt ich die Luft an, weil ich Angst hatte, dass ich schon wieder nahe am Hyperventilieren war.

Am liebsten hätte ich mich einfach übergeben.

»Das sagst du«, erklärte der Troidl griesgrämig. »Des Blut, des findst nach Jahren noch. Des verschlupft sich doch überall.« Vorsichtig spechtete ich durch die Sprossen des Jägerzauns. Vielleicht versuchten sie ja nur, sich ein bisschen auf den Arm zu nehmen. Gleich würden sie zu lachen anfangen. Bestimmt.

»Da wird doch nicht gleich die Spurensicherung kommen«, erklärte der Metzger mit einem fetten Grinsen, das im Mondlicht leuchtete.

Uah.

Irgendetwas gluckerte ganz furchtbar laut. Der Metzger und der Troidl sahen in meine Richtung, und ich machte mich so klein, wie ich konnte. Wenn ich Glück hatte, würde ich jetzt in Ohnmacht fallen. Mein blöder Magen. Wenn ich jetzt vom Troidl niedergeschossen wurde, dann lag das nur an dem fetten Grillfleisch. Aber nach einer kurzen Pause drehte sich der Troidl wieder zum Metzger und sagte: »Dann mach ma des so.«

Und der Metzger sagte gar nichts mehr, sondern drehte sich einfach um.

Ich krabbelte, so schnell ich konnte, hinter mein Auto, denn schon hörte ich die Schritte vom Troidl.

Meine Zähne schlugen unkontrolliert aufeinander. Was war das gewesen? Eine Verabredung zum Mord? Nein, nein, beruhigte ich mich. Das würden die zwei niemals machen. Es gab bestimmt einen ganz logischen Grund, weshalb sie sich auf dem Friedhof trafen. Hasen jagen oder so.

Hasen jagen, ich kam mir selbst komisch vor bei dem Gedanken. Auf dem Friedhof. Nachts.

Ich saß direkt hinter dem Auspuff meines Autos und wartete atemlos darauf, dass der Troidl endlich verschwand. Das Einzige, was mich noch am Umkippen hinderte, waren die vielen Steinchen, die an meinen Handflächen klebten und die jetzt elend wehtaten. Und meine Knie. Ich war einfach zu alt für solche Aktionen.

Als ich endlich wieder in meinem Auto saß, hyperventilierte ich nachträglich so stark, dass mir fast schwarz vor Augen wurde. Ich krallte mich eine Weile in das Lenkrad und versuchte krampfhaft, die Luft anzuhalten. Wenn die zwei derart routiniert einen Mord planten, dann war es durchaus möglich, dass sie schon ein, zwei oder drei Morde begangen hatten. Außerdem konnte es gut sein, dass sie auch planten, mich aus dem Weg zu räumen, aus welchem Grund auch immer. Vielleicht hatten sie schon längst bemerkt, dass sie belauscht worden waren.

Plötzlich konnte ich mir sehr gut vorstellen, dass der Metzger seine diversen Waffen aus seinem Waffenschrank auch dazu nutzte, um in freier Wildbahn herumzuballern. Mir fiel zwar kein Grund ein, wieso. Aber vielleicht war er auf Drogen. Und das verändert einen, das weiß man doch.

Neben mir wurde die Beifahrertür aufgerissen, und ich begann wie verrückt zu quietschen.

»Servus«, sagte Anneliese direkt neben mir und ließ sich in den Sitz fallen. Ich brauchte eine Weile, um mich zu regenerieren.

»Spinnst du?«, fauchte sie mich an.

»Nein, du spinnst«, antwortete ich böse. »Dass ich durch den Wind bin, ist doch wohl klar.«

Inzwischen schnatterte ich nicht mehr mit den Zähnen. Ich konnte sogar in ganzen Sätzen sprechen.

»Der Trondl. Mit dem Gewehr. Am Friedhof«, zählte Anneliese ungläubig auf. »Was du wieder hörst.«

»Was ich wieder hör«, fauchte ich noch böser. »Ich werde doch wissen was ich höre.«

»Ja. Aber so einen Schmarrn«, erklärte Anneliese geduldig. »Wie kannst denn so einen Schmarrn hören. Da musst du dich verhört haben.«

Ich schwieg bockig. Wenn nicht einmal die beste Freundin an einen glaubte, das konnte einem schon den Abend vermiesen.

»Jetzt lass uns erst einmal des Beweismaterial ausgraben«, schlug Anneliese vor. »Und dann können wir ja nachdenken.«

Ich konnte jetzt weder nachdenken noch graben.

»Wer kommt denn da schon wieder?«, seufzte Anneliese neben mir entnervt. Die Kreszenz und ihr Mane, schon wieder herausgebrezelt, fuhren in die Garage. Bei diesem Hochbetrieb konnten wir wahrscheinlich gar nichts machen, dachte ich erleichtert. Ich warf Anneliese einen Blick zu, in der Hoffnung, sie würde das auch bemerken, aber sie sah sehr tatendurstig aus. Aus ermittlungstechnischen Gründen hatte sie sich anscheinend neu eingekleidet. Sie trug jetzt Schwarz und Hauteng. Das sah vielleicht nicht besonders gut aus, aber in der Nacht war es eine prima Tarnung.

»Das trägt man so, wenn man nicht erkannt werden will«, behauptete sie, als sie meinen Blick bemerkte. Ich sagte dazu gar nichts. Aber ich bezweifelte, dass irgendjemand aus unserem Dorf sie nicht erkennen würde, nur weil sie in dem engen Teil aussah wie eine Knackwurst.

»Der Schorsch hat sich auch neu eingekleidet«, erklärte Anneliese. »Gestern habe ich ihn gesehen, da hat er einen Appenzeller Gürtel mit goldenen Beschlägen getragen.«

»Appenzeller Gürtel?«, fragte ich nach, weil ich modemäßig keine Ahnung hatte und außerdem noch immer einen unnatürlich hohen Blutdruck.

»So ein schwarzer Gürtel mit Messingbeschlägen.«

»Messingbeschläge«, wiederholte ich nur.

»Kühe. Und Blumen. Ist ja schon ein bisserl schwuletti«, sagte Anneliese mit hochgezogenen Augenbrauen, als sie meinen Blick sah. Ein bisserl war vielleicht der falsche Begriff. Und seit wann sagte Anneliese »schwuletti«? »Dann muss er nur aufpassen, dass er beim Schmalzlwirt noch ein Bier kriegt«, kicherte sie.

»Wieso?«, fragte ich blöd.

»Na. Mit dem Gürtel. Kriegst du doch nur noch Eckes Edelkirsch.« Sie prustete los.

Ich traute mich nicht weiter zu fragen, aber immerhin hatte Anneliese es geschafft, dass ich wieder einigermaßen atmen konnte.

»Oder hat Max auch so etwas im Kleiderschrank?«, fragte sie besorgt, weil ich nicht lachte.

»Klar«, nickte ich. »Wenn wir unsere Sadomasospiele machen, dann trägt er den immer.«

»Aber dann nichts außer diesem Gürtel«, begeisterte sich Anneliese. »Vielleicht kaufe ich Thomas das Teil auch.« Na ja. Nach der Magmaleuchte in Penisblubberform wäre so ein Gürtel natürlich die logische Konsequenz.

»Das mit den Sadomasospielen war ein Witz«, klärte ich sie auf. Eigentlich war ich total stolz auf mich, dass ich so etwas sagen konnte, ohne rot zu werden.

»Ich weiß jetzt auch, wieso der Metzger so verdächtig ist«, ignorierte Anneliese mich.

»Was ist jetzt mit dem Metzger?«

»Stell dir vor«, erklärte Anneliese begeistert weiter. »Diese Pistole, die sie bei der Marlis gefunden haben. Das war die Pistole vom Schützenverein.«

»Vom Schützenverein?«, echote ich verständnislos. »Die Glock?«

»Na ja. Die kann sich jeder ausleihen. Wenn man keine Waffe hat.«

Der Metzger hatte ein Jagdgewehr, eine Pistole, einen Sauspieß und wer weiß, was noch, bei sich zu Hause rumstehen. Also, wieso der sich die Waffe ausleihen sollte, wusste ich auch nicht.

»Vielleicht hat sich die Marlis die ja ausgeliehen«, schlug ich vor.

Sie warf mir einen bitterbösen Blick zu. »Die Marlis war nicht im Schützenverein. Und der Toni auch nicht, wennst des sagen willst.«

Vielleicht wollte sie mal ein Probeschießen machen.

»Und der Letzte, der sich die Waffe ausgeliehen hat, das war der Metzger.«

»Und woher willst grad du des wissen?«, wollte ich von ihr hören. Echt wahr, seit wann war ausgerechnet die Anneliese Expertin in Sachen Ermittlungsstand.

»Hat die Metzgerin erzählt«, berichtete Anneliese zufrieden. »Die war vielleicht stinkig. Weil die Polizei deswegen nachgebohrt hat.«

»Na und?«, fragte ich. »Die wird er doch wieder zurückgegeben haben.«

Anneliese sah sehr zufrieden aus. »Na ja. Aber die Unterschrift fehlt halt. Dass er sie zurückgegeben hat.«

Ich schüttelte den Kopf. Sie sah mich böse an. Kritik an ihren Ermittlungen wollte sie nicht hören.

»Hat er vielleicht vergessen«, schlug ich vor.

»Das macht keinen Spaß mit dir«, nörgelte sie an mir herum. »Da kommt man auf keinen grünen Zweig, wenn du alle in Schutz nimmst. Außerdem ist das ja der Grund, weshalb wir mitten in der Nacht in deinem Auto rumsitzen. Weil die Metzgerin was vergraben hat.«

Aber keine Glock.

»Ist ja auch wurscht«, machte Anneliese nur. »O.k. Die Kreszenz wäre jetzt im Haus. Dann lass uns anfangen. Ich hab ned viel Zeit.«

»Ich bin psychisch nicht mehr in der Lage. Wer weiß. Da liegt vielleicht die letzte Leiche, die der Metzger entsorgen wollte.«

»Ich dachte, die Metzgerin hat das Loch gegraben«, sagte

Anneliese. »Geh, die Metzgerin wird doch keine Leichen entsorgen.«

Na ja. Vielleicht blieb ihr auch gar nichts anderes übrig. Vielleicht hatte der Metzger die letzte Leiche mit nach Hause nehmen müssen, weil der Troidl keine Lust gehabt hatte. Und die Metzgerin hat gesagt, Hans, so geht des nicht. Du kannst ned einfach deine Leichen rumliegen lassen, und ich müsst sie immer wegmachen.

»Stell dich ned so an. Des machen wir jetzt, und dann seh'n wir ja, ob's eine Leich ist oder nicht.«

»So wichtig ist das doch auch nicht«, erklärte ich bestimmt. »Stell dir vor, wie's für dich wäre, wenn du was Peinliches im Vorgarten vergräbst, und dann gräbt's jemand aus. Das ist irgendwie nicht fair.«

Anneliese sah mich wirklich ausgesprochen böse an. »So ein Schmarrn. Ich grabe nie Sachen im Garten ein.«

Da wusste ich aber andere Dinge. Sie kniff die Augen zusammen. »Zumindest nicht im Vorgarten«, schwächte sie die Aussage ab.

Da hatte sie allerdings recht, es war ein Blumenbeet hinterm Haus gewesen. Und es war wirklich ausgesprochen blöde, ausgerechnet den Vorgarten für Beweismittelvernichtung zu nutzen. Aber der Metzger hatte im Garten hinten erst ganz frisch einen Swimmingpool bauen lassen und alles neu angepflanzt. Da konnte ich mir gut vorstellen, dass die Metzgerin zu ihrem Mann gesagt hat: Nur wegen deiner blöden Leich mach ich mir doch ned die ganze Anpflanzung kaputt.

»Der Swimmingpool«, erinnerte ich Anneliese. »Die haben jetzt so einen Swimmingpool hinterm Haus.«

»Ja, da hätte ich zum Beispiel meine Leichen unten einbetoniert«, erklärte Anneliese skrupellos. »Des machen alle so. Wahrscheinlich wollte der Metzger da die Marlis und den Roidl eingraben. Aber dummerweise …«

Ja. Dummerweise hat die Lisa Wild wieder zugeschlagen und alle Leichen gefunden, bevor sie einbetoniert werden konnten.

»Schmarrn«, sagte ich unsicher. »Wieso sollte der Metzger Leichen einbetonieren?«

»Wo er doch Leberkäs draus machen kann?«, rutschte es Anneliese heraus.

Ich beschloss, Vegetarier zu werden.

»Lass uns loslegen!«

Aber was konnte schon passieren. Schließlich waren die Kreszenz und ihr Mane zu Hause, die würden uns garantiert zu Hilfe eilen, wenn der Metzger mit seinem Hackebeilchen aus dem Haus kam. Oder seiner Glock. Andererseits war Anneliese schon immer meine beste Freundin gewesen. Und beste Freundinnen lässt man einfach nicht hängen. Außerdem interessierte es mich auch ein ganz klein wenig, was die Metzgerin eingegraben hatte.

»Du gräbst«, ordnete Anneliese an. »Ich hab meine sauberen Sachen an.«

Na prima. Das Argument musste ich mir merken.

Unschlüssig standen wir um das frisch gebuddelte Loch.

»Ich habe gegraben«, stellte ich fest. »Und du schaust jetzt, was in dem Teppich eingewickelt ist.«

Anneliese sagte gar nichts. Anscheinend hatte sie plötzlich überhaupt keine Lust mehr, unseren Fund zu begutachten.

»Jetzt wird nachgeschaut. Ich habe Blasen an den Händen«, behauptete ich, »und Rückenschmerzen.«

»Du findest doch immer die Leichen«, sagte Anneliese kleinlaut. »Kannst du dann nicht nachgucken, ob das eine ist?«

Ich stupste ein klein wenig mit meinem Fuß an das Teil. »Das ist hart. Das ist keine Leiche«, behauptete ich einfach mal. »Und jetzt mach endlich. Wenn der Metzger kommt, sind wir dran.«

Angsthase, Pfeffernase, dachte ich mir und tippte noch einmal mit dem Fuß an die Rolle, wodurch der Teppich ins Rutschen geriet und es im fahlen Mondlicht plötzlich kalkweiß schimmerte. Anneliese quietschte neben mir.

»Pscht«, fauchte ich sie an und packte sie am Arm. »Der Metzger ist doch nicht taub …«

Zu spät. Die Außenbeleuchtung ging an. Wir begannen gleichzeitig zu rennen und kamen fast nicht voran, so fielen wir übereinander. Anneliese hatte mich am T-Shirt erwischt, um meine voreilige Flucht zu verhindern oder auch um sich mitziehen zu lassen. Keuchend fielen wir auf die Autositze, während ich fieberhaft den Autoschlüssel suchte und nicht fand.

»Schnell!«, schrie mich Anneliese an. »Der Metzger, an der Tür …«

Endlich hatte ich den Schlüssel und startete das Auto. Mit heulendem Motor rauschte ich im ersten Gang die Straße entlang. Erst als wir um die Kurve waren, legte ich den nächsten Gang ein. Anneliese begann hysterisch zu kichern.

»Des war ja wie vor zwölf Jahren.«

Richtig. Wir hatten uns benommen wie die kleinen Kinder. Quietschend im Vorgarten stehen. Ich antwortete vorsorglich nicht.

»Und, war des nun a Leich oder ned?«, fragte Anneliese neugierig und wischte sich die Lachtränen aus den Augen.

»Krampf«, antwortete ich böse, denn mit Leichen kannte ich mich richtig aus. Das war jedenfalls keine gewesen. Irgendwie ärgerte es mich schon gewaltig, dass sie nicht einmal richtig hingeschaut hatte.

»Das war eine Kloschüssel.«

Anneliese kicherte weiter. »Die hat eine Kloschüssel im Garten vergraben? Die Metzgerin?« Sie rang nach Luft und krallte sich in meinen Arm. »Und deswegen hab ich fast in die Hose g'macht. Ich dachte, weil du doch immer Leichen find'st, is des bestimmt auch eine.«

Sie konnte sich gar nicht mehr beruhigen. »Eine Kloschüssel. Wer macht denn so einen Schmarrn? Kloschüsseln im Vorgarten vergraben?«

Was gingen mich die Entsorgungsmethoden von der Metzgerin an, dachte ich böse. Eine bescheuerte alte Kloschüssel. Noch einmal würde ich mit Anneliese keine solchen blödsinnigen Aktionen starten.

Kapitel 5

Nach dem Wochenende fühlte ich mich großartig. Die Klo-Episode hatte ich verdrängt, indem ich jeden Abend zu Max gefahren war. Am Sonntag zwar sehr spät, weil Max neuerdings sogar am heiligen Sonntag arbeiten musste. Außerdem war ich nie in Gefahr gewesen, bei ihm einzuschlafen. Um mich bei Maarten ein wenig einzuschleimen, schickte ich ihm aus der Arbeit eine SMS, dass ich, sobald ich meine Telefoninterviews durchstrukturiert hatte, gerne mit ihm durchs Dorf tigern könne.

Die kurze Antwort »:-))« zeigte mir, dass ich erfolgreich geschleimt hatte.

»Halb zwölf vorm Metzger«, simste ich zurück, in der Hoffnung, dass Anneliese zu der Zeit schon Essen kochen und Kinder abholen musste.

»Das Wichtigste ist die Leberkässemmel«, erklärte ich Maarten. »Du darfst nicht so wirken, als wärst du total neugierig. Interessiert, aber nicht neugierig.« Und ich durfte hauptsächlich nicht so wirken, als hätte ich vor zwei Tagen bei der Metzgerin eine Kloschüssel ausgegraben.

Maarten sah mich etwas hilflos an. »Mit einer Leberkässemmel in der Hand geht das ganz leicht«, behauptete ich und schob ihn vor mir her in die Metzgerei hinein. So voll wie heute hatte ich sie schon lange nicht mehr erlebt. Das sprach aber nur dafür, dass es viel zu besprechen gab. Wie üblich verstummte erst einmal das Gespräch.

»Die Lisa«, sagte die Metzgerin. Sie warf mir einen grimmigen Blick zu, der alles Mögliche bedeuten konnte.

»Die Resi hat heut bei mir ang'rufen. Dass es der Tant so schlecht geht. Und wie's denn ihrem Hunderl geht.«

Das blöde Hunderl, das bei mir zu Hause saß.

»Dem geht's prächtig«, sagte ich einfach mal so.

»Und dass sie sich wünscht, sie hätt ihn mitg'nommen.«

Ja, das hätte ich mir auch gewünscht.

»Dein Freund hat wohl keine Zeit heute?«

»Der ermittelt auf Teufel komm raus«, schmückte ich aus und sah ihr direkt in die Augen. Das sah bestimmt super unauffällig und überhaupt nicht schuldbewusst aus.

Alle Augen richteten sich auf Maarten, der rote Ohren bekam. »Das ist der Martin. Er passt auf die Oma auf, während ich arbeite.«

Sofort war die Stimmung eins a. Wohlwollend tätschelte die Rosl ihm die Hand. »Mei, is des nett. Kochen Sie auch?«

Nein, das machte die Oma.

»Klar«, behauptete ich. »Panierte Schnitzel kann er besonders gut.«

»Die muss man ordentlich klopfen«, erklärte die Metzgerin.

»Und der Kartoffelsalat …«

»… der muss ziehen«, sagten ungefähr fünf Frauen im Chor.

Hinter uns ging die Tür auf, und der Anderl kam mit seinem Großvater herein, dem alten Schaller. Na prima! Was hatte ich heute auch für ein Glück. Ich gab Maarten einen kleinen Rempler. Aufpassen, sollte das heißen. Allein schon die Sonnenbrille von Hugo Boss, die der Anderl nicht abnahm, und wie er wortlos auf den Bierschinken starrte. Aber anscheinend war Maarten mehr damit beschäftigt, der Hand tätschelnden Rosl zu entkommen.

»Zwei Leberkässemmeln mit süßem Senf«, bestellte ich. »Und drei Schweineschnitzel.«

»Stimmt des überhaupt, mit der Glock?«, wollte gerade die Rosl wissen. Uiuiui. Sobald Leute über achtzig über Glocks sprachen, sollte man echt aufpassen. Der Metzger wurde hochrot im Gesicht.

»Ausgerechnet mit der Pistole vom Schützenverein derschossen werden«, sagte die Rosl. »Des is auch nix.«

»Des is ned richtig«, bestätigte die Kathl.

»Des sollt ma ned machen«, stimmte die Mare zu.

»Dass die Weiber auf einen schießen. Des is ned richtig«, bestätigte der Troidl.

Ich biss von meiner Leberkässemmel ab und hörte zufrieden zu.

Der alte Schaller hatte wieder die Hälfte nicht verstanden und redete ziemlichen Unsinn.

»Ein Kopfschuss soll's gewesen sein«, sagte er laut. »Das muss ja praktisch die Mafia gewesen sein. Die machen das auch so. Da hörst nix. Und zack zack zack, sind s' alle tot.«

Da er sowieso fast nichts hörte, war das mit dem Kaliber auch schon egal.

»Aber, bei uns im Wald die Mafia«, rief er empört. »Da müssen wir doch was machen.«

Die anderen sahen plötzlich aus, als bräuchten sie allesamt eine Maß Bier.

»Aber das war doch die Waffe aus dem Schützenverein«, brüllte der Troidl, damit der Schaller es auch verstand.

»Was sagst?«, fragte der Schaller. »Die Mafia? In unserem Schützenverein?«

»Der Nächste!«, brüllte der Metzger hochrot dazwischen. Anscheinend ging ihm die Diskussion um die Glock gewaltig auf den Senkel. Wenn er g'scheiter gewesen wäre, hätte er noch eine Weile darauf herumgeritten, dass es nicht seine Glock gewesen war, sondern die vom Verein.

Ich packte mir den Maarten und zog ihn mit hinaus.

»O.k., das war jetzt nicht so wichtig. Das mit der Mafia«, gab ich zu. »Aber den Anderl, hast du dir den angesehen?«

Maarten schüttelte wortlos den Kopf.

Ich zog ihn um die nächste Hausecke und bedeutete ihn, sich hier mit mir zu verstecken.

Wir lehnten zusammen an der Hauswand und horchten eine Weile schweigend auf das Gebimmel der Metzgereitür.

»Das nächste Mal kriegst raus, wie der Anderl sein Geld verdient«, schlug ich vor. »Hast du gesehen, was der für eine Jacke angehabt hat? Du glaubst nicht, wie teuer so etwas ist.«

Vielleicht war es aber auch nur ein Imitat, und Anneliese hatte überhaupt nicht recht mit ihrer Ansicht, dass der Anderl total über seine Verhältnisse lebte.

»Aber die reden nicht mit mir«, sagte der Maarten verzweifelt. »Und wenn, dann versteh ich sie nicht.«

»Schmarrn.« Ich sah ihn von der Seite an. »Vielleicht solltest du dir mal eine andere Hose zulegen. Sonst halten sie dich ja für einen Versicherungsvertreter.« Ich stieß ihn an. »Also, dass da ist die Rosl«, erläuterte ich ihm flüsternd, während wir sie dabei beobachteten, wie sie geschäftigen Schrittes aus der Metzgerei herauskam. »Eine ganz wichtige Kontaktperson. Die ist so lange beim Metzger, bis sie alle wichtigen Infos hat. Und der Alte, der jetzt rauskommt, das ist der alte Schaller.« Der alte Schaller war der Papa von der Kreszenz Gruber und hatte eine riesige Hornbrille mit so dicken Brillengläsern, dass er größere Augen hatte als jeder normale Alien. Das war ja weiter nicht schlimm, aber anscheinend half ihm die Brille auch nicht viel. Denn wenn er auf einen traf, kam er so nahe heran, dass er mit seiner Nasenspitze fast die des anderen berührte. Und kurz bevor man meinte, ohnmächtig zu werden, sagte er dann: »Ja, so was. Dich hab ich ja schon lang nimmer g'sehn.«

Der Anderl trug einen dunklen Anzug und ein feines Hemd – ein Outfit, das überhaupt nicht für den täglichen Einkauf beim Metzger geeignet war –, und er sah gar nicht zufrieden aus.

»Und?«, wollte ich von Maarten wissen. Maarten wusste nicht, was er zum Anderl sagen sollte. »Sieht er nicht pfeilgerade aus wie jemand, der was auf dem Kerbholz hat?«

Maarten wollte es sich anscheinend nicht mit mir verderben, denn er sah mit gerunzelter Stirn dem alten Schaller und dem Anderl hinterher. Wenn ich's mir recht überlegte, sah der Anderl aus, als würde er gerade Schutzgelder eintreiben wollen.

»Der lebt voll über seine Verhältnisse, sieht man doch gleich«, erklärte ich dem Maarten. »Sonnenbrille: Hugo Boss. Das Jackett: Ralph Lauren. Und in was für ein Auto steigt er ein? Wie finanziert er das? Das musst du dich fragen.«

Maarten sah mich mit großen Augen an. »Du meinst, es liegt an meiner Hose?«

»Wie bitte?«, fragte ich verständnislos nach.

»Ich sehe aus wie ein Versicherungsvertreter?«, wollte er wissen. »Na ja. Bügelfalten sind nicht besonders cool«, gab ich zu.

Anderl zum Beispiel trug Jeans von Hugo Boss. Ohne Bundfalte und Bügelfalte. Aber der hatte ja auch einen Ruf zu verlieren.

»Aber macht nichts, die würden auch so nicht mit dir reden«, spekulierte ich weiter. Und wenn, dann würdest du sie nicht verstehen.

»Und das ist der Schmalzlwirt«, lenkte ich ihn ab. »Der Dicke da drüben. Mit dem roten Kopf. Ich wette, der weiß jede Menge.«

»Der Wirt vom Dorf«, sagte Maarten. »Den befrage ich heute noch.«

»Der spricht aber gar nicht hochdeutsch«, warnte ich ihn. Und ich würde nicht mitkommen und übersetzen. »Und er flucht ziemlich viel. Wenn er also ›Himmearschundzwian‹ oder ›Kraizkruzefix‹ sagt, hat das nichts zu bedeuten.« Maarten starrte etwas verzweifelt zum Schmalzlwirt hinüber.

»Und wenn er so Sachen sagt wie ›Hoid dei Waffel, Hosenbissla‹, dann würde ich mich verabschieden. Und wenn ein ›Jetzt fongst da glei oane‹ kommt, solltest du dich besser schon in Türnähe aufhalten.«

»Na, ihr beiden«, sagte Max so nah hinter mir, dass ich quietschen musste.

»Was macht ihr denn hier?«, fragte er misstrauisch.

O.k., es sah vielleicht etwas geheimniskrämerisch aus, wie wir so dicht unsere Köpfe zusammensteckten.

»Ich erklär dem Maarten nur, wer wer ist«, antwortete ich, während Maarten noch röter wurde. Wenn das überhaupt möglich war.

Max' Blick in meine Richtung war ziemlich feurig und testosterongeladen.

»Ach«, sagte er eisig.

Ich drückte Maarten die Schnitzel in die Hand, und er verdünnisierte sich freiwillig.

»Und wieso muss ich das machen?«, zischte ich ihm die rhetorische Frage zu. »Weil du deinem armen Praktikanten so einen undankbaren Job gegeben hast. Der versteht hier doch keine Sau.«

Wir stierten uns eine ganze Weile mit glühenden Blicken an.

»Ich habe auch keine Sau verstanden am Anfang«, erklärte Max böse und blieb so nah vor mir stehen, dass wir uns fast berührten.

»Und, wie viele Leberkässemmeln habe ich mit dir gegessen?«, fragte ich und zog die Augenbrauen nach oben. »Mir war schon ganz schlecht von der ganzen Übersetzerei und dem Senf. Das hält ja niemand aus, auf Dauer.«

»Aber wir sind verliebt«, setzte er mir entgegen.

»So viel Senf hält keine Liebe aus«, grinste ich sehr zweideutig.

Seine Miene entspannte sich. »Ach, Holde«, seufzte er, »wenn ich das gewusst hätte.«

»Hättest du mir Döner mitgebracht?«, schlug ich vor. Sein Gesicht war jetzt so nah an meinem, dass wir uns durchaus auch hätten küssen können. Er begann zu lächeln, und seine Hände krochen von den Hüften zu meinem Hintern. Max kann unglaublich süß lächeln, finde ich. Und er hat auch einen unglaublich besitzergreifenden Machoblick, den ich eigentlich auch unglaublich liebe. Auch wenn ich es gerade eher komisch fand, dass Max ernsthaft der Meinung war, ich sei hinter einem Mann her, der Hosen mit gebügelten Falten trug. Ich seufzte trotzdem verliebt und brachte sogar einen Eins-a-Augenaufschlag hin. Max zog mich noch ein wenig weiter zu sich, bis sich unsere Becken berührten und unsere Brüste und sich ganz am Schluss auch unsere Lippen trafen.

»Ist dir schon einmal aufgefallen, dass wir uns nur über Mord und Sex unterhalten?«, murmelte ich an seinen Lippen.

»Sex and Crime. Das bewegt die Menschheit«, flüsterte er mir auf den Mund. Nach dem Kuss, den er mir dann gab, war es mir auch wieder komplett egal, worüber wir eigentlich redeten. »Pass gut auf dich auf«, empfahl er mir noch.

Da Maarten so nett war, seine Mittagspause mit Großmutter zu verbringen, und Max sowieso ganz allein im Dorf Leute befragte, düste ich wieder in die Redaktion. Ich musste echt sehen, dass ich meine Telefoninterviews gebacken bekam. Noch immer hatte ich das ungute Gefühl, dass die Metzgerin mich durchaus beim Kloausgraben erkannt hatte.

Das mit den Klos in unserem Dorf war echt die Pest, da musste man nur an die elendige Geschichte mit dem Klostuhl von Ernsdorfers denken, die so lange auch noch nicht zurücklag. Und jetzt schon wieder ein Kriminalfall im Dorf und eine dubiose Kloschüssel. In der letzten Nacht hatte ich ziemlich lange über die Kloschüssel nachgedacht und ob das nun mit den Roidls zu tun hatte oder nicht. Anneliese hatte gemeint, dass es da bestimmt eine Verbindung gebe, aber was für eine Quatschverbindung sollte das denn sein? Dass die Metzgerin alle Teile in ihrer Wohnung wegwarf, die der Roidl schon einmal benutzt hatte? Ich setzte mich mit meinem Kaffee vor den Computer und versuchte, das Klo aus dem Kopf zu bekommen, indem ich mir noch ein Interview mit einem Kommunikationsforscher überlegte und schon mal darüber nachdachte, was ich den über die Gefahren des Internets fragen könnte. Zwischendurch rief ich schnell Maarten an, um mich zu erkundigen, was Großmutter so trieb. Und um ihm außerdem das mit dem Klo zu erzählen, unter dem Siegel der Verschwiegenheit natürlich und in einer Version, in der Anneliese und ich nicht ganz so prominent vorkamen. Wenn er mal Zeit hätte, sich damit zu beschäftigen, wäre das eine feine Sache, beendete ich das Telefonat.

Puh. O.k. Die Kloproblematik hatte ich jetzt abgewälzt.

Als ich gerade den Kaffee unten hatte, klingelte das Telefon.

Versehentlich sah ich nicht aufs Display und hatte Anneliese an der Strippe, die total aufgelöst war.

»Wir hätten das Loch wieder zumachen müssen«, erklärte sie ganz außer Atem.

Sie hätte vor allen Dingen nicht quietschen sollen. Dann hätten wir das Loch auch zumachen können.

»Jetzt mach ich's auch nicht mehr zu«, sagte ich düster. Dann haben die Leute wenigstens was zu reden. Denn die Schallers von nebenan hatten bestimmt mitgekriegt, was da im Metzgervorgarten eingegraben war. »Ich kann jetzt aber nicht telefonieren«, unterbrach ich vorsichtshalber ihr Gejammer. Schließlich war das mit der Graberei nicht auf meinem Mist gewachsen.

»Vielleicht sollten wir lieber herausfinden, was die so im Wald getrieben haben«, schlug sie vor.

Das hatte ich ihr schon mehrfach vorgeschlagen, aber sie hatte es ja nicht glauben wollen.

»Außerdem hab ich noch eine Idee. Wir könnten ihr Haus durchsuchen. Vielleicht hat ihnen jemand Drohbriefe geschrieben, die wir finden könnten.«

Drohbriefe. Ich räusperte mich unbehaglich.

»Weißt du, Anneliese«, sagte ich vorsichtig, »irgendwie brauchst du dich gar nicht so reinzuhängen. Kein Mensch macht dir das zum Vorwurf, dass die Marlis den Roidl …«

»Hast du eine Ahnung«, fauchte sie mich an. »Die Kreszenz, die bindet das jedem auf die Nase.«

»Aber doch nur die Kreszenz. Die Rosl oder die Kathl, zum Beispiel, die haben doch nie was gesagt. Die Metzgerin. Der Metzger. Denen ist doch das alles total wurscht.«

Anneliese schwieg wütend.

»Die Kreszenz hat halt einen Schuss«, erläuterte ich ihr. »Alle anderen Frauen, die stehen doch voll hinter der Marlis. Ähm, also, hinter eurer Familie, mein ich.«

»Egal«, beharrte Anneliese.

»Also. Ich breche in keine Wohnung ein. Und besonders nicht in die von toten Leuten.«

Es war eine Weile still am anderen Ende.

»Wir brechen nicht ein«, sagte sie ziemlich hochdeutsch. »Ich habe einen Schlüssel.«

»Ach«, machte ich.

»Und gießen die Blumen«, fügte sie hinzu.

»Ach«, sagte ich noch einmal.

»Und dabei sehen wir uns um.«

»Das hat die Polizei auch schon getan«, erklärte ich ihr. »Ganz genau sogar«, übertrieb ich ein wenig.

Sie schnalzte zufrieden mit der Zunge. »Ach, was die unter genau verstehen.«

Ich legte den Hörer auf und hoffte, dass sie das wieder vergaß.

Mal abgesehen von dem Anneliese-Anruf war mein ganzer Tag ein richtiger Erfolg gewesen. Ich hatte den Medienpädagogen angerufen und interviewt, und das war ein richtig tolles Gespräch gewesen, nicht nur deswegen, weil er mich wie eine richtige Journalistin behandelt hatte und nicht wie jemanden, der Lisa Wild heißt und nur aus dem Grund bei der Zeitung abhängt, weil ihm kein anderer Job einfällt. Danach hatte ich mir die Gemeinderatssitzung angehört, wo ich wieder behandelt wurde wie jemand, der Lisa Wild heißt und nur aus dem Grund, weil ihm kein anderer Job einfällt, bei der Zeitung abhängt. Gleich danach rauschte ich nach Hause und drückte auf dem Heimweg gefühlte zweihundertmal die Anrufe von der Anneliese weg.

Vor dem Schmalzlwirt stand schon wieder der Audi von Max, aber ich entschloss mich, lieber gleich nach Hause zu fahren. Als ich vor unserem Gartentürl parkte, direkt hinter einem alten Fiat Punto, wie ich wohlwollend feststellte, hatte ich fest vor, mit Resis Hund noch eine halbe Stunde Radl zu fahren. Da lag er dann immer so schön entkräftet in der Küche und dachte stundenlang nicht an Sex. Direkt hinter dem Fiat Punto schienen zwei Leute auf mich zu lauern. Die Kreszenz und ihr Vater, der alte Schaller. Oh je. Das war's dann wohl mit der guten Laune. Ich hätte das ja gerne vermieden, aber da sie genau vor unserem Gartentürl standen, war es nicht zu umgehen. Ich versuchte mich damit aufzuheitern, dass ich auch in andere Leute hätte reinrennen und es noch viel schlimmer hätte enden können. Die Kreszenz war nämlich nicht die Schlimmste, in die ich rennen konnte. Die Rosl beispielsweise, die betete dann immer so lange und ausdauernd, dass man schon bewusstlos werden musste, um dem zu entgehen. Der Loisl war meist so stark alkoholisiert, dass einem selbst ganz schummerig wurde, wenn man ihm zu nahe kam. Und die Eichingerin, die keifte so schrill, auch wenn sie gar nicht böse war, dass man nahe an einen Hörsturz herankam.

Es gruselte mich trotzdem ziemlich, weil sie nämlich ihren alten Vater untergehakt hatte.

Die beiden stellten sich mir in den Weg, die Kreszenz mit ihrem allerfreundlichsten Lächeln, und der Schaller beugte sich so weit nach vorn, wie es nur ging, und sagte: »Ja mei, die Wild Liesl. Dich hab ich ja schon lang nimmer g'seh'n.« Heute hatte er noch zusätzlich ein schwarzes Käppi auf dem Kopf mit der Aufschrift »Chicago Bulls«. Für einen Moment verschwamm die Aufschrift, vermutlich weil ich kurz davor war, prophylaktisch ohnmächtig zu werden.

Es machte mich auch etwas stutzig, genau vor unserem Gartentürl auf die Kreszenz zu stoßen. Dort hielten sich Kreszenz und ihr Vater für gewöhnlich nämlich nicht auf. Vielleicht litt ich ein wenig an Verfolgungswahn, aber es sah fast so aus, als würde sie mir hier auflauern. Und ich kann es prinzipiell nicht leiden, wenn man mir auflauert.

»Die Liesl«, sagte sie mit einem übertrieben liebenswerten Lächeln, und der Schaller fragte neben mir übertrieben laut: »Wer?«

»Die Wild Liesl«, sagte die Kreszenz lauter und hatte einen Blick drauf, als würde sie mir gleich eingemachte Mirabellen überreichen.

»Grüß Gott«, sagte ich brav und lächelte übertrieben liebenswert zurück, auch wenn das der Schaller nicht mitbekam. Noch zwei Sätze, und dann hätte ich die passende Ausrede parat, garantiert.

»Und, wie geht's der Wawa?«, fragte sie.

Die Wawa war meine Großmutter.

»Mei«, antwortete ich. Das war der erste Satz.

Ich starrte auf eine halb und eine ganz gerauchte, selbst gedrehte Zigarette, die vor unserem Gartentürl lagen. Das war etwas, was der Schaller konnte, obwohl er halb blind war, sich selber seine »Zigarettln« drehen. Und das war auch der Beweis, dass die mir hier wirklich aufgelauert hatten.

»Alt is g'worden.« Sie war wirklich exakt wie ein Wollschweber. Bestimmt würde sie in der nächsten Sekunde ihre parasitischen Eier abschießen. Sie schien von meinen unseligen Gedanken nichts zu bemerken, denn sie lächelte ihr Heilige-Mutter-Gottes-Lächeln.

»Wie geht's denn der Wawa?«, trompetete der Schaller und kam mit seiner spitzen Nase näher.

»Gut«, antwortete ich mit einem seligen Lächeln. Das war nämlich der zweite Satz. »Ich muss bloß schnell weiter. Wegen den Hunden, die müssen raus.« Die bieseln mir sonst nämlich bei der Reisingerin ans Gartentürl.

»Was hat s' g'sagt?«, schrie der Schaller seine Tochter an.

»Sie muss weiter. Sonst bieselt ihr der Hund ins Haus«, schrie die Kreszenz zurück.

Sie lächelte noch immer süßlich, während ich mich rasch an ihr vorbeidrängelte.

»Wissts schon was Neues von der Marlis?«, rief sie mir nach.

»Nein …«, rief ich zurück und sah, dass ich weiterkam. Jetzt wusste ich auch den eigentlichen Grund von der Kreszenz ihrem Spaziergang. Die blanke Neugierde. Anscheinend hatten sie beim Metzger überhaupt keine neuen Infos, und da musste dann einer vor unser Gartentürl gehen und schauen, ob hier nicht was zu holen war. Vor mir ging die Haustür auf, und Maarten sah mir entgegen.

Hinter mir hörte ich den Schaller noch einmal fragen, wer

denn das gewesen sei, und die Kreszenz schrie so laut: »Die Lisa Wild«, dass bei der Reisingerin das Küchenfenster aufging.

»Is die ned g'storben, vor Kurzem?«, brüllte der Schaller seine Frage.

»Ah geh. Papa. Die Liesl ist doch erst Mitte zwanzig. Wieso sollt die denn sterben?«, trompetete die Kreszenz zurück.

Mich überlief so etwas wie ein Schauder. Irgendwie fand ich es nicht o.k., sich bei anderen vor den Gartenzaun zu stellen und solche Ungeheuerlichkeiten zu brüllen. Ich beschleunigte meine Schritte, damit ich den Rest nicht hören musste. Trotzdem hörte ich die Antwort vom Schaller. »Mir wär's so g'wesen«, brüllte er zurück. »Mir wär's so g'wesen, als wär s' g'storben.«

Depp. Der Schaller war ein g'spinnerter Depp, ein g'spinnerter, dachte ich mir böse. So einen Schmarrn vor unserem Garten zu brüllen, das war ja fast noch schlimmer, als wollschweberartig Eier abzuschießen.

Ich drängte Maarten in die Wohnung und knallte die Tür zu.

»Der Depp, der blöde«, sagte ich laut. »Das war der alte Schaller. Du weißt schon. Der Opa vom Anderl. Hast du da schon irgendwas herausbekommen?«

Maarten sah ziemlich unglücklich drein. Vielleicht lag das auch daran, dass Resis Köter ihn auf Schritt und Tritt verfolgte und sich ständig an sein Knie drückte. Aus unserer Küche schallte so laut »Links ein Busserl, rechts ein Busserl« aus dem Radio, dass ich sofort stechende Kopfschmerzen bekam.

»Oma«, schrie ich in die Küche. »Dreh das Radio aus.« Denk an deine Strahlenbelastung.

»Der Martin, des is ein Tausendsassa«, erläuterte Großmutter stolz. »Der hat des wieder hin'kriegt, dass man den Silbereisen am Radio hören kann.«

Na super. Ich hatte mir die größte Mühe gegeben, dass man den Silbereisen NICHT mehr hören konnte, wenn man das Radio anschaltete.

»Prima«, antwortete ich und zog die Schuhe aus. »Der Martin.« Ein echtes Multitalent.

Es roch total appetitlich nach Essen in der Wohnung. O.k. Das mit dem Radio sei ihm verziehen. Anscheinend brachte Maarten es zustande, dass Großmutter die Medikamente nahm und genügend trank. Dann konnte ich auch ein paar Sekunden Volksmusik ertragen.

Als ich in die Küche kam, schaltete ich als Erstes die Musik aus.

»Dem Schaller ist so gewesen, als wäre ich gestorben«, erläuterte ich meiner Großmutter meine Musikaversion.

»Der Schaller ist schon immer ein bisserl komisch g'wesen«, stimmte Großmutter zu. »Aber des musst schon verstehen. Des liegt bestimmt am Krieg.«

Die Erklärung kannte ich schon. Aber wenn mir jeder Kerl mit Kriegstrauma hinterherschrie, dass ihm so g'wesen wär, als sei ich tot, dann konnte ich gar nicht mehr außer Haus.

Maarten lehnte sich an die Edelstahlspüle.

»Dem haben sie nämlich das Bein weggeschossen«, erklärte ich Maarten. »Und manchmal schreit er auch noch in der Nacht herum, dass er sein Bein behalten will und sich auf gar keinen Fall operieren lässt.«

Und dass sich keiner hertrauen sollte. Das hatte die Metzgerin mal erzählt, und die musste es wissen, denn sie wohnte ja direkt daneben. Und hatte das Schlafzimmerfenster so günstig, dass man jeden Albtraum vom Schaller live miterleben konnte.

Nach dem Krieg hatte sich der Schaller dann ganztags um seinen Garten gekümmert, hauptsächlich Kartoffeln, gelbe Rüben und Bohnen. Das wusste ich auch von meiner Großmutter. An die Obstbäume konnte ich mich dagegen blendend selbst erinnern. Denn er hatte praktisch seine ganze Energie darauf verwendet, aus normalen Obstbäumen Spalierobst zu machen. Das sah ziemlich komisch aus, weil ein normaler Obstbaum einfach keine Lust hat, an irgendwelchen Stangeln zu wachsen. Ich hatte immer den Eindruck, als hätte er sich zum Ziel gesetzt, aus schönen, aufrechten Bäumen so richtige Krüppel zu machen. Als Kind hatte ich zu Anneliese gesagt, dass das ganz normal sei. Dass er sich mit lauter krüppeligen Bäumen umgab, weil er so richtig gerade, tolle Bäume nicht ertragen konnte, psychisch. Und Anneliese hatte geantwortet, dass das jetzt der totale Schmarrn sei und dass die Bäume alle nur so greißlich wären, weil der Schaller halt nichts sah, schon damals nicht. Und dass er Spalierbäume wolle, lag ihrer Meinung auch nur daran, dass er als Einbeiniger eben nicht auf hohe Bäume kraxeln konnte. Da war man mit Spalierobst eben klar im Vorteil.

Trotzdem fand ich, dass die Krüppelspalierbäume wirklich eigenartig aussahen, wie lauter kleine, verschrobene Gnome, die mit viel zu langen Armen versuchten, sich aus ihrer Lage zu befreien. Und jedes Jahr kam von Neuem der Schaller und ließ das nicht zu. Wenn das nicht fies war.

»Der Schaller, der tut mir total leid«, sagte ich zu Maarten. »Der ist inzwischen so alt, dass er mit seiner Tochter um die Häuser zieht. Früher hätte er bei so was wahrscheinlich die Krise gekriegt.« Früher hatte er sowieso immer gescholten, wenn es um seine Tochter und ihre »Brut« ging.

»Da hat er doch so geschimpft. Auf die Kreszenz«, erinnerte ich mich.

»Wegen den zwei Buben von ihr«, erklärte Großmutter. »Da könnst ja auch stocknarrisch werden. Hast du den Girgl in letzter Zeit mal g'seh'n? Der hat s' doch nimma alle.«

Maarten legte fragend den Kopf schief.

»Der hat sie nicht mehr alle, der Girgl«, erklärte ich ihm. »Der hat sich seinen Verstand weggeschossen, mit diesen Drogen. Verstehst.«

Maarten nickte.

»Und der Anderl«, fügte Großmutter hinzu, »der grüßt nie.«

»Sei froh«, meinte ich. Mir war es jedenfalls lieber, wenn ich keinen engen Kontakt mit Zuhältern und Mitgliedern der Mafia hatte. »Die Anneliese hat gesagt, dass das Auto von ihm neunzigtausend Euro kostet.«

»Deswegen könnt er trotzdem grüßen«, fand Großmutter.

Ich verdrehte die Augen. »Aber woher hat er das Geld, das musst du dich fragen.«

»Das ist mir wurscht«, erklärte Großmutter bestimmt. »Der schaut immer weg, wenn er mich sieht. Den hätten s' halt a bisserl besser erziehen sollen.«

Hinter meiner Stirn setzte sich ein fieser Kopfschmerz fest.

Irgendwie fand ich es immer noch ziemlich gruselig, dass der Schaller darüber redete, dass ich schon längst gestorben war. Geh, der red't doch einen Schmarrn. Der kann doch gar nimmer in der Zeitung lesen, wer gestorben ist und wer nicht, würde meine Großmutter sagen.

»Und, wie war dein Tag?«, wollte ich von Maarten wissen, um mich abzulenken. »Über die Kloschüssel hast du noch nichts herausbekommen? Oder über den Anderl?« Zum Beispiel, wie viel Schutzgeld er heute vom Metzger erpresst hat.

»Eigentlich soll ich mich jetzt auf den Grabschänder konzentrieren«, erklärte er verlegen.

Manno, der Max wieder. Bemühte sich wirklich, den Maarten irgendwohin abzuschieben, wo es nichts zu ermitteln gab.

»Die Kreszenz wollte ich heute befragen«, erklärte Maarten nach einer langen, unglücklichen Pause.

Oh je. Er konnte doch nicht allen Ernstes die Kreszenz nach dem kriminellen Verhalten ihres Sohnes befragen.

»Ja«, ermunterte ich ihn.

»Ich hab es genauso gemacht, wie du gesagt hast. Ich habe das mit den Zähnen erzählt. Im Siphon.«

Großmutter schüttelte schon wieder den Kopf.

»Und, haben sie sich dann mit dir unterhalten?«, wollte ich wissen.

»Ja«, erklärte Maarten unglücklich. »Sie haben sich alle über die … Rosl unterhalten.«

Ich grinste breit.

»Und über den Papa von der Kreszenz.«

»Ehrlich?«, fragte ich erstaunt.

»Sind dem auch die Zähn in den Siphon?«, interessierte sich Großmutter. Wir beugten uns beide sehr neugierig nach vorn.

»Der hat sie geschluckt. Und dann mussten sie … eine Bixen Sauerkraut kaufen und warten …«

Großmutter und ich prusteten los.

»Und jetzt frag ich mich, was ist eine Bixen?«, wollte Maarten mit sehr norddeutscher Aussprache wissen.

Nachdem wir das mit der Dose Sauerkraut und dem Schaller und seinen Zähnen ins Ostfriesische übersetzt und die leckeren Wiener Schnitzel von meiner Großmutter vertilgt hatten, fuhr Maarten nach Hause, Großmutter fuhrwerkte zufrieden in der Küche herum, und ich verkrümelte mich in mein Zimmer. Eigentlich, um das Interview mit dem Medienpädagogen zu schreiben. Aber die ganzen Unterhaltungen über die Roidls und die Schallers und die Grubers hatten mich neugierig auf den Swingerklub gemacht, und im Prinzip konnte man ja auch darüber schreiben, das interessierte sowieso jeden im Ort viel mehr als alles, was ich sonst zu Papier brachte. In der Metzgerei war das Gerücht kursiert, dass der Roidl eine eigene Homepage gehabt hatte. Hoampäitsch, hatte die Metzgerin gesagt, und mir war schon zum wiederholten Male aufgefallen, dass die englische Sprache ganz eng verwandt mit dem Bayerischen sein musste. Rein vom Klang her.

Die Homepage war leicht zu finden, die Stichworte Roidl und Swinger ergaben als ersten Treffer die Seite www.roidls-swingerclub.de.

Das war ja ein Ding. Der hatte sich schon richtig ordentlich Gedanken gemacht. Das war keine Idee im Vollrausch gewesen – fünf Maß, und schon hatte man einen Swingerklub im Kopf. Nein. Er hatte eine richtig tolle Homepage. Und jetzt gab es sogar eine Homepage von einem Swingerklub, den es nie geben würde!

Man konnte bereits ein paar halb nackte Frauen mit Katzenmasken vorm Gesicht bewundern, die anscheinend hochgradig am Swingen interessiert waren. Außerdem gab es ein paar Buttons zum Anklicken. Ich klickte als Erstes auf die »Geschichte vom letzten Wochenende«, angeblich geschrieben von einer Mareike M., Einzelhandelskauffrau und achtundzwanzig Jahre alt, die jeden Freitag mit Begeisterung zum Swingen kam. Sie hatte jede Menge schweinische Phantasien und wollte am liebsten mit Honig und Nutella beschmiert und von allen Anwesenden sauber geleckt werden.

Was dem Roidl da für ein Schmarrn eingefallen war. Oder der Marlis. Wenn das mal nicht total gruselig war.

Ich klickte schnell auf den Button »Kunstgalerie« und fand mich einer seltsamen Sammlung von Bildern gegenüber. Spargel vor dunklem Samtstoff. Spargel, der in den wolkenlosen Himmel ragte, Spargel, der von einer Frauenhand mit ellenlangen roten Fingernägeln gehalten wurde. Muscheln mit geöffneten Schalen. Frauen, bei denen man nur zwischen die gespreizten Beine sah und die sich mit Blüten mehr schlecht als recht verhüllten.

Uah. Das war jetzt mal gar nichts, was ich in meinem Artikel verwenden konnte. Allein der Gedanke daran, dass die Kathl oder meine Großmutter das lesen würden, ließ mich knallrot anlaufen.

»Kannst du mal die Küche kehren?«, rief Großmutter von unten, und ich klappte hektisch meinen Laptop zu, damit Großmutter nicht auch noch rot werden musste.

»Ich muss heute noch arbeiten«, erklärte ich ihr lautstark, klappte dann doch den Laptop wieder auf, um das Fenster mit Roidls Swingerklub zu schließen und mein Schreibprogramm zu öffnen.

»Und ich muss noch zum Rosenmüller«, hörte ich sie unten schimpfen, als würde es den Rosenmüller stören, wenn bei uns die Küche nicht gekehrt war. Ich seufzte schwer. Eigentlich müsste ich sie davon abhalten, so einen Krampf zu machen und dem Rosenmüller die Hand aufzulegen, aber besser das als Kochen ohne Aufsicht. Und wer wusste, vielleicht hatte der Rosenmüller ja wirklich eine schlimme Migräne.

»Weißt du, was sie in der Gemeinderatssitzung g'macht haben?«, fragte Großmutter und tauchte tatsächlich neben mir auf.

»Nix als Schmarrn«, gab ich zu. »Die haben den Swingerklub abgelehnt.«

»Ja, denken die gar ned mit?«, fragte sie sich und sah mit gerunzelter Stirn auf mein geöffnetes Schreibprogramm. »Und was machen s' jetzt mit der alten Konditorei? Das ist doch ein richtiger Schandfleck, mitten im Ort. So abgeblättert, wie die ausschaut«, schimpfte Großmutter.

Ich ließ für eine Sekunde meinen Mund offen stehen und verkniff mir den Kommentar, dass ein Swingerklub auch nicht gerade das Gegenteil eines Schandflecks war. Etwas unschlüssig räusperte ich mich, bevor ich antwortete: »Vielleicht machen s' einen Beate-Uhse-Laden rein.«

Großmutter nickte begeistert. »Jetzt, wo der Roidl nimmer lebt, brauchen wir auch so dringend koanen Swingerklub ned«, stimmte sie mir zu. »Da wär so ein Laden mit ein paar Pupperln grad recht.«

Mein Mund blieb dieses Mal gleich ein paar Sekunden offen stehen. Ich klappte ihn erst wieder zu, als ich verstand, dass sie Beate Uhse mit Käthe Kruse verwechselte.

Am nächsten Tag stand unser monatlicher Großeinkauf an. Da fuhren Großmutter und ich immer zum Supermarkt und kauften ganz viel Sauerkraut ein und so Dinge, die wir wirklich brauchten. Erst vor Kurzem hatte ich zum Thema Großeinkauf einen wirklich guten Tipp in unserer Zeitung gelesen. Dass ich jemals vom Kare einen guten Tipp kriegen würde, hätte ich nie gedacht. Er hatte nämlich geschrieben, man solle Menschenansammlungen meiden. Weil man sich da ganz schnell mit Schweinegrippe anstecken konnte. Da half dann auch das ganze Händewaschen nichts, wenn man sich so ins Getümmel warf. Daran musste ich sofort denken, als ich die Menschentraube vor dem Kühlregal sah. Besonders wenn das durchschnittliche Alter der Menschentraube ungefähr siebzig ist, sollte man einen möglichst großen Abstand halten. Das hatte Kare nicht geschrieben, aber das wusste ich aus eigener Erfahrung.

Großmutter kannte diese Regel natürlich nicht und steuerte sofort darauf zu. Für Großmutter war eine Menschentraube wie ein Magnet, und ich, unselbstständig, wie ich war, schlich ihr einfach hinterher. Mit Großmutter im Supermarkt war sowieso die Hölle, da machte ein kleiner Menschenauflauf das Kraut auch nicht fett. Wenn man Pech hatte, sprach sie nämlich wildfremde Leute an und erzählte ihnen, dass seit diesem Euro doch alles doppelt so teuer war. Und dass die Sachen aus der Dose eh nicht schmeckten.

Ich holte mein Handy raus, um mal bei Maarten nachzufragen, wann er heute bei Großmutter sein konnte. Und gleichzeitig abzuchecken, ob er wirklich tat, was ich ihm aufgetragen hatte. Maarten steckte wohl gerade in einem Funkloch, und ich rumpelte in Großmutter hinein, die abrupt stehen geblieben war.

Als ich schon nicht mehr umkehren konnte, entdeckte ich, dass im Zentrum der Ansammlung die Metzgerin stand. Sie wurde gerade von einem jungen, sehr schick gekleideten Mann zu ihrem Konsumverhalten befragt.

Oh. Nein.

Zum einen legte ich gerade überhaupt keinen Wert auf Kontakt zur Metzgerin. Außerdem konnte Großmutter unmöglich an einer Befragung teilnehmen. Denn natürlich kauften wir nie Quarkdesserts, wo dachte der denn hin? Das trompetete Großmutter natürlich gleich quer über die Köpfe der anderen Frauen hinweg, obwohl das wahrscheinlich keinen interessierte. Nur die Metzgerin hob den Kopf und sah mich mit glühenden Augen an. Diesen Ausdruck kannte ich. Während ich wie gelähmt zurückstarrte, kam es mir vor, als hätte die Metzgerin schon längst durchschaut, wer ihr den Vorgarten aufgegraben hatte.

Was konnte ich dafür, dass Anneliese gequietscht hatte? Wenn die Metzgerin daraufhin nicht die Außenbeleuchtung eingeschaltet hätte, hätten wir bestimmt alles wieder zugeschaufelt.

»Was soll denn des eigentlich sein?«, fragte Großmutter und versuchte die Schrift auf dem Quarkdessert zu lesen. »Eine Fruchtzubereitung.«

»Na ja. Das sind Früchte …«

»Bei uns heißt das Marmelade«, unterbrach Großmutter den jungen Mann energisch. »Und wir machen uns unsere Marmelade selber. Bei uns macht jeder seine Marmelade selber, nur faule Bixn machen des ned selber.«

Die Metzgerin hatte noch immer einen ziemlich glühenden Blick drauf. Vielleicht auch, weil sie den ganzen Einkaufswagen voll mit Quarkdesserts hatte.

»So viele Himbeeren, wie wir haben … die müssen wir erst mal essen, bevor wir so ein Zeug kaufen«, erklärte Großmutter und drückte der Metzgerin die Fruchtzubereitung in die Hand. »Was schaugst denn so bös?«

»Wegen ihrem Klo«, erklärte die Kreszenz mit schadenfreudiger Stimme. »Hat ihr doch jemand ein Klo im Vorgarten vergraben.«

»Vielleicht wegen dene faden Wiener«, mutmaßte die Mare. Als ihr alle einen bösen Blick zuwarfen, sah sie ziemlich geknickt aus. »Ich mein ja nur.«

»Jetzt, wo wir den Räklinghof haben«, sagte Großmutter. »Ist doch des koane Müh ned. Des alte Zeug dahinzufahren.«

Aaaaah. Großmutter hatte Recyclinghof in aller Öffentlichkeit gesagt. War das peinlich.

»Brauchst noch was?«, fragte ich verzweifelt und zerrte ein wenig an ihrem Arm.

Der Befrager stand total verloren unter all den Rosenkranztanten und klammerte sich an sein Quarkdessert. Er wirkte genau wie ich so, als würde er sich sonst wohin wünschen.

»Vielleicht hast ja auch des Klo selber eingraben«, sagte die Kathl. »Wolltet ihr ned des Bad renovieren?«

»Des wüsst ich«, sagte die Metzgerin böse und durchbohrte mich mit einem Metzgerblick. Sie sah aus, als würde sie sich denken, des verreckte Glump.

»Ja. So was vergisst man doch nicht«, rutschte mir heraus, und im nächsten Moment war ich knallrot. Mist. Mist. Mist.

»Manche Leut vergessen gern amal was«, fügte die Kreszenz

spitz hinzu. Vielleicht hatte die auch die ganze Zeit am Fenster gestanden und sowohl die Metzgerin als auch Anneliese und mich beobachtet.

»Aber Kloschüsseln vergisst man doch nicht«, wandte Großmutter ganz sachlich ein, bevor ich sie weiterziehen konnte.

»Deswegen wüsst ich's ja«, fauchte uns die Metzgerin hinterher.

»Vielleicht hast des genauso vergessen wie dein Hans des mit der Unterschrift«, schlug die Rosl vor und sah gedankenverloren auf die Quarkspeise in ihrer Hand.

Jetzt blieb ich doch noch ein Weilchen stehen. Die Antwort darauf wollte ich nämlich dringend hören.

»Mei. Da hat er's halt eilig gehabt!«, kreischte die Metzgerin böse los. »Der Hans erschießt doch nicht den Roidl!«

Im Supermarkt war es plötzlich totenstill. Alle schienen darauf zu warten, was die Metzgerin zu sagen hatte.

»Das ist doch schon Monate her!«, fügte sie, wieder etwas ruhiger, hinzu.

Ich zog Großmutter nun doch mit mir weg, denn die Kreszenz sagte ziemlich genüsslich: »Ja. Mei. Manche planen halt schon lange im Voraus.«

Und nach dieser Aussage wollte ich eigentlich nicht wissen, was die Metzgerin sagte oder, noch schlimmer, machte. Und auch der Quarkspeisenmann sah zu, dass er weiterkam.

»Das ist schon schlimm«, sagte ich zu Großmutter. »Jeder weiß doch, dass der Metzger die Glock hatte. Du weißt schon, welche.«

»So ein Schmarrn«, sagte Großmutter. »Das mit der fehlenden Unterschrift ist doch auch schon wieder ein Jahr her.«

Wie bitte? Das hörte ich jetzt zum ersten Mal.

»Und der Kreiter hat gemeint, dass sich jeder die Glock einfach genommen hat. Da weiß doch jeder, wo der Schlüssel zum Waffenschrank hängt. Da braucht man ja gar keinen fragen oder so. Und das mit den Unterschriften machen sie sowieso nimmer. Weil's halt doch wieder jeder vergessen hat.«

Ich sagte gar nichts mehr. Irgendwie war es total komisch, wenn Großmutter so routiniert von »der Glock« sprach.

»Außerdem wollte eh koaner mit der Glock schießen«, fügte sie noch hinzu. »Da hat doch jeder seine SIG Sauer daheim. Der Metzger hatte nur seine vergessen, weil er direkt vom Geschäft in den Verein gefahren war, und dann musste er halt was ausleihen.«

Meine Großmutter kannte eine SIG Sauer. Ich war fassungslos.

Die Kreszenz kam mit uns mit, vermutlich weil sie ebenfalls keinen Ärger mit der Metzgerin haben wollte.

»Ich glaub ja auch ned, dass es der Metzger war«, gab sie zu.

Ich bog in den Gang mit den Chips ab und nahm mir eine Tüte heraus. Als ich zurückkam, hatte ich etwas Wesentliches verpasst. Die Kreszenz sagte nämlich gerade: »Ich könnt mir halt vorstellen, dass ihr das mit der Recherche ned passt hat.«

»Recherche?«, sagte Großmutter. Das hörte sich wie Räschäschä an.

»Na ja. Da haben s' halt g'schaut, wie man des mit einem Swingerklub so macht.«

»Wie man einen Swingerklub macht«, kommentierte Großmutter kopfschüttelnd.

»Das mit dem Schweinkram, des is halt nix für a Weib«, bestätigte die Kreszenz.

Aber was war ein Swingerklub ohne Frauen? Ein Schwulenklub?

»Und dann haben s' den Dings g'sehen.«

»Den Dings?«, fragte Großmutter.

»Ja, weißt schon.« Sie machte eine Handbewegung, die ich nicht verstand.

»Und da fragt man sich halt. Was er dort g'macht hat.«

»Recherche vielleicht?«, schlug ich vor, in der Hoffnung, dass ein Name fallen würde.

Großmutter sah mich strafend an. »Das, wenn seine Frau erfährt«, sagte sie ziemlich hochdeutsch. »Ich mein. Allein, was des kost.«

Ja genau. Besonders, wenn man ohne Frau kam. Männer zahlten ja grundsätzlich den mehrfachen Satz.

Der Dings. Wer das wohl war. Verheiratet. Der Dings.

»Er hat ja g'sagt, er geht nie in einen Swingerklub. Das war reiner Zufall, dass der Roidl und er gleichzeitig ... Und das junge Ding, das er dabeig'habt hat, war angeblich seine Nichte.«

»Und wer war das junge Ding?«, wollte ich wissen.

»Dass es morgen in der Zeitung steht«, sagte die Kreszenz.

»Die kennst du eh ned«, sagte Großmutter gleichzeitig.

Aber sie kannte das junge Ding. Ich warf ihr einen bösen Blick zu.

»Er hat g'sagt, seine Nichte. Die hat er nur begleitet, weil sie da arbeiten wollte und dass sie keiner ausnutzt.« Sie senkte ein wenig die Stimme: »Wo doch jeder weiß, dass er sich eigentlich mit den Roidls getroffen hat. Der wollt halt auch mal sehen, wo er sein Geld reinsteckt.«

Der Kompagnon.

Großmutter nickte.

»Ich frag mich nur, wozu man da nackert sein muss.«

»Vielleicht ist das im Swingerklub wie am FKK-Strand«, schlug ich vor. »Da fällt man in Kleidung halt auf.«

»Er war auch nicht ganz nackert«, erklärte die Kreszenz.

Inzwischen waren wir an der Kasse angelangt, und ich bereute es jetzt schon, nicht noch zwei Tüten Chips extra genommen zu haben.

»Er hatte einen Leopardenlook-Stringtanga mit Strasssteinchen an«, fuhr die Kreszenz ungerührt fort und legte ihre Einkäufe auf das Band.

»Wer?«, brachte ich atemlos hervor.

»Na, der Dings halt«, sagten Kreszenz und Großmutter gleichzeitig. Ich verdrehte die Augen.

»Von wem reden wir denn die ganze Zeit«, fügte die Kreszenz vorwurfsvoll fort, als hätte ich nicht genügend aufgepasst.

»Vielleicht hat der Dings den Dings umgebracht«, schlug ich vor. Damit er nicht petzen kann. Und jetzt einen Namen bitte.

»Ach geh. Der wird jetzt Leute derschießen.«

Wer denn jetzt.

»Damit's seine Frau nicht erfährt«, bohrte ich weiter. Stellt euch das doch mal vor.

»Ach geh. Die erfährt doch nichts«, sagte die Kreszenz, aber in ihren Augen glitzerte es begeistert.

Großmutter schüttelte den Kopf, vielleicht versuchte sie auch nur, eine Fliege zu vertreiben.

»Aber die Frau vom Dings«, machte ich weiter. »Vielleicht hat sie's ja schon längst erfahren, und …«

Red doch koanen solchenen Schmarrn, sagten mir die Augen von Großmutter, aber sie sagte: »Mir brennt das Gulasch an.«

Das war jetzt auch ein »solchener Schmarrn«, weil wir das Gulasch schon längst gegessen hatten.

»Außerdem muss ich noch zum Rosenmüller«, fügte sie noch hinzu.

Oh je. Handauflegungen. Das konnte doch jetzt wohl wirklich nicht wahr sein.

»Und wer ist jetzt der Dings?«, fragte ich Großmutter, als wir wieder ins Auto stiegen.

»Fahr zu«, empfahl mir Großmutter. »Sonst red't uns die Kreszenz noch mehr Schmarrn daher.«

Und damit war für sie das Thema erledigt.

Als Großmutter endlich mit den Einkäufen im Haus war, wählte ich schnell Annelieses Nummer, um ihr die Neuigkeit vom »Dings« zu erzählen.

»Dings?«, fragte sie verständnislos. »Und wer soll das gewesen sein?«

»Ich dachte, du weißt es vielleicht«, erklärte ich ihr. »Er hat einen strassbesetzten Leopardentanga angehabt.«

Am anderen Ende der Leitung war eine Weile ehrfürchtiges Schweigen.

»Leopardentanga?«, wiederholte sie schließlich. »Aber wer soll das denn gewesen sein?«

»Keine Ahnung«, antwortete ich mürrisch. »Ich dachte, du weißt vielleicht was. Ich kenne keine Männer, die Leopardentangas tragen.« Und würde hoffentlich nie einen kennenlernen.

»Weißt du was, wir gehen jetzt bei der Marlis Blumen gießen. Wir treffen uns in einer Viertelstunde vor der Haustür.«

»Ich hab keine Zeit«, log ich.

»Ach geh. Des dauert nicht lang. Hat ja die Polizei schon gesucht.«

»Dann kannst ja auch alleine suchen.«

»Ich fürcht mich aber«, gab Anneliese zu.

Ich war einfach zu gut für diese Welt.

»O.k. Aber nur eine halbe Stunde. Und denk über den Leopardentanga nach.«

»So einen, wo dann ein Leopardenbeutelchen zwischen den Beinen hängt?«, kicherte sie.

Pfui Teufel.

»Keine Ahnung, ich hab ihn nicht gesehen«, erinnerte ich sie. »Wenn dir dazu was einfällt …«

Anneliese begann zu lachen.

»… wer's sein könnte«, erklärte ich mich ärgerlich, aber sie lachte einfach weiter. Wütend drückte ich das Gespräch weg.

Anneliese hatte natürlich noch ihre Tochter mit dabei. Dass es unauffälliger ist, hatte sie gesagt. Schmarrn, unauffällig. Wahrscheinlich würde jeder wissen, was wir taten.

Der Roidl und die Marlis hatten ein wirklich schmuckes Einfamilienhaus am Ortsrand gehabt. Das hätte ich ihnen gar nicht zugetraut. Sie hatten sogar Deko auf den Treppenstufen stehen. Der Postkasten quoll über, und Anneliese nahm alles mit hinein, so als wären die beiden nur auf Urlaub und kämen bald wieder. Ich zog mir die Gummihandschuhe von meiner Großmutter an, die mir viel zu schmal waren, und blätterte die Briefe durch.

Anneliese ging inzwischen durch die Wohnung und begann Blumen zu gießen.

Die Briefe waren allesamt uninteressant.

Ich folgte Anneliese und ihrem Bienerl und gruselte mich. Das Wohnzimmer war komplett neu eingerichtet und sah sehr nach einem schwedischen Einrichtungshaus aus. Angewidert blieb ich vor einer Magmaleuchte stehen und versuchte den Gedanken daran zu verdrängen, dass Annelieses Mann ebenfalls so eine penisförmige Peinlichkeit besaß.

»Und? Hast du schon was gefunden?«, fragte ich.

»Ja. Der Roidl hatte eine ganze Schublade voller Pornos.« Anneliese hielt ihrer Tochter die Ohren zu. »Hardcore. Stell dir das mal vor.«

Ich zuckte mit den Schultern.

»Das bringt uns jetzt aber auch nicht weiter«, murrte ich.

»Wir brauchen Briefe, Nachrichten, Post-it-Zettel. Oder so was.«

Am besten die Nachricht: Schatzilein, wir treffen uns im Wald. Dort ist die Übergabe der Plutoniumbombe an die Mafia geplant.

»Das hat wahrscheinlich schon alles die Polizei mitgenommen.«

Sag ich doch. »O.k. Dann lass uns gehen.«

»Die Schränke«, erinnerte mich Anneliese und ging zielstrebig ins Schlafzimmer.

Oh je. Den Schlafzimmerschrank hatten sie anscheinend von irgendeinem älteren Verwandten geerbt. Potthässlich.

»Das Dirndl gefällt mir«, sagte Anneliese neben mir, während ich noch den Schrankschock verdauen musste. »Das hat richtig fesch ausg'schaut. So neckisch.«

Ja. Und die Brüste waren immer aus der Auslage gehüpft. Furchtbar.

»Und da. Was ist denn das für ein greißliches Jackett.«

Bestimmt auch ein Erbstück von einem älteren Verwandten.

»Volltreffer«, jubelte Anneliese. Noch mehr Pornos, dachte ich, aber sie hielt mir, am Zeigefinger baumelnd, einen Tigertanga hin. »Roidls Tigerlily-Outfit«, hauchte sie mit erotischer Stimme.

Ich drehte meine Augen gen Himmel. Das wussten wir ja bereits, dass der Roidl sich schon ernsthaft über das Swingen den Kopf zerbrochen hatte.

»Aber ohne Strasssteinchen«, sagte sie enttäuscht und legte ihn wieder zurück.

»Und desinfizier dir die Hände«, riet ich ihr. »Können wir jetzt bitte gehen?«

Nachdenklich starrte Anneliese ihre Hände an, dann sagte sie: »Ach. Das Handy. Das wär doch was.«

»Dem Roidl seins hab ich im Wald verloren«, gab ich zu.

Anneliese schnalzte mit der Zunge. »Aber das von der Marlis.« Sie ging zielstrebig los.

»Was ist?« Ich ging ihr nach, weil ich mich allein vor der Magmaleuchte fürchtete.

»Die steckt das immer in die Küchenschürze«, erzählte sie mir. »Damit sie's immer gleich findet, wenn's läutet.«

Ich blieb vor dem Kühlschrank stehen und sah mir die bunten Magnetsticker an, mit denen die Marlis ein Kuchenrezept und eine Telefonrechnung an die Kühlschranktür gepinnt hatte. Anneliese öffnete zielstrebig einen Schrank in der Küche und holte eine Schürze heraus.

Anneliese zuckte mit den Schultern und fasste in die Schürzentasche. Strahlend reichte sie mir das Telefon.

Auf dem Display blinkte das Symbol für neue Nachrichten.

»Ein iPhone«, sagte ich neidisch. »Wie kann sich die denn ein iPhone leisten.«

»Ich sag's ja. Hättst den Roidl g'heiratet. Dann hättst jetzt auch ein iPhone.«

Lieber würde ich bis ans Lebensende mit einem Prepaidtarif dahinkrebsen, als einen Dorschenschädel mit Tigertanga zu heiraten.

»Jetzt schau halt mal. Wer angerufen hat. Du kennst dich doch bestimmt mit so was aus.«

Ich kam mir mit Großmutters rosa Putzhandschuhen ziemlich blöd vor. Aber ich klickte trotzdem eine Weile herum.

»Wo bleibst du?«, war die erste SMS vom »Spatzl«.

»Spatzl?«, wollte Anneliese wissen.

Wahrscheinlich der Roidl höchstpersönlich. Ich rechnete im Kopf nach. Genau an dem Tag abgeschickt, an dem beide gestorben waren.

»Schau mal. Des hat der geschrieben, kurz bevor er gestorben ist«, hauchte Anneliese ehrfürchtig.

»Ist schon wieder der Akku leer?«, ätzte er fünf Minuten später hinterher.

»Typisch«, sagte Anneliese und versuchte, Sabine festzuhalten. »Die Marlis hat ja ständig ihr Handy vergessen. Und er hat sie immer blöd angeredet.«

»Er ist da«, war die nächste Nachricht.

Und noch eine letzte Nachricht: »Scheiße, er …«

Scheiße, er? Wer er? Und wieso Scheiße? Wieso hatte der Roidl die Nachricht unvollständig abgeschickt? Wahrscheinlich musste ich Max nur nach dem Todeszeitpunkt fragen, dann wusste ich, wieso. Mir wurde ein bisschen schlecht.

Ich klickte eine Weile herum, aber anscheinend hatte Marlis keine SMS gespeichert. Oder ich war zu blöd, sie zu finden.

»Wer ist er?«, wollte Anneliese von mir wissen. Als ich nichts sagte, fragte sie gleich weiter: »Und wieso Scheiße?«

Als ich wieder nichts sagte, beantwortete sie sich diese Frage selbst: »Aber wahrscheinlich hat er da gesehen, dass der andere total bewaffnet ist.«

Er.

Ich zuckte mit den Schultern. Er ist da. ER ist da.

»Leopardenbeutelchen?«, schlug ich vor, und Anneliese begann zu kichern.

»Vielleicht haben sie ihn erpresst«, machte ich weiter. Geldübergabe im Wald. Und dann hat er sie beide erschossen. Schließlich wollte er nicht, dass seine Frau das mit dem Tanga erfuhr.

»Wer das wohl ist?«, rätselte sie. »Vielleicht der Troidl?«

»Der hat doch keine Frau mehr«, erinnerte ich sie.

Wir starrten gemeinsam auf die letzte Nachricht. Hinter uns schepperte das Bienerl in der Küche.

»Das brauchen sie jetzt eh nicht mehr«, entschuldigte sich Anneliese und begann nach einer Kehrschaufel zu suchen.

Endlich hatte ich es geschafft, dass mir die letzten Anrufe angezeigt wurden. »Mama«, stand da und dann die Telefonnummer ihrer Mutter. Da war sie schon längst tot gewesen. Ein paarmal der Roidl selber, das konnte man daran sehen, dass die Marlis seine Nummer unter »Spatzl« gespeichert hatte. Und dann noch eine fremde Nummer. Die hatte angerufen, kurz nachdem die Anrufe vom Roidl aufhörten. Eine Handynummer.

»Er ist da«, las ich noch einmal die letzte Nachricht.

Ich hörte es in der Küche scheppern, als Anneliese die Scherben in den Mülleimer entsorgte.

»Da hat noch einer angerufen. Mit einer Handynummer.«

»Echt?« Anneliese tauchte aus der Küche auf, das Bienerl fest an der Hand. »Ja vareck.« Sie schaute mir über die Schulter.

»Kennst du die Nummer?«

Sie kniff die Augen zusammen. »Na. Gar ned. Wer des wohl ist? Wie kriegen wir des raus?«

Rückwärtssuche im Telefonbuch, dachte ich mir.

»Da rufst du jetzt an, dann wissen wir es«, schlug ich vor.

»Spinnst du, dann hat der ja meine Handynummer.« Anneliese tippte sich an die Stirn. »Mach du das doch von zu Hause.«

»Dass er meine Nummer hat«, grummelte ich böse.

»Ach geh. Ihr habts doch kein ISDN, eure Nummer wird doch gar nicht angezeigt.«

Da war ich mir nicht so sicher.

Ich klickte mich noch ein wenig durch das Menü und fand noch einen elektronischen Kalender. Anderl, stand am Dienstag vor vier Wochen drin, 13:45 SH. Am nächsten Tag Girgl, am übernächsten Tag auch Girgl. Zahnarzt M., stand vor drei Wochen an einem Freitag drin. Bank, mit drei Ausrufezeichen, war am Mittwoch vermerkt. Dann am Dienstag: Anderl SH 14:30. Am Samstag: Girgl SH ohne Zeitangaben, am Dienstag die Woche drauf Anderl 14:00. Und eine Woche später wieder der Anderl 14:15. Dann endeten die Eintragungen.

»Was hat denn die Marlis mit dem Anderl und dem Girgl zu tun?«, wollte ich wissen. »Und was heißt SH?«

»SH?« Anneliese zog das Bienerl vom Kühlschrank weg. »Mei. Ein Name vielleicht. Vom Mörder?«

Ich verdrehte die Augen. Anneliese war wirklich eine prima Hilfe beim Ermitteln.

»Das sagst jetzt aber nicht gleich dem Max, das mit dem iPhone von der Marlis«, sagte Anneliese vorsorglich. »Da kriegst bestimmt Ärger.«

Kapitel 6

Wir gingen einmal im Jahr zum Schmalzlwirt zum Essen. Dann zog sich meine Großmutter ein abgrundhässliches Kostüm in einem undefinierbaren Braun an, mit einem grässlichen Schnitt, der sie sehr eckig und unweiblich aussehen ließ. Eigentlich hatten wir unser Schmalzlwirt-Essen für dieses Jahr schon hinter uns gebracht. Aber Max wollte sich einmal für die vielen »leckeren« Frühstücke, die er bei uns in sich reinschaufelte, revanchieren und hatte uns deswegen zum Essen eingeladen. Ich wäre wirklich gerne zu einem Fast-Food-Restaurant gefahren oder zum Chinesen, aber so etwas wagte ich nicht einmal anzusprechen. Es war ja gar nicht so schlimm, beim Schmalzlwirt zu essen. Es war nur schlimm, Max mitzunehmen und ihm dann jedes Mal eine neue Variante davon vorzuführen, wie provinziell wir hier waren. Und auch wenn er jedes Mal sagte, dass er das Familiäre mochte, war es mir trotzdem immer wieder peinlich.

Als wir uns einen Platz am Fenster mit Ausblick auf den Marktplatz ausgesucht hatten, begann Großmutter, das Tischtuch umzudrehen und Tischsets zu organisieren. Ich setzte mich und verdrehte die Augen.

»Das meine ich damit. Wenn wir zum Chinesen gehen würden, hätte sie überhaupt nicht das Bedürfnis, die Fenster zu putzen«, wisperte ich ihm zu. Aber Leute wie Max, die das Frühstück meiner Großmutter als »lecker« bezeichneten, sahen das alles mit anderen Augen. Für sie war das wohl »urig«.

Zum Fensterputzen kam es nicht, denn die Schmalzl-Schwiegertochter kam und legte uns drei Gabeln und drei Messer auf den Tisch sowie die Servietten obenauf. »Soll ich's in die Servietten einwickeln?«, fragte sie hilfsbereit.

Und natürlich sagte Großmutter dann: »Ach, geh weiter, des is doch nicht nötig. Wir wickeln's eh gleich wieder aus.«

Ich schämte mich ein klein wenig, obwohl es ja nicht mein Wirtshaus war, sondern nur meine Großmutter.

»Hauptsache, die Schnitzel sind groß«, behauptete ich. »Was willst denn mit eingewickeltem Besteck, davon wirst nicht satt.«

Max lehnte sich gemütlich zurück und sah auf den Marktplatz hinaus. Ihm schien diese familiäre Behandlung zuzusagen, meine Befürchtungen waren also ganz umsonst gewesen.

»Und, gibt's was Neues?«, wollte ich wissen. Eigentlich wollte ich, dass ICH gefragt wurde, was ich gemacht hatte. Die beste Möglichkeit, diese Frage aus Max hervorzulocken, war, eine Frage zum Ermittlungsstand zu stellen. Dann kam nämlich immer die Gegenfrage, darauf war Verlass. Ich hatte inzwischen mein Interview mit dem Medienpädagogen zu Papier gebracht und gleich zum Autorisieren weggeschickt. Und es war echt super geworden. Ich hatte sogar den Medienpädagogen noch mal angerufen, und die Sekretärin hatte mich einfach durchgestellt und nicht behauptet, dass keiner für mich Zeit hätte.

Bevor Max antworten konnte, klingelte mein Handy dazwischen. Als ich sah, dass es Maarten war und nicht Anneliese oder Resi, ging ich ran.

»Der Martin«, sagte ich zu Großmutter gewandt. »Und? Weißt du schon was Neues?«, fragte ich ins Telefon.

Maarten ließ einen Wortschwall ab, dass er sich neu eingekleidet und gleich jemanden gefunden hatte, der bereit gewesen war, mit ihm zu sprechen.

»Na super. Komm doch zum Schmalzlwirt«, lud ich ihn ein und drückte das Gespräch weg.

»Ich nehm auf jeden Fall die Schnitzel, die sind richtig fett frittiert, und die Pommes ganz dick«, erklärte ich. Und das Schnitzel hing auf beiden Seiten über den Tellerrand, was auch nur von Vorteil war.

Im nächsten Moment stieß Maarten zu uns, sehr zum Ärger von Max, der schon wieder seinen besitzergreifenden Blick bekam.

»Super Hose«, lobte ich Maarten. »Das sieht doch gleich ganz anders aus.«

Der Blick von Max wurde noch ein bisschen finsterer, und ich tätschelte ihm beruhigend den angespannten Oberschenkel.

»Dem Martin schmeckt's richtig. Des möchst ned glauben, was der zwingt«, ergänzte Großmutter lobend. »S nächste Mal mach ich ihm Fleischpflanzerl.«

»Wie bitte?«, fragte »Martin«, und Max übersetzte: »Das nächste Mal gibt's Frikadellen.«

Ach ja. Mein Freund war unter die Übersetzer gegangen. Obwohl ich eigentlich immer darauf gewartet hatte, dass er was von dem verstand, was wir sprachen, war ich irgendwie ein klein wenig enttäuscht.

»Ich habe die Mare ... befragt«, erklärte Maarten stolz. Oh je. Ich hatte gehofft, er hätte jemand befragt, der ihm etwas wirklich Wichtiges erzählen konnte. »Sie hat behauptet, dass auf dem Friedhof seltsame Dinge passieren und dass das mit dem Roidl-Mord zusammenhängt.«

Großmutter und ich starrten ihn an, und er sah hilfesuchend zu Max. Ich musste dem Maarten dringend noch verraten, wen es sich zu befragen lohnte und wen nicht. Und das, was wirklich wichtig wäre herauszufinden, war die Sache mit dem Kompagnon vom Roidl, dem ominösen Dings mit dem strassbesetzten Stringtanga. Davon hatte die Mare bestimmt gar keine Ahnung.

»Die Mare«, sagte Großmutter kritisch. »Des is a fade Nocken.«

Ich grinste Max an. Dein Einsatz, du Held der preußisch-bayerischen Völkerverständigung.

»Eine mürrische, langweilige Frauensperson«, sagte er und grinste breit zurück. Seit er ein Smartphone hatte, googelte er anscheinend ständig bayerische Begriffe.

Max legte mir die Hand in den Nacken und machte mit seinem Daumen etwas, was mich ganz schwach werden ließ. Ich genoss dieses warme, weiche Gefühl, das sich in meinem ganzen Körper ausbreitete und sich ganz gemütlich in meinem Bauch festsetzte. Vielleicht machte er das aber auch nur, um dem Maarten zu zeigen, dass er die Finger von mir lassen sollte.

Das wohlige Bauchkribbeln entspannte mich jedoch nur bedingt. Ich hatte wegen des Einbruchs bei Marlis ein anhaltend ungutes Gefühl. Vor allen Dingen, weil ich Max und der Polizei die Sache mit der unbekannten Telefonnummer vorenthielt. In der letzten Nacht hatte ich mir zusammengereimt, dass der Mörder wissen wollte, wo die Roidls gerade im Unterholz herumkrochen, und deswegen versucht hatte, sie mit dem Klingeln zu enttarnen. Nicht wissend, dass Marlis ihr Handy gar nicht dabei-, sondern zu Hause in der Küchenschürze vergessen hatte.

Max, der von meinen mörderischen Gedanken nichts wusste, kraulte mich brav weiter. Andererseits, mochte man einwenden, selber schuld, wenn die von der Spurensicherung nicht in Küchenschürzen nach iPhones suchten. Was mich ein klein wenig beunruhigte, war, dass die Nummer nicht mit der Rückwärtssuche zu finden war. Zu der von Ihnen eingegebenen Rufnummer konnte leider kein Teilnehmer gefunden werden, hatte mir mein Computer mitgeteilt. Ich hatte mich sogar getraut, die Nummer anzurufen. Aber der Besitzer war »temporarily not available«. Gestern Abend nicht. Heute früh nicht. Und bevor wir zum Schmalzlwirt gegangen waren, auch nicht.

Bestimmt war es auch nicht der Mörder, der angerufen hatte, sondern nur ein Meinungsumfrage-Institut.

Ich beschloss, darüber erst später wieder nachzudenken. Faul genoss ich das Nackenkraulen. Großmutter brummelte irgendetwas von Wucherpreisen und dass die Knödel bestimmt schon wieder kleiner geworden seien. Genau wie Max sah ich dabei gemütlich zum Fenster hinaus.

Draußen fuhr gerade der Troidl mit seinem BMW vor. Neben ihm hielt ein weißer Kastenwagen – der Metzger. Der ließ nur das Fenster herunter und beugte sich ein klein wenig aus dem Auto. Irgendwie hatte er einen ziemlich blutrünstigen Blick drauf, vielleicht interpretierte ich das aber auch nur hinein. Mochte sein, dass er auch einfach nur einen irrsinnigen Hunger hatte, genau wie der Troidl.

»Der Wievielte ist denn heute?«, fragte ich nach, wobei ich die beiden nicht aus den Augen ließ.

»Der Sechzehnte«, sagten Großmutter und Max gleichzeitig.

Oh je. Das konnte nur eines bedeuten. Sie besprachen die Details von ihrem Friedhofsmord. Mein Mund war auf einmal staubtrocken. Das konnte eigentlich nur ein schlechter Witz sein. Der Metzger würde niemals jemand etwas zuleide tun. Außer den Viechern, würde Großmutter jetzt sagen, da hatte er keine Hemmungen.

Der Metzger stieg aus dem Auto, ging zum Kofferraum und öffnete ihn. Er bückte sich hinein und holte etwas Langes heraus, packte schnell eine Decke, die im Kofferraum gelegen hatte, und wickelte es ein.

»Was hat denn der Metzger da?«, fragte ich mit einer Stimme wie Goofy.

Großmutter und Max sahen aus dem Fenster, aber sie erkannten nur noch, dass der Troidl etwas, das in eine grün-rot karierte Decke eingewickelt war, im Kofferraum seines BMWs verschwinden ließ.

»Vielleicht seine Haussalami?«, schlug Großmutter vor. »Die verschenkt er ja dauernd.«

Von wegen Haussalami. Auch wenn ich nur für eine Sekunde einen Blick hatte darauf werfen können … das war ein Gewehr in einem braunen Gewehrsack gewesen, nichts anderes. Mein Herz begann wieder total unrhythmisch zu wummern.

»Der hat doch keine Haussalami, die einen Meter lang ist«, wandte ich ein, aber die beiden beschäftigten sich lieber mit der Speisekarte als mit meinen blutrünstigen Problemen. Ich beschloss, zu Hause erst einmal die Telefonnummern vom Troidl und vom Metzger herauszufinden. Vielleicht war einer der beiden Mister Leopardenbeutelchen und hatte die Marlis kurz vor ihrem Tod angerufen.

Ein paar Minuten später kam dann der Troidl herein. Er sah aus wie immer, setzte sich auf den Platz gleich neben der Tür, und die Schmalzlwirtin verschwand wortlos in der Küche, um einen gemischten Braten mit Knödel und ein Weizen in Auftrag zu geben.

Die Schmalzlwirtin hatte vor der Wirtshaustür ein Schild vor einem kleinen Karton mit Müll aufgestellt. »Zu verschenken. Nachfrage bei der Wirtin.«

Großmutter und ich blieben davor stehen, und ich hoffte nur, dass Großmutter nicht ihren sparsamen Tag hatte und etwas von dem Müll einpacken wollte. Max nutzte aus, dass Großmutter ziemlich abgelenkt war, indem er mir einen saftigen Kuss hinter ihrem Rücken gab und mein Hinterteil tätschelte. Ich konnte mich gar nicht auf den Kuss konzentrieren. Denn einerseits wollte ich verhindern, dass Großmutter irgendetwas von dem Gerümpel einpackte, das vor ihr lag. Und andererseits sah ich noch immer den Metzger vor mir. Ich musste etwas unternehmen. Es war feige und erbärmlich, sich vor seiner Bürgerpflicht zu drücken, auch wenn das Ärger mit Max bedeutete.

»Hab ich dir eigentlich schon erzählt ... dass der Troidl und der Metzger sich am sechzehnten Juni mit einem Sauspieß am Friedhof verabredet haben?«, wollte ich von Max wissen.

Max verdrehte die Augen zum Himmel.

»Irgendwie habe ich den Verdacht, dass die jetzt zu zweit zum Friedhof fahren und dort herumballern. Ich weiß zwar nicht, wie das mit dem Roidl zusammenhängt, aber könntest du nicht den Schorsch da drauf ansetzen?«

Max warf mir einen entnervten Blick zu. »Ich könnte auch wieder mal ein paar Mülleimer beschlagnahmen«, schlug er gereizt vor. »Weißt du, lass mich meinen Job machen. Mach du deinen.«

Ich kniff die Augen zusammen. Männer waren das Letzte. Das war doch wieder mal typisch! Die Mare zum Beispiel, mit ihren Ängsten vor dem Grabschänder, die nahm er total ernst. Tat jedenfalls so und wurde deswegen richtig von der blöden Kuh angehimmelt. Aber wehe, wenn ich was sagte. Das sah man auch daran, dass Max anscheinend jeden in unserem Dorf befragte, aber mich ließ er aus!

Ich zog meinen Kopf zurück, als er sich vorbeugte und mich erneut küssen wollte.

»Und den Maarten?«, schlug ich doch noch vor. »Der hat doch bestimmt Zeit, ein bisschen am Friedhof …«

Max senkte seine Stimme: »Mit deinem Maarten kannst du prima zum Shoppen gehen. Aber in seiner Arbeitszeit geht Maarten nicht auf den Friedhof.«

»Weißt du, was du mich kannst, lieber Max?«, fragte ich liebenswürdig.

Er warf einen grimmigen Blick auf Maarten, dann drehte er sich einfach um und ging zu seinem Auto.

Auch gut.

»Pass mal auf, Maarten«, flüsterte ich leise Maarten zu. »Das mit der Mare war eine blöde Idee. Die erzählt erfahrungsgemäß den ganzen Tag nur Schmarrn. Aber es wäre jetzt wirklich wichtig zu wissen, wer der Kompagnon vom Roidl war, wieso der nicht mehr der Kompagnon vom Roidl sein wollte und …« Ich wurde noch leiser. »Und das mit dem Anderl Gruber. Du weißt schon, der mit dem fetten Auto. Wieso der so ein fettes Auto fährt, wieso er sich das leisten kann und überhaupt.« Ich redete wieder lauter. »Und die Mare weiß das nicht.«

Maarten beugte sich stirnrunzelnd nach vorn.

»Irgendwie habe ich den Eindruck, dass immer noch keiner mit mir spricht«, sagte er.

»Schmarrn. Mit dem Max spricht keiner«, beruhigte ich ihn. »Aber dich haben sie ins Herz geschlossen.« Das war jetzt eine schamlose Lüge.

»Nein«, sagte er düster. »Gestern in der Metzgerei haben mir alle erzählt, was der Max für ein schneidiger Kerl ist. Und dass sie nicht verstehen können, wieso du mit mir rumhängst.«

»Ach«, sagte ich genauso düster. »Das musst du missverstanden haben.« Immer diese Sprachbarriere.

»Eine hat sogar gesagt, dass man sich so richtig sicher fühlt, seit der Herr Sander hier ermittelt.«

Na toll. »Dich lieben sie auch nach diesem Fall«, behauptete ich. »Wart's nur ab. Du musst dich nur ein bisschen volksnäher geben.«

»Volksnäher?«, echote Maarten.

»Du musst zum Schafkopf'n gehen. Zum Watt'n. Ins Wirtshaus.«

Maarten sah wirklich verzweifelt aus.

»Alkohol. Kumpel. Männergespräche«, erläuterte ich weiter. »Du weißt schon, so lange saufen, bis man nebeneinander am Pissoir steht und über die wirklich wichtigen Dinge spricht ...« Maarten sah nicht überzeugt aus, anscheinend weil er nie am Pissoir Männergespräche führte. »Und heute Abend solltest du wirklich auf den Friedhof gehen. Ich glaube, das würde deiner Polizistenkarriere echt den Kick geben.«

Maarten sah plötzlich grünlich aus. »Aber ... der Herr Sander ... hat gesagt ...«

»Ja, ja«, winkte ich entnervt ab. Schon klar. Der fesche, schneidige Herr Sander, der immer alles besser wusste. Dann ging eben keiner auf den Friedhof, und der Metzger konnte so viele Leute erschießen, wie er wollte.

Maarten machte sich auf, um irgendeinen zu finden, der auskunftsbereit war und nicht so blöd wie die Mare.

Ich hatte plötzlich das Gefühl, Durchfall zu bekommen. Oder irgendeine Krankheit, die mich in nächster Zeit ans Bett fesseln würde. Wenn der Metzger mit dem Troidl Gewehre tauschte, dann konnte das nur eines bedeuten. Ich hatte mich damals bestimmt nicht verhört, die zwei hatten eine mörderische Verabredung.

Und dass sich der Schorsch zuständig fühlen würde, konnte ich mir jetzt nach der Reaktion von Max auch nicht mehr vorstellen. Ich war schon total durchgeschwitzt, obwohl es so warm gar nicht war, und wedelte mir mit dem T-Shirt Luft an den Bauch.

»Die hätt s' auch putzen können«, sagte Großmutter missbilligend. Vor ihr lagen nämlich Verlängerungskabel, die so fettverschmiert waren und mit Staub beklebt, dass es einen grauste. Aber Großmutter grauste es nicht so sehr, dass sie nicht doch mit den Fingern ein bisschen hinzupfte, um zu sehen, was darunter lag.

Von wegen putzen. Sie hätte die ganzen Schachteln nehmen und damit zum Recyclinghof fahren können.

Ich zog mein Handy hervor und versuchte Anneliese zu erreichen. Nach gefühlten zehn Minuten ging sie endlich an den Apparat.

»Ich glaub, ich krieg meine Periode«, sagte sie als Erstes, ohne meinen Gruß abzuwarten. »Das kann gar ned sein. Also dieses Mal KANN das eigentlich gar nicht sein.«

»Ja«, stimmte ich ihr zu. »Wir müssen heute Nacht ermitteln.«

Anneliese seufzte grantig.

»Das ist wichtig.« Ich senkte meine Stimme. »Der Troidl und der Metzger. Du weißt schon. Die treffen sich heute Nacht am Friedhof.«

Eine Weile hörte ich gar nichts mehr. Dann hustete Anneliese etwas komisch.

»Du. Ich kann heute Nacht gar nicht. Das Bienerl hat Husten. Und dann braucht's halt ihre Mama.«

Das Bienerl hatte ständig Husten. Und hatte dieses arme Kind nicht auch einen Vater?

»Ich dachte, du findest den Metzger so verdächtig«, zischte ich ins Telefon.

»Ja, finde ich ja auch«, stimmte sie mir zu. »Aber weißt. Am Friedhof. Da kann man doch gar nichts anstellen. Da sind doch schon alle tot.«

Auch wieder wahr.

»Wer geht denn in der Nacht am Friedhof rum«, machte sie

weiter. »Das macht doch keiner. Aber wennst meinst, dann ruf halt den Schorsch an, und schick ihn in der Nacht raus.«

Ja, freilich. Damit konnte ich mich auf der Beliebtheitsskala gleich in die Unendlichkeit schießen.

»Außerdem müssen wir rauskriegen, wieso die Marlis den Anderl und den Girgl im Kalender stehen hat.«

»Das kann gar nicht sein«, sagte Anneliese stattdessen. Sie klang so, als würde sie gleich heulen. An den Anderl und den Girgl dachte sie jetzt momentan sicher nicht.

»Du hast mit diesem blöden Ermitteln angefangen«, sagte ich böse.

»Ja. Aber ich hab's mir anders überlegt«, antwortete Anneliese. »Weil, die Marlis, die kann's gar nicht gewesen sein.«

Ach ja.

»Die Polizei hat das jetzt selber rausgekriegt«, verriet sie mir die polizeilichen Ermittlungsergebnisse.

»Und woher weißt du das schon wieder?«, fragte ich mürrisch. Schließlich war ich die Journalistin und war gestern mit dem leitenden Ermittler im Bett gewesen. Der mir aber nicht erzählt hatte, was er so ermittelt hatte.

»Der Schorsch war halt beim Schmalzl. Und hat ein bisserl was trunken«, verriet sie mir. »Wir haben auf unsere Kindheit angestoßen, und da hat er halt g'sagt, mei, die Marlis, da habens halt Kampfspuren gefunden, und wahrscheinlich hat sie die Waffe in der Hand g'habt, und der Mörder hat sie ihr an den Kopf gehalten, und der Schuss ist losgegangen.«

Wir schwiegen uns kurz an.

»Und ehrlich, mich interessiert jetzt mehr, wieso ich schon wieder des G'fühl hab, dass ich meine Periode krieg ...«

Ich drückte das Gespräch weg und hakte mich bei Großmutter unter. Diese Babyprojektgespräche waren echt die Pest. Anderl und Girgl standen zwar nicht an Marlis' Todestag im Kalender, aber ich fragte mich schon, wieso irgendjemand, der bei Trost war, sich freiwillig mit den zweien verabredete.

»Was die alles wegschmeißen«, beschwerte sich Großmutter,

und ich sah zu, dass ich sie von der rosa Lampe mit den schwarzen chinesischen Blümchen wegbekam.

»Die Gläser könntst noch für Marmelade hernehmen«, schlug Großmutter vor. Sie sahen aus, als wäre schon mindestens dreißig Jahre Schmalzlkellerstaub in sie hineingerieselt.

»Das Marmeladekochen rentiert sich eh nicht«, klärte ich sie auf.

»Die jungen Leut«, seufzte Großmutter. »Die ham halt noch koa Not ned kenneng'lernt.«

So eine richtige Not lernte Großmutter kaum fünf Minuten später kennen. Denn genau da trafen wir dann der Kreszenz ihren Mann, den Mane. Ich wollte Großmutter noch retten und sie in die Metzgerei hineinziehen, aber sie verstand wieder mal nicht, woher meine Hektik kam.

»Wir waren doch schon beim Metzger«, sagte sie streng. »Außerdem hast du gesagt, du musst noch arbeiten.«

Und aufs Klo musste ich auch. Ganz dringend, für die nächsten paar Tage.

»Ich brauche noch unbedingt diesen Frischkäse«, log ich und flitzte in Windeseile die Stufen hinauf. Und schon war es passiert, er schüttelte ihr ausgiebig die Hand und hielt sie fest. Großmutter warf mir einen drohenden Blick zu, während ich versuchte, mich unsichtbar zu machen.

Aber eigentlich war das nicht nett. Und Großmutter war schon so alt, da konnte man sie nicht einfach stehen und von fremden Männern betatschen lassen. Ich hatte die Tür schon ein Stückchen nach innen gedrückt, aber das schlechte Gewissen packte mich, und ich kehrte wieder um.

»Mei, so ein Supperl is schnell kocht«, sagte er eben und klammerte sich weiter an Großmutters Hand. »Ich hab doch grad so eine Prostaaataentzündung.« Er betonte Prostata auf der zweiten Silbe, was dem Wort beinahe etwas Erhabenes verlieh. »Und da mach ich so eine Prostaaatadiät. Des soll helfen.«

Großmutter sah ziemlich angewidert aus. Der Schmalzlwirt

würde jetzt sagen, jaja. Die Prostatadrüse ist die edelste aller Drüsen. Und dann würde er den Bierkrug heben.

Eigentlich wäre das mein Einsatz gewesen, die geniale Überleitung zu dem Satz: »Uns brennt des Gulasch an. Jetzt müssen wir echt laufen, Oma.«

Stattdessen hörte ich mich sagen: »Schon schlimm, gell. Wo der Anderl und der Girgl so mit der Marlis befreundet waren. Und jetzt ist sie tot.«

Der Mane schüttelte weiter Großmutters Hand und runzelte die Stirn.

»Das geht Ihnen bestimmt nahe, oder?«, setzte ich noch eins drauf.

Das Händeschütteln wurde etwas langsamer, bis es ganz aufhörte und der Mane sich zu mir drehte. Er sah mich mit einem richtigen glühenden Mörderblick an.

»Der Anderl und der Girgl. Die hatten nix mit der Marlis zu tun«, sagte er mit einem eigenartigen Unterton.

»Na ja. Aber wenn man doch befreundet ist, hat man doch miteinander zu tun«, widersprach ich, obwohl ich das Gefühl hatte, ich sollte lieber aufhören.

»Die waren ned befreundet«, sagte der Mane im gleichen Tonfall, und plötzlich hatte ich Angst, dass er mir gleich die Hand schütteln und nie wieder damit aufhören würde, bis mir der Arm aus dem Gelenk geschüttelt war.

»Unser Gulasch«, krächzte ich. »Das steht am Herd.«

»Ich muss dann mal zum Metzger«, sagte der Mane. »Der macht gleich zu.«

»Jaja, so ein Supperl ist ganz gut, wenn ma mal richtig g'scheit bieseln will«, erklärte Großmutter energisch und hakte sich bei mir ein. Mane verschwand eiligst in die Metzgerei.

»Wir haben doch kein Gulasch am Herd«, sagte Großmutter streng.

»Nein. Aber jetzt sind wir wenigstens den Mane los«, sagte ich mürrisch und zog sie mit mir mit. »Der ist echt eine Zumutung.«

Außerdem war das jetzt wirklich komisch, mit seinen Söhnen und der Marlis. Da hat er sich aber mal ins Zeug gelegt, eine Verbindung zwischen denen zu leugnen.

»Ja. Als wenn uns seine Bieselei interessieren würd«, nickte Großmutter angewidert.

»Vielleicht war er mal ein Krake, früher. Und seitdem saugt er sich immer an der Hand fest«, mutmaßte ich und unterdrückte den Wunsch, mich umzudrehen und zu kontrollieren, ob der Mane uns folgte.

»Der will halt höflich sein. Weil, höflich ist der schon immer gewesen«, erklärte sie mir. Was hatte denn das mit Höflichkeit zu tun? Das war ekelhaft aufdringlich, das war es. Und wenn man nicht ständig sich selbst nach hinten lehnte, kam er mit seinem Gesicht immer näher, das war vielleicht erst gruselig.

»Und wenn er sich bei seinen Söhnen ein bisserl ang'strengt hätte, dann wären die vielleicht auch was g'worden.«

Mir war es aber lieber, wenn jemand total durchgeknallt durch den Wald lief und nach magischen Pilzen suchte wie der Girgl, als wenn er sich an meiner Hand festsaugte. Das traute ich mich jetzt aber nicht zu sagen.

»Die Kreszenz ist auch so nett, dass es nimmer schön ist«, sagte ich.

»Red doch koan Schmarrn«, erklärte mir Großmutter. »Außerdem, so nett ist die auch nicht. Bei der letzten Gemeinderatssitzung hat sie gemeint, dass man auf unserem Friedhof ein evangelisches Eckerl einrichten sollte. Dass die auch nicht in die weite Welt müssen, wenn sie mal gestorben sind.«

»Ja und«, murrte ich.

»Ausgerechnet das Eckerl mit der Aussegnungshalle hätte sie vorgeschlagen. Aber nicht mit uns«, erklärte Großmutter. »Man kann doch keine katholische Leich auf ihrem letzten Weg durch einen evangelischen Friedhof tragen.«

Ich verdrehte vorsichtshalber die Augen.

»Und ihre Mama ...« Großmutter verstummte, weil der Mane gerade grüßend und nickend an uns vorbeiging. »Ihre

Mama«, fuhr sie fort, »die hats auch nimmer alle. Macht so Kaffeefahrten nach Holland, weil man sich da billig einäschern lassen kann.«

»Die lässt sich jetzt schon einäschern?«, fragte ich, um Großmutter ein wenig zu ärgern. »Aber ich hab sie doch erst gestern gesehen.«

»Doch nicht jetzt«, sagte Großmutter genervt. »Später, wenn s' mal tot ist. Und sie hat g'sagt, so in Holland wär des sowieso alles viel einfacher, mit dem Einäschern und allem Drum und Dran. Des hat sie selber g'seh'n, da bei der Kaffeefahrt.« Großmutter schnaubte empört. »Sie hat sich in Holland nämlich ein Video ang'schaut.«

Statt Video sagte sie Fideo und hängte gleich ein Tststs an.

»Vielleicht ist es billiger«, schlug ich vor. »Und dann kann der Girgl zusammen mit der Oma in der Urne gleich ein Kilo Gras mitnehmen, das fällt gar nicht weiter auf.«

»Ach geh, Mädl, was du wieder redst. Der wird jetzt in die Urne Gras reintun«, schimpfte mich Großmutter, die wieder mal keine Ahnung hatte, was ich meinte. »Die bildet sich doch ein, sie könnt sich bei so einer Kaffeefahrt einäschern lassen, dann könnt ihre Tochter, die Kreszenz, sich einen schönen Tag in Holland machen und dann mit der Urne heimfahren und sie aufs Fensterbrettl stellen.«

Irgendwie hatte ich plötzlich das Bild einer Eieruhr vor mir, ich wusste auch nicht, wieso.

»Derweil darf man des doch ned«, unterbrach Großmutter meine unchristlichen Gedanken. »Aber sie hat g'meint, so genau schaut da keiner, ob da ein bisserl Asche unter den Bäumen liegt oder ned. Und sie hat des selber g'seh'n.«

Großmutter sah grimmig auf. »In Holland, da schmeißen s' nämlich die Asche einfach hinters Haus auf ein Feld. Einen solchenen Schmarrn hab ich ja noch nie g'hört.«

»Und deswegen macht sie ständig Kaffeefahrten?«, fragte ich nach, um sie abzulenken. Was gingen uns die Beerdigungsrituale von der Kreszenz an?

»Ja mei, in Holland, da is halt alles billiger. Die wird sich nicht ständig Filme anschauen, wo s' Leichen verbrennen. Manchmal kauft s' auch eine Rheumadecken.«

Großmutter sah mich prüfend von der Seite an. »Hast das Essen nicht vertragen? Du schaust so kaasig aus.«

Ich zuckte mit den Schultern. Die Sache mit dem Metzger würde sie mir sowieso nicht glauben.

Für nächtliche Ermittlungen war ich überhaupt nicht geeignet. Als Erstes hatte ich einen akuten Anfall von Durchfall, zumindest das Gefühl, dass ich gleich Durchfall bekommen könnte. Aber nachdem ich eine Viertelstunde am Klo gewesen war, hatte sich auch diese Hoffnung zerschlagen. Danach hatte ich Herzrhythmusstörungen in einem Ausmaß, das einen Krankenhausaufenthalt ratsam erscheinen ließ. Aber nach dem Abendessen war auch das ausgestanden. Als ich mir überlegte, ob ich mit dem Auto fahren oder zu Fuß gehen sollte, spürte ich so eine irrsinnige Schwäche in den Beinen, dass ich mir überlegte, mich gleich auf die Eckbank zu legen und nicht mehr aufzustehen.

Dann hatte ich etwa zweihundertmal bei Anneliese angerufen, aber die telefonierte nonstop. Wahrscheinlich mit ihrem Gynäkologen über die beste Sexstellung bei der Empfängnis. Oder sie hatte den Telefonhörer neben das Telefon gelegt, damit ich sie nicht mehr erreichen konnte. Nachdem ich beschlossen hatte, dass das alles eh nicht mein Problem sei, war ich mir plötzlich ganz sicher, dass ich nie eine anständige Journalistin werden würde, wenn ich mich vor allem drückte, was mir ein wenig Angst einjagte. Also suchte ich die Telefonnummern vom Metzger und vom Troidl, aber die beiden hatten anscheinend nicht bei der Marlis angerufen. Eine Weile hing ich noch vor unserem Telefon herum, wählte noch zweimal die Nummer des Mörders, wie Anneliese immer sagte, aber der war noch immer nicht erreichbar. Morgen würde ich das Handy Maarten geben.

Schließlich raffte ich mich doch auf. Der Fall musste einfach aufgeklärt werden, auch wenn ich gleichzeitig Durchfall und

Herzrhythmusstörungen haben und schwach und antriebslos auf dem Friedhof herumliegen würde.

Allein traute ich mich nicht auf den Friedhof. Ich redete mir ein, dass ich es bestimmt schaffen würde, wenn dann irgendwann der Troidl auftauchen sollte. Da hätte ich bestimmt weniger Angst, zusammen mit dem Troidl. Der war ja auch bewaffnet, und auf mich würde er bestimmt nicht schießen, versuchte ich mich aufzumuntern. Aber direkt neben dem Friedhofstor zu warten war auch auffällig, deshalb setzte ich mich in unser altes »Bushäusl«. Das hatten Anneliese und ich vor zig Jahren erfunden, so eine Stelle in der Hainbuchenhecke, da konnte man sich hineinsetzen und so tun, als wäre es ein Bushäusl. Nun gut. Inzwischen war ich vielleicht etwas zu groß und zu alt für so etwas, aber einen gewissen Schutz bot die Hecke immerhin.

Es war totenstill.

Bis auf meinen Herzschlag. Der war so laut, als würde in einiger Entfernung jemand hämmern.

Eigentlich war es unlogisch, dass der Metzger und der Troidl die Roidls umgebracht haben sollten.

Ich dachte eine Weile an die Marlis, Gott hab sie selig. Sie war ja ein selten ordinäres Stück gewesen, aber so ein Ende wünschte man trotzdem keinem. Wenn sie nicht so oft brunzen gesagt hätte, wäre sie mir vielleicht sogar sympathisch gewesen.

Es roch nach Friedhofskomposthaufen. Das roch immer ganz anders als unser eigener Komposthaufen, und ich wollte nicht darüber spekulieren, wieso.

Vielleicht hatten sie vor, den Grabschänder zu erschießen, fiel mir plötzlich siedend heiß ein. Und wenn sie mich hier in der Hainbuchenhecke hörten oder sahen, dachten sie vielleicht, ich wäre die Grabschänderin. Noch dazu, wo dieser blöde Grabschänder um unser Grab einen Riesenbogen gemacht hatte.

Vielleicht hatte ich mich aber auch verhört, und es gab überhaupt kein Treffen.

Meine Hoffnung wurde gleich darauf zerstört, denn ich hörte ein Motorengeräusch, das schon lange vor dem Friedhofseingang erstarb. Ein Auto rollte mit ausgeschaltetem Licht näher und blieb dann stehen.

Der BMW vom Troidl. Dicht gefolgt vom Mercedes des Metzgers. Beide ohne Licht, die letzten Meter rollend. Vorsichtshalber presste ich die Augen zusammen.

Ich bekam sofort meine Herzrhythmusstörungen.

»Servus«, sagte der Metzger, der Troidl sagte gar nichts. Ich machte die Augen wieder auf.

Vor dem Gesicht des Metzgers flammte es auf, dann sah man den orangenen Punkt einer glühenden Zigarette vor seinem Mund. Der Troidl holte etwas aus dem Kofferraum, das haargenau so aussah wie ein Gewehr.

Plötzlich war das kein Spiel mehr. Ich hörte meinen Herzschlag nur noch als fernes Hämmern. Vielleicht würde ich jetzt ohnmächtig und dann als vermeintliche Grabschänderin erschossen werden. Und wer würde sich dann um meine Großmutter kümmern? Mir kamen fast die Tränen. Dann hörte ich meine Großmutter sagen, ich kümmer mich schon um mich selber, da brauchst ned meinen.

Dann war es ganz still. Der Metzger und der Troidl waren nun auf dem Friedhof. Ich wusste, dass ich eigentlich ermittlungstechnisch ein wenig innovativer hätte sein müssen. Aber für jemanden, der sofort einen Kreislaufkollaps bekam, wenn er hörte, wie der Metzger zum Troidl Servus sagte, war es ganz schön mutig, in der Hecke sitzen zu bleiben. Im Gegensatz zu Angelina Jolie war ich psychisch für so einen Job nicht geeignet.

Eine Weile versuchte ich es mit Autosuggestion. Gerade als ich es geschafft hatte, mir einzureden, dass ich eine Mischung aus Uma Thurman und Halle Berry war, knallte ein Schuss über den Friedhof.

Ich war sofort wieder Lisa Wild. Mir wurde so schlecht, dass ich am liebsten heimgefahren wäre und jede Ermittlungstätigkeit abgebrochen hätte. Aber ich traute mich nicht einmal, zum Auto zu gehen.

Danach war es im wahrsten Sinne des Wortes totenstill. Und zwar so lange, dass ich für einen kurzen Moment hoffte, mich heimlich davonschleichen zu können.

Dann läutete mein Handy.

Ich suchte panisch in meiner Jackentasche. Wie konnte ausgerechnet jetzt, wo mein Leben quasi auf dem Spiel stand …

»Ja…«, flüsterte ich hinein.

»Mei, Lisa«, kreischte mir Resis Stimme ins Ohr. »I hab schon so oft versucht, dass i anruf. Aber nie bist daheim. Und jetzt hat mir die Oma deine Handynummer …«

»Pscht«, flüsterte ich.

»Und da hab i mir denkt, jetzt ruf i amal am Handy …« Mir kam es vor, als könnte man das Gespräch auf dem ganzen Friedhof hören. »Weil i muss doch wissen, wie es meinem Hasilein geht, wie geht's meinem Hasilein, hab i mir …«

»Gut geht's ihm«, flüsterte ich atemlos und drückte das Gespräch weg.

Scheiße. Schnell schaltete ich das Handy ganz aus. Blöde Resi, blöder Köter. Ich horchte auf den Metzger und den Troidl, hörte aber nichts.

Nach einer Weile hörte man es plötzlich schimpfen und schelten. Der Metzger. Er fluchte so unanständig, dass mir ganz anders wurde. Hatte der Metzger den Troidl erschossen? Vielleicht versehentlich?

Noch immer hörte ich den Metzger wüst schimpfen und fluchen. Die Stimmen kamen näher. »Wenn ich des g'wusst hätt, dass die schon des Grab ausgehoben haben«, schimpfte der Metzger schon ziemlich nah. Er atmete so schwer, als würde er etwas wirklich Gewichtiges tragen. »Dann hätt ich g'sagt, wir verschieben die Sach.«

»Mei«, sagte der Troidl, und auch er keuchte. »Passt doch jetzt alles.«

Der Metzger fand das anscheinend nicht, aber er erwiderte nichts.

»Kann man ja nicht ahnen, dass der akkurat in das Grablöchl

reinfällt«, schimpfte der Metzger. »Ich hob mir halt denkt, jetzt steht er günstig, da drückst gleich ab.«

Der Troidl zog den Rotz durch die Nase und spuckte aus. »Passt schon. Wir haben ihn ja derwischt.«

Sie waren jetzt so nah an meinem Versteck, dass ich sogar das Keuchen vom Metzger hörte. Ich zog vorsichtshalber die Füße näher an mich heran, nicht dass sie jetzt über mich stolperten und mich versehentlich erschossen.

»Hörst du's da im Gebüsch?«, fragte der Troidl nach. Der hörte echt das Gras wachsen.

Sie blieben beide direkt neben mir stehen und horchten.

Mir blieb das Herz stehen. Gab's das? Dass die mein Herz wummern hörten? Atmete ich so laut? Ich presste die Augen so fest zu, dass ich schillernde Kringel vor tiefdunkler Nacht sah.

»Ich hab jetzt schon's G'wehr wegpackt«, erklärte der Metzger grimmig.

»Des war ein Fehler«, atmete der Troidl schwer. »Da ist noch einer.«

Sie horchten wieder eine Weile, während mein Herz weiterhin komische Rumpler machte.

»In der Hecke«, behauptete der Troidl. »Ich merk so was. Der sitzt in der Hecke.«

In meinem Kopf sauste der Kopfschmerz herum wie ein kleiner Teufel.

»Den hätten wir jetzt gleich mit derschießen können«, fügte er hinzu. »Schad drum.«

»Ich kann schließlich nicht den schweren Track'n tragen und dann noch des G'wehr auf der Schulter.«

»Sauschwer«, bestätigte der Troidl, und ich war heilfroh, dass die erste Leiche so schwer war, dass die beiden unbewaffnet waren. Die hätten mich sonst allen Ernstes abgeknallt.

»Wo ich's doch eh so im Rücken hab«, beschwerte sich der Metzger. »In den Kofferraum heb ich den ned rein, das des klar is. Da haut's mir ja gleich drei Bandscheiben raus.«

»Ich hab den Vordersitz ausgebaut«, erklärte der Troidl. »Jetzt geh zu, ich will wieder heim.«

»Nicht, dass uns einer derwischt«, bestätigte der Metzger, und mit einem gemeinsamen »Hopp« wuchteten die zwei dem Klang nach die Leiche hoch.

»Gut, dass der ned nach außen blutet«, meinte der Troidl noch. »Sonst hätten wir da überall die Blutspuren.«

»Im Grab vom Roidl sieht man schon was, da darfst morgen a bisserl Erde drüberschmeißen.«

Der Troidl gab nur ein undeutliches Grunzen von sich. Anscheinend war die Leiche wirklich verdammt schwer.

Eine ganze Weile hörte man gar nichts. Ich wäre am liebsten gestorben, weil ich mir vorstellte, wie der Troidl und der Metzger jetzt den Friedhof nach mir durchkämmten. Aber anscheinend »dampfelten« sie noch gemeinsam ein »Zigarettl«.

Ihre Verabschiedung fiel reichlich wortkarg aus, in Form eines dumpfen Grunzens. Aber was will man von Leuten erwarten, die gerade auf dem Friedhof jemanden niedergemetzelt haben.

Ich saß bestimmt noch eine halbe Stunde, nachdem die zwei losgefahren waren, hinter meinem Busch und lauschte auf verdächtige Geräusche. Als ich wieder einigermaßen normal atmen konnte, schlich ich mich davon.

Im Dorf war es ebenfalls totenstill. Vielleicht waren inzwischen alle erschossen worden. Aber wen konnten die zwei auf dem Friedhof erwischt haben? Das war doch alles total unlogisch! Von den Rosenkranztanten ging bestimmt keine einzige um diese Uhrzeit zum Grabgießen. Ich konnte mir eigentlich überhaupt niemanden vorstellen, der um diese Zeit auf dem Friedhof herumweizte. Na ja. Bis auf den Grabschänder natürlich.

Oh je. Der Grabschänder. An den hatte ich gar nicht mehr gedacht. Der war ja jetzt wahrscheinlich tot. In der Nacht war es eben doch gefährlich, auch für Grabschänder.

Am nächsten Tag parkte ich ziemlich verkehrt vor dem Friedhof. Das war eine Sicherheitsmaßnahme von mir. Wenn ich zu lange auf dem Friedhof bleiben sollte, dann würde das bestimmt jemandem auffallen. Zum Beispiel dem Kreiter, der würde mit seinem Claas Axion nämlich nicht an meinem Fiesta vorbeikommen und sicher auf den Friedhof gehen, um mich zu suchen und vor Grabschändern zu erretten. Oder dem Metzger. Oder dem Troidl. Außerdem hatte ich Resis Köter mitgenommen, einerseits damit meine Großmutter ihren Frieden hatte, andererseits damit ich meinen Frieden vor Mördern hatte. Mein eigener Hund war nicht dazu zu bewegen gewesen, mitzukommen.

Ich hatte jetzt noch Atemprobleme von meiner Stippvisite bei der Polizei. Natürlich hatte ich mir lange überlegt, ob ich Anzeige erstatten sollte. Ich war mir ganz sicher, dass mir kein Mensch glauben würde. Bei Max war ich mir sogar so sicher, dass er meine Geschichte belächeln und die Augen verdrehen würde, dass ich sie ihm gar nicht erst zu erzählen versuchte. Aber andererseits war ich von meiner Großmutter dazu erzogen worden, immer brav zu sein. Deswegen war ich zum Schorsch gerannt und hatte zu Protokoll gegeben, dass der Metzger und der Troidl in einer Gemeinschaftsaktion jemanden erschossen hatten, der ziemlich schwer gewesen sein musste.

»Und wer soll das gewesen sein?«, hatte der Schorsch gefragt.

»Woher soll ich das wissen«, hatte ich zurückgefragt. Schließlich war er der Polizist und nicht ich.

»Keine Vermisstenanzeigen? Nirgendwo eine Leiche aufgetaucht?«, wollte ich wissen.

Der Schorsch hatte sich weit in seinem Chefsessel zurückgelehnt und die Arme hinter dem Kopf verschränkt. Dann hatte er sehr schwer geseufzt. Zwei Leichen langten doch für dieses Jahr, fand er. Unauffindbare Leichen brauchte es nicht auch noch. Und dann hatte er die Augen verdreht.

Da drängte sich jetzt irgendwie der Verdacht auf, dass er mit dem Metzger und dem Troidl unter einer Decke steckte. Wieso sonst sollte er sich weigern, meine Anzeige aufzunehmen?

Er hatte nicht einmal Lust gehabt, zum Friedhof rauszufahren und nachzugucken. Ob er vielleicht nicht doch die eine oder andere Spur entdeckte.

»Lisa«, hatte er gesagt und dabei mit den Fingern auf der Tischplatte getrommelt. »Überleg doch mal. Das ist doch ein Schmarrn. Der Metzger erschießt doch keinen Grabschänder nicht.«

Nein? Und was hatte ich dann letzte Nacht gehört? Die Böllerschüsse zu Ehren der allgemeinen Dummheit?

Schließlich war ich gegangen, damit der Schorsch sich nicht ständig sein fehlendes Großhirn angucken musste. Irgendwie bereute ich es schon, dem Schorsch die nächtliche Metzgersaktion verraten zu haben. Bestimmt würde er das dem Metzger petzen, und dann war ich die Nächste, die irgendwo erschossen herumlag.

Da sich der Schorsch nicht dazu aufraffen konnte, im Grab vom Roidl nach Blutspuren zu suchen, musste ich es eben tun. Auf die Polizei war echt kein Verlass.

Direkt am Eingang des Friedhofs stand ein neues Schild. »Am Gottesacker sind Radfahren, Rauchen, Handys und Hunde verboten«. Sind uns unsere Toten nichts mehr wert, hatte nämlich die Rosl gefragt, dass wir keinen rauchfreien Gottesacker durchsetzen können? Nachdem ich jetzt sah, wie schlimm der Friedhof umgewühlt war, hatte ich eher den Eindruck, man sollte auf dem Schild das Gräberschänden ausdrücklich verbieten. Mehrere Gräber waren fast zwanzig Zentimeter ausgehoben, die Erde, die Blumen und die Gestecke lagen verstreut neben den Grabstätten. Resis Hund fand das alles so toll, dass er mich quer über den Friedhof zerrte, bis ich ihn beim Familiengrab des Metzgers zum Stehen brachte. Hier war tatsächlich der Grabstein umgeworfen, er lag halb auf dem Grab dahinter.

»Wer so was wohl macht?«, fragte die Mare so dicht hinter mir, dass ich quietschte. »Die wollen doch was vertuschen.«

»Wer?«, fragte ich atemlos vor lauter Schreck.

»Wahrscheinlich einer, der heimlich eine Leiche entsorgen

will«, schlug Mare blutrünstig vor. Resis Hund hatte sich wieder an seine sexuelle Mission erinnert und versuchte, an Mares Bein zu gelangen. Ich gab ihm einen unauffälligen Tritt, und er stellte sich mit einem erschrockenen Quietschen dicht an mein Knie. »Vorher alles zamwühlen und dann jemanden eingraben, des fällt gar nicht auf. Beim Metzger ham s' g'sagt, wir sollten eine Bürgerwehr aufstellen und den Friedhof bewachen.«

Friedhof bewachen? Lieber hatte ich zerwühlte Gräber, als dass ich mich in der Nacht auf den Friedhof setzte. Solche Einfälle kamen auch nur von den Langsdorfers, die die anderen aufstachelten, aber selbst nie bei den Aktionen mitmachten.

»Du kannst ja schon mal die erste Schicht übernehmen«, schlug ich vor. Da suchten selbst Grabschänder das Weite. Resis Hund hatte den Tritt wieder vergessen und zerrte in die Richtung vom Metzgergrab.

Mare sah mich böse an. »Du hast leicht reden. Euer Grab schaut ja auch nicht so aus.«

Ja. Das war wirklich toll.

»Und manche macht des auch stutzig«, sagte die Mare missgünstig. »Wieso die Wilds wieder nicht unter den Grabschändern leiden müssen. Da fragst dich halt schon.«

»Was fragst du dich da?«, fuhr ich sie böse an und zog Resis Hund zurück.

»Mei. Wieso des alles so is«, erklärte Mare zufrieden.

Ich war für einen Moment wohl unaufmerksam, denn plötzlich riss sich der blöde Hund von mir los und stürzte sich mit Begeisterung auf das Grab neben der Mare, das besonders übel zugerichtet war, begann keuchend zu schnuppern und wie wild zu buddeln.

Ich sprang nach vorn und versuchte verzweifelt, den bescheuerten Hund wegzuzerren, aber der war wie verhext, das Grab schien ihn richtig wild zu machen. Das war nahe dran an einem Hundeorgasmus.

»Mei. Da fragt man sich schon«, wiederholte die Mare. »Wer des wohl war.«

»Das ist Resis Hund!«, erklärte ich keuchend und zerrte an dem Halsband. Ich bereute es, die Wasserpistole zu Hause gelassen zu haben, davor hatte der blöde Hund echt Respekt. Und wenn das so weiterging, würde ich mir im Internet ein Teletac-Gerät bestellen. Oder ihn beim Tierarzt abliefern und kastrieren lassen.

Die Mare ging höchstzufrieden weiter, und ich packte die Hundeleine und zog den orgastischen Hund vom Grab weg.

»Wasserpistole«, drohte ich ihm an und begann nach dem offenen Grab der Roidls zu suchen. Unauffällig gab ich ihm noch einen kleinen Tritt, und das brachte ihn wieder auf die richtige Spur.

Das roidlsche Grab war tatsächlich schon offen, zwei dicke Balken lagen darüber. Ich sah hinunter in das Loch und stellte mir vor, wer dort gestern gelegen haben mochte. Aber entweder war der Troidl schon da gewesen und hatte Spuren vernichtet, oder es hatte gar keine Spuren gegeben. Wütend gab ich einem Stein einen Tritt, der mit einem lauten Krachen gegen den nächsten Grabstein hüpfte.

Da Anneliese schon wieder telefonierte, beschloss ich, zu ihr zu fahren, um ihr die neuesten Ereignisse brühwarm zu erzählen. Ich berichtete ziemlich ausführlich, dass der Grabschänder vom Metzger niedergestreckt worden war und dass mir kein Mensch glaubte.

Anneliese sah frustriert aus. Sie schien gar nicht mitzukriegen, was ich ihr alles anvertraut hatte. Sie hatte heute früh wie befürchtet wieder ihre Periode gekriegt. So pünktlich wie ein Uhrwerk, hatte sie ein paarmal gesagt. Jetzt saß sie zusammengesackt vor dem Esstisch und hatte Zigarettenschachteln vor sich aufgebaut. Auf den meisten stand: »Rauchen kann zu Durchblutungsstörungen führen und verursacht Impotenz« und »Rauchen kann die Spermatozoen schädigen und schränkt die Fruchtbarkeit ein«.

»Der Metzger erschießt doch keine Grabschänder«, sagte sie schließlich doch.

»Du wolltest doch den Metzger beobachten«, beschwerte ich mich. »Und jetzt, wo er sich strafbar gemacht hat, willst nicht zum Schorsch gehen. Vielleicht nimmt er die Anzeige auf, wenn du es auch noch sagst.«

Ich setzte mich ihr gegenüber und sah ihr eine Weile zu, wie sie die Zigarettenschachteln zu neuen Türmen baute.

»Meinst, der würd mal zum Rauchen aufhören?«, fragte sie düster. »Wenigstens für ein paar Wochen?«

»Was, er raucht?«, fragte ich erstaunt.

»Ja, freilich. Heimlich«, sagte sie noch düsterer. »Im Haus darf er nicht, aber in der Arbeit. Und manchmal geht er in den Garten raus.«

Ich sagte nichts, sondern sah ihr zu, wie sie einen Torbogen baute. Am liebsten hätte ich ihr gesagt, sie solle froh sein, dass der Thomas sich zeugungsunfähig rauchte. Die zwei Kinder, die sie bereits hatte, waren beide vom Pfarrer und deswegen nett und intelligent. Ich wollte nicht wissen, wie sich ein Kind von ihrem Ehemann dazwischen so ausmachte. Sie sagte auch eine ganze Weile nichts, dann packte sie einen kompletten Stapel, um ihn wegzuwerfen.

»Und«, fragte ich nach, um das Thema zu wechseln. »Hast du mittlerweile eine Idee, wer der Dings sein könnte, der den Roidl im Swingerklub getroffen hat?« Ich wusste zwar, dass Anneliese sich nicht mehr die Bohne für Marlis und die Umstände ihres Todes interessierte, aber mir spukte der Typ, an dessen Namen Großmutter sich nicht hatte erinnern können, gelegentlich noch durch den Kopf.

»Nein«, antwortete sie schlecht gelaunt. »Meinst, ich geh rum und frag, wer einen Leopardentanga daheim hat.«

Aber so oft, wie die Anneliese in der Kirche war, konnte man doch erwarten, dass sie ab und an ein paar wichtige Gespräche mithören konnte.

»Ich muss dann mal wieder«, verabschiedete ich mich.

Kapitel 7

Um mich herum war Gewitterstimmung. In weiter Ferne türmten sich schneeweiße Wolken in die Höhe, die immer dunklere Bäuche bekamen. Auch zwischen Max und mir war Gewitterstimmung, denn seit Maarten coole Jeans trug und eine Lederjacke, hatte Max anscheinend total was dagegen, dass Maarten öfter bei uns in der Küche saß als bei ihm im Präsidium.

Großmutter hatte mich mit den Worten empfangen: »Richtig dampfig ist's heute. Am besten bleiben wir daheim.« Das war immer ihre Strategie. Bei gefährlicher Gewitterstimmung sollte man entweder daheim bleiben oder in die Kirche gehen, damit einem nichts passierte.

An diesem Tag konnte ich ihr nur recht geben. Und zwar nicht, weil ich wie meine Großmutter Angst hatte, dass mich ein Blitz aus heiterem Himmel erschlug, sondern weil bei diesem Wetter alle so wahnsinnig aggressiv waren. Der Kare zum Beispiel hätte mich beinahe beim Rechtsabbiegen vom Rad gemangelt. Dann hatte mir die Kreiterin beim Metzger die Tür vor der Nase zugeworfen, dass ich beinahe einen Nasenbruch davongetragen hätte. Und dann war noch mal der Kare aufgetaucht und hätte mich beim Überqueren der Hauptstraße fast überfahren. Was mich beim Kare dabei am meisten ärgerte, war, dass er immer ausstrahlte, er habe so viel Arbeit, dass er auf Passanten keine Rücksicht nehmen konnte. Die Botschaft an mich war, dass mir sowieso nichts G'scheites einfiel und ich genügend Zeit hatte, auf meine Vorfahrt zu verzichten.

Irgendwie machte selbst mich das Wetter reichlich aggressiv. Ich hatte mich zwar noch rechtzeitig an den Ratschlag von Großmutter – Reden ist Silber, Schweigen ist Gold – erinnert und war wortlos abgezogen, aber jetzt bereute ich, dass ich Schorsch nicht gesagt hatte, dass wir wegen seiner Bestechlichkeit die Würstl bei Mördern kaufen mussten.

Danach hatte ich ein paarmal die Nummer des Mörders gewählt, aber der war noch immer nicht »available«. Maarten war ebenfalls noch nicht aufgetaucht, deswegen hatte ich ihm auch noch nicht das Handy geben können. Langsam bereitete es mir wirklich Kopfzerbrechen, dass ich das blöde Teil noch immer bei mir herumliegen hatte. Ab wann machte man sich eigentlich wegen Beweismittelunterschlagung strafbar? Nachdem ich ein bisschen auf Facebook unterwegs gewesen war, rief Großmutter nach oben, dass sie noch ganz dringend Schnittlauch brauche. Entspann dich, sagte ich mir zornig und eigentlich wenig gewillt, mich zu entspannen. Wie schön die Pfingstrosen blühten, versuchte ich mich abzulenken. Und die Rosen an unserem Rosenbogen blühten mit dicken, samtigen Blüten, obwohl ich sie im Zorn ganz unsachgemäß zurückgeschnitten hatte. Dann atmete ich noch einmal tief durch, aber dadurch besserte sich meine Stimmung auch nicht.

Wenn ich gedacht hatte, dass mir im Garten weniger passieren konnte, hatte ich mich getäuscht. Denn kaum war ich beim Schnittlauchbeet, fiel mich eine zornige Honigbiene an, die anscheinend nur darauf gewartet hatte, dass endlich ein Mensch ihren Weg kreuzte. Sie stach mich mit einer solchen Inbrunst in den Oberschenkel, dass ich kreischte.

Der blöde Schnittlauch, der blöde. Der war an allem schuld. Es waren wirklich alle gegen mich, so viel war gewiss. Ich würde mich am besten in einem abgedunkelten Raum vor meinen Laptop setzen und über Leute nachdenken, die der Welt mitteilten, dass sie aufs Klo mussten. Ich bückte mich, um den pumpenden, abgerissenen Hinterleib der Biene herauszuziehen.

Dass mir die Biene vermutlich das Leben gerettet hatte, erkannte ich kurz darauf.

Plötzlich knallte es furchtbar laut, direkt neben mir, wie mir schien. Ich meinte, einen Lufthauch zu spüren, nicht weit entfernt von mir splitterte Holz, und ich hatte das Gefühl, dass mir schwindelig wurde.

»Die Russen kommen«, kreischte die Reisingerin wie wild aus dem Nachbarsgarten. »Die derschießen uns alle!«

Für einen Moment sah ich nur helle rasende Kometen vor meinen Augen, weil ich zu schnell aufgestanden war. Dann kapierte ich erst, dass das ein Schuss gewesen war. Und zwar direkt neben mir. Ich warf mich auf den Boden und begann zu beten.

»Die Russen«, schrie die Reisingerin noch immer. »Jetzt is alles aus!«

Diese aufmunternden Worte halfen jetzt überhaupt niemandem. Konnte die dumme Kuh nicht einfach ins Haus rennen und den Schorsch anrufen?

»Die Russen«, hörte ich noch einmal in weiter Entfernung eine Stimme. Das mit den Russen wäre vermutlich das einfachere Problem gewesen. Die hätten eine Bombe abgeworfen, und es wäre aus mit mir gewesen, ohne dass ich mich lange hätte fürchten müssen. Während ich so auf dem Bauch lag und mir die Ohren zuhielt – ich wollte wenigstens nicht hören, wenn ich erschossen wurde –, konzentrierte ich mich nur auf eines. Das Gefühl von struppigem Gras im Gesicht und einer Nase voller Steinchen. Was für ein Ende. Hätte ich doch nur, dachte ich mir. Ja, was? Meinen Artikel über Facebook zu Ende geschrieben? Abgespült? Über Abnehmen ohne Anstrengung gegoogelt? Mit Max Telefonsex gehabt? Es knallte nicht noch einmal. Das konnte nur eines bedeuten: Der Attentäter näherte sich mir, vermutlich, damit er genauer zielen konnte. Wäre ich doch nur davongerannt, anstatt hier dumm herumzuliegen! Aber ich war wie gelähmt vor Angst, in den Lauf einer Flinte gucken zu müssen.

Und da sah ich sie schon. Schuhe, die in mein Gesichtsfeld traten. Ich begann zu quietschen und presste die Augen zu. Als ich damit aufhörte, sagte Großmutter neben mir: »Was machst du denn da?«

In meinen Ohren bumperte mein Herz so laut, dass ich es wahrscheinlich gar nicht mitbekommen hätte, wenn ich erschossen worden wäre.

»Wenn g'schossen wird, musst reingeh'n«, erklärte sie mir. Sie klang dabei sogar ein klein wenig ärgerlich, als wäre mein Verhalten der Grund, dass auf mich geschossen wurde. Das hörte sich nach jeder Menge Kriegserfahrung an, die mir einfach abging.

»Pass auf«, flüsterte ich und presste wieder die Augen zu. Vielleicht wurde jetzt erst Großmutter erschossen und dann ich. »Vielleicht ist er noch da.«

Aus einiger Entfernung hörte ich eine Sirene, die rasch näher kam. Endlich einmal ein cooler Einsatz für den Schorsch. Und endlich einmal freute ich mich wirklich, ihn zu sehen.

»Der soll sich trauen«, sagte Großmutter böse. »Bei uns im Garten rumballern, als wären wir im Wilden Westen.«

Ich hörte noch eine Sirene, die sich mit der Polizeisirene unschön mischte. »Wo bist denn getroffen?«

Ich rappelte mich auf, denn wenn Polizei und Feuerwehr schon so nahe waren, konnte doch eigentlich nichts mehr passieren.

In der nächsten Sekunde waren wir umstellt vom Schorsch und von ein paar Feuerwehrmännern. Nämlich dem Schmalzl, dem Metzger, dem Troidl, dem Mane und dem Loisl.

»Nix passiert«, erklärte Großmutter. »Schauts lieber, dass ihr den narrischen Zwickel derwischts, der am helllichten Tag bei uns im Garten rumschießt.«

Mein Gehirn fühlte sich total wattig an. Ich musste mich schnell hinsetzen, sonst wäre ich umgefallen. Irgendwas in meinem Kopf gab komische Geräusche von sich. Oder einer der Männer machte komische Geräusche. Außerdem musste ich dringend aufs Klo.

Meine Hose war aber schon quietschnass, weil ich im nassen Gras saß. Jetzt musste ich sitzen bleiben, bis alle weg waren, weil sonst jeder denken würde, ich hätte vor Angst in die Hose gemacht.

»Ja, der Wahnsinn«, sagte der Schorsch hinter mir. »Da ist der Einschuss. Direkt in den Hackstock rein. Da hat echt einer g'schossen!«

»Ja, was sag ich denn die ganze Zeit!«, kreischte die Reisingerin. »Ich hab denkt, die Russen marschieren ein, so ein Geballer war des.«

Geballer? Ich hatte nur einen Schuss mitgekriegt. Aber ich konnte für nichts garantieren, vielleicht war es auch ein Maschinengewehr gewesen, und ich hatte nur nichts gehört, weil ich so laut gequiekt hatte.

Irgendwann stand auch Max neben mir. Er war an meiner Seite in die Hocke gegangen und hatte seine Hand auf meine Schulter gelegt. Das war sehr beunruhigend. Denn er sagte gar nichts. Umso mehr drehte der Schorsch auf, der konnte sich gar nicht mehr beruhigen, vor lauter Herumschwadronieren. Mir wurde von seinem ganzen Gerede so schlecht, dass ich mich beinahe übergeben hätte. Aber kurz bevor ich diesem Drang nachgeben konnte, sah Max mir in die Augen. Statt zu kotzen, fing ich zu heulen an. Max drückte mit einer Hand mein Knie und holte ein Stofftaschentuch hervor. Gebügelt und gefaltet. Wie hatte ich das nur vergessen können, dass er so etwas mit sich herumtrug?

Er fragte sehr sachlich: »Hast du etwas gesehen?«

Ich merkte lediglich an seinem angespannten Gesicht, dass ihm die Situation naheging. Das brachte mich restlos aus der Fassung. Mir ging ständig etwas nahe. Ich war immer am Quietschen und Kreischen und Hysterischwerden. Aber Max war eigentlich die Coolness pur. Zumindest sah er immer so aus, als wäre er frisch aus dem Urlaub, total entspannt und durch nichts umzuhauen. Das war vielleicht das viel gepriesene polizeiliche Pokerface. Diesmal sah er aber so aus, als würde er angestrengt ein emotionsloses Pokerface machen, obwohl es innerlich ganz anders aussah. Das war richtig beunruhigend.

Ich schüttelte den Kopf. Für einen Moment kam es mir so vor, als würden mich alle anstarren.

Jetzt wäre eigentlich der richtige Zeitpunkt gewesen, Max von letzter Nacht zu erzählen. Von dem Grabschänder, dem Metzger und dem Troidl. Und vom Schorsch. Aber in meinem Kopf begann sich irgendetwas ganz schnell zu drehen.

Dann hörte ich die Sirenen des Rettungswagens, und der Mane sagte: »Jetzt ist der Sanka auch da. Da wär s' scho lang hinüber, wenn der troffen hätt.«

Und der Sani sagte sauer: »Seids doch ihr da. A bisserl reanimieren und einen Druckverband wird doch auch einer von der Feuerwehr hinkriegen.«

Und mit diesem Satz endete mein persönlicher Erinnerungsfilm, denn danach musste ich umgekippt sein.

»Und, wie geht's jetzt weiter?«, fragte ich Max. Er krempelte sich gerade die Hemdsärmel hoch, als wollte er demnächst dem Schützen den Hals umdrehen. In Wirklichkeit nahm er eine Pfanne aus dem Schrank. Ich saß an seinem Küchentisch und schaute ihm zu.

»Erst brate ich uns ein Steak«, erklärte er.

»Und dann?«, fragte ich kleinlaut.

»Und dann vögeln wir ein bisschen«, schlug er vor, während er den Herd einschaltete.

»Vögeln?«, fragte ich total fassungslos und starrte seinen Rücken an. Konnte er das nicht ein wenig romantischer formulieren? Und überhaupt, sollte er sich nicht mehr Gedanken darüber machen, wer auf seine Freundin schoss?

»Damit du auf andere Gedanken kommst«, erklärte sich Max, und das Fleisch begann lautstark in der Pfanne zu zischen und zu brutzeln. So ein Schmarrn. Opfer wurden doch psychologisch betreut. Von Sex als geeigneter Maßnahme hatte ich noch nie etwas gehört.

Ich hatte bestimmt zum tausendsten Mal den Schuss in meinem Ohr gehört, und selbst die Kommentare vom Schorsch hatten sich in mein Gedächtnis eingebrannt.

Der hatte nämlich gleich mal unseren Hackstock untersucht

und total profimäßig herumtrompetet, dass das ein 8x57-Kaliber sei, das gängige Kaliber für ein Jagdgewehr.

Jagdgewehr. Wenn das mal nicht den Metzger total verdächtig machte.

»Da kannst sogar einen Hirschen umlegen«, erinnerte ich mich jetzt an den zartfühlenden Kommentar vom Metzger.

»Wie weit der wohl weg war?«, hatte sich der Mane gefragt.

»Der kann weit weg g'wesen sein«, mutmaßte der Troidl. »Meine letzte Wildsau hab ich auf zweihundert Meter g'schossen«, hatte er noch stolz angehängt.

Alle Blicke waren auf ihn geschwenkt. Troidl, der Scharfschütze. Wer hätte das gedacht. »Ich war's aber ned«, sagte er reichlich lahm.

Lisa Wild und eine Wildsau. Langsam wurden die Vergleiche echt grenzwertig.

Keiner erwiderte etwas darauf, denn alle blickten in die Richtung, aus der der Schuss gekommen sein musste. Der Reisingerin ihr Garten. Das war ja wohl die Höhe.

Ich presste meine Augen zusammen und versuchte, nicht mehr daran zu denken.

»Und morgen?«, wollte ich dann trotzdem wissen. Bekam ich jetzt eine schusssichere Weste?

»Morgen sagen uns die Ballistiker, von wo genau die Kugel kam. Und womit geschossen wurde«, erklärte er undeutlich, während er in die Pfanne starrte.

Ich starrte seinen Rücken an.

»Mich interessiert mehr, ob ich Begleitschutz bekomme«, erklärte ich ihm geduldig, da ich die Hoffnung schon lange aufgegeben hatte, dass er sich in meine ganz basalen Gefühle hineinversetzen konnte.

Max ließ die Pfanne stehen und kam zu mir. Er zog mich hoch in eine Umarmung und drückte mich fest an sich. »Du bekommst eine schusssichere Weste. Und Schorsch, Maarten und ich werden uns abwechselnd um dich kümmern«, versprach er meinem Ohr. Wir standen eine Weile eng umschlungen, und ich horchte auf den gleichmäßigen Herzschlag von Max. Das hörte sich irrsinnig beruhigend an.

»Könnte es sein, dass du irgendetwas über den Mörder der Roidls weißt?«, wollte Max von mir wissen.

Darüber hatte ich auch schon nachgedacht. Ob irgendjemand denken könnte, dass ich etwas wusste. Hatte irgendjemand gesehen, dass Anneliese und ich in dem Haus von Roidls waren?

»Keine Ahnung«, sagte ich in sein Hemd hinein.

»Warst du noch einmal bei dem alten Forsthaus?«, fragte er weiter. »Hast du irgendetwas erzählt, was darauf hindeuten könnte ...«

Während Max weiter Fragen stellte, bekam ich tierische Kopfschmerzen.

»Ich will das Steak medium«, flüsterte ich nach einer Weile in sein Hemd, und Max ließ mich aus, um sich zurück an den Herd zu begeben.

Ich sah Max zu, wie er die Steaks fertigbriet und Fertigsalatsoße über Fertigsalat kippte. Auch das war unheimlich beruhigend. Und für zwei Sekunden hatte ich ganz vergessen, dass auf mich geschossen worden war. Er stellte den Salat vor mich und legte die Steaks auf die Teller.

»Weißt du das mit dem Metzger, dem Troidl und dem Friedhof?«, wollte ich wissen.

»Hm«, murmelte er und kippte mir Pommes auf den Teller. Der Schorsch hatte es ihm also bereits erzählt.

»Und, was macht ihr da jetzt?«

»Der Metzger hat ein Alibi für die Zeit, wo auf dich geschossen wurde«, verriet er mir. Anscheinend hielt er die Sache auf dem Friedhof für den totalen Quatsch.

Ich starrte ihn an. Das war unglaublich. Max verriet nie etwas von seinen Ermittlungen. Und jetzt rückte er einfach damit raus, dass der Metzger ein Alibi hatte.

»Stimmt das, das mit der Jagdmunition?«, nutzte ich die Gunst der Stunde.

»Wer sagt denn so was?«, fragte Max ausweichend und schnitt ein Stück vom Steak ab.

Ich warf ihm einen wirklich grimmigen Blick zu. Fürsorglich schob er mir ein Stückchen Fleisch zwischen die Zähne.

»Schatz, das sieht man nicht am Einschuss, welches Kaliber es war.«

Max sagte nie Schatz zu mir. Das war jetzt so was von verdächtig. Außerdem, was redete eigentlich der Schorsch für einen Schmarrn.

»Womit ist denn nun der Roidl erschossen worden?«, fragte ich weiter.

»Mei«, wich Max ganz versiert bayerisch aus.

»Mit derselben Waffe wie die Marlis? Und ist auf mich auch mit einer Glock geschossen worden?«

Jetzt hatte ich monatelang darauf gewartet, dass er endlich ein wenig Bayerisch sprach, und nun, wo es so weit war, konnte ich mich gar nicht freuen.

»Wir wissen noch nicht, mit welcher Waffe auf dich geschossen wurde«, erklärte Max schließlich doch, während er heftig den Salat mit der Soße mischte. »Aber dieselbe kann es nicht sein. Die hatte ja die Frau Roidl in der Hand.«

Die Marlis. Stimmt. Außerdem war das ja die Glock aus dem Schützenverein gewesen, die jetzt bestimmt in einer Asservatenkammer lag.

Ich kniff die Augen zusammen. Irgendwie hatte ich den Eindruck, dass Max schon wieder genervt gestöhnt hätte, wenn nicht gerade erst auf mich geschossen worden wäre. »Vielleicht wollte der Metzger sich rächen, wegen meiner Friedhofsanzeige. Also, der Anzeige, die der Schorsch nicht aufgenommen hat«, fügte ich hinzu.

»Er hat ein ALIBI«, seufzte Max sehr akzentuiert.

»Der Metzger«, wiederholte ich unzufrieden. »Hat ein Alibi.«

Aber die Metzgerin. Ob die auch ein Alibi hatte, das war die Frage.

»Und den Anderl. Und den Girgl«, fragte ich weiter. »Habt ihr die im Visier?«

»Von denen habe ich noch nichts gehört«, erklärte Max ungerührt. »Wieso sollten die auf dich schießen?«

Mist. Jetzt müsste ich den Kalender von der Marlis ins Gespräch einbringen. Aber ich hatte das iPhone noch nicht abgegeben. Mist. Mist. Mist. Wieso eigentlich noch nicht? Irgendwie musste ich das verdrängt haben. Morgen würde ich das sofort machen. Heimlich.

»Bringst du mich dann nach dem Sex nach Hause?«, lenkte ich ab.

»Du kannst auch dableiben«, schlug er vor und lächelte breit.

»Freilich. Dass Großmutter allein mit zwei Hunden und einem Ofen zu Hause sitzen muss«, schimpfte ich ihn aus. »Kommt gar nicht infrage.«

Max sah eher so aus, als käme es nicht infrage, dass er nach dem Sex nicht sofort einschlafen durfte. Und ein klein wenig sah er so aus, als würde er gerade an den armen Maarten denken, den man ja zu zwei Hunden, einem Ofen und einer Großmutter schicken könnte.

Vermutlich war das danach der beste Sex unseres Lebens. Und Max war sogar so anständig und fuhr mich nach Hause. Nicht nur das. Er schlief auf unserem alten Sofa, das ich schon immer als unglaublich gruselig empfunden hatte. Bei dem Gedanken, dass er, ohne mit der Wimper zu zucken, darauf schlief, musste ich in meinem eigenen Bett ein klein wenig weinen. Denn wenn er dazu bereit war, dann musste ich ihm wirklich etwas bedeuten. Ich war mir nicht ganz sicher, ob ich dasselbe für ihn getan hätte. Das Sofa war nämlich extrem unbequem und mit meinen päpstlichen Kindheitserinnerungen belegt. Je länger ich in meinem Bett lag und über Max auf dem Sofa nachdachte, desto kribbeliger wurde es in meinem Bauch. Wenn ich es mir recht überlegte, hatte noch kein Mann so etwas für mich getan. Und

Max musste nicht einmal überredet werden, er hatte sich von ganz allein angeboten. Was für ein Mann.

Leise stand ich auf und schlich mich auf Zehenspitzen hinunter zum Wohnzimmer. Ich musste ihm jetzt auf der Stelle sagen, dass ich ihn wirklich und wahrhaftig liebte. Mir kamen schon jetzt die Tränen, während ich sachte die Türklinke herunterdrückte. Für einen kleinen Moment bekam ich Zweifel. Schließlich war es nicht besonders liebevoll, seinen Freund mitten in der Nacht aufzuwecken, um ihm seine Liebe zu gestehen. Aber die Zweifel waren nur kurz.

Im nächsten Moment hatte mich jemand auf den Boden geworfen und mir den Arm verdreht. Das tat sakrisch weh, um mit den Worten vom Schmalzlwirt zu sprechen. Außerdem drückte mir der blöde Max – denn ich war mir ganz sicher, dass er das war – sein Knie in den Rücken.

»Max«, krächzte ich nur.

Max ließ mich aus. Das mit der Liebeserklärung verschob ich auf einen unbestimmten Zeitpunkt in der Zukunft. Was waren denn das für rüpelhafte Sitten, mir das Knie in den Rücken zu drücken?

»Spinnst du?«, zeterte ich.

»Was schleichst du dich auch so an einen schlafenden Mann heran«, verteidigte sich Max.

»Willst du, dass Großmutter neben uns steht?«, fragte ich böse.

»Wir hatten heute schon mal Sex«, entgegnete er grummelig.

Na und. Ich wäre heute beinahe erschossen worden! Ich hatte keine Lust, ihm zu erklären, dass ich gar keinen Sex haben, sondern ihm meine Liebe gestehen wollte.

Als wir endlich auf dem Sofa eine Stellung gefunden hatten, die für uns beide bequem war, schlief Max sofort ein. In meinem Oberschenkel pochte der Schmerz, die Biene hatte ganze Arbeit geleistet. Da ich nicht schlafen konnte, dachte ich eine Weile darüber nach, wieso jemand auf mich schießen sollte.

Was ich herausgefunden haben könnte, das mich zur Zielscheibe werden ließ.

Meine Gedanken kreisten um den Metzger. Die vergrabene Kloschüssel. Der erschossene Grabschänder, der in das roidlsche Grab gefallen war. Das iPhone von der Marlis. Der Anderl SH. Der Girgl SH.

SH, kreiste in meinem Kopf. Schaller? Der Anderl hieß Gruber. Aber sein Opa, der hieß Schaller. Vielleicht hatte das die Marlis durcheinanderbekommen. Aber wieso sollte sie jedes Mal Schaller dazuschreiben. Es gab bei uns im Dorf keinen anderen Anderl und keinen anderen Girgl …

Der letzte Anruf mit dem Mörderhandy.

Er ist da.

Morgen ist auch ein Tag, dachte ich mir. Lasst uns morgen wieder nachdenken.

Auf dem päpstlichen Sofa konnte ich einfach nicht einschlafen. Ich kroch aus Max' Umarmung zurück in mein Bett.

Am nächsten Tag war ich wirklich berühmt. Kare hatte die tolle Idee gehabt, eine kurze Filmsequenz aufzuzeichnen. Lisa Wild, die auf einem Gartenbänkchen sitzt. Und jetzt konnte jeder, der einen Computer hatte, sich ganz formlos auf unserer Zeitungshomepage einloggen und sich diese Sequenz so oft reinziehen, wie er nur wollte. Ich konnte nur hoffen, dass die ganzen Rosenkranztanten mit dem Internet komplett überfordert waren und mich deswegen nie in dieser grässlichen Lage sehen würden. Wenn ich psychisch wieder einigermaßen auf der Höhe war, würde ich mir eine Rache überlegen. So einfach kam der Kare mir diesmal nicht davon! Ich hatte ihn zwar schon mit Anrufen bombardiert, um ihn dazu zu zwingen, das Video von der Homepage zu nehmen, aber er nahm einfach den Hörer nicht ab. Um mich selbst zu quälen, mutete ich mir das Video gleich ein paarmal hintereinander zu.

Lisa Wild umzingelt von zwei Sanitätern, dem Schorsch und sage und schreibe fünf von der Freiwilligen Feuerwehr. Ob man vom Schmalzl, vom Metzger, vom Troidl, vom Mane und vom Loisl aus einer Notsituation befreit werden wollte, war natürlich eine berechtigte Frage. Und selbst auf dem unscharfen Bild konnte man sich sehr gut vorstellen, dass der Loisl sich schon vorher Mut angetrunken hatte und eh niemanden hätte retten können. Beim Metzger überlegte ich mir eher, ob es nicht Tarnung war und er in Wirklichkeit kurz vorher geschossen hatte. Aber das war nur eine unhaltbare Theorie von mir.

Ich war wirklich stinkesauer über das Video. Eine Weile hatte der Kare großformatig mein Gesicht gefilmt. Und ich sah aus, als hätte ich mein Gesicht in Streuselkuchen getaucht und danach noch drei Stunden geheult, so fleckig war ich. Ich hatte nicht geheult. Aber jetzt war ich nahe dran. Hin und wieder verstand man auf dem Video auch Satzfetzen.

Der Schorsch sagte zum Beispiel fünfmal: »Jetzt amal ganz langsam von vorne.«

Zu wem er das sagte, verstand keiner, wahrscheinlich zu sich selbst.

Der Loisl meinte einmal, wo denn jetzt das Feuer sei, aber das hörte man nur ganz leise, weil seine Aussprache durch den Alkoholkonsum so undeutlich war.

Die Reisingerin wiederholte sich ständig, dass sie natürlich nie in Erwägung gezogen hatte, dass das die Russen seien, die da einmarschierten. Meine Großmutter sagte bestimmt dreimal, dass das arme Kind nur einen Schnittlauch hätte holen sollen, und wenn sie gewusst hätte, dass bei uns im Garten rumgeballert würde wie im Wilden Westen, dann hätte sie natürlich auf den Schnittlauch verzichtet.

Und dann sagte der Schorsch, meist mit betont beruhigender Stimme: »Jetzt amal ganz langsam von vorne.«

Wieso die Reisingerin die Feuerwehr gerufen hatte, war sowieso die Frage. Was hätten die denn tun sollen? Mich aus dem Gartenhäusl rausschneiden vielleicht oder vom Baum runterholen. Aber sonst fiel mir dazu nichts ein. Natürlich waren die gerne ausgerückt, denn denen bei der Freiwilligen Feuerwehr passierte sowieso viel zu wenig.

Der Spaß mit dem Video war schließlich zu Ende, als Kriminalhauptkommissar Max Sander am Tatort erschien. Der hatte nämlich dem Kare das Gefilme verboten. Wie der Kare überhaupt so schnell Wind bekommen hatte von der Geschichte, hätte mich jetzt auch mal interessiert. Aber unserer Freiwilligen Feuerwehr war durchaus zuzutrauen, dass sie erst einmal die Zeitung anrief, bevor sie die Sirenen einschaltete und losfuhr. Für einen Moment konnte man auf dem Video schließlich noch verschwommen das Gesicht vom Max sehen, dann schwenkte die Kamera kurz auf eine Gruppe Neugieriger. Davon hatten wir in unserem Dorf eine ganze Menge, und alle hatten sich vor unserem Gartenzaun versammelt. Dann wurde das Bild für einen Augenblick ganz schwarz, und danach sah man wieder tapfere Männer, die gerne jemanden gerettet hätten, und in ihrer Mitte eine unglaublich streuselkuchige Lisa Wild, die heulsusig dreinschaute und einen Cursor mitten im Gesicht hatte. Auf den konnte man dann klicken, und der Film fing wieder von vorn an.

Die Folge war, dass ich von allen Seiten Äußerungen ertragen musste. Großmutter hatte zum Beispiel gemeint, dass wir uns, wenn wir das mit dem Gefilme gewusst hätten, auch besser kleiden hätten können, sie zum Beispiel hätte ihr gutes Kostüm angezogen. Außerdem hätte man die vertrockneten Tulpen unter den Rosen rausreißen sollen, weil, was sollten jetzt die Leute von uns denken, wo sie im Großformat die vertrockneten Tulpen gesehen hatten.

Die Mare hatte mich darauf hingewiesen, dass die Angelina Jolie in solchen Situationen immer ganz anders reagierte. Dafür war ich der Mare auch richtig dankbar. In Zukunft würde ich auch anders reagieren, nachdem ich vielleicht fünf Kilo abgenommen hatte, natürlich. Ich hatte für mich daraus die Konsequenz gezogen, mich in der Küche zu verbarrikadieren und nicht mehr ans Telefon zu gehen. Weitere blöde Kommentare konnte ich in meiner psychischen Verfassung einfach nicht mehr aushalten.

Von der Küchenbank starrte ich auf die Schutzweste, die mir

Maarten mitgebracht hatte und die ich bis jetzt nicht angezogen hatte. Sie war schwarz und steif und sah furchtbar unbequem aus. Außerdem wirkte sie so, als hätten meine Brüste keinen Platz darin.

Ich war ziemlich froh, als Großmutter endlich aus der Metzgerei zurückkam. Sonst hätte ich bestimmt aus Langeweile noch ein paarmal das blöde Video angeguckt. Großmutter hatte Maarten im Schlepptau, vielleicht war es aber auch umgekehrt, dass Maarten meine Großmutter überredet hatte, mit ihm in die Metzgerei zu gehen.

»Langsam geht was vorwärts«, erzählte sie mir begeistert. »Die Metzgerin hat gemeint, den finden die ganz schnell.«

Ihr Wort in Gottes Ohr. Die Metzgerin hatte anscheinend auch gewusst, dass der Schuss von einer Mauser abgefeuert worden war, weil sie in epischer Breite davon erzählt hatte.

»Eine Mauser K98k«, sagte Großmutter ganz routiniert, als würde sie ständig über so etwas reden.

»Und, was ist das?«, fragte ich misstrauisch und wünschte, Großmutter hätte mir mehrere Sahnetorten oder drei dicke Burger mitgebracht anstatt solcher sinnloser Informationen.

»Ein G'wehr halt«, erklärte sie. »Ein altes. Die ham s' ja schon kurz nach dem Ersten Weltkrieg g'habt. Und der Metzger hat g'meint, dass er im Internet g'lesen hat, dass sie im Zweiten Weltkrieg davon zwölf Millionen g'macht haben.«

Zwölf Millionen? Die jetzt alle zu überprüfen konnte Jahrhunderte dauern.

»Den finden die nie«, prophezeite ich. »Ich kann bis ans Ende meiner Tage mit einer schusssicheren Weste rumlaufen.«

»Du brauchst doch keine schusssichere Weste, Mädl. Wo denkst denn hin. Des war doch bestimmt ein Versehen.«

Welcher Idiot ging denn bei uns am helllichten Tag mit einer Mauser spazieren und schoss damit aus Versehen in Gärten? Das machte ja nicht einmal der Metzger, der gerne in der Nacht auf Friedhöfen herumballerte.

Maarten saß etwas frustriert zwischen uns und sagte nichts.

»Außerdem gibt's bei uns im Dorf auch keine zwölf Millionen«, wandte Großmutter zungenschnalzend ein.

»Sondern?«, fragte ich mürrisch.

»Mei«, sagte Großmutter und überlegte eine Weile. »Der Metzger hat natürlich eine.«

Wieso erstaunte mich das nicht?

»Jetzt gibt's doch gar keine Gewehre aus dem Zweiten Weltkrieg mehr«, wandte ich ein.

»Naja, nach dem Zweiten Weltkrieg, da ist des Zeug halt rumg'legen, einfach so. Neben der Straß«, behauptete Großmutter. »Da hab selbst ich eine Mauser im Graben gefunden, und ich hab nicht einmal gesucht.« Sie legte eine bedeutsame Pause ein. »Und der alte Metzger, der war damals halt ein richtiges wildes Birscherl, des kannst glauben. Der hat ja extra g'schaut, ob er eine Mauser findet oder eine Granaten.«

Sie runzelte ein wenig die Stirn und sah dabei aus dem Fenster.

»Ich weiß noch, wie die Leut g'schimpft ham. Dem Meier seine Buben schießen scharf, ham s' g'sagt. Der hat eine Mauser g'funden und schießt im Wald auf Schildln.«

»Auf Schildln?«, fragte Maarten fassungslos. Von nix eine Ahnung, der Maarten.

»Na ja, diese Verbotsschilder halt«, erklärte ich ihm. Das macht man so bei uns.

»Aber froh hast sein können, wenn er nur auf die Schilder geschossen hat«, führte Großmutter weiter aus.

»Auf was hat er denn noch geschossen?«, fragte ich atemlos. Jetzt kamen wir der Sache doch näher! Auf wehrlose Passantinnen vielleicht. Auf junge, gerade ihre Karriere beginnende Journalistinnen.

»Auf niemanden hat er g'schossen. Aber der hat ja extra g'sucht, dass er Waffen find't. Und sein Bub, der war natürlich genauso wie sein Alter. Der hat bei seinem Papa in der Scheune so lange g'sucht, bis er des Zeug g'habt hat. Mit dem Schmalzlwirt zusammen. Damals war er noch ned der Schmalzlwirt, aber g'sucht ham s' zusammen. Einmal ham s' beim Meier hinter der Scheune eine Granaten hochgehen lassen.«

Auweia. Maarten starrte Großmutter an.

»Des hat dann zwar ein rechtes Donnerwetter daheim geben, aber weiterg'macht ham s' trotzdem.« Großmutter schüttelte mitleidig den Kopf. »Wenn des Zeug halt auch draußen rumliegt. Dann fällt den Buben halt nix G'scheites ein.«

Und jetzt waren die Buben erwachsen, und trotzdem fiel ihnen nichts G'scheites ein. Aber was hatten sie denn ausgerechnet gegen mich?

»Der Metzger hat also Gewehre im Straßengraben gesucht?«, fragte der Maarten nach.

»Ned der Metzger. Der war doch damals noch ned amal auf der Welt«, wusste Großmutter. »Aber mit fünfzehn, da hat er bei anderen Leuten am Dachboden und in den Scheunen nach Waffen g'sucht.«

»In Scheunen?«, bohrte er weiter. Wie kam man denn auf so eine Idee? Und wieso wusste Großmutter davon?

»Na ja. Angeblich hat der Schaller eine ganze Ladung in der Scheune g'habt, hinten im Eck, unter ein paar schimmeligen Heubüscheln. Und so Buben, die finden Waffen, überall. Das weiß man ja, wie das ist, mit den Buben. Die sind doch alle waffennarrisch. Und die suchen halt, bis sie was gefunden haben.«

Auch unter schimmeligen Heuballen.

»Und der Schmalzlwirt hat auch eine Mauser?«, fragte ich nach.

»Wenn's langt. Vielleicht hat er auch drei oder vier«, schlug Großmutter vor. »Die haben ja wochenlang nur Waffen g'sucht. Ich weiß noch, dass der Schaller g'sagt hat …«

Sie schwieg eine Weile, als würde sie darüber nachdenken, was der Schaller gesagt hatte, in Wirklichkeit begann sie aber, Töpfe aus dem Schrank zu holen.

»Der Schaller«, sagte ich. »Was hat der g'sagt?«

»Der Schaller, der ist ja auch ein Waffennarr. Der hat damals nach dem Krieg auch nach Waffen g'sucht. Und der hat bestimmt einen ganzen Haufen g'funden.«

»Und behalten«, fügte ich hinzu. »Der Schaller ist der Opa vom Anderl«, sagte ich an Maarten gewandt, damit er gleich die richtigen Rückschlüsse ziehen konnte.

»Ja, freilich. Jedenfalls hat der Schaller dann einmal g'sagt, die Bubn, die damischen Krippeln, ham die Waffen g'stohlen.«

»Der Metzger«, fügte ich hinzu, ich gab Maarten einen Rempler, damit er das mal so richtig verinnerlichte, was gerade erzählt wurde.

»Und der Schmalzlwirt. Die ham draußen im Forsthäusl g'sucht und ham s' halt g'funden und dann auf Schilder g'schossen. Und zurückbracht ham sie's natürlich nicht.«

Natürlich.

»Also doch ned in der Scheune«, wandte ich ein.

»In der Scheune waren die Granaten«, erklärte Großmutter routiniert. »Da ham s' froh sein können, dass es ihnen ned die Hände weggesprengt hat.«

»Und der Polizei hat der Schaller das nicht gesagt?«, fragte ich mürrisch nach. Nein, wieso auch. Schließlich waren sie auch vorher nicht gemeldet gewesen, dann konnte er sie unmöglich als gestohlen angeben.

»Aber eine hat er noch, hab ich mal g'hört.«

Meine Großmutter. Sie vergaß alles Mögliche, aber so etwas wusste sie dann im Detail. Das war kaum zu glauben.

»Eine Granate?«, bohrte ich nach.

»Nein. Eine Mauser.«

»Was will er denn mit dem alten Glump«, murrte ich. Der Schaller wieder.

»Er hat g'meint, des is eine Wertanlage. Dass er die später verkaufen könnt, teuer, an die Amis. In dreißig Jahren.«

So ein Schmarrn. Eine alte verrostete Mauser kaufen, wer macht denn so einen Krampf.

»Jetzt weißt du, was du dem Max erzählen kannst«, erklärte ich dem Maarten. »Alle in unserem Dorf haben mindestens eine

Mauser und eine Granate, wenn's reicht. Vergiss das nicht, gell? Aber was haben die alle gegen mich?«, fragte ich verzweifelt.

»Ach geh, Mädl, die werden jetzt auf dich schießen«, erklärte sie weiter. »Der Metzger war in seinem G'schäft, des kann die Kathl bezeugen. Die hat sich nämlich grad da Rindsrouladen gekauft, die fertigen. Die schmecken zwar ned so gut wie die selberg'machten, aber hast halt keine solchene Wirtschaft in der Küch.«

Na prima. Ich werde fast erschossen, und die Kathl bezeugt so einen Quatsch.

»Und der Schmalzlwirt?«, fragte ich mürrisch nach. Der hatte bestimmt auch eine prima Ausrede.

»Na ja, der hat grad mit dem Loisl zusammen Bierkästen g'schleppt.«

Woraufhin sich der Loisl heimlich besoffen hatte. Den Loisl als Alibi zu wählen, war eigentlich eine gute Idee. Man stellte ihm nur einen Kasten Bier vor die Nase, und dem Loisl fiel gar nicht weiter auf, dass man mal eine halbe Stunde weg gewesen war, um auf irgendwelche Leute zu schießen.

»Und das akzeptieren die?«, fragte ich böse. »Den Loisl als Alibi. Das ist doch ein Witz.«

Großmutter seufzte nur.

»Dann war's halt der alte Schaller«, schlug ich vor. Das war jetzt zwar total weit hergeholt, dass ein de facto blinder Greis in der Gegend herumballerte. Der würde wahrscheinlich nicht mal mehr den Abzug von seiner Mauser finden, geschweige denn, dieselbe laden können. Aber in manchen Leuten steckte eben mehr, als man von außen vermutet hätte.

»Nein, der hat auch ein Alibi. Der war mit seiner Frau gerade im Wald bei ihrem alten Häusl und hat dort den Zaun gerichtet.«

»Der kann doch keinen Zaun richten«, wandte ich ein. »Der sieht doch keine Zaunlatte mehr.«

»Was du wieder für ein Zeug redest«, schimpfte mich Großmutter. »Außerdem, wieso sollt denn der Schaller auf dich schießen? Der Schaller ist doch ein herzensguter Mann, der geht ja nicht einmal mit in den Wald, wenn s' alle Wildschweine jagen gehen.«

Das war bestimmt auch besser so. Wahrscheinlich ließen sie ihn einfach nicht mehr mitmachen, weil er hin und wieder versehentlich ein paar Treiber und Jagdgehilfen erschossen hatte. Diesen Gedanken behielt ich lieber für mich.

»Sei froh, dass dich keiner getroffen hat, des hätt ja schlimm ausgehen können.«

Als wüsste ich das nicht selbst. »Ich kann vor allen Dingen froh sein, dass der Täter eine Mauser hatte und keine Uzi«, erklärte ich Großmutter, die aber keine Ahnung von Maschinenpistolen hatte und mich deswegen nur zungenschnalzend aufforderte, endlich die Küche zu kehren.

Ich machte mich ohne Protest an die Arbeit. Wenn es stimmte, was Großmutter sagte, dann waren da nach dem Zweiten Weltkrieg also einige Waffen in den Straßengräben herumgelegen. Insofern nützte es einem wenig, wenn man nur die Alibis vom Metzger, dem Schmalzl und dem Schaller untersuchte. Vermutlich hatte das halbe Dorf noch irgendwelche Mauser oder Handgranaten im Schlafzimmer versteckt. Die Waffe hatte der Mörder sehr geschickt gewählt. Das konnte jeder gewesen sein.

»Das musst du unbedingt rausbringen«, empfahl ich dem Maarten. »Weißt du jetzt schon, wer der Kompagnon vom Roidl war? Hast du jetzt schon mit dem Schmalzl gesoffen? Am Donnerstag sitzen immer der Metzger, der Schmalzl und der Schmied zusammen. Da musst du mal dazustoßen.«

»Dazustoßen«, wiederholte Maarten unglücklich, und hob die Füße an, damit ich darunter kehren konnte.

»Ja. Ein bisserl was trinken, schlaue Sprüche ablassen, von wegen Scheißsteuern, oder die Sauhund, die Politiker«, zählte ich auf. »Oder über Fußball. Und sag nicht, dass du für Werder Bremen schwärmst. Da kommst du auf keinen grünen Zweig bei denen.«

Maarten nickte brav.

»Was hast du eigentlich an dem Tag vor der Schießerei gemacht?«, wollte er von mir wissen.

Ich runzelte die Stirn. Wieso interessierte ihn das denn plötzlich? »Wir waren beim Schmalzl essen«, erzählte ich. »Und danach … danach war das mit dem Metzger auf dem Friedhof. Du weißt schon, da, wo der Metzger den Grabschänder erschossen hat, den er dann mit dem Auto vom Troidl weggebracht hat.«

Maarten runzelte auch die Stirn.

»Und womit die Polizei nix zu tun haben will«, setzte ich süffisant hinzu. »Also, wenn du dich mit dem Max so richtig anlegen willst, kannst du gerne in diese Richtung ermitteln.« Ich warf ihm einen mürrischen Blick zu. Maarten war eine Memme, der ermittelte nur das, was der Max ihm vorschlug.

»Martin, kannst du mir da was runterholen?«, rief meine Großmutter aus der Speisekammer, und Maarten verschwand, ohne zu murren.

Ich überlegte eine Weile, wer in unserem Dorf ganz besonders treffsicher schoss. Mir fiel einfach nicht ein, wer der letzte Schützenkönig gewesen war. Im Schützenverein war ja auch eigentlich jeder, außer Großmutter und mir.

»Wer war denn der letzte Schützenkönig?«, rief ich aus der Küche in den Flur und kehrte großzügig die Brösel quer durch die Küche. Ich hörte nur Gerumpel in der Speisekammer. Wahrscheinlich wusste es Großmutter auch nicht.

Das Handy von der Marlis, fiel mir siedend heiß ein. Ich musste es wirklich ganz dringend Max geben. Wenn das wirklich der Mörder war, der angerufen hatte, dann war der Fall ja blitzschnell gelöst. Das schlechte Gewissen zwickte mich im Magen. Ich stellte den Besen zur Seite, zog den Zettel mit der Telefonnummer aus der Hosentasche und begann zu wählen. Vielleicht erreichte ich ja jetzt jemanden. Es dauerte eine ganze Weile. Dann hörte ich das Freizeichen. Mein Herzschlag explodierte. Es tutete. Und tutete. Der Mörder hatte sein Handy wieder eingeschaltet. Und gleich würde sich jemand melden. Gleich.

Es tutete weiter.

Großmutter erschien in der Tür und runzelte die Stirn. »Der letzte Schützenkönig«, sagte sie überlegend. Ich knallte den Hörer auf und atmete einmal tief durch. Für einen Moment sah sie verschmitzt aus. »Jetzt weiß ich's wieder. Der Mane Gruber. Des war wirklich komisch.«

Der Mane. Dass der überhaupt im Schützenverein war. Mein Herz bumperte wie verrückt. Ich konnte mich gar nicht auf meine Großmutter konzentrieren.

»Und was ist daran komisch?«, fragte ich nach einer atemlosen Pause.

Maarten ließ sich auf die Eckbank fallen.

Großmutter runzelte erneut die Stirn und zeigte unter den Tisch. »Kehr fei auch unterm Tisch. Wie schaut denn des aus?«

»Der Mane ist nicht komisch«, wandte ich ein, packte erneut den Besen und schubste noch mehr Brösel unter dem Tisch hervor.

»Ach, geh«, sagte Großmutter. »Aber Schützenkönig, des will doch immer keiner sein. Und der Mane schafft des eigentlich immer, dass er es ned wird.«

Ja, richtig. Wenn man Schützenkönig war, musste man ständig einen ausgeben, und das wollte nicht jeder. Deswegen machten es die meisten so, dass sie die ersten Schüsse gut schossen und dann halt immer daneben. Dieses Jahr hatte der Mane wohl zu spät gemerkt, dass außer ihm schon längst alle danebenschossen. Und das ging dann halt in die Hose, sehr zur Freude aller seiner Spezln.

Der Mane. Der hätte natürlich auch das Gewehr seines Schwiegervaters nehmen und auf mich schießen können. Und dann noch so link sein und so tun, als würde er mich als Freiwilliger der Feuerwehr retten wollen.

»Der Mane. Und was hat der gegen mich?«, bohrte ich nach.

»Was soll denn der gegen dich haben. Der Mane ist ein herzensguter Mann …«

Ich hörte meiner Großmutter nicht weiter zu. Wenn ich mir bei jedem Menschen dachte, er sei ein herzensguter Mensch, kam ich mit meinen Ermittlungen überhaupt nicht voran. Allein schon seine komische Lächellähmung, das war ja so was von verdächtig. Jemand mit so einem breiten Lächeln versuchte etwas zu vertuschen. Und dann noch freundlich sein bis zum Abwinken, das war alles nur ein Trick, den meine herzensgute Großmutter natürlich noch nicht durchschaut hatte.

Ich holte mir das Kehrschäufelchen und kehrte allen Dreck unter dem strengen Blick meiner Großmutter drauf.

»Außerdem ist doch der Mane mit der Feuerwehr dabei g'wesen«, erklärte Großmutter hellsichtig. »So schnell wär doch der ned daheim g'wesen, hätt sei Uniform angezogen und wär zum Feuerwehrhäusl gerannt.«

Vielleicht. Vielleicht auch nicht.

Der Tag zu Hause hatte mir den letzten Nerv geraubt – und diese Maulwurftaktik war überhaupt total bescheuert. Wenn ich ermitteln wollte, konnte ich nicht immer Großmutter in die Metzgerei schicken. Sie vergaß von den Fragen, die ich ihr auftrug, immer die Hälfte. Außerdem hatte ich sie stark im Verdacht, dass sie die Aussagen der Zeugen nach eigenem Gusto veränderte.

Es dauerte eine ganze Weile, bis ich Großmutter und Maarten überzeugt hatte, dass sie dringend mit in die Metzgerei mussten, wo sie doch gerade erst dort gewesen waren. Maarten beharrte penetrant auf der schusssicheren Weste, weil ohne die würde er persönlich keine Verantwortung für mich übernehmen. Ich fand, dass man gerade im Sommer keine schusssicheren Westen tragen sollte, das machte eine ganz unvorteilhafte Figur, und man schwitzte sich zu Tode. Aber da ich nicht ohne Maarten gehen wollte, zog ich sie schließlich an. Großmutter war dann auch noch einsichtig, weil ihr eingefallen war, dass sie dem armen Martin heute mal wieder ein Schnitzel braten wollte. Mit einem guten Kartoffelsalat.

Der Laden war bummvoll, kein Wunder. Seitdem auf mich geschossen worden war, war der Informationsbedarf riesig.

»Mei, die Liesl«, sagte die Rosl und lächelte mich freundlich an. Sie vergaß sogar, ein »Heilige Maria Mutter Gottes« anzuhängen. »Und jetzt kriegst richtig Begleitschutz. Vom Herrn Backhus.« Sie senkte ein bisschen die Stimme. »Dein Max ist ja schon ein bisserl schneidiger.« Der Blick für den Herrn Backhus war nicht gerade freundlich, als würde sie ihm nicht zutrauen, dass er mich genügend beschützte.

»Akkurat mit einer Mauser auf dich schießen. Des is ned nett.«

Egal, womit man auf mich schoss. Das war alles nicht nett.

»Und direkt in den Hackstock rein«, sagte der Troidl begeistert. »Da hast richtig Glück g'habt. Des Projektil hätten die nie g'funden. Wenn des ned in den Hackstock rein wär.«

Der Troidl wusste anscheinend noch gar nichts von meinem Gespräch mit dem Schorsch über die Friedhofsaktion, sonst wäre er jetzt nicht so begeistert von mir.

»Hat ned dein Mann eine Mauser?«, fragte die Kreszenz unschuldig die Metzgerin.

Ich will mich nicht selbst loben, aber irgendwie hatte ich es geahnt, dass wir an solche Informationen kommen würden, wenn ich eine Gelbwurst kaufen ging. Ich stieß Maarten an, damit er sich das alles merkte. Er war so intelligent und hörte einfach nur zu.

Die Metzgerin kniff den Mund zusammen und sagte dann bemüht freundlich und unschuldig: »Mei, die alte Mauser vom Hans. Wo die wohl is?«

Mir warf sie einen geradezu mörderischen Blick zu. Anscheinend hatte der Schorsch zumindest ihr das mit meiner versuchten Anzeige inzwischen gesteckt.

»Vielleicht hast die eingraben«, schlug die Rosl vor. »Heilige Maria Mutter Gottes. Bei dem Geballer bei uns, da traust dich ja gar ned auf die Straß.«

»Hat ned der Troidl auch noch so eine Mauser?«, wollte die Metzgerin wissen und ignorierte den Kommentar, sie könnte alte Gewehre vergraben. »Unsere, die ham wir ja scho längst abgeben. Die müsstest ja sonst melden.«

»Ah geh. Abgegeben«, sagte die Kreszenz liebenswürdig, und jeder im Laden wusste, was sie zu dem Thema dachte. Aber das war wirklich so was von unwahrscheinlich, dass der Metzger auch nur eines seiner Gewehre abgab.

»Wir haben einen Gewehrschrank. Und des is alles gemeldet. Aber beim Troidl«, versuchte die Metzgerin abzulenken.

Gut, beim Troidl war das sicher auch nicht gemeldet. Und bei dem Verhau, den der Troidl bei sich zu Hause hatte, wusste der wahrscheinlich nicht einmal in einem sehr günstigen Augenblick, wo seine alte Mauser lag. Außerdem hatte er mir schon einmal das Leben gerettet. Deswegen wollte ich ihm jetzt nicht direkt unterstellen, inzwischen auf mich Jagd zu machen.

Der Troidl sagte dazu gar nichts, sondern tat so, als würde er sich den Presssack genauer anschauen.

»Außerdem«, fügte die Metzgerin selbstsicher hinzu, »wenn mein Mann g'schossen hätt, dann hätt er die Lisa troffen. Der schießt a Wildsau auf dreihundert Meter direkt in den Kopf.«

Da brauchst ned meinen, fügte sie nicht hinzu. Mir wurde spontan schlecht.

Der Troidl sagte ziemlich laut: »So ein Schmarrn. Die letzte Wildsau hat er auf dreißig Meter g'schossen.«

Hinter mir klirrte es laut. Reflexartig warf ich mich auf den Boden und hielt mir mit den Händen beide Ohren zu.

Nach einer Weile merkte ich, dass alle noch standen.

»Tschuldigung«, nuschelte der Loisl. »Des war ein altes Senfglasl.«

Meine Großmutter schüttelte nur den Kopf über mich. Alle anderen taten, als wäre es ganz normal, beim Metzger auf dem Fußboden herumzuliegen. Während der Loisl die Scherben aufkehrte, rappelte ich mich auf – es war natürlich *kein* Senfglas, sondern ein Bierflaschl gewesen. Das sah man schon an der Glasfarbe.

Draußen vor der Metzgerei war ich um einiges an Erfahrung reicher. Die Mare war der Meinung, dass ich eh froh sein konnte um das große Kaliber, das der Täter verwendet hatte. Mit Schrot hätte ich bestimmt was abgekriegt. Das animierte den Troidl, mir detailliert zu schildern, wo man mit einer Schrotflinte hinschießen musste, wenn man einen Hasen erlegen wollte.

»Wenn er wegläuft, dann musst auf die Löffel zielen«, erklärte er. »Dann läuft der in die Schrotladung rein.«

Ich verkniff mir den Kommentar, dass man nicht von hinten auf jemanden schoss, sondern fairerweise wartete, bis er sich umdrehte. Aber mir war es lieber, wieder aus der Metzgerei herauszukommen, und so zog ich meine erstaunte Großmutter, die noch gar nichts gekauft hatte, hinter mir her.

»Hast recht. Ich war ja grad erst beim Metzger«, sagte sie erstaunlich friedfertig. »Und dem Martin mach ich Apfelmaultaschen, die mag er bestimmt.«

Die Kreszenz kam auch mit uns nach draußen, sie sah richtig zufrieden aus.

»Ja mei, da kann man wirklich froh sein, wenn man brave Kinder hat«, sagte sie und lächelte mir zu.

Was für brave Kinder?

»Mein Anderl, zum Beispiel, der hat ja an Waffen gar kein Interesse. Das sagen s' zwar immer, die Buben, die mögen halt die Waffen, aber der Anderl und auch der Girgl gar nicht.«

Na ja. Wenn man immer bedröhnt war, war man bestimmt auch sehr friedfertig. So gesehen, war Drogenkonsum etwas durchaus Positives. Und beim Anderl war ich mir gar nicht so sicher. Der hatte vielleicht keine Mauser dabei, aber irgendeine kleine vollautomatische ...

»Und was die mir auch immer helfen«, schwärmte die Kreszenz. »Mit dem Opa, zum Beispiel. Erst gestern Nachmittag, wie s' auf dich g'schossen ham, da hat der Anderl den Opa schon wieder rausgefahren in den Wald. Wegen der Zaunlatten.«

Ach was. In meinem Kopf begann es zu rattern. Wieso erzählte sie mir das ausgerechnet jetzt. Das interessierte doch überhaupt niemanden, was der Anderl am Nachmittag so trieb.

Sie sah mich mit schief gelegtem Kopf an. »Und da hast auch Glück gehabt, weil wenn's der Anderl nicht gemacht hätte, dann hätte der Mane losfahren müssen, und dann hätte er koane Zeit gehabt, dich zu retten.«

Mal abgesehen davon, dass der Mane mich nicht gerettet hatte und der Anderl ja auch bei der Freiwilligen Feuerwehr war und deswegen statt seines Vaters hätte kommen können.

»Ja. Toll, der Anderl«, platzte ich heraus. »Wo er doch bestimmt total drunter leidet, dass die Marlis jetzt tot ist.«

Die Kreszenz sah mich mit glühenden Augen an.

Großmutter machte dankenswerterweise tststs. Die Kreszenz raffte sich zu einer Antwort auf: »Ja, da leiden wir alle drunter«, und warf mir dabei einen Blick zu, als wäre ich an allem schuld. Dann ging sie einfach weiter. Ganz ohne Gruß. Anscheinend hatte ich ihr mit meiner letzten Aussage »das Kraut ausg'schütt'«.

Der krönende Abschluss war aber der Schmalzlwirt. Der gesellte sich nämlich zu uns, nachdem die Kreszenz weitergegangen war, und schilderte genauer, als es mir lieb war, was mit meinem Schulterblatt passiert wäre, wenn mich ein Teilmantelgeschoss dort erwischt hätte.

»Da fetzt's einem a richtig große Wunden rein«, erklärte er begeistert. »Weil sich da des Geschoss zerlegt, verstehst?«

»Ah, geh weiter«, sagte Großmutter schroff. »So ein Schmarrn.«

Dankbar für diesen Kommentar ließ ich mich weiterziehen. Also wirklich, mir einen Blattschuss zu erklären, wo ich gerade einem Mordanschlag entkommen war, war wirklich das Allerletzte.

Maarten musste wieder einmal etwas anderes tun, als mich zu bewachen, und so saß ich erneut mit Großmutter in der Küche herum und hatte schlechte Laune.

»Und was hätte der Schaller gegen den Roidl haben sollen?«

Großmutter zuckte mit den Schultern. »Gar nix. Aber der Roidl hat was gegen den Metzger, den Troidl und den Loisl g'habt. Damals schon. Wegen dene Grundstücke.«

Ich sagte nichts dazu. Langsam wurde mir das wirklich zu bunt.

»Und«, sagte ich schließlich doch, weil Großmutter anscheinend keine Lust hatte weiterzuerzählen.

Großmutter sah mich an, als hätte sie schon wieder alles vergessen. Ich hätte am liebsten mit der Hand auf den Tisch gehauen.

»Grundstücke«, erinnerte ich sie. »Die Grundstücke vom Metzger.«

»Ja freilich.« Großmutter sah mich prüfend an. »Der Metzger hatte Grundstücke. Die war'n noch von seinem Opa, die hat der noch g'habt, bevor er derschossen worden war.«

Wow. Ich ließ den Mund offen stehen. Schon wieder ein Mord.

»Weil er halt geraucht hat«, erklärte Großmutter missbilligend. »Rauchen ist halt g'fährlich.«

»Echt, von wem denn?«, fragte ich fassungslos nach. Wegen Rauchen erschossen. Ich war echt fertig. Bei uns im Dorf war es anscheinend schon immer zugegangen wie bei den Hugenotten.

»Na ja, vom Russ'n halt«, erklärte sie mir. »Da hat er halt in der Nacht ein Zigarettl haben müssen, und des leuchtet doch in der Nacht. Des siehst ja über Kilometer. Und der Russ, der hat abdrückt.«

Ich unterdrückte ein Seufzen. Diese ganzen Kriegserinnerungen, die bei Großmutter in letzter Zeit hochkamen, waren vollkommen unbefriedigend. Die hatten nämlich nichts mit dem Roidl zu tun.

»Ach geh, Oma. Des is doch schon Jahre her«, unterbrach ich ihre blutrünstigen Schilderungen. »Und was war nun mit dem Roidl?«

»Lass mi halt ausreden«, schimpfte Großmutter. »Die Grundstücke hat der Metzger dann verkauft an den alten Roidl, genauso wie der Troidl und der Loisl. Die ham alle drei g'wusst, dass des nie ein Baugebiet wird, sondern dass da eine Straß hinkommt. Aber dem Roidl ham s' des natürlich ned g'steckt. Und dann hat der Roidl kauft und kauft. Und der Bürgermeister, der hat auch dichtg'halten. Des war scho a Sauerei, kannst sagen. Die ham den sauber b'schissen. Und dann ist er dag'standen, hat zu viel zahlt.«

Aber das war auch schon Jahre her. Und wieso dann der Roidl erschossen worden war und nicht der Metzger, war auch komplett unlogisch.

»Des war ganz geheim. Des ham nur der Ernsdorfer, der Troidl, der Metzger und der Loisl g'wusst«, erklärte mir Großmutter.

»Und du«, warf ich ihr vor. »Wolltest du auch was verkaufen, oder wieso wurdest du eingeweiht?«

»Was hätt ich denn verkaufen sollen?«, fragte sie böse. »Ich war halt grad am Amt. Wegen irgendwas. Und hab zug'hört.«

Wenn man nur lange genug ermittelte, lösten sich auch Fälle aus der Vergangenheit.

»Aber da hätte der Roidl dann den Metzger erschießen müssen«, sagte ich unbefriedigt. »Und nicht der Metzger den Roidl samt Frau.«

»Was du wieder redest«, schimpfte Großmutter. »Der wird jetzt den Roidl erschießen. Wegen so was derschießt man doch koan.«

Sie schüttete ihr Wasser wieder in die Grünlilie, und ich sah tatenlos zu, wie der Untersetzer überlief. Wie auch immer, dachte ich mir. Sie setzte sich an den Küchentisch und zog das Bistumsblatt zu sich.

Aber mich. Vielleicht erschoss jemand mich aus irgendeinem bescheuerten Grund. Ich wählte noch einmal die Nummer des Mörders. Ich hörte erneut das Freizeichen. Mein Herzschlag explodierte sofort.

Es war so still in der Küche, dass das Tuten alles in meinem Kopf ausfüllte. Nach einer Weile hielt ich es nicht mehr aus und knallte den Hörer auf. Ich musste unbedingt Max das iPhone von der Marlis geben.

Kapitel 8

In der Nacht hatte Max auf mich aufgepasst und erst mit mir in meinem viel zu schmalen Bett geschlafen, bis er sich wieder auf unsere Wohnzimmercouch verkrümelte. Den ganzen Vormittag war der Schorsch alle zehn Minuten mit dem Polizeiwagen an unserem Garten vorbeigefahren, hatte dort gehupt und war wieder verschwunden. Was das mit dem Hupen sollte, wusste ich auch nicht. Großmutter war dann irgendwann zum Rosenmüller verschwunden und hatte mich gebeten, sie später bei der Bärbel im Friseursalon abzuholen.

»Oma, ich werd doch da erschossen«, hatte ich sie gewarnt. Nicht etwa, weil ich ernsthaft dachte, bei der Bärbel erschossen zu werden, sondern weil ich gar keine Lust hatte, dort aufzutauchen.

»Geh, Mädl«, hatte Großmutter nur gesagt, »wer sollt dich denn bei der Bärbel derschießen.«

Am frühen Nachmittag kam Maarten, und ich war unendlich dankbar, dass ich endlich einen Gesprächspartner hatte, und vor allen Dingen, dass ich endlich ein paar fette Fast-Food-Teile essen konnte. Ein echter Nachteil, wenn man sich nicht mehr allein in die Metzgerei traute, war nämlich, dass das mit den Leberkässemmeln flachfiel. Und Leberkässemmeln waren sättigend und zudem gesund. Allein der Senf war praktisch so etwas wie ein Allheilmittel gegen Krebs, jedenfalls wenn man der Metzgerin glaubte.

Maarten begleitete mich dankenswerterweise auch zur Bärbel. Dort war es bummvoll und roch so abartig nach Haarfestiger und Chemie, dass ich am liebsten umgekehrt wäre. Aber der

Anblick all der alten Weiblein, die hier anscheinend ein Meeting abhielten, überzeugte mich von der Wichtigkeit meines Vorhabens. Das zeigte jetzt nur, dass meine Verzweiflung schon riesengroß sein musste, wenn ich freiwillig bei der Bärbel Platz nahm, um an Informationen zu kommen.

»Ich hol bloß die Oma ab«, sagte ich mit trockenem Mund zur Bärbel. Die strahlte mich wohlwollend an und drückte mir ein paar abgegriffene und total veraltete Frisurenbücher in die Hand. »Dahinten drin wären a paar ganz nette Frisuren. A bisserl a Dauerwelle. Und a paar Strähnchen. Wennst a bisserl schauen magst.«

Ich nickte und hoffte, dass ich so aussah, als würde ich es mir tatsächlich überlegen. Bärbel eilte zurück zu einer alten Frau, die beim Herrn der Ringe den Gollum hätte spielen können. Alle Haare waren mit einer seltsamen weißen Masse an den Kopf gepinselt worden und standen an ein paar Stellen seltsam krankhaft ab. Ich konnte meinen Blick nicht abwenden. Das war doch hoffentlich nicht Großmutter. Das war ja ein einziger Albtraum. Als die Frau endlich den Blick hob, sah ich schnell weg.

Oh je. Das war die Rosl. Was hatte die denn vor?

Der Maarten stand mit gerunzelter Stirn ganz nah an der Tür. Entweder, um irgendwelche Sniper abzuschrecken, oder, um möglichst schnell fliehen zu können, wenn der Tratsch doch zu schlimm wurde.

»Die Kreszenz braucht gar nix sagen. Des is doch eh ned legal«, erklärte die Anni bestimmt. »Wo kämen wir denn da hin, wenn jeder sein Hasch anbauen würd.«

Ich sah fassungslos in die Runde. Leute über sechzig sollten das Hasch-Wort gar nicht kennen, geschweige denn in den Mund nehmen. Die Rosl hatte sich einen Stuhl nahe an die Anni gezogen und tätschelte ihr aufmunternd die Hand. Ob sie das wegen der Frisur tat oder wegen des Hanfs, war nicht ganz klar.

»Aber des mit dem Auto, des war ned richtig«, sagte die Anni und sah ganz weinerlich aus.

Das hätte ich auch getan, würde mir jemand die Hand tätscheln, der wie Gollum aussah. Aber anscheinend störte sie das gar nicht so sehr.

»Was ist mit dem Auto?«, fragte ich nach.

»Ja, da hat er die Luft rausg'lassen.«

»Der Kreszenz ihr Mann?«, fragte ich fassungslos. Das bestärkte mich ungemein in der Meinung, dass man sehr netten Leuten nicht über den Weg trauen sollte. Das waren im Grunde ihrer Seele keine netten Leute, sondern welche, die von ihrer schwarzen Seele ablenken wollten.

»Ah geh.« Die Anni sah mich im Spiegel an. »Der baut doch koan Hanf ned an.«

Es war eine Weile totenstill im Laden, anscheinend hatte niemand Lust, mich einzuweihen. Ich schwieg auch. Denn ich hatte keine Lust, um Informationen zu betteln.

»Der Anni ihr Mann, der war halt beim Hüten«, sagte die Rosl schließlich doch noch. »Und hat halt ned aufpasst.«

Beim Hüten? Nicht aufgepasst? An der Tür bimmelte es, und die Kreszenz kam herein. Jetzt schwiegen wieder alle und sahen angestrengt in ihre Zeitschriften.

Ich hatte noch immer nichts verstanden. Auf was sollte er denn beim Schafehüten groß aufpassen? Ich hatte ihn schon lange nicht mehr gesehen, aber im Frühling und Sommer ging er oft am Abend mit den Schafen raus und ließ sie weiden. Wahrscheinlich weil er das Geschnatter von der Anni nicht ertragen konnte.

»Und hinterm Hühnerstall vom Meier, da ist doch bisserl was g'wachsen«, sagte die Rosl schließlich, aber ich merkte gleich, dass das nicht an mich gerichtet war, sondern an die Kreszenz. Denn die Kreszenz schnaubte zornig durch die Nase.

»Wer hat nicht aufgepasst?«, fragte Großmutters Stimme.

Ich zuckte zusammen und sah in ihre Richtung. Großmutter saß unter einer riesigen weißen Trockenhaube und bekam nichts mit.

»Der Anni ihr Mann«, schrie die Rosl ihr zu. »Wegen dem Hanf vom Anderl.«

»Der Anderl hat keinen Hanf angebaut«, giftete die Kreszenz, plötzlich gar nicht mehr nett. »Der fängt jetzt dann sein Studium an.«

Was für ein Studium? Botanik?

Alle sahen die Kreszenz an, und allesamt mit leicht hochgezogenen Augenbrauen. Die Kreszenz lief rot an. Dann sagte sie: »Das ist alles nur wegen diesem Wellensittich vom Opa.«

Großmutters Kopf erschien neben der Trockenhaube. Anscheinend interessierte es auch sie brennend, wie der Wellensittich, der Opa vom Anderl und das Hanffeld zusammenhingen.

»Der Anderl macht nämlich immer den Vogelkäfig sauber. Und das, was noch drin liegt, hat er halt ... da aufs Feld geschmissen.«

Großmutters Kopf verschwand wieder. Anscheinend interessierte sie bayerisches Marihuana doch nicht so sehr.

»Und da sind halt auch Hanfsamen dabei.«

Also, eigentlich war der Schaller-Opa schuld mit seiner ganzen Tierliebe. Jetzt musste ich nur noch hinter die Empörung wegen des Autos kommen.

»Und der Anderl macht halt für seinen Opa einfach alles.«

Alle sahen die Kreszenz an. Dass der fiese Anderl für irgendjemand auf dieser Welt einfach alles machte, war total weit hergeholt. Vor allen Dingen, dass jemand in so sauteuren Klamotten in seiner Freizeit den Wellensittich versorgte.

»Der ist ein ganz ein Braver. Zum Beispiel an dem Tag, an dem auf die Lisa g'schossen worden ist«, sagte sie. »Da hat er den Opa in den Wald gefahren. Damit der Opa das mit dem Zaun beim Forsthäusl machen kann.«

Jaha. Das hatte sie jetzt oft genug erzählt. Wahrscheinlich hatte der Mane seinem Sohn angedroht, ihn aus dem Haus zu werfen, wenn er sich nicht ab und an in das Familiengeschehen einbrachte.

Ich bedeutete Maarten, dass er sich jetzt mal ermittlungstechnisch aus dem Fenster lehnen musste. Aber Maarten tat so, als kapierte er gerade nicht, was ich von ihm wollte.

»Ja, der Anderl, das ist ein ganz Netter«, log ich der Kreszenz hin, weil der Maarten sich so stur stellte, und lächelte freundlich. »Und was für ein tolles Auto er hat. Da hat er bestimmt lange dafür schuften müssen. Das macht auch nicht jeder.« Und die ganzen Schutzgelder, die er erpressen hat müssen, das war bestimmt eine Heidenarbeit.

Die Kreszenz biss die Zähne zusammen. O.k. Das war jetzt nicht besonders unauffällig nachgefragt, aber irgendjemand musste doch mal rauskriegen, was jetzt mit dem Anderl genau war. Der Maarten stellte sich echt blöd an.

»Ja. Da ist von der Oma ein Bausparer fällig g'worden«, erklärte die Kreszenz mit einer Mördermiene.

Wow, hatten die Bausparer. Das Auto kostete doch bestimmt achtzigtausend Euro aufwärts.

»So eine nette Oma«, sagte ich.

»Ja, wir halten halt zam«, sagte die Kreszenz und verabschiedete sich, da sie anscheinend keine Lust mehr auf anklagende Blicke hatte.

Als die Tür hinter ihr zuging, ging ein allgemeines Gewisper durch den Friseursalon.

»Aber die alte Zenz, die sieht des so locker«, erzählte die Kathl begeistert. »Hauptsach, g'sund, hat s' g'sagt.«

Na ja. Ob das, was der Anderl machte, so gesund war, wusste ich auch nicht.

»Bist jetzt endlich fertig?«, fragte ich bei Großmutter nach.

»Die Langsdorferin wär dann auch fertig«, sagte die Bärbel. »Die kannst auch gleich heimfahren.«

Na prima. Mein Auto war hinten schon ganz zerkratzt von dem blöden Gehwagerl, das ich immer hineinwuchten musste.

»Die red't sich doch nur raus«, sagte die Langsdorferin und versuchte, sich auf den Beifahrersitz zu wuchten. »Wellensittich. So ein Schmarrn.«

Großmutter schnalzte nur mit der Zunge.

»Und der Anni ihr Mann, der kann gar nichts dafür, dass die Schafe des Zeug gefressen haben«, erzählte sie mir, als ich mich endlich vors Steuer gesetzt hatte. »Der hat extra noch Verbissschutz drübergesprüht. Weil er sich schon denkt hat, dass dem Anderl des ned passt, wenn die Schafe den Hanf fressen.«

Verbissschutz. Na prima. Da rauchte sich das Zeug bestimmt noch besser.

»Aber den Viechern hat des astrein g'schmeckt. Trotz Verbissschutz.«

Mein Tag war gerettet. Glückselige Schafe. Schade, dass ich darüber keinen Artikel schreiben konnte. Aber dass jemand die Luft aus den Reifen von Annis Auto gelassen hatte, das war eine Meldung wert. Da konnte sich ja jeder zusammenreimen, wer das gewesen sein musste. Natürlich nicht die Kreszenz, ihr Mann oder ihre Söhne, sondern ein verrückter Fremder. Die fielen nämlich hin und wieder in unser Dorf ein, brachten Leute um oder ließen Luft aus Autoreifen aus.

Als die Langsdorferin endlich zu Hause war, schimpfte ich ein bisschen mit Maarten.

»Mit Ermittlungen hat dein Verhalten ja gar nix zu tun«, grummelte ich. »Da waren jetzt grad so viele alte Weiber beim Friseur, da hätte man ganz viel rausbringen können.«

»Ich bin doch koa altes Weib«, schimpfte Großmutter.

»Na ja. Jung bist jedenfalls nicht mehr«, schimpfte ich zurück.

Mir lief der Schweiß zwischen den Brüsten zum Bauch. Diese blöde Weste brachte mich noch um! Außerdem klemmte sie meine Brüste wirklich sehr unangenehm ein.

»Am Nachmittag trifft sich der Geflügelzüchterverein«, erzählte Großmutter. »Da geh ich hin. Maarten, fährst mich dahin?«

»Maarten muss mich bewachen«, wandte ich ein. »Außerdem muss er mich mal schnell zum Präsidium fahren.« Wenn ich nicht bald dieses blöde iPhone von der Marlis loshatte, würde ich ausrasten.

»Dann kimm halt mit«, sagte Großmutter. »Die Zenz ist zwar a Bissgurrn, aber ihr Bienenstich is recht gut.«

»Nur wegen eines Bienenstichs erschossen zu werden ist doch auch ein Krampf.«

»Bissgurrn?«, fragte Maarten nach.

Ich seufzte. »O.k. Ich komm mit. Auch wenn mich diese Weste umbringt. Dann kann ich gleich einen Artikel drüber schreiben.«

Ich wandte mich über den Rückspiegel an einen etwas unglücklichen Maarten. »Da lernst richtig was, da kommen ganz viele Leute, und alle haben Hühner dabei oder Tauben und reden ganz viel.«

Über Sachen, die keiner wissen wollte.

»Aber danach muss er mit mir zum Max fahren. Ganz dringend«, sagte ich verzweifelt.

Das Beste am Treffen des Geflügelzüchtervereins war, dass die alte Zenz wieder wahnsinnig viel gebacken hatte und dass ich mich überhaupt nicht einbringen musste, sondern nur maßlos fressen konnte. Da konnte man doch glatt vergessen, dass man vielleicht auch erschossen wurde.

Während ich brav, von Maarten bewacht, beim Kuchen anstand, beobachtete ich die Zenz beim Verkaufen. Sie hatte ihre Haare zu einem grauen Dutt gerollt und bediente so schnell, dass es einem schummerig vor den Augen wurde. Ich bezweifelte, dass sie demnächst das holländische Krematoriumsangebot annehmen musste, so aktiv, wie sie war. »Des hamma glei«, sagte sie beispielsweise sehr gerne. Und es gab eigentlich auch sonst kein Problem, das sie nicht »gleich hatte«. Momentan war sie ja mit ihren Kaffeefahrten sehr aktiv, aber im Sommer, wenn es dann noch andere Feiern im Ort gab, ließ sie alle Fahrten ausfallen und backte auf Teufel komm raus.

Vermutlich hatte sie ein Nervenleiden, das hat Großmutter schon immer gesagt.

»Des Gezucke, des macht mich stocknarrisch«, hatte sie mir schon mehrfach erläutert. Und je mehr die Zenz in Stress geriet, desto schlimmer wurde es. Ständig kniff sie die Augen zu, ihre Schultern zuckten, besonders, wenn sie hoch konzentriert Kuchen geschnitten hatte. Denn beim Kuchenschneiden war das Gezucke gar nicht hilfreich. Sobald sie aber damit fertig war, zuckte sie eine Weile ganz wild, ohne etwas anderes zu tun. Dabei wackelte ihr Kopf, die Augen blinkerten und die Schultern zogen sich wie bei einer Marionette etliche Male nach oben.

Ich versuchte, woanders hinzusehen, um nicht auch in wildes Gezucke zu verfallen. Jetzt war Großmutter dran. Obwohl sie schon längst hätte ausgesucht haben können, stand sie mit gerunzelter Stirn vor den Kuchen.

»Ich weiß ned«, sagte die Zenz. »Vielleicht ist des Rheuma, oder Arthrose. Gestern war's so schlimm, da konnte ich mich gar ned so bewegen wie sonst. Meinst, ich hätt so machen können gestern?«

Zur Demonstration ihres Leidens riss sie das rechte Bein so hoch, wie ich es im Leben nicht gekonnt hätte.

»Gar ned is des gegangen. Oder so machen ...« Dabei ging sie mehrmals in die Knie und wippte locker, bis sie wieder aufstand. »Gar ned. Wahrscheinlich Rheuma.«

Ihre Schultern begannen wieder heftig zu zucken, und ihre Augen ruckten und blinzelten.

»Da kannst halt nix machen«, sagte Großmutter. »An manchen Tagen, da kannst froh sein, wennst überhaupt aus dem Bett rauskommst.«

Das hatte ich ja noch nie gehört.

»Was hast du denn da eigentlich an?«, wollte die Zenz von mir wissen. »Ist das eine Schutzwesten? Macht keine schöne Taille«, erläuterte sie mir. »Und recht farbenfroh ist des auch ned.«

»Ja«, sagte ich verzweifelt.

»Vielleicht hättest deine Tochter backen lassen sollen. Wenn's dir so schlecht gangen ist«, sagte Großmutter.

»Mei.« Sie zuckte schon wieder so heftig mit den Schultern, dass mir schummerig wurde. »So schlimm war's auch wieder ned. Ich muss ja keine Kniebeugen beim Backen machen.«

Ich heftete meinen Blick auf die Tür zur Geflügelausstellung, nur um meine zuckenden Nerven unter Kontrolle zu bringen. Aus dem Augenwinkel sah ich, dass der Mane auf mich zusteuerte. Konnte Großmutter sich nicht schneller entscheiden?

»Außerdem hat mir der Girgl g'holfen. Das Mehl hat er mir aus dem Keller geholt und die Eier geschlagen.«

Der Girgl hilft seiner Großmutter, das war ja ein Ding.

»Ja, der Girgl, des is ein ganz ein lieber Kerl. An dem Tag, wo einer auf die Lisa geschossen hat …« Ich wurde hellhörig. »… da hat er den Opa rausgefahren in den Wald. Wegen der Zaunlatten. Der Girgl macht alles für seinen Opa. Mei. Da könnten andere froh sein.«

Was hieß hier, der Girgl machte alles für seinen Opa? Ich fuhr meine Oma auch ständig herum, und die Langsdorferin, mit ihrem Gehwagerl. Aber das wurde nie thematisiert. Außerdem, war das nicht der Anderl gewesen, der seinen Opa herumkutschiert hatte?

Aus den Augenwinkeln sah ich den Mane noch immer auf mich zusteuern. Irgendwie hatte man manchmal den Eindruck, dass er eine Gesichtslähmung hatte, die ihn zwang, ständig sein riesiges, starres Lächeln im Gesicht zu tragen.

»Mei. Der Girgl«, sagte Großmutter etwas kryptisch. »Den Bienenstich würd ich auch noch probieren.«

»Ja. Der Girgl. So ein lieber Kerl«, erklärte die alte Zenz besonders laut und schoss mir einen bösen Blick zu, den ich wirklich nicht verdient hatte. Vielleicht war sie auch sauer, weil der liebe Girgl das Schießspektakel nicht hatte miterleben dürfen, und alles nur, weil er seinen Opa in den Wald fahren musste.

Maarten lächelte neben mir die Zenz an und sagte im schönsten Ostfriesisch: »Eine Familie mit so einem tollen Zusammenhalt zu sehen, das ist wirklich wunderbar.«

Was redete Maarten eigentlich für einen Totalquatsch!

»Oma«, sagte ich leicht panisch, weil der Mane keine Kursänderung vornahm, und zupfte Großmutter am Ärmel. »Ich glaube, das mit dem Kuchen ist eine blöde Idee, da drüben, die Tauben, wollten wir die nicht anschauen?«

»Nein«, sagte Großmutter, ohne sich umzuschauen. »Ich bin eigentlich nur wegen dem Kuchen da.«

Vielleicht habe ich telepathische Fähigkeiten, denn ich spürte geradezu, wie sich im nächsten Moment eine Hand krakenartig an meiner festsaugen würde.

»Meinst, mich interessieren die damischen Tauben, die damischen«, fügte sie noch ziemlich laut hinzu, was uns ein paar böse Blicke einbrachte. »Von den Tauben kriegst doch eh nur Salmonellen. Und die Papageienkrankheit.«

»Na, die Wild Liesl«, sagte der Mane mit gezwungener Freundlichkeit, weil er wahrscheinlich Großmutters abfällige Bemerkung gehört hatte. »Wie geht's dir denn?«

Seit wann interessierte sich der Mane für mein Befinden, das war doch hochgradig verdächtig.

»Mei«, antwortete ich und versuchte, meine Hände in Sicherheit zu bringen. Ich krallte mich an einer Serviette und einem Papptellerchen fest, als könnte ich das unmöglich nur mit einer Hand halten.

»Arbeitest wohl wieder fleißig an deinem nächsten Artikel …«, versuchte er mich auszufragen. »Was schreibst denn zurzeit Interessantes?«

Ich schrieb eigentlich parallel an verschiedenen Artikeln. Aber es war mir jetzt zu kompliziert, das alles zu erklären. Außerdem konnte ich mir nicht vorstellen, dass er sich plötzlich für meine Artikel interessierte, wo es doch sonst keiner in unserem Ort tat.

»Über das Vereinsleben in unserem Dorf«, sagte ich, um ihn ein bisschen zu erfreuen. Schließlich war er der stellvertretende Vorsitzende des Geflügelzüchtervereins. Seine Reaktion war sehr eigenartig, denn seine Gesichtszüge taten plötzlich nicht mehr das, was er gerne wollte. Sein Lächeln war eine riesige Fratze, und er schien auf jemand anderen zu schielen. Ich folgte seinem Blick, aber da war nur das Kuchenbüfett und seine Schwiegermutter, die immer noch in rasender Geschwindigkeit Blechkuchen zerschnitt und austeilte und parallel den Maarten über ihre Enkelsöhne volltextete.

»Geflügelzüchterverein, Schützenverein«, zählte ich auf. »Fußballverein …«

»Wem ist denn das eingefallen?«, fragte er, während ich meine

Hände hinter dem Rücken verschränkte und mitsamt Pappteller und Serviette ineinanderkrallte.

»Mir«, sagte ich stolz und wahrheitsgemäß. Das war mir zwar erst vor zehn Sekunden eingefallen, aber das musste er ja nicht wissen. »Wenn Sie Zeit für ein Interview haben, dann könnten Sie mir gleich die Ziele Ihres Vereins …«

Er hatte wieder sein strahlendes Lächeln im Gesicht, und seltsamerweise sagte er: »Dann einen schönen Tag noch.« Das war echt unpassend, aber das schien keinem aufzufallen. Dann drehte er sich einfach um und ging zum Metzger. Und hinter mir sagte die alte Zenz ungeduldig zum Nächsten: »Und, was für einen Kuchen hätt'n wir denn gerne.«

Die Sache mit dem Mane ließ mir einfach keine Ruhe. Ich hatte die Geschichte Großmutter erzählt, aber die fand sein Verhalten total normal.

»So is der doch immer. Tut recht freundlich, aber eigentlich interessiert ihn doch nix«, erklärte sie es mir. »Manchmal vergisst er halt dann, dass er was g'fragt hat, und geht einfach weiter, ohne die Antwort anzuhören.«

Na prima.

»Vielleicht will er Bürgermeister werden«, mutmaßte sie. »Wennst lang genug freundlich zu jedem Deppen bist, dann wirst des.«

Na ja, dann müsste der Mane schon seit hundert Jahren Bürgermeister sein. Und mich als Deppen zu bezeichnen war auch nicht die feine englische Art. Großmutter schien sich aber wirklich nur für ihren Kuchen zu interessieren. Sie verschwand an den Tisch von der frisch ondulierten Rosl und der Kathl, die auch nur Augen für ihren Kuchen hatten. Ich bereute, einen trockenen Kuchen genommen zu haben. Etwas mit Sahne wäre jetzt bestimmt leichter runtergeflutscht. Irgendwie hatte ich den Eindruck, dass der Mane mich noch immer von der anderen Seite der Halle beobachtete. Ich war richtig froh, dass der Maarten mit seinem Bienenstich hinter mir herwackelte und mich beschützte.

Das mit dem Mane war wirklich gruselig. Fast schon schade, dass ich ihm nicht die Wahrheit gesagt hatte. Dass ich gerade über Datenschutz im Internet schrieb.

Ich ging mit meinem Stück Kuchen und Maarten im Schlepptau Richtung Tierkäfige, damit ich Manes Augen nicht mehr sah. Es roch so penetrant nach ganz viel Hühnerscheiße, dass ich gar keinen Appetit auf mein Stück Kuchen mehr hatte.

»Wie war das jetzt noch mal mit dem Anderl?«, wollte Maarten wissen. »Dem gehört dieser fette schwarze Mercedes?«

Ich starrte in einen Kaninchenkäfig. »Ja.«

»Und als was arbeitet der?«

Als Schutzgeldeintreiber, Drogenbaron und Zuhälter.

»Keine Ahnung. Er will zu studieren anfangen.«

Neben uns blieben zwei Kaninchenzüchter stehen, und unser Gespräch verstummte.

»Da gibt's halt welche, die gehen rein und bumm. Das sind die Besten«, behauptete der eine. »Du weißt schon, rein und bumm.«

Der andere sagte nichts. Anneliese war weit und breit nicht zu sehen.

»Rein und bumm, wenn s' des gleich machen, das sind die besten. Nicht lang rumgehen und rundherum gehen. Und dann wieder schnuppern und dann wieder rundherum. Einfach rein und bumm. Das ist das Beste.«

Inzwischen hatte sogar ich begriffen. Komischerweise löste die Kaninchensexdiskussion bei mir weder Interesse noch Ekel, sondern spontanen Harndrang aus. Ich stopfte den Kuchen in mich hinein, obwohl ich den Eindruck hatte, dass er mir trocken und unauflösbar im Hals steckte. Aber nur nichts liegen lassen. Der Mann erklärte vielleicht zum zehnten Mal, was der Vorteil vom sofortigen »Bumm« war. Ich überließ die Kaninchen ihrem Schicksal und rannte mit Maarten Richtung Klo. Das war leicht zu finden, der Weg dorthin war nämlich mit uringelben Fliesen an der Wand gepflastert. Maarten verschwand auf dem Männerklo, und ich bog ins Damenklo ab. Plötzlich musste ich doch nicht mehr, weil das Klo in einem echt elenden Zustand war und diffuse Krankheitsgefühle weckte. Die Schaller Zenz konnte zwar gut Kuchen backen, aber um die Sauberkeit der sanitären Einrichtung kümmerte sie sich anscheinend nicht.

Ich wusch mir stattdessen sehr ausführlich die Hände. Da hörte ich vor der Klotür abrupt Schritte stoppen. Dann sagte eine Stimme schroff: »Ich bin mir sicher. Wenn ich's dir sag.«

Der Mane. Ich hätte ihn beinahe nicht erkannt, so unfreundlich, wie der klang. Mein Herz bumperte ungleichmäßig, als die Kreszenz antwortete: »Ach geh. Wieso sollt sie denn des machen.«

Es trat eine kleine Pause ein, dann fügte sie hinzu: »Woher sollt sie denn des wissen.«

»Wenn ich's dir sag. Des war der Wild Lisa ihr Auto. Direkt vor unserm Gartentürl.«

»Bist dir sicher?«

»Ja. Ich hab sie doch grad gesehen, beim Einparken. Und das war dasselbe Auto.«

Die beiden schwiegen für einen Moment.

»Und da fragst dich schon.«

Er sagte nicht, was er sich fragte, und die Kreszenz antwortete nicht darauf. »Mitten in der Nacht«, fügte er noch hinzu.

Meine Beschattung des Metzgers. Und was hieß hier mitten in der Nacht. Es war halb elf gewesen, das war nicht mitten in der Nacht. Außerdem hatte ich nicht ihn beobachtet, sondern den Metzger. Das musste doch irgendjemandem aufgefallen sein.

Die Stille dauerte so lange, dass ich in meinen Ohren Geräusche hörte, die exakt wie der Big Ben in London klangen.

»Aber wenn s' was weiß …«, sagten beide gleichzeitig und hielten erneut inne.

Wenn ich was wusste? Am liebsten wäre ich aus dem Klo gesprungen und hätte geschrien, dass ich nichts wusste, rein gar nichts.

»Dann steht's in der Zeitung«, sagte der Mane, und gleichzeitig sagte die Kreszenz: »Dann weiß es der Kommissar.«

Ich hatte einen blöden Job. Mein Freund hatte auch einen

blöden Job. Und überhaupt, wo war der Maarten? Der konnte doch nicht ewig auf dem Klo sein! Der musste doch eigentlich VOR dem Damenklo stehen und mich bewachen!

Dann hörte ich wieder Schritte, und ich meinte noch zu hören, dass der Mane zu seiner Kreszenz sagte, dass man da doch schauen müsste. Dann ging die Tür auf, und ich starrte direkt in die Augen der Rosl. Die Tür ging wieder zu, und die Rosl sagte ziemlich laut: »Dass die da ned g'scheit putzen. Da graust's dir ja.«

Und ich traute mich nicht aus dem greißlichen Klo, weil die beiden bestimmt noch immer vor der Tür standen und sich Gedanken darüber machten, was sie gegen mein Wissen, meinen Job und meinen Freund machen konnten.

»Ja«, erwiderte ich pflichtbewusst. »Da gehört sich wieder mal g'scheit putzt.«

Rosl ging ins Klo. Ich hörte nichts. Weder hinter der Klotür noch im Gang draußen. Waren die beiden schon wieder gegangen?

Vielleicht war der Mane ja der Mörder und trug heimlich seine Leopardenbeuteltangas. Mir fiel plötzlich wieder siedend heiß ein, dass wir Max nie das Handy von der Marlis gegeben hatten. Weil der Maarten mich nicht zum Präsidium gefahren hatte, der Depp. Diese unbekannte Handynummer, das war doch bestimmt der Mörder gewesen. Der die Marlis angeklingelt hatte, um zu hören, wo sie gerade im Wald herumkroch. Vorsichtig fasste ich in meine Jackentasche und stellte mein Handy auf lautlos. Mich sollte er so jedenfalls nicht finden.

Dieses iPhone von Marlis musste zu Max, und zwar schnell.

Nach ein paar Minuten sagte die Rosl hinter der Tür: »Kannst ned rausgehen? I kann ned bieseln, wenn einer zuhört.«

Na prima, sie schickte mich hinaus ins Verderben. Anscheinend überlegte ich zu lange, denn sie kam wieder aus dem Klo und wusch sich viel zu lange mit viel Seife die Hände.

»Heilige Maria Mutter Gottes«, sagte sie zum Abschluss. »Nicht einmal am Klo hast dein Fried.«

Dann riss sie die Tür auf. Ich presste die Augen zusammen, in Erwartung eines entsetzten Aufschreis von Mane und Kreszenz. Aber ich hörte nur die Stimme meiner Großmutter, die sagte: »Also, zum Bieseln gehen wir heim.«

»Ich auch«, sagte die Rosl sauer. »Ich mag des gar ned, wenn einer zuhört.«

Ich mochte es gar nicht, wenn ein Massenmörder vor der Tür stand und auf mich wartete. Da war es mir lieber, der Rosl beim Bieseln zuzuhören.

Vor der Klotür stand jetzt nur noch Maarten, um mich zu beschützen.

Mein Herz wummerte in meinen Ohren wie ein Presslufthammer.

»Wo warst du denn so lange?«, zischte ich dem Maarten zu.

»Wo ich war?«, fragte er erstaunt.

»Hast du das auch gehört?«, wollte ich wissen und ließ dabei Großmutter nicht aus den Augen, die schon auf den Ausgang zusteuerte, während sie weiter lauthals mit Rosl über den Zustand des Klos zeterte.

»Was?«, wollte er wissen.

»Da waren doch die Kreszenz und der Mane«, flüsterte ich und sagte dann etwas lauter: »Ich muss bieseln«, als die Kreszenz neben uns langsamer wurde. »Und auf dem Klo krieg ich Analbeschwerden.«

Die Kreszenz hatte einen richtigen Mörderblick drauf, aber sie ging trotzdem weiter.

»Du musst deine Ermittlungstätigkeit verlagern«, murmelte ich Maarten zu.

»Wohin?«, wollte er wissen.

»Pscht«, machte ich. »Gehen wir. Wo ist denn jetzt die Oma hin? Du holst die Oma, und ich … ich warte da auf dich.«

Maarten sah mich mit großen Augen an, dann nickte er und verschwand in der Menge. Neben mir tauchte Anneliese auf.

»Ist dir aufgefallen, wie sich die Kreszenz benimmt?«, flüsterte ich.

Anneliese sah aus, als wäre ihr nur aufgefallen, wie ich mich benahm.

»Die Kreszenz ist nicht verdächtig«, fand Anneliese.

»Der Mane hat gesehen, wie ich den Metzger beschattet habe«, klärte ich Anneliese auf. »Und seitdem hat er Angst, dass etwas in der Zeitung stehen könnte.«

»Was?«

»Was weiß denn ich«, fauchte ich sie an. »Wir hätten halt nicht nur den Metzger beschatten sollen, sondern auch die Kreszenz und den Mane, dann wüssten wir, was er damit gemeint hat.«

»Ich hab überhaupt nicht zu den Grubers rüberg'schaut«, gab Anneliese zu.

Ja. Das war unser Hauptproblem. Statt bei der Metzgerin alte Klos auszugraben, hätten wir ein bisschen weiter links zugucken sollen, was im Garten der Grubers und Schallers passierte.

»Haben die vielleicht auch was vergraben?«, fragte mich Anneliese.

Was sollten die vergraben? Vielleicht eingemachte Mirabellen, die wollte keiner aus unserem Dorf essen, weil sie aussahen wie Schweineaugen, die sich gerade in Säure auflösten.

»Ich habe nicht gesagt, dass sie was vergraben haben«, erklärte ich Anneliese. »Aber wenn sie davor Angst haben, dass wir in der Nacht vor dem Gartentürl stehen, dann muss das doch heißen, dass sie etwas Geheimes gemacht haben. Was keiner wissen darf.«

»Die Zenz. Was Geheimes«, wiederholte Anneliese einfältig.

»Und wir müssen rauskriegen, wieso im Kalender von der Marlis der Anderl und der Girgl drinstehen. Und was der SH ist.«

»SH«, sagte Anneliese noch mal ähnlich einfältig.

»Ja, SH. Schaller. Hirsch. Keine Ahnung. Scheunenhüpfer.«

»Scheunenhüpfer?«, fragte sie nach.

Manno.

»Und wen der Metzger erschossen hat«, setzte ich verzweifelt hinzu. »Und wem die Handynummer gehört. Du weißt schon, der die Marlis angerufen hatte, damals, als die Roidls erschossen worden sind.«

»Wieso?«

»Na ja.« Ich senkte meine Stimme. »Weil das doch bestimmt der Mörder war.«

»Dann krieg das mal raus«, empfahl sie mir aufmunternd.

Ich verdrehte die Augen. »Einen Teufel werd ich tun. Das soll doch die Polizei rauskriegen.«

»Ich muss jetzt aufs Klo«, trompetete Großmutter neben mir und hakte sich bei Maarten unter. »Gehst mit heim?«

Ich nickte nur. »Bis dann. Und pass auf dich auf«, empfahl ich Anneliese.

»Ich geh auch, wartest auf mich?« Anneliese verschwand im Gedränge, um ihre Jacke zu holen.

»Zustände sind das«, meinte Großmutter, als wir endlich draußen waren. »Backen kann s' ja. Aber wennst ned aufs Klo kannst, ist des auch kein Spaß. Und nach einem Kaffee, da muss doch jeder.«

»Was sollten die denn zu verbergen haben«, sagte Anneliese skeptisch.

»Wer?« fragte Großmutter neugierig.

»Die Kreszenz Gruber«, erklärte Anneliese sehr freigiebig, bevor ich ihr eine Warnung zuzischen konnte.

»Des kann ich mir gut vorstellen, dass die was verbergen will. Die war früher schon a g'scheite Bixn«, erklärte Großmutter. »Ich kann mich noch erinnern. Da war doch diese Sach. Mit dem Metzger.«

»Ach geh«, sagte ich hastig, weil ich die alte Zenz ansegeln sah. »Da kommt grad ihre Mama.«

»Von der Kreszenz?«, fragte Großmutter viel zu laut nach.

»Die alte Schallerin«, bestätigte Anneliese, auch viel zu laut.

Ich sagte gar nichts mehr, sondern gab ihr einen Rempler, um sie zum Schweigen zu bringen. Wir verstummten alle, um dann wie im Chor »Grüß Gott« zu sagen.

»Wollts ned no ein bisserl Streuselkuchen mitnehmen?«, bot die Schallerin an. »Morgen zum Kaffee ist der auch noch gut. Oder hast recht Zucker?«, fragte sie Großmutter und zuckte dabei wild mit den Schultern.

»Ich hab doch koan Zucker ned«, sagte Großmutter empört. »Gib's her, dann ess ma's halt zam.«

Ich hielt die Luft so lange an, bis ich meinte, ohnmächtig zu werden, dann war die Schallerin aber wieder im Vereinshäusl verschwunden.

»Das hätte man auch höflicher sagen können«, ermahnte ich Großmutter.

Anneliese seufzte. »Die Zenz ist doch so engagiert. Die hat doch bestimmt keinen Dreck am Stecken. Nächstes Wochenende macht sie einen Frauengesundheitskurs.«

»Was ist denn das?«, fragte Großmutter.

»Thema ist Hallux valgus, Großzehe auf Abwegen«, erklärte Anneliese. »Da zeigt sie uns, wie man durch Gymnastik den großen Zeh wieder in Form bringt.«

Ich starrte sie sprachlos an. Maarten sah aus, als hätte man ihn am Mars ausgesetzt.

»Ich hab keinen Hallux valgus«, trompetete Großmutter.

»Ich auch nicht«, sagte Anneliese beleidigt. »Das ist doch alles vorbeugend.«

»Deswegen kann sie trotzdem Leute erschießen«, wandte ich ein.

»Die ist doch viel zu alt«, meinte Anneliese.

»Doch nicht die alte Schallerin, ihre Tochter, die Kreszenz«, fauchte ich sie an.

»Ach so, die alte Schallerin macht Kurse?«, staunte Großmutter, die sich darüber mehr zu wundern schien, als wenn sie Leute erschossen hätte.

»Ja, im Altenheim drüben. Dauert sieben Wochen, jeden Samstag.« Im Altenheim. Hatte sie es noch nicht geschafft, dass dort alle an einer Koffeinvergiftung gestorben waren, bei all dem Kaffee, den sie da verteilte?

Anneliese verabschiedete sich von uns, und ich tappelte hinter Großmutter und Maarten drein, die sich angeregt unterhielten.

»Du musst mich jetzt dann noch mal beschützen«, sagte ich zu Maartens Rücken. »Ich muss ins Polizeipräsidium und was abgeben.«

»Was abgeben?«, wollte Großmutter wissen.

»Genau«, wich ich geschickt aus. »Wir sind auch gleich wieder da.«

Das mit dem iPhone hatte ich mir supereinfach vorgestellt. Schnell rein, dem Pförtner einen Umschlag in die Hand gedrückt und wieder zurück zum Maarten gespurtet. Dummerweise lief ich direkt in Max hinein.

»Na, Holde«, sagte Max mit einem netten Lächeln. »Wie geht's so?«

Ich starrte ihn verzweifelt an. Damit hatte ich nun überhaupt nicht gerechnet. Max schob mein seltsames Verhalten anscheinend auf mein Schusstrauma, denn er nahm mich einfach in den Arm.

»Ist der Maarten nicht bei dir?«, wollte er wissen.

»Ähm. Klar. Sitzt draußen im Auto. Und der Schorsch, der fährt ständig hupend an unserem Garten vorbei.«

»Und heute Abend bin ich wieder da und beschütze dich«, sagte Max dicht an meinem Ohr. Also, letzte Nacht hatte er ziemlich geschnarcht. Ob er mich da gleichzeitig beschützt hatte, wollte ich mal bezweifeln.

»Deine Schutzweste sieht richtig schick aus«, grinste er breit. »Steht dir.«

»Ich hätte sie lieber in Rosa«, knurrte ich ihn an. »Und mit Strasssteinchen.« Mannometer, ich wollte nur das blöde iPhone loshaben und nicht mit einem Mann rumtun, den meine blöde Schutzweste anturnte.

»Was trägst du eigentlich darunter?«, wollte er wissen und linste mir in den Ausschnitt, der durch die Weste seinem Namen keine Ehre mehr machte.

»Merkst du eigentlich, dass sich unsere Beziehung überhaupt nicht weiterentwickelt hat?«, wollte ich wissen. »Andere Leute reden irgendwann über ganz andere Sachen und nicht nur über …« Ich senkte meine Stimme. »… BHs.«

»Was soll das für eine blöde Entwicklung sein, nicht mehr über BHs zu sprechen?«, wollte Max grinsend wissen. »Über was sollen wir denn sonst sprechen?«

»Heidegger?«, schlug ich vor. »Marc Chagall?«

»Ach komm«, sagte Max mit einer Stimme wie Samt und ging auf meine Vorschläge überhaupt nicht ein. »Du musst doch wissen, was für einen BH du trägst.«

»Ich brauche unter diesem blöden Teil keinen BH«, behauptete ich. »Von dieser Weste kriege ich garantiert Flachbrüste.«

»Na ja, heute Abend wartest du mit dem Ausziehen«, sagte Max, und seine Hände krochen auf meinen Hintern. »Das mach ich dann persönlich. Dann kontrolliere ich das mal mit den Flachbrüsten. Was hast du jetzt für einen BH an?«

»Ich muss dir ganz was anderes erzählen.«

»Lenk nicht ab.« Seine Stimme an meinem Ohr schien zu lächeln. »Schon vergessen, dass ich bei der Polizei bin? Ich lass mich bei Befragungen nicht von der Sache abbringen.«

Na ja. Da wäre ich mir nicht so sicher.

»Einen weißen«, antwortete ich dann doch.

»Ist es der mit den kleinen Spitzchen oben?«

»Ich habe ein Gespräch mit angehört«, flüsterte ich statt einer Antwort in sein Hemd hinein. »Die Kreszenz und der Mane Gruber haben Angst, dass ich was gesehen haben könnte. Du weißt schon, als ich den Metzger beschattet habe.«

An meinem Ohr wurde es totenstill. Ich holte einmal tief Luft. »Könntest du mal in die Richtung ermitteln?«

Schließlich ließ Max meinen Hintern aus und sagte überhaupt nicht mehr triebgesteuert: »Und wen oder was hast du da gesehen, während du den Metzger beschattet hast?«

Es wurde wieder totenstill. Das, wenn ich wüsst.

»Ich habe ja den Metzger beobachtet und nicht die Grubers«, verteidigte ich mich. »Aber der Mane hat gesagt, dass er mein Auto erkannt hätte und dass das blöd wäre. Wenn ich was gesehen hätte.«

Außerdem war da noch die Sache mit Anderl SH und dem fetten schwarzen Mercedes.

Ich drückte mich von Max weg. »O.k., vergiss es«, schlug ich vor. »Das habe ich bestimmt total missverstanden.«

Max sah mich intensiv an und sagte schließlich: »Ach, Babe.« Dann küsste er mich noch einmal. Ich tat so, als würde ich hinausgehen, und er ging hinein.

Nachdem ich den Briefumschlag mit dem iPhone sehr anonym durch den Briefschlitz hatte fallen lassen, beschloss ich, dass ich für heute genügend Aufregung gehabt hatte.

Am nächsten Tag ging ich wieder nicht in die Arbeit, weil mein Heckenschütze noch immer nicht gefasst worden war. Maarten hatte keine Zeit, ständig bei uns abzuhängen, deswegen machte ich die Fensterläden vor meinem Fenster zu – damit keiner hineinschoss – und setzte mich vor meinen Facebook-Artikel.

Chancen und Gefahren der sozialen Medien, hämmerte ich frohgemut los. *Ein Elternabend zur Medienerziehung zeigt die Gefahren des Internets.*

Viele Kinder und Jugendliche nutzen die sozialen Netze im Internet. Dabei geben sie oft sorglos viele Daten von sich preis, sind sich der Risiken manchmal nicht bewusst. Die Folgen können Cybermobbing oder sexuelle Belästigung sein.

Soziale Netzwerke sind aus dem Leben der meisten Kinder und Jugendlichen nicht mehr wegzudenken. Plattformen wie schülerVZ oder Facebook sind als Treffpunkte inzwischen beliebter als Sportvereine und Cafés. Man trifft sich mit Freunden online – wer dabei nicht mitmacht, gehört nicht nur nicht dazu, er macht sich sogar unbeliebt. Ein besorgniserregender Trend, denn gerade jüngere Menschen kennen kaum Tabus, persönliche

Informationen und Bilder werden für jedermann zugänglich gemacht.

Eine Studie der Universität Leipzig zeigt, wie sorglos Teenager mit ihren Daten umgehen. 90 % der über 6500 befragten Schüler wissen zwar, dass es eine Zugriffskontrolle gibt, aber nur 55 Prozent schränken den Zugriff tatsächlich ein.

Irgendwann hörte ich meine Großmutter im Garten reden, und so linste ich hinaus. Maarten hing am Gartentürl und sah etwas derangiert aus, während die Reisingerin neben ihm stand, anscheinend in der Hoffnung, wichtige Ermittlungsergebnisse zu ergattern.

»Wo kommen Sie denn her?«, wollte sie neugierig wissen. Das interessierte mich auch brennend, und so sah ich zu, dass ich nach draußen kam.

»Wissen S' denn schon, was der Roidl Anton im Unterholz g'macht hat?«, fragte die Reisingerin gerade. Maarten runzelte angestrengt die Stirn.

»Keine Ahnung. Der war halt im Wald«, antwortete ich für ihn.

»Man geht doch ned einfach so ins Holz«, widersprach mir die Reisingerin. Das war ganz typisch bei uns. In den Wald zog es höchstens Förster, Jäger oder Wilderer.

»Vielleicht spazieren«, schlug ich vor und zerrte meinen Hund vom Gartenzaun der Reisingerin weg. Die hatte da bestimmt wieder ewig viel Schneckenkorn gestreut. Und Salz gegen die Ameisen. Und Rattengift gegen wer weiß wen.

»Der hat doch nicht einmal einen Hund g'habt«, erklärte sie kritisch, als wäre das Ausführen eines Hundes der einzige Grund für einen Spaziergang.

»Na ja. Vielleicht hatte er das geplant«, schlug ich hilfsbereit vor und zerrte unseren Hund zurück in den Garten. Maarten wirkte wie ein Schluck Wasser in der Kurve.

»Was hatte er geplant?«, fragte Großmutter hinter mir so laut, dass ich schrecklich zusammenzuckte. Sie war schon wieder mit ihren Schnecken zugange und warf der Reisingerin einen bösen Blick zu. Wahrscheinlich hatte sie herausbekommen, dass die Reisingerin uns ihre immer herüberpfefferte.

»Einen Hund zu kaufen«, seufzte ich. »Keine Ahnung. Er war halt im Wald. Und dann wurde er erschossen.« Das reichte doch als Information. Man musste doch nicht alles aus dem Leben der Roidls wissen.

»Maarten?«, fragte ich und versuchte, seinen Gesichtsausdruck zu interpretieren.

»Siehst. Ich weiß schon, wieso ich ned ins Holz geh«, erklärte die Reisingerin triumphierend. »Des hat koa Taug ned.«

Großmutter schüttelte nur den Kopf über so viel Unsinn. »Ach geh. Als wenn dich einer derschießen wollat. Geh zu, Mädl. Ich hab a Suppn aufm Ofen.«

»Der Roidl ist nicht spazieren gegangen«, erklärte der Maarten mit etwas undeutlicher Aussprache. »Der ist durch den Wald gekrabbelt.«

Gekrabbelt?

»Woher willst du das wissen?«, fragte ich und sah ihn misstrauisch an. Was war nur mit Maarten los?

»Die Hose war an den Knien …«

»Durchgwetzt«, stieß die Reisingerin begeistert hervor.

Maarten sah mich erschrocken an. Anscheinend hätte er uns das nicht erzählen sollen. Ich grinste beruhigend.

»Aber wieso kragelt der durchs Unterholz?«, fragte sich die Reisingerin mit zufrieden glänzenden Augen.

»Durchgewetzte Hosen.« Großmutter schnalzte mit der Zunge. »Dass die Marlis darauf ned geachtet hat. Die jungen Mädel von heut, die machen wirklich nix mehr im Haushalt.« Sie warf mir einen kritischen Blick zu.

Wenn Max von mir erwartete, dass ich ihm durchgewetzte Hosen und Socken flickte, dann würde ich mich von ihm trennen, das war gewiss. Ich stopfte ja nicht einmal meine eigenen Socken.

»Wir müssen jetzt rein«, fiel Großmutter dann ein. »Die Suppn kocht bestimmt über.«

Maarten hielt sich am Gartenzaun fest.

»Auf den Knien durch den Wald gekragelt«, erklärte die Reisingerin begeistert und ignorierte unser Mittagessen.

Mannomann. Dass der Roidl Anton auf den Knien durch den Wald gerobbt war, konnte ich mir gar nicht vorstellen. Wenn jemand auf Knien im Wald unterwegs war, dann höchstens der Girgl. Auf der Suche nach seinen magischen Schwammerln. Oder auf der Suche nach seinem Zuhause, das er gerade wegen des hohen Schwammerlkonsums nicht mehr finden konnte.

Aber vielleicht hatte die Marlis den Roidl nur angeschossen, und er war verblutend durchs Holz »gekragelt«. Ich schüttelte mich. Das war eine wirklich grässliche Vorstellung.

»Wieso sollt er denn des machen?«, fragte Großmutter kopfschüttelnd nach, und die Suppe, die jetzt bestimmt überkochte, war vergessen.

»Vielleicht hatte er was verloren«, schlug ich vor, weil ich die andere Variante so grässlich fand, und stieß Maarten an, dass er der Reisingerin nicht noch mehr Infos vor die Füße warf.

Vielleicht aber existierte die Selbstschussanlage vom alten Schaller doch, und die beiden waren deswegen am Zaun entlanggerobbt. Und aus irgendeinem Grund dann doch aufgestanden. Und dann war's aus.

»Vielleicht war des wie bei meinem Mann. Gott hab ihn selig«, schlug die Reisingerin vor. »Der hat hin und wieder so einen Schub gehabt.«

»Schub?«, wollte Maarten mit einem angestrengten Blick wissen.

»Die Suppe«, sagte ich vorsorglich noch einmal. Das, was jetzt kam, wollte bestimmt keiner hören. Das Einzige, woran ich mich sehr gut erinnern konnte, war, dass der Reisinger hin und wieder einen richtig grässlichen Kommunikationsschub gehabt hatte. Dann blieb er am Gartenzaun stehen und erzählte stundenlang von seiner Kriegsgefangenschaft auf Kreta. Und dass er ja erst 1948 heimgekommen sei. Das Schlimmste an seinen Erzählungen war, dass er mir für immer und ewig den Appetit auf Sultaninen verdorben hatte. Er hatte nämlich behauptet, dass die Sultaninen immer auf Eselsmist getrocknet werden.

Als die Reisingerin meinen ungläubigen Blick sah, erklärte sie sich selbst. »Gicht. Weißt noch, Annl. So a Gicht hat er g'habt. Einmal ist er beim Schmalzl g'wesen und hat so einen Gichtanfall g'habt, und dann musste er auf den Knien heimkrageln.«

Großmutter und ich sahen die Reisingerin verständnislos an. Wieso sollte der Roidl Anton mit einem Gichtanfall durch den Wald robben? Das hörte sich komplett abstrus an. Um dann noch von der Marlis erschossen zu werden, akkurat wenn man seinen Gichtanfall hat. Das war ziemlich die Härte.

»Der Peter hat schon immer viel Durst g'habt«, sagte Großmutter schließlich und schnalzte mit der Zunge. Mir drückte sie ihre grässliche Schneckenschere in die Hand.

»Ja. Aber trunken hat er ned«, verbesserte die Reisingerin sie. »Durst schon. Aber so einen Gichtanfall kriegst, obst jetzt Durst hast oder ned.«

Großmutter schubste mich endgültig Richtung Tür, und ich zog den etwas antriebsschwachen Maarten hinter mir her. »Des werden die schon rauskriegen«, sagte sie zum Abschied und sperrte unsere Haustür auf. »Die von der Pathologie.«

»Aber ob die untersuchen, ob er einen Gichtanfall g'habt hat?«

Der Roidl Anton und Gicht. Ich verdrehte die Augen und ließ mich von Großmutter in den Flur schieben. Die Schere legte ich mit spitzen Fingern auf das Schuhkastl.

»Dreh die Suppn runter«, sagte sie als Erstes, während ich noch die Stimme von der Reisingerin im Vorgarten hörte. Anscheinend erzählte sie sich selbst eine Weile von den Gichtanfällen.

»So ein Schmarrn«, sagte sie. »Der Peter Reisinger, der hat so einen Durst g'habt, dass er öfter mal auf den Knien heim ist. Ist ja ned weit. Will ned wissen, wie viele Hosen der durchg'rutscht hat.«

»Was ist denn mit dir los?«, wollte ich von Maarten wissen und schob ihn in Richtung Eckbank.

»Ich weiß jetzt, wer der Kompagnon ist. Von dem Roidl Anton«, lallte er etwas undeutlich und hauchte mir seine Alkoholfahne ins Gesicht. Ach ja. Der Dings mit dem strassbesetzten Leopardenstringbeutel.

»Sag mal, bist du betrunken?«, fragte ich misstrauisch und schnupperte.

»Du hast gesagt, ich muss mehr auf Kumpel machen«, antwortete er weinerlich.

Ach ja. Und der Schmalzl, der vertrug einfach ne ganze Menge Alkohol. Der Maarten offensichtlich nicht.

»Schon gut. Hauptsache, wir wissen, wer der Kompagnon ist … und?«

»Der Schmid«, ächzte Maarten und legte sich ausgestreckt auf die Eckbank.

Der Schmid?

»Welcher Schmid?«, wollte ich wissen.

»Der Dr. Schmid«, setzte er kraftlos hinzu.

Der Tierarzt?

»Der Dr. Schmid hat einen Stringtanga und will swingen«, sagte ich vorwurfsvoll zu meiner Großmutter. »Wieso hast du mir das nicht gleich gesagt?«

»Weilst halt ned zuhörst«, sagte Großmutter und verschwand in der Speisekammer.

Schlecht gelaunt setzte ich mich neben Maarten und sah ihm zu, wie er sich selbst leidtat.

»Du hältst auch nichts aus«, kritisierte ich ihn. »Wie viel hast du denn getrunken?«

Das wusste er auch nicht mehr so genau.

»Das musst du auf jeden Fall dem Max sagen, hörst du.« Ich persönlich konnte mir gar nicht vorstellen, dass der Schmid den Roidl umgebracht haben sollte, Swingerklub hin oder her. Wieso ein im Wald herumkriechender Roidl von einem Tierarzt mit Tigerlily-Stringtanga erschossen werden sollte, war irgendwie seltsam. Vor allen Dingen, weil anscheinend schon länger klar gewesen sein musste, dass sich der Schmid aus der Swingersache ausgeklinkt hatte.

»Wollte der Schmid denn den Klub verhindern oder bloß nicht mehr mitmachen?«, fragte ich nach. »Vielleicht musst du mehr in die Richtung ermitteln, wer den Klub verhindern wollte.«

Und wer hatte etwas gegen den Swingerklub? Der Metzger jedenfalls nicht. Der war nämlich der festen Überzeugung, dass ein Swingerklub die Wirtschaft ankurbeln würde. Ob so ein Swinger zur Stärkung erst einmal ein paar Knacker aus seiner Metzgerei essen würde, fand ich fragwürdig. Aber die Rosl und ihr Mann, die waren voll dagegen. Denn bei der Gemeinderatssitzung hatte der Mann der Rosl ganz vehement dagegen argumentiert. Wahrscheinlich stark von der Rosl beeinflusst, wollte er auf gar keinen Fall Sodom und Gomorrha in unserem Dorf haben. Und wahrscheinlich würde lauter Drogenbesteck herumliegen. Von den ganzen drogenabhängigen Swingern. Deswegen hatte er sich für die Renovierung unseres Bushäusls starkgemacht. Daraufhin war der Metzger ganz fies geworden und hatte darauf hingewiesen, dass es erwiesen sei, dass gerade Bushäusln die Drogenabhängigen anziehen würden. Swingerklubs dagegen die finanzkräftige Mittelschicht.

Vielleicht hatten die Marlis und ihr Mann aber einen Deal mit dem Anderl und dem Girgl. Und das SH bedeutete ... Swinger. Haus. Oder so.

Maarten sah nicht so aus, als könnte man mit ihm gerade anständig über so etwas diskutieren, deswegen beschloss ich, dass mich das jetzt auch gar nichts anging. Ich überließ den weinerlichen Maarten meiner Oma und ging an meinen Laptop.

Ich las noch mal meinen Text. So, an dieser Stelle müssten jetzt die Tipps des Medienpädagogen rein. Zur Inspiration wollte ich ein wenig bei Facebook recherchieren. Ich suchte wieder meine Freundin Jenny Meier auf, die alles, was ihr auf der Seele brannte, der ganzen Welt mitteilte, und erfuhr, dass sie ja so einen Kohldampf habe und außerdem heute so ein wahnsinnig scheißblödlangweiliger Tag sei.

Mannometer. Ich suchte nach anderen Freunden und gab einmal ein paar Namen von Leuten ein, die ich kannte, angefangen von der Rosl und der Kathl, die nicht bei Facebook waren, und kam schließlich zu Anneliese Meier. Oh wow. Auch Anneliese war bei Facebook und hatte von Privatsphäre-Einstellungen noch nie was gehört. Ich überlegte schon, ob ich nicht jemanden anklicken sollte, der interessanter war, schließlich wusste ich ja alles über ihren Vaginalschleim, und es war nichts peinlicher, als zu erfahren, dass der Rest des Universums auch darüber Bescheid wusste. Aber Neugier hat etwas Zwanghaftes, deshalb las ich ein paar Einträge.

»Meine beste Freundin Lisa wirkt in letzter Zeit so distanziert«, hatte sie an ihre Pinnwand geschrieben. »Ich habe sie zweimal um Hilfe gebeten, aber sie scheint keine rechte Lust zu haben«, hatte sie vor ein paar Tagen reingeschrieben.

»Lisa zieht ständig mit einem anderen Mann herum, ich kann das gar nicht verstehen, dass sie ihre Beziehung aufs Spiel setzt. Ihr Freund Max ist so ein Netter.«

Wie bitte?

Eine MizziMinter schrieb zurück: »Manche Leute haben echt einen Vogel. Zu was hat man Freunde, wenn sie sich dann doch nur drücken.«

Blöde MizziMinter.

»Ja. Die Welt ist voller Arschlöcher«, erklärte jemand, der als Profilbild ein Clownsgesicht hatte und Shakespeares Zwerg hieß.

Anneliese Meier. Du hast ja wohl nicht mehr alle! In aller Öffentlichkeit so einen ausgemachten Schmarrn zu posten! Ich schnappte mir mein Handy und wählte Annelieses Nummer.

»Bist du jetzt total durchgeknallt?«, schnauzte ich sie an. »Was schreibst du bei Facebook für einen Quatsch über mich?«

»Ist doch nicht so schlimm. Liest doch eh keiner«, redete sie sich raus.

»Schmarrn! Die MizziMinter und Shakespeares Zwerg haben das sogar kommentiert!«, keifte ich entnervt. »Wer ist das überhaupt?«

»Keine Ahnung«, gab Anneliese zu.

Keine Ahnung? »Das sind aber deine Freunde!«

»Ja. Aber ich weiß trotzdem nicht, wer das ist.«

Es war eine Weile sehr still zwischen uns. Sie kannte ihre Freunde nicht. Na prima.

»Ich kann's ja auch löschen«, lenkte sie ein.

»Von wegen löschen. Im Internet kannst du gar nichts löschen. Das steht da noch, wenn wir zwei schon längst tot sind.«

Es wurde wieder ganz still zwischen uns. Anneliese seufzte schließlich.

»Echt«, fragte sie, »auch wenn wir tot sind, kann des jeder nachlesen?«, während mich eine Idee durchzuckte wie ein Blitz.

»Hatte die Marlis einen Facebook-Account?«, wollte ich wissen.

»Ja. Die war sogar mit mir befreundet.«

»Ich komm zu dir rüber. Schalt schon mal deinen Rechner ein«, empfahl ich ihr und knallte den Hörer auf.

»Die gibt's tatsächlich noch«, stellte Anneliese fest, während sie auf Marlis' Seite herumscrollte. »Das ist total gruselig.«

»Die hat ja gepostet ohne Ende. Hatte die nix zu tun?«, wollte ich wissen.

Das Watterturnier vom FC Haudrauf, unglaublich witziger Name, haha.

»Das sind der Schmalzl, der Schmied, der Kreiter und der Metzger«, verriet mir Anneliese. »Dazu braucht's kein Facebook.«

»Landfrauen bewirten dreißig Jahre Kläranlage«, stand direkt darunter mit einem fetten Smiley. Igitt.

»Fischerverein verkauft Steckerlfisch.«

»Hallux-Valgus-Seminar von Kreszenz Schaller.«

Na prima. Ich scrollte ein Stück nach unten.

Aber hier.

»Es steht fest, wir werden einen Swingerklub eröffnen – egal, wie viele Steine man uns in den Weg legt.«

325 Leute fanden das gut.

Ich scrollte wieder nach oben.

»Unser Dorf besteht nur aus prüden Deppen«, verriet die Marlis. »Unsere Pläne mit der alten Konditorei sind gestorben!«

Dann kamen reihenweise Gefällt-mir-Anzeigen, die sie angeklickt hatte. Aldi. Lidl. Tchibo. Irgendwelche blöden Kommentare, die jemand gepostet hatte. Marlis gefiel einfach alles. Dazwischen ein paar eigene Bilder, die sie selbst von sich gemacht hatte.

Endlich gute Neuigkeiten: »Wir haben eine neue Örtlichkeit. Stellt euch vor, das ist bestimmt viel billiger als die Konditorei!«

Man sah ein unscharfes Bild von einem finsteren Haus.

»Wo soll denn das sein?«, wollte ich wissen. Anneliese kniff ebenfalls die Augen zusammen.

»Sag mal, das hättest du sie doch fragen können, wenn du mit ihr befreundet warst«, beklagte ich mich bei ihr.

»Ich hab die Sachen, die sie geschrieben hat, ausblenden lassen«, klärte sie mich auf. »Die hat so viel geschrieben, das hat mich stocknarrisch gemacht. Ständig die Fotos von sich selbst, des willst doch nicht allaweil sehen.«

Stimmte auch wieder.

Anneliese klickte auf das Foto. Es war nichts als ein dunkler Schatten zwischen dunklen Bäumen, auch in Vergrößerung konnte man nichts erkennen.

»Und hat sie dir nix davon erzählt?«, bohrte ich nach und kniff die Augen zusammen. Na ja. Wahrscheinlich nicht, sie saß ja die ganze Zeit vor dem Rechner und postete.

»Er will nicht verkaufen. Ich kann das nicht verstehen«, stand zwei Wochen vor ihrem Tod geschrieben.

»Anton sagt, das Haus sei nichts wert.«

»Er will auch nicht vermieten. Ich verstehe das alles nicht. Es wäre das ideale Häusl!«

Dann endeten ihre Kommentare zur neuen Örtlichkeit, und man sah noch einmal ein schönes, sonniges Foto des Hauses.

»Das Schallerhäusl«, flüsterte Anneliese begeistert.

Kapitel 9

Anneliese wartete zu Hause auf den Thomas, weil sie die Kinder nicht allein lassen konnte – Maarten lag wahrscheinlich noch auf unserer Eckbank und kurierte seinen Kater aus. Und ich hatte beschlossen, dass ich keine Memme war, sondern eine schusssichere Weste hatte und zwei Hunde, was sollte da schon passieren. Noch dazu im Wald. Im Wald passierte ganz selten etwas wirklich Schlimmes. Nur in seltenen Fällen wurden Leute wie die Roidls erschossen, was rein statistisch gar nicht ins Gewicht fiel.

Vor mir ratterte der Troidl in seinem alten Parka und ganz hässlichen Hosen ebenfalls den Waldweg entlang. Das Mofa, das er fuhr, war bestimmt genauso alt wie sein Parka und hinterließ graue Abgasschwaden. Auf dem Gepäckteil hatte er ein kleines Gartenschäufelchen befestigt.

Ich tuckerte hinter ihm drein und hoffte, dass er demnächst umkehrte oder in einen anderen Waldweg einbog. Aber nichts geschah, er fuhr seelenruhig auf dem Weg vor mir her und drehte sich nicht einmal zu mir um. Wir näherten uns bereits dem Schallerhäusl, da bog er in den kleinen Pfad ein, der direkt zum Häusl führte und wo ich den toten Roidl gefunden hatte. Wenn der Troidl jetzt auch noch da draußen herumweizte, hatte ich aber keine Lust mehr, auf eigene Faust zu spionieren!

Da stellte sich mir auch gleich die Frage, was ein Mann in seinem Alter mit einem kleinen Gartenschäufelchen im Wald tat. Seinen Hund zerstückelt vergraben? Seine Mutter zerstückelt vergraben? Seine Frau, die schon seit Jahren weg war, zerstückelt vergraben? Mir fiel einfach nichts anderes ein als Dinge, die mit zerstückelten Leichen zu tun hatten. Das deutete vielleicht auf eine ziemlich gewalttätige Phantasie meinerseits hin, aber wenn man im Wald hinter einem Troidl herfuhr, war das so. Ich beschloss, dass schließlich Anneliese sich mehr dafür interessierte, was mit der Marlis und dem Anton passiert war, und es deswegen ihre Pflicht war, mich zum Forsthaus zu begleiten. Wir hatten vielleicht auch Glück, und der Troidl war dann schon längst weg.

Bei der nächsten Gelegenheit drehte ich um und hielt an. Eigentlich sollte ich einfach nach Hause fahren. Aber wo ich schon mal da war, konnte ich auch gleich die Hunde eine Runde laufen lassen.

Gerade im Wald hat man dummerweise gerne den Eindruck, dass jemand auf einen lauert. Denn meistens knackt es irgendwo hinter einem. Da meine tapferen Hunde hinter mir hertrotteten, waren sie der beste Schutz der Welt. Trotzdem war ich ziemlich erschrocken, als tatsächlich aus dem Hinterhalt eine Gestalt gewankt kam.

Ich zerrte beide Hunde in ein Gebüsch und wartete darauf, dass die Gestalt an uns vorbeizog. Mit ziemlicher Erleichterung stellte ich fest, dass es der Girgl war. Der Girgl ist ein harmloser und bemitleidenswerter Geselle, sagte ich mir, der von frühester Jugend an alle möglichen bewusstseinserweiternden Stoffe ausprobiert hat. Ich konnte das gut verstehen. Mit einer Mutter, die Blusen mit riesigen Erdbeeren trug, und einem Vater, der sich an anderen Leuten festsaugte, brauchte man hin und wieder etwas, das einen bei Laune hielt. Der Girgl hatte schon immer ein Faible für die Wald-und-Wiesen-Drogen besessen, irgendwelche grässlichen Schwammerln, die einen ziemlichen Flurschaden im Gehirn hinterließen. Er hätte vielleicht mit meiner Großmutter drüber reden sollen, die sagte nämlich immer, man solle nicht an der falschen Stelle sparen. Und so ein Schwammerl war halt nichts gegen den gekauften Stoff. Ich wusste natürlich nicht sicher, ob er deswegen so war, wie er sich jetzt zeigte … abgemagert und mit schlechten, schiefen Zähnen. Dabei fielen ihm die strähnigen Haare unvorteilhaft ins Gesicht. Das alles wäre noch gar nicht so schlimm gewesen, wenn nicht dieser irre Blick in den Augen gewesen wäre – vielleicht hatte er aber auch gerade erst einen Fliegenpilz eingeworfen.

In dem Moment, als der Girgl auf meiner Höhe angekommen war, klingelte mein Handy. Verdammte Hacke.

»Ja«, zischte ich hinein.

»Ja, Lisa, grüß dich!«, kicherte die Resi. »Weißt du …«

Ich drückte das Gespräch einfach weg, während die zwei Hunde zu bellen anfingen. Und da ich so ungünstig im Gebüsch hockte, konnte ich sie auch nicht mehr zurückhalten. Die zwei schossen auf den Girgl zu, der kichernd stehen blieb und mich anstierte.

»Servus, Girgl«, sagte ich vorsichtshalber, aber ich war mir nicht sicher, ob er mich erkannte. Ich fragte ihn lieber nicht, wie es ihm ging, das wollte ich gar nicht so genau wissen. Die Hunde hielten einen riesigen Abstand und sahen nicht danach aus, als würden sie mich verteidigen, sollte er auf mich losgehen. Girgl kam näher auf mich zu und kicherte so hemmungslos, dass mir angst und bange wurde. Konnte man an einem Kicheranfall ersticken? Und konnte man während eines Kicheranfalls eine Mauser hervorzaubern und auf mich schießen? Er taumelte ein wenig zurück und kicherte einen Baumstamm an. Die Hunde zerrten mich in die andere Richtung.

»Meine Kopfschmerzen«, kicherte der Girgl. »Die stehen da. Hinterm Baum. Dort …« Er zeigte mir ganz genau die Stelle, wo seine Kopfschmerzen waren. »Die lass ich da stehn. Bin doch nicht blöd.« Er bekam fast keine Luft mehr vom vielen Lachen.

»Ich muss ihn noch was fragen«, erklärte ich meinen Hunden resolut.

»Girgl. Kennst mich noch. Ich bin die Lisa.«

Die beiden Hunde fanden, dass man Leute, die hemmungslos einen Baum ankicherten, besser nichts fragte.

»Girgl?«, bohrte ich noch einmal nach. »Kannst dich noch erinnern … du weißt schon … das Häusl von deinem Opa?«

Zwei Hunde zerrten energisch in die andere Richtung, das war bestimmt ein Zeichen. Außerdem fand ich es plötzlich total gefährlich, so allein im Wald, Schutzweste hin oder her. Vielleicht war der Maarten ja mittlerweile wieder nüchtern.

Vorsichtshalber rief ich Max an, um ihm die neuesten Entwicklungen mitzuteilen und daraufhin meine eigenen Bemühungen sofort einzustellen. Max ging aber nicht ran. Maarten auch nicht. Sein Blutalkoholspiegel ließ wahrscheinlich die Annahme eines Telefonanrufs nicht zu.

Während ich wieder aus dem Wald herausfuhr, überlegte ich mir, was an dem alten Forsthäusl so interessant sein könnte, dass man da herumkriechen musste. Vielleicht hatten die Roidls das Haus einmal anschauen wollen und einen Termin mit dem alten Schaller ausgemacht. Nur um zu sehen, ob es für einen Swingerklub geeignet war. Aber dazu brauchte man nicht auf allen vieren herumzukriechen. Und die Sache mit dem Swingerklub im Wald war doch bereits vom Tisch. Hatte der Mane nicht schon längst gesagt, dass er das Häusl nicht verkaufen würde? Ich tuckerte zurück zu Anneliese.

Anneliese schob mir eine Schale mit Kindersüßigkeiten zu, als ich mich zu ihr an den Küchentisch setzte.

»Was, frag ich dich, macht ein Mann mit einem Schäufelchen im Wald«, fragte ich düster.

»Mit einer Schaufel?«

Ihr Interesse war geweckt.

»Schäufelchen«, wiederholte ich mich mürrisch. Was man mit einer Schaufel im Wald tat, das konnte ich mir sehr gut selbst vorstellen. »Also, diese kleinen Dinger, mit denen man im Beet herumwühlt.« Das macht ja ein Mann eigentlich grundsätzlich nicht. Zwischen Tulpen die Erde auflockern und solche Sachen.

»Mei. Wenn er halt mal muss.«

»Was muss?« Frauen vergraben? Hunde beerdigen? »Leichen entsorgen?«, fragte ich nach.

»A, geh. An was du wieder denkst«, lachte Anneliese. »Wenn er halt kein Klo in der Nähe hat. Den Haufen kannst doch ned liegen lassen.«

Puuh. Noch schlimmer. Da hatte ich jetzt wirklich Glück gehabt, dass ich da draußen nicht ermittelnd tätig geworden war.

»Das Schallerhäusl wäre wirklich viel besser gewesen, so als Swingerklub«, stellte Anneliese fest. »Weil, so ein Swingerklub mitten im Ort. Wär doch grad ein Schmarrn.«

Blöd, fand auch ich. Da traute sich nämlich keiner hinzugehen, weil er ständig beobachtet wurde. Und der Marktplatz stand ja unter Dauerbeobachtung.

»Das mit dem Forsthäusl wäre eine super Sach gewesen«, entschied Anneliese. »Und dass der Mane ned verkaufen wollt, ist doch auch seltsam.«

»Das Häusl kriegt der doch nie los«, mutmaßte ich.

»Vielleicht wollte er auch nur den Preis hochtreiben«, meinte Anneliese und zog die Schale mit den Süßigkeiten wieder zu sich. Langsam und bedächtig packte sie Schokolade aus und steckte sie sich in den Mund. »Aber da hat er jetzt zu lange gewartet. Jetzt will bestimmt keiner mehr einen Swingerklub aufziehen, wo der Roidl tot ist.«

Sie nahm sich noch ein Stück Schokolade und packte es aus.

»Das Haus hat ja auch noch dem alten Schaller gehört. Vielleicht wollte er nur aus Prinzip nicht verkaufen. Vielleicht hat er gar nicht gehört, um was es gegangen ist«, fuhr sie fort und steckte sich die Schokolade zwischen die Zähne. »Weiß der Max jetzt schon, zu welchem Handy die Nummer gehört?«, fragte sie mit vollem Mund.

Natürlich nicht. Schließlich hatte ich das Handy erst abgegeben. Was für ein Blödsinn. Ich hätte es noch am selben Tag zur Polizei bringen sollen.

Das Schallerhäusl.

Wir hörten an der Haustür einen Schlüssel im Schloss.

Im selben Moment machte es auch in meinem Kopf pling. Schallerhäusl. SH. 14:30 Anderl beim Schallerhäusl.

Ich Depp hätte mir die ganzen Daten abschreiben sollen. Hatten sie sich jeden Dienstag mit dem Anderl beim SH verabredet? Und einmal war was schiefgegangen, und der Anderl hatte …

»Jetzt können wir los«, sagte Anneliese und stand auf.

Es fühlte sich an, als wären wir zwölf Jahre jünger, als ich so neben Anneliese herstapfte. Nur dass der Schweiß zwischen meinen Brüsten auf den Bauch lief, die Schutzweste war wirklich die Pest.

Vor dem Wald blühte eine wilde Mischung von rosa-weißer Kronwicke, lila Kartäusernelke und vielen Margeriten. Rotschwarze Streifenwanzen balancierten, am Hinterende verbunden, in einem seltsamen Reigen über den Wiesenkerbel. Hin und wieder streifte ein warmer Windhauch die Arme, und wie zur Bestätigung seufzte Anneliese dazu. Früher hätte ich bestimmt gesagt, dass die warme Luft ganz anders roch als die kühle. Denn hin und wieder kam uns diese Luft wie ein Schwall warmen Wassers entgegen und spülte den Duft von sonnenbeschienenem Gras und harzigen Kiefernnadeln über uns hinweg.

»Hoffentlich haben die ihre Selbstschussanlage abgebaut«, sagte Anneliese neben mir. »Aber du hast ja eine schusssichere Weste an.«

Als ich nichts sagte, fügte sie hinzu: »Das war jetzt nur ein Witz.«

»Hoffentlich«, murrte ich.

Das hohe Gras kitzelte an den Oberarmen, und an unseren Beinen klebten winzige schwarze Fliegen.

»Hoffentlich ist der Troidl weg«, sagte ich.

»Hoffentlich erwischen wir ihn nicht bei was Ekelhaftem«, fügte Anneliese hinzu, und ihre Stimme klang so, als würde sie grinsen. Angst hatte sie auf jeden Fall keine.

»Hoffentlich erwischen sie kein Reh«, sagte ich noch, weil

wir bestimmt seit zehn Minuten von den blöden Hunden nichts mehr gehört hatten.

Als wir über den sonnenfleckigen Waldboden gingen, hatte ich ein ungutes Gefühl. Ein Eichelhäher flog vor uns auf und kreischte beleidigt. Eigentlich wollte ich gar nicht wissen, was uns beim Schallerhäusl erwartete.

»Weißt noch, wie wir immer in den Wald gangen sind?«, fragte Anneliese, ohne eine Antwort zu erwarten. »Meine Kinder dürfen das nicht.«

Wir hatten wieder kein Glück. Es war zwar nicht der Troidl, der durch den Wald schlich, sondern der alte Schaller, aber wir trauten uns trotzdem nicht näher ans Haus heran. Wer wusste schon genau, wie viel er mit seiner Monsterbrille tatsächlich sah?

Während wir jede an einer Kiefer lehnten und die Zeit verstreichen ließen, kamen alte Kindheitserinnerungen hoch. Als Kinder hatten wir nämlich oft die Zeit einfach verstreichen lassen. Früher hatten wir noch Zeit gehabt, im Gras zu liegen und die kleinen Pflänzchen zu betrachten.

Neben uns wuchsen dicke Walderdbeeren. Ich hatte schon klebrige Finger, weil ich immer wieder hinüberfasste und mir ein paar Erdbeeren pflückte. In weiter Ferne hörte man sehr laut das grüne Heupferd zirpen. Oder tausend grüne Heupferde.

»Da kriegt man bestimmt den Fuchsbandwurm«, meinte ich und stopfte noch mehr Beeren in mich hinein.

»Wird man davon schlanker?«, fragte Anneliese.

Nein. Toter, dachte ich und pflückte noch ein paar.

Die Lupinen hatten schon dunkelgraue Samen. Die Zitterpappeln raschelten im Wind. Anneliese zeigte mir ihre dunkelblaue Zunge.

»Siehst schon einen Bandwurm?«, fragte sie.

»Man isst doch die Eier«, erklärte ich ihr. »Die sieht man nicht.« Ich steckte mir zur Abwechslung ein Sauerkleeblatt in den Mund.

»Das ist wie Wellness«, sagte Anneliese und schloss behaglich die Augen. Alles ohne ihre Kinder war Wellness. Man sollte sich wirklich überlegen, ob man Kinder bekommen wollte. »Das könnte ich jetzt tagelang aushalten.«

»Hm«, sagte ich nur, weil es mir lieber gewesen wäre, der Schaller würde sich endlich verzupfen.

»Ich glaub, er ist jetzt weg«, sagte die Anneliese neben mir und stand auf. Wir gingen auf das Haus zu. Obwohl ich wusste, dass die Sache mit der Selbstschussanlage Quatsch war, hatte ich ein ganz mulmiges Gefühl. Wahrscheinlich hatte ich mich einfach schon zu lange davor gegruselt.

Der Zaun um das Haus war in einem erbärmlichen Zustand. Anneliese blieb kopfschüttelnd davor stehen und stemmte die Hände in die Hüften.

»Wieso er das Haus ned verkaufen wollt, ist mir ein Rätsel. Die Bruchbude kauft doch sowieso niemand mehr.«

»Das sind halt die Kindheitserinnerungen, die er hat«, mutmaßte ich und stupste mit dem Schuh den Zaun an.

Das Tor zum Garten war mit einem großen Vorhängeschloss gesichert. Das Haus hatte sich gar nicht verändert. Rechts und links neben der Tür hingen zwei Rehbockgeweihe. Die hatte der Schaller vielleicht geschossen, als er noch was sehen konnte. Mitten im Hof ragte ein nagelneuer Hochstand auf. Wilder Wein rankte sich über die Vorderseite des Hauses, was nur gut war, dann konnte man den abgeblätterten Putz nicht sehen. Neben der Tür hing eine vermooste Kette in ein blaues Fass, um das Regenwasser aufzufangen.

»Die Einzigen, die davon eine Kindheitserinnerung haben, sind doch bestimmt wir«, behauptete Anneliese trocken. »Hast du früher irgendjemand von den Schallers hier draußen g'sehen? Denen war doch des alte Häusl schon immer so was von wurscht.«

Na ja, wir hatten das Haus nicht Tag und Nacht observiert. Vielleicht hatten sie hier ihre heimlichen Liebschaften gehabt.

An den geschotterten Vorplatz konnte ich mich nicht mehr

richtig erinnern. Aber die großen Kletten, die jetzt lila blühten, an die schon. An so einer war ich mal mit nackten Beinen hängen geblieben, während wir uns an das Haus robben wollten, und hatte gedacht, dass uns ein Zwerg stoppen wollte.

»Des Häusl ist die falsche Fährte«, sagte Anneliese bestimmt und stapfte weiter den Zaun entlang.

»Und was soll SH dann sonst sein?«, fragte ich. »Klingt doch logisch, dass das der Treffpunkt ist.«

»Ich kann mir nicht vorstellen, dass die den Anderl irgendwo treffen wollten.«

Konnte ich mir auch nicht. Aber wieso stand der Kerl dann ständig in ihrem Kalender?

Anneliese blieb auf einmal stehen und zeigte auf etwas, das unter einer großen dunklen Folie lag. »Was das wohl ist.«

»Holz«, schlug ich vor.

»Oder die nächsten drei Leichen«, schlug Anneliese vor. Sie gab mir einen kleinen Rempler, als ich quietschte. »War nur ein Scherz.«

Echt. Ich war einfach nicht mehr in der Stimmung für Scherze.

Gleich darauf sagte die Anneliese sehr laut: »Uuuups«, packte mich am Arm und riss mich zu Boden. Mein Herz machte ein paar Aussetzer, und mein Gehirn warf mir wieder einmal vor, dass ich so was von bescheuert war, hier ohne Maarten im Wald herumzukriechen.

»Pscht!«, machte sie und deutete mit dem Kopf nach vorn.

»Hm?«, fragte ich.

Anneliese formte mit beiden Händen vor den Augen das Zeichen für eine riesenhafte Brille. Mein Herz begann plötzlich noch wilder zu schlagen. Der blöde Schaller. Er war doch nicht heimgegangen, sondern kroch hier im Gestrüpp herum. Hatte der sonst nichts zu tun? Und wieso ließen die Kreszenz und die alte Schallerin das überhaupt zu? Der arme alte Mann konnte sich ja total verlaufen und fand vielleicht nie wieder heim. Nicht zu vergessen der Schreck, den er harmlosen Passanten einjagte. Mein Herzschlag beruhigte sich wieder.

Ich linste durch das Gebüsch und versuchte zu sehen, wo sich der alte Schaller herumdrückte. Eine Weile sah ich gar nichts, dann sah ich langsam und eckig einen braunen Parka durchs Unterholz wanken.

»Ist das nicht der Troidl?«

»Nein. Des is der Schaller. Ich hab ihn von vorne gesehen«, erklärte Anneliese.

»Ich glaub, ich habe ihn vorhin von hinten gesehen. Ich hätte gedacht, das ist der Troidl.« Was tat der alte Schaller mit einem kleinen Schäufelchen im Wald, mutterseelenallein? Ich versuchte etwas zu erkennen, aber der Schaller verschwand plötzlich in Richtung Haus. Ich lehnte mich gegen den Baum, hinter dem wir standen. Ätzend. Ausgerechnet jetzt musste der alte Schaller hier draußen herumweizen.

»Was tut der eigentlich allein mit seinem Holzbein im Wald?«, fragte ich böse. »Der kann doch sowieso nichts mehr machen.«

»Sag des ned.« Anneliese horchte für einen Moment auf Geräusche, dann fügte sie hinzu: »Der schneidet sogar noch die Obstbäume im Frühjahr.«

»Mit dem Holzbein?« Schmarrn.

»Nein. Des lässt er unten liegen«, berichtete Anneliese. »Der kann klettern wie ein Aff.«

Schmarrn.

»Die Zenz, seine Frau, die schimpft natürlich jedes Jahr. Und recht hat s'. Was da alles passieren kann, wenn's den runterhaut vom Baum. Aber er hat g'sagt, da sterb ich doch lieber beim Baumschneiden, als dass ich ins Altersheim geh.«

Auch wieder wahr.

»Das hättest ihm jetzt nicht zugetraut?«, fragte Anneliese nach.

»Doch. Das Klettern schon«, antwortete ich. »Aber dass der die Äste noch sieht, das wundert mich.«

»Mei, die Bäume sind halt total verschnitten«, erklärte Anneliese im Plauderton, dann runzelte sie die Stirn und zog die Luft mehrmals ruckartig durch die Nase.

»Was ist denn das?« Angewidert hörte sie auf zu schnuppern.

»Riechst du des nicht? Des riecht ja wie …«

»Leiche«, sagte ich und unterdrückte das Würgen. »Lass uns gehen.«

»Spinnst du. Wir laufen dem Schaller direkt in die Arme.«

Ich lief lieber dem Schaller direkt in die Arme, als dass ich neben einer Leiche saß.

Anneliese saß lieber neben einer Leiche.

Ich versuchte, ganz flach zu atmen und möglichst keine Luft in die Nase zu bekommen. Es stank so erbärmlich nach fauligem süßlichen Fleisch, dass ich meinte, gleich ohnmächtig zu werden.

In meiner Tasche klingelte das Handy. Mist. Ausgerechnet jetzt.

»Mei, Lisa, gut, dass i di erreich«, kreischte mir Resis Stimme ins Ohr. »Nie erreich i dich …«

»Jaja«, flüsterte ich kraftlos. »Es geht ihm gut.«

Ich drückte das Gespräch weg und schaltete das Handy auf lautlos. Mannometer, die blöde Resi. Immer im richtigen Moment. Wenn ich mal erschossen werden würde, dann nur wegen der Resi.

»Das ist ja widerlich«, sagte Anneliese neben mir.

»Vielleicht ist das der Bruder vom Roidl«, schlug ich vor und presste die Augen fest zusammen.

»Schmarrn«, meinte Anneliese, »der hat überhaupt keinen Bruder.«

Wir blieben dicht zusammengekauert sitzen und warteten ab, was die jeweilig andere vorschlug.

»Glaubst du, dass dein Mann die Sabine beruhigen kann? Ich meine nur«, verteidigte ich mich. »Falls sie weint.«

»Wahrscheinlich nicht«, gab Anneliese zu, »aber wir müssen trotzdem nachschauen.«

Vermutlich.

»Ich wollte es dir schon gestern sagen«, sagte Anneliese mit einer sehr flach klingenden Stimme. »Stell dir vor. Ich hab meine Periode doch nicht gekriegt. Ich bin schwanger.«

»Gratulation«, sagte ich, und in dem Moment übergab sich Anneliese direkt vor meine Füße.

Pfui Teufel.

Ich übergab mich gleich mit.

Anneliese begann lautlos zu lachen oder zu weinen, das konnte man nicht so genau feststellen.

»Sympathiekotzen«, sagte ich und versuchte nicht zu lachen, um nicht zu viel fauligen Geruch einzuatmen. Wir waren nahe dran, ganz, ganz hysterisch zu werden.

»Ich hab dir doch versprochen, dass du die Erste bist, die's erfährt«, sagte Anneliese.

»Danke«, antwortete ich gerührt. Das mit dem Kotzen hätte sie sich aber sparen können. »Wer hätte das gedacht.«

Anneliese sah mich schief von der Seite an.

»Na ja«, verteidigte ich mich. »Bei den wenigen Spermien.«

Anneliese zuckte mit den Schultern. Sie schien auch nicht mehr zu atmen, jedenfalls wurde sie ganz bleich.

»Ich glaub, der Schaller ist jetzt weg. Jetzt kannst schauen«, schlug sie vor und kniff die Augen zusammen.

»Wie bitte?«, fragte ich böse. »Du meinst doch nicht, ich schau nach, was da so stinkt. Ich hab jetzt schon den Roidl gefunden.«

Das reichte.

»Ich bin schwanger«, rechtfertigte Anneliese ihre Unlust, Leichen finden zu wollen.

»Dann speibst ja eh hin und wieder«, erklärte ich wenig einfühlsam.

Anneliese sah aus, als müsste sie sich gleich wieder übergeben.

»Wir schicken den Schorsch«, sagte sie schließlich. »Dann schaust noch schnell ins Forsthäusl, und dann schaun wir, dass wir heimkommen …«

Das mit dem Schorsch erledigte sich von selbst. Gerade in dem Moment kamen nämlich meine zwei Hunde vom Wildern zurück und fanden den Geruch auch wahnsinnig toll. Die Anneliese kreischte plötzlich wie am Spieß und hüpfte mir fast um den Hals. Ich hatte richtig Angst, dass sie sich in die falsche Richtung übergeben würde, nämlich auf mich drauf. Aber sie behielt alles bei sich.

Dann sagte sie ganz sachlich und ruhig: »Der Mane, der Depp, der. Der hat da einen Luderplatz.«

Dafür kreischte jetzt ich, aber mehr deshalb, weil die blöden Hunde beschlossen hatten, sich mit dem Geruch des Luderplatzes zu parfümieren. Im letzten Moment konnte ich beide am Halsband schnappen und davon wegziehen. Irgendwie sah es aus wie eine halbe Katze, was da lag. Konnte der nicht für die Füchse Hundefutter ausstreuen? Das stank nicht so und sah auch nicht derart unappetitlich aus.

»Das ist bestimmt verboten. Halbe Katzen. Wenn das nicht mal die von der Nachbarin ist.« Anneliese schüttelte angewidert den Kopf. »O.k. Dann lass uns mal schauen, was die in dem Haus haben.«

Ich hatte plötzlich das ungute Gefühl, dass wir anschließend auch halbiert auf dem Luderplatz landen würden. Vielleicht sollten wir die Ermittlungen doch der Polizei überlassen. Vorsichtshalber band ich beide Hunde fest, da ich ihnen schon ansah, dass sie im nächsten unbewachten Moment zum Luderplatz zurückkehren würden. Denn schnell schauen ging nicht, da wir erst einmal über den Maschendrahtzaun klettern mussten. Das war eine höchst schwierige Angelegenheit und forderte leider Opfer. Der Schaller würde nach unserer Aktion wieder ausreichend an diesem Zaun zu tun haben.

»Wir klären einen Mord auf«, sagte Anneliese. »Da darf man nicht zimperlich sein.«

»Hm«, machte ich nur und hoffte, dass Max das nie erfahren würde.

»Die Fenster haben sie ja alle vergittert. Dummerweise. Da hilft es auch nichts, wenn wir sie einwerfen. Was machst du da eigentlich?«, fragte sie mich schließlich, als ich in halb gebückter Haltung vor ihr stand. »Du glaubst doch wohl nicht immer noch diesen Schmarrn mit der Selbstschussanlage?«

»Siehst du was?«, wechselte ich das Thema.

Wir starrten eine Weile in das dunkle Zimmer. Häkeldecken, so weit das Auge reichte.

»Sie weckt also nicht nur Gallensteine ein, sie häkelt auch noch wie eine Wahnsinnige«, stellte ich fest.

Anneliese seufzte. »Das ist der Kaffee. Schau, da sind die ganzen Kaffeepackerln.«

Mit Häkeldeckchen abgedeckt zwar und nicht auf Anhieb zu erkennen, aber tatsächlich. Rote Päckchen mit weißer Schrift … ich strengte meine Augen ein wenig mehr an. Douwe-Egberts-Aroma-Rood-Kaffee. »Den bringt sie immer mit, weil die im Altenheim den so gerne trinken. Hat sie meiner Mama verzählt«, erklärte mir Anneliese. Da hatte sie ja wirklich mal zugeschlagen – so wie das aussah, brachte sie das Zeug palettenweise mit.

»Vielleicht sollte sie mal auf Rheumadecken umsteigen«, schlug ich vor. »Anscheinend kriegt sie den Kaffee gar nicht mehr los.«

»Meinen Kindern hat sie manchmal Rademaker Haagsche Hopjes mitgebracht«, sagte Anneliese. »Die mögen die gar nicht essen. Aber sagen will ich auch nix. Wenn sie halt so gern was herschenkt.«

»Da konnten sie natürlich unmöglich das Häusl verkaufen«, sagte ich. »Wo sollte sie denn sonst den ganzen Kaffee hintun.«

Anneliese verdrehte die Augen.

Als ich Anneliese vor ihrem Haus rausließ, hörten wir beide schon Kindergebrüll.

»Wir könnten noch bei ihren Mails gucken«, schlug Anneliese vor. »Marlis war bei GMX.«

»Und hatte ein Passwort«, sagte ich frustriert.

Anneliese grinste. »Ich glaub, ich weiß ihr Passwort. Sie hat mal gesagt, ihr Passwort sei …« Sie senkte die Stimme. »Der Name von, du weißt schon.«

Ich wusste nicht.

»Na ja, von seinem Pipimann.«

»Der hatte einen eigenen Namen?«, fragte ich fassungslos. »Und wie, bitte schön?«

»Big Gumola.«

Oh. Wow. Gumola. Was sollte denn das sein.

»Guten-Morgen-Latte«, grinste Anneliese.

»Na denn«, sagte ich. »Übergib dich nicht gleich wieder.«

Sie zwinkerte mir nur zu.

Bevor ich mich weiter darüber ärgern konnte, dass Anneliese nicht früher an den E-Mail-Account von Marlis gedacht hatte, vibrierte mein Handy in der Handtasche.

Es war Max. Ich legte den ersten Gang ein und fuhr los.

»Wo bist du denn gerade? Maarten ist bei deiner Großmutter, und du läufst alleine durch die Gegend?«, fragte er.

»Ich habe meine Weste an«, sagte ich und gab Gas.

»Du weißt schon, dass du das nicht darfst? Telefonieren und Auto fahren?«, wollte er wissen.

Ich fuhr trotzdem weiter.

»Dann ruf halt nicht an«, schlug ich vor. »Ich muss jetzt weiter, nicht, dass ich erschossen werde.«

»Also, die Sache mit dem Metzger und dem Friedhof ist jetzt geklärt. Wenn du willst, komm doch einfach bei mir vorbei, und ich erzähl dir alles.

»Später«, sagte ich. Anscheinend hatte er die Sache mit Marlis' Handy noch nicht herausbekommen.

»Kein Interesse, die Frau«, moserte er ein wenig herum.

Ich musste jetzt dringend nach Hause, diese blöde Schutzweste war echt die Pest.

»Ich kann dich auch festnehmen lassen, wegen uneinsichtigen Telefonierens am Steuer«, schlug er vor.

»Schmarrn.«

»Ich bin ein Verhörprofi«, erläuterte er mir. »Ich häng mich da voll rein in so ein Verhör.«

Ich konnte nicht verhindern, dass ich plötzlich ein breites

Grinsen im Gesicht hatte, gab aber nur ein großmütterliches Tststs von mir.

»Ach was«, ärgerte ich ihn. »Kann ich mir gar nicht vorstellen.«

»Pass nur auf, ich habe dich gleich geortet«, hörte ich seine Stimme verführerisch dicht an meinem Ohr.

Ich bremste vor unserem Garten.

»Zu spät«, informierte ich ihn. »Ich bin da. Und jetzt erzähl schon.«

»Bis später«, sagte er und drückte das Gespräch weg.

Männer.

Als ich nach Hause kam, lief gerade lautstark der Fernseher, und Großmutter und Maarten saßen einträchtig davor. Maartens Gesichtsfarbe war noch immer sehr ungesund, was aber auch daran liegen konnte, dass sie sich gerade »Rosen in Tirol« ansahen, mit dem von meiner Großmutter innig geliebten Jopie. Dafür ließ sie sich auch gerne mal von giftigen Fernsehwellen bestrahlen.

»Was hast du denn gemacht?«, fragte mich Großmutter, während sich beide Hunde auf den Futternapf stürzten und sich dann ein Weilchen als Knäuel vor meinen Füßen verbissen. Irgendwie war ich zu alt für solche Turbulenzen. Vielleicht wurde auch zu oft auf mich geschossen. Aber im Moment hätte ich am liebsten beide Hunde erschlagen und Maarten dazu.

»Der alte Schaller, der schnallt sich sein Bein ab und steigt dann in den Bäumen rum«, erzählte ich stattdessen und trat einen Schritt zurück. Ich würde beide Hunde zum Tierarzt bringen und wahlweise einschläfern, kastrieren oder mit Beruhigungsmitteln vollstopfen lassen. Ich zog mir ein kleines Ästchen aus den Haaren und warf es in den Müll.

Großmutter stand auf und schüttelte den Kopf, mit einem Auge beim Fernseher. Maarten sah etwas gequält aus.

»Das ist doch ein Quatsch«, schlug ich vor und öffnete die Besteckschublade. Dort hatte ich auch die Wasserpistole versteckt. Die beiden Hunde beendeten abrupt ihre Beißerei, meiner verzog sich unter den Tisch, und Resis Hund suchte Schutz bei Maarten.

Großmutter seufzte einmal tief. »Natürlich macht der des so. Ja, meinst du, du kannst mit einem Holzbein im Baum rumkraxeln?«, rügte sie mich und drückte mir das Brot in die Hand, damit ich Scheiben abschnitt. »Da haut's dich doch strecktalängs runter.«

Auch wieder wahr.

»Der nimmt doch sogar beim Mopedfahren das Holzbein ab und schnallt's seitlich vom Moped fest«, erzählte sie mir. »Und schneid ned wieder so dicke Ranftln ab, des kann ja koaner kauen«, fügte sie mit einem kritischen Blick auf die Brotscheiben hinzu.

»Quatsch«, sagte ich wieder.

Zornig sah mich Großmutter an. So sprach man mit seiner Großmutter wohl nicht.

»Geh Mädl. Des macht der schon immer so.«

»Der kann doch gar nicht mehr Moped fahren«, widersprach ich ihr, verbesserte mich dann selbst: »Die können den doch so nicht fahren lassen. Denk doch nur an die Brillengläser. Der sieht doch die Hand vorm Auge nicht.« Ich stellte das Brot auf den Tisch. »Der ist doch viel zu alt zum Mopedfahren.«

»Ah geh. Der wird jetzt zu alt sein. Der alte Schaller ist auch nur fünf Jahr älter als ich«, wandte Großmutter ein. »So alt ist des auch wieder ned.«

»Einundneunzig«, sagte ich nur.

»Einundneunzig«, wiederholte Großmutter aufsässig.

»Mit einundneunzig fährst du bitte nicht mehr Moped«, sagte ich energisch. Das wurde ja immer schlimmer. Wenn die Kreszenz auch kein Gewissen hatte, ich würde Großmutter garantiert davon abhalten, in fünf Jahren mit dem Moped durch den Wald zu fahren.

Großmutter sah mich strafend an. Ich seufzte. Sie würde sich von mir garantiert nichts verbieten lassen, auch nicht den Mopedführerschein mit einundneunzig Jahren.

»Ist der schon immer mit dem Moped rumgefahren?«, lenkte ich lieber ab, bevor sie wirklich böse wurde.

»Mei, der alte Schaller. Des war ein rechter Weiberer«, erklärte sie mir. »Was der mir manchmal zugeblinzelt hat. Grad als wär ich sein Gspusi.«

Vor hundert Jahren oder wie.

»Wahrscheinlich hätte der schon damals eine Riesenbrille gebraucht«, sagte ich, erst danach fiel mir auf, dass das eine Riesenbeleidigung war. Aber Großmutter nickte nur.

»Aber jetzt ist er g'straft mit seinen Enkelsöhnen. Die zwei Bub'n sind ja beide nix g'worden. Erst vor Kurzem hab ich den Girgl troffen, der hat sich ja den Verstand wegg'soffen.«

Am Trinken lag das bestimmt nicht.

»Weil halt die alte Zenz auch ständig unterwegs ist. Die wenn sich ein bisserl gekümmert hätt, des Einmaleins mit dem Girgl gelernt und die Hausaufgaben kontrolliert, dann hätt der schon seinen Abschluss g'macht. Aber nein, sie macht ja lieber Kaffeefahrten«, ereiferte sich Großmutter. »Und der andere, der fahrt lieber im Wald umeinander, als sich um die Buben zu kümmern.«

»Der kann doch gar keine Zäune reparieren«, wiederholte ich mich. »Wie kriegt er die Zaunlatten da hinaus?«

»Na ja, die Kreszenz hat g'meint, manchmal muss halt der Mane raus und Sachen hinfahren. Was halt der alte Schaller nicht mehr schafft.«

Zaunlatten rausfahren, der Mane. Dass ich nicht lache. Der lud doch nie und nimmer irgendwelche dreckigen Sachen in seinen sauberen Opel und fuhr die für den Schwiegervater in den Wald.

Irgendetwas stimmte nicht an diesem Szenario. Was es war, wusste ich gerade nicht. Vorhin im Wald hatte der Schaller zumindest nichts Zaunmäßiges gemacht, obwohl der Zaun es dringend nötig gehabt hätte. Der war auf unserer Seite richtig eingedrückt gewesen, die Maschen auseinandergebogen und vermoost. Die Reisingerin hätte sich da schon mal ein Moosspray gekauft, weil man so etwas ja nicht mitansehen konnte.

»Das glaub ich gleich, dass er da draußen den Zaun ständig reparieren muss. Die Wildsauen, die machen ihm bestimmt alles kaputt«, sagte Großmutter und stand auf, um ihr Glas Wasser in die Grünlilie zu entleeren.

Oder auch Lisa Wild bei dem Versuch, über den Zaun zu klettern.

»Aber im Wald stören mich die Schweindln gar nicht«, erläuterte sie mir und kramte in der Besteckschublade.

»Im Wald stören dich die Wildschweine nicht«, wiederholte ich und seufzte. Mich auch nicht.

»Aber am Friedhof. Das kann man so nicht lassen.«

Diese Aussage verstand ich erst am nächsten Tag so richtig. »Wildsauen verwüsten Friedhof«, stand in schreienden Lettern auf der ersten Seite unserer Zeitung. »Die Sauenplage, eine Zeitbombe!« Das Wort Wildsauen war geschrieben, als hätte der Blitz in die Buchstaben eingeschlagen. Der Kare wieder. Der hatte journalistisch gesehen überhaupt keine Hemmungen mehr. Wurden keine Toten gefunden, dann machte er aus jeder Lappalie so einen Aufstand, das war unglaublich. *Der Schock sitzt tief. Die Gemütslage der Menschen, die ihre Angehörigen auf diesem Friedhof begraben haben und deren Gräber von einer Rotte Wildschweine teils erheblich verwüstet wurden, schwankt zwischen Fassungslosigkeit und Wut. »Ich bin schockiert, wirklich schockiert«, sagt eine Frau, als sie an einer Reihe aufgewühlter Ruhestätten vorbeigeht.*

»Des hab ich gar ned g'sagt«, erläuterte Großmutter. »Ich hab g'sagt, wer den Krampf über Grabschänder erfunden hat, soll einmal nur hinriechen. Da weiß doch jeder, dass des die Wildsauen waren.«

»Der Kare hat dich interviewt?«, fragte ich Großmutter, die mir aber nicht antwortete, sondern lediglich meinte, dass wir großes Glück gehabt hätten, dass die Wildschweine um unser Grab so einen großen Bogen gemacht hätten. Ich wollte lieber nicht erwähnen, dass unser Hund da einmal hingepinkelt hatte und dass ich zwar nicht meine Hand ins Feuer legen wollte, aber dass das durchaus ein Grund sein konnte.

Der Knackpunkt ist allem Anschein nach die Buchenhecke an der Nordseite des Friedhofs. Durch die schlüpfte vermutlich die ganze Rotte Wildschweine. Bei der nächsten Gemeinderatssitzung soll beschlossen werden, ob das Gelände komplett eingezäunt wird.

»Die wenn des mit Stacheldraht machen, dann tret ich aus«, erklärte Großmutter hinter mir und schüttete ihr Glas Wasser in die Grünlilie.

»Wo trittst du aus?«, fragte ich nach. Großmutter war in keinem Verein und in keiner Partei. Sie konnte also nur aus der Kirche austreten.

»Als wenn ein Grabschänder nach Wildschwein riechen würd«, schimpfte sie weiter vor sich hin und ignorierte meine Frage.

Finanziell ist der Schaden nicht groß, aber die emotionale Belastung der Angehörigen, las ich vor, um sie abzulenken. »Schmarrn, emotionale Belastung«, korrigierte Großmutter von der Spüle her. »Die ganzen Sackln mit Erde, die du wieder herschleppen musst, des is eine Belastung. Und bei Aldi gibt's keine Blümerln mehr. Da kannst dann in die Gärtnerei gehen und teure Schalen kaufen.«

Die Gemeinde haftet nicht für Schäden, die durch nicht satzungsgemäße Nutzung der Friedhöfe, ihrer Anlagen und ihrer Einrichtungen durch dritte Personen oder durch Tiere entstehen.

»Da reden die sich wieder raus«, murrte Großmutter.

Die Anwohner wünschen sich nichts mehr als einen wildsicheren Friedhof.

Großmutter schnaubte böse.

»Da können wir richtig froh drum sein, dass der Metzger die Wildsau erschossen hat.«

Die Wildsau erschossen. Ich klappte den Mund wortlos auf und zu. Der Metzger und der Troidl.

»Der hat eine Wildsau erschossen?«, wollte ich wissen. »Auf dem Friedhof?«

»Ja. Die Metzgerin hat g'sagt, sie lasst sich doch nicht noch einmal den Grabstein umschmeißen. Nur weil keiner was gegen die Wildschweine macht. Und da hat ihr Mann halt sein G'wehr genommen.«

Jetzt kapierte ich auch, was mir Max hätte sagen wollen, wenn ich ihn denn noch besucht hätte. Da ich aber leider auf der Eckbank eingeschlafen war, konnte ich es mir jetzt nachträglich zusammenreimen. Der Metzger hatte tatsächlich den Grabschänder erschossen. Nur dass der Grabschänder ein ausgewachsener Keiler gewesen war, der es sich auf dem Friedhof gemütlich eingerichtet hatte.

Als das Telefon klingelte, hatte ich die dumpfe Vorahnung, dass es Max war, der mit mir streiten wollte. Aber es war Anneliese.

»Weißt du«, sagte sie ohne Begrüßung, »des hab ich dir doch gleich gesagt. Dass das ein Schmarrn ist mit dem Metzger.«

Na ja. Ganz so war das ja nicht gewesen. Immerhin hatte sie ihn beschatten wollen.

»Ich hab eine neue Strategie. Wenn wir den finden, der auf dich geschossen hat, dann haben wir den Mörder«, teilte sie mir freudig mit.

Ach was.

»Ich muss mich jetzt auf meine eigentliche Arbeit konzentrieren«, entgegnete ich, obwohl ich es sehr nett von ihr fand, dass sie sich jetzt, wo es um mein Leben ging, wieder voll einbrachte. »Ich muss meinen Artikel fertig machen. Ich kann mich nicht ständig um Mordermittlungen kümmern, die mich nichts angehen.«

Eine Weile blieb es still am anderen Ende der Leitung.

»Ist der Maarten schon da?«, wollte Anneliese wissen.

»Nein«, sagte ich. »Und ich verlasse dieses Haus nicht mehr ohne Polizeischutz.«

»Sonst könntest doch mal schauen, ob du bei der Reisingerin im Garten nicht noch Hinweise findest, weißt schon, der da auf dich geschossen hat …«

»Nein«, erwiderte ich kraftlos. »Ich setze mich jetzt vor meinen Laptop.«

»Meine Mama nimmt die Kinder. Ich geh jetzt einkaufen, danach komm ich bei dir vorbei. Und dann kriegen wir das raus. Du wirst schon sehen.«

Sie strahlte mich förmlich durch die Leitung an. »Das ist ja kein Zustand mehr. Dass du immer daheimhockst. Oder mit der greißlichen Weste rumlaufen musst.«

»Das soll doch bitte schön der Max machen, das mit dem Ermitteln«, sagte ich, aber meine Worte verklangen ungehört.

Als sie aufgelegt hatte, klingelte es noch einmal. Das war bestimmt Max. Wegen des iPhones. Auf diesen Konflikt konnte ich gut und gerne verzichten.

Mit meiner Arbeit hatte ich endlich einmal ein richtiges Erfolgserlebnis. Der Medienpädagoge hatte mir zurückgemailt, dass ich ein super Interview geschrieben und ihm auch nicht die Worte im Mund verdreht hätte. Ich überlegte kurz, ob ich mir diese Mail ausdrucken und für jedermann sichtbar über meinen Bildschirm hängen sollte. Oder als Bildschirmschoner installieren. Wenn das so weiterging mit dem blöden Schützen, konnte ich aber wahrscheinlich die nächsten hundert Jahre nicht in die Redaktion fahren. Und meine E-Mails konnte ich mir übers Klo hängen. Trotzdem war ich beschwingt von diesen beruflichen Erfolgen. Als Maarten kam, war ich plötzlich doch in Ermittlungslaune. Anneliese hatte eigentlich recht. Ich konnte mich ja nicht den Rest meiner Tage hinter geschlossenen Fensterläden verschanzen. Ich überredete Maarten dazu, mit mir im Garten der Reisingerin ein bisschen nach Spuren des Attentäters zu suchen. Ich kletterte beim Komposthaufen über unseren Zaun, dicht gefolgt von einem stöhnenden und ächzenden Maarten. Beim Komposthaufen war es besonders einfach, zur Reisingerin zu kommen, da musste man nur hochklettern und nicht drüberspringen. Ich ging rückwärts immer weiter von unserem Garten weg und versuchte, den Hackstock nicht aus den Augen zu verlieren. Vielleicht hatten die von der Spurensuche ja irgendetwas übersehen. Maarten legte sich auf den Rücken ins Gras und sah in den Himmel.

»Was ist los?«, wollte ich wissen. »Hast du dein Persönlichkeitsprofil von Roidls schon fertig?«

Er machte die Augen ein Weilchen zu, dann öffnete er sie wieder und sagte: »Na ja. Die Roidls waren ein Ehepaar ohne Kinder. Marlis Roidl hatte keine Arbeit, sondern versorgte Haus und Garten.«

Ich blieb vor ihm stehen und sah zu ihm hinunter.

»Anton Roidl hatte sich schon vor einiger Zeit als Suchmaschinenoptimierer selbstständig gemacht und hatte vor, einen Swingerklub zu eröffnen.«

Geil. Maarten war also nicht doof, und er verstand sogar genügend Bayerisch, um Leute zu interviewen. Ich setzte mich zu ihm. Mit einem Satz landete Resis Hund neben uns und kuschelte sich dicht an Maarten.

»Allerdings wurde der Antrag, diesen Klub in der Konditorei zu eröffnen, abgelehnt. Vor Kurzem hatte sich ihm eine neue Option geboten«, erzählte Maarten weiter, während er den Hund streichelte.

»Neue Option?«, wollte ich wissen.

»Ja. Da gibt es ein altes Forsthaus, ganz nah an der Stelle, wo die beiden ermordet worden sind.«

»Du bist gut«, sagte ich ihm, aber er sah mich noch immer unglücklich an. »Woher weißt du das?«

»Ich habe heute den Dr. Schmid befragt. Er hat zwar nicht zugegeben, dass er sich finanziell an dem Swingerklub beteiligen wollte, aber immerhin das mit dem Forsthaus.«

Resis Hund drehte sich auf den Rücken und ließ sich von Maarten den Bauch kraulen.

»Der wusste das mit dem Forsthäusl?«, wollte ich wissen.

»Hm«, machte er und schloss, von der Sonne geblendet, die Augen.

»Sie wollten also das Forsthäusl besichtigen«, schlug ich vor.

»Nein. Die Eigentümer wollten nicht verkaufen. Und auch nicht vermieten«, erklärte Maarten mit geschlossenen Augen.

»Und woher weißt du das?«

»Ich habe den Herrn Schaller befragt. Der ist der Eigentümer.«

»Der mit dem Holzbein?«

»Der mit dem Holzbein.«

»Und wieso nicht?«, fragte ich weiter. »Soll er doch froh sein, dass er das alte Haus loskriegt.«

»Er hängt an dem Häuschen, hat er mir erzählt«, verriet Maarten. »Und seine Tochter hängt auch dran. Und die Enkelsöhne.«

So ein Krampf.

»Und das mit den Enkelsöhnen, das ist sowieso so eine Sache.«

»Der schwarze Mercedes«, sagte ich zufrieden.

»Nein. Die Sache mit dem Zaun. Vom alten Schaller«, verbesserte er mich.

Die Sache mit dem Zaun. Der Maarten hatte gestern echt zu viel getrunken.

»Ist dir schon aufgefallen, dass schon mehrfach behauptet worden ist, dass der alte Schaller zum Zaunreparieren zum alten Forsthaus gefahren worden ist?«

Na ja. Was heißt schon aufgefallen. Die Kreszenz und ihre Mutter drückten einem ja ständig Gespräche auf, die man nicht hören wollte.

»Und jedes Mal ist jemand anderer gefahren. Mal der Anderl.« Es hörte sich sehr lustig an, wenn Maarten »der Anderl« sagte. »Mal der Girgl. Und einmal sogar der Mane.«

Ich saß neben Maarten und ließ mir das alles durch den Kopf gehen. Er hatte recht.

»Du bist wirklich gut, Maarten«, sagte ich, richtig stolz auf ihn. Das hätte ich echt nicht gedacht, dass er so viel rausbrachte. »Aber eins musst du dir merken: Mir darfst du nix weitersagen. Du darfst gar niemandem was weitersagen. Immer sagen, ich weiß gar nichts, und so schauen, als wüsste man alles.«

»Ich könnte kotzen«, jammerte er los, ohne auf meine Tipps einzugehen. »Mein Kopf. Ich vertrage kein Bier.«

»Das vergeht schon wieder«, munterte ich ihn auf und tätschelte ihm die Hand.

»Und das mit der Kloschüssel von der Metzgerin ...« Er hörte auf, den Hund zu streicheln, und legte sich den Arm über die Augen. »... hab ich auch geklärt.«

Oje. Ich musste grinsen.

»Die Metzgerin hat erzählt, dass ihr Mann nicht zum Recyclinghof fahren wollte. Weil er ein fauler Krippel ist«, sagte er dumpf hinter seinem Arm.

Ich musste noch mehr grinsen.

»Aber wieso gerade der Vorgarten«, wollte ich wissen. »Mensch, das kann sie sich doch denken, dass so etwas auffällt.«

»Das hat ihr Mann auch gesagt«, erklärte Maarten. »Und sie hat gesagt, dass da halt die Erde so locker ist. Seit sie den Teich zugeschüttet hat. Und hinter dem Haus war so schwer zu graben.«

Ach, war das Leben manchmal wunderbar.

»Und dass sie bereit ist, einer Exhumierung zuzustimmen, damit sie nicht mehr des Mordes verdächtigt werden.«

»Exhumierung eines Klos«, sagte ich und runzelte die Stirn. »Sag das mal lieber nicht dem Max.« Und vor allen Dingen sag nicht, es wäre meine Idee gewesen.

»Und der Metzger hat gesagt, dass er in seinem Garten nichts exhumiert haben will. Und dann hat er gesagt: Ja, fixlattn, I glaub, dia brennt der Huat.«

Ja. So konnte man das auch ausdrücken. Außerdem hörte es sich toll an, wenn der Maarten bayerisch sprach. Ein echtes Sprachtalent.

»Das heißt, du spinnst wohl«, erzählte ich ihm und konnte meine Gesichtszüge kaum mehr kontrollieren. »Ich glaube, dass dem Max das mit dem Klo auch nicht so wichtig ist. Wichtiger ist das mit dem Anderl. Weißt du jetzt schon, wieso sich der Anderl den Mercedes leisten kann und die ganzen Burberry- und Hugo-Boss- und Ralph-Lauren-Sachen?«

Er versuchte sich aufzusetzen, sackte aber wieder in sich zusammen. »Angeblich, weil ihm die Oma das finanziert«, antwortete er. »Aber ich kann mir auch nicht so ganz vorstellen, dass die Frau Schaller solche finanziellen Mittel zur Verfügung hat.«

»Eben«, bestätigte ich ihn. Maarten war schon auf der richtigen Spur, da brauchte ich mir echt keine Sorgen mehr zu machen. Ich stand wieder auf und ging suchend im Garten herum.

»Und habt ihr schon die Alibis überprüft? Besonders das vom Mane?« Schließlich war er es gewesen, der Angst gehabt hatte, ich könnte irgendetwas gesehen haben.

»Der hat sowohl am Mordtag als auch am Tag deines Anschlags ein bombenfestes Alibi.«

»Von seiner Frau?«, wollte ich wissen.

»Am Mordtag war er beim Urologen«, verriet mir Maarten.

»Das darfst du mir nicht sagen«, verriet ich Maarten.

Wir schwiegen uns eine Weile an.

»Und die Kreszenz?«, fragte ich hoffnungsvoll.

Maarten grinste mich zum ersten Mal an dem Nachmittag an.

»Darf ich dir nicht sagen«, sagte er frech.

»Depp«, schlug ich vor und gab ihm einen Rempler.

»Die hat auch ein Alibi. Zumindest am Mordtag.«

Mist.

Als ich das dritte Mal über den Rhabarber stieg, keifte die Reisingerin hinter mir los.

»Reicht des ned, wenn mir die von der Polizei alles zamtrampeln! Jetzt datscht mir auch noch die Lisa Wild im Garten rum!«

Maarten sprang mit hochrotem Kopf auf, Resis Hund floh wieder in unseren Garten.

»Da, in die Salatpflanzeln sind sie mir reing'stiegen. Grad weghauen könnt ich alles. Des mag doch koaner mehr essen, wenn einer schon obeng'standen ist.«

»Ich such nur meinen Federball«, sagte ich genau wie vor zwölf Jahren, das war quasi ein Reflex. Das hatte ich immer gesagt, auch wenn ich nur auf dem Weg zum Kaugummiautomaten gewesen war.

Die Reisingerin hörte zu keifen auf. Vielleicht, weil sie sich ebenfalls zwölf Jahre jünger fühlte. Vielleicht aber auch, weil bei ihr im Haus das Telefon läutete.

»Und steig mir du ned auch noch in den Salat«, sagte sie, aber sie keifte nicht mehr.

Direkt beim Rhabarber musste er gestanden haben, hatten die Ballistiker berechnet. Also stellte ich mich vor den Rhabarber und überlegte, was jemanden dazu bewogen haben könnte, sich bei der Reisingerin in den Garten zu stellen und zu schießen. Woran die von der Spurensicherung das gemerkt hatten, war mir eh ein Rätsel, weil ich sah an dieser Stelle nämlich gar nichts.

Hinter dem Rhabarber, der hier auch schon seit Jahrhunderten wuchs, war noch eine Hecke hinüber zum Grundstück vom Laschinger Sepp. Und da gab es eine Lücke in der Hecke, da war auch noch der Maschendrahtzaun niedergedrückt. Diese Lücke hatte ich mit zwölf Jahren rege dafür genützt, auf kürzestem Wege zum Kaugummiautomaten zu kommen. Eigentlich hätte man das schon längst reparieren können, denn inzwischen machte ich ja so etwas nicht mehr, aber der Laschinger und der Reisinger hatten sich nie darauf einigen können, wer das wieder richten sollte. Denn es war der Zaun vom Laschinger, und der hatte gesagt, dass er das nicht richtet, weil der Zaun eindeutig von der Reisinger-Seite niedergebogen worden war.

Und bevor sich der Reisinger dazu hatte aufraffen können, war er gestorben. Jedenfalls konnte man jetzt noch prima über den Zaun steigen. Genau genommen konnte man auch prima mit einem Gehwagerl darüberfahren, wenn man eins dabeigehabt hätte. Dem Laschinger traute ich eigentlich kein Attentat zu. Aber dem Attentäter traute ich durchaus zu, dass er diesen Weg gewählt hatte, um auf mich zu schießen.

»Martin?«, schrie Großmutter aus dem Küchenfenster. »Kannst amal schnell schaug'n?«

»Schau nur«, rief ich ihm grinsend zu. »Und sag ihr, dass sie dir eine Aspirin geben soll. Und trink keinen Kaffee. Sondern Wasser. Viel Wasser.« Maarten verkrümelte sich, noch immer mit sehr unglücklicher Miene.

Ich bückte mich unter einem Busch hindurch und tauchte im Garten der Laschingers auf, wo ich mich zwischen zwei Brüsten wiederfand, braun und riesig, und hemmungslos zu kreischen begann. Eine weibliche Leiche, war mein erster Gedanke.

Als die Leiche nass und kalt an meine Wange klatschte, war mir plötzlich klar, dass es ein riesiger Badeanzug war, umgedreht, die festen Körbchen nach außen zeigend, die mir jetzt nass um die Ohren schlugen.

Ich hielt mir selbst die Hand vor den Mund und hoffte, dass mich niemand hatte schreien hören. Da sich nichts regte, sah ich mich auf dieser Seite der Hecke ein wenig um.

Beim Laschinger war es auf jeden Fall nicht so ordentlich gehaindelt wie bei der Reisingerin. Unter der Hecke wuchsen Schöllkraut und Brennnesseln dicht an dicht. Gut, dass das die Reisingerin nicht wusste. Die hätte bestimmt einen Vortrag über die Windverbreitung von Samen gehalten. Ich bückte mich, weil ich etwas Helles unter der Hecke leuchten sah. Vielleicht ein Indiz, das die Spurensicherung übersehen hatte. Aber nein. Zwei Zigarettln, eine nur halb geraucht. Das war ja auch nicht schön, dass der Laschinger im Garten rauchte und seine Zigarettln ins Gebüsch warf. Aber was wollte man von jemandem erwarten, der unter der Hecke das Unkraut wuchern ließ.

Ich ging durch den Garten zum Jägerzaun, kletterte hinüber und kam an der Stelle raus, wo der Kaugummiautomat stand. Irgendwann im Laufe des letzten Jahrzehnts hatte irgendjemand das Glas eingeworfen und die Kaugummis geklaut.

Unzufrieden ging ich auf der Straße wieder zurück zu Großmutter. Wahrscheinlich hatten die von der Spurensuche schon alle Indizien eingesammelt. Das sah ihnen ähnlich. Mein Herz wummerte noch wie blöd, und irgendwie hatte ich das Gefühl, dass ich demnächst zu heulen anfangen würde. Das war doch kein Zustand, dass man Angst haben musste, dass jemand herumballerte, mit der Absicht zu treffen. Ich konnte nicht einmal mehr gegen Badeanzüge laufen, ohne hysterisch zu werden.

In unserem Garten stand Großmutter mit dem Karton vom Papiermüll und stopfte gerade alles in die Papiertonne.

»Des ganze Papier im Postkasten, des macht mich noch stocknarrisch«, sagte sie und ließ die Tatsache unkommentiert, dass ich gerade hinters Haus gegangen war und nun die Straße entlanggelaufen kam. Ich rettete schnell meine Mehlschwitze aus der Papiertonne.

»Die ist ganz neu«, protestierte ich und schüttelte entgeistert die Packung hin und her, die jetzt leer war.

»Da waren die Wurmerln drin«, erklärte Großmutter. »Deswegen hab ich's in den Müll.«

Wurmerln? Das waren keine Wurmerln, sondern das war die Mehlschwitze.

Schlecht gelaunt schmetterte ich die leere Packung in den Müll zurück.

»Was bist denn so zwider?«, fragte Großmutter, während sie dem widerstandslosen Maarten die Post in den Arm drückte. »Da schlüpfen bestimmt irgendwelche Mehlwürmer aus.«

»Das muss so aussehen«, sagte ich ärgerlich. Mehlwürmer. So ein Schmarrn.

»Eine Einbrenn macht man aus Mehl und Butter«, empfahl sie mir und drehte sich Richtung Haus. »Des fertige Zeug, da kommen nur die Wurmerln rein.« Noch einmal das Wort Wurmerln, und ich würde zu kreischen anfangen.

»Dafür hab ich keine Zeit«, murrte ich. »Außerdem kostet das was, des braucht man nicht auf den Müll werfen.«

»Ich hab's auch ned auf den Müll g'worfen«, erklärte Großmutter sanft und ging Richtung Haus.

»Sondern?«, fragte ich gottergeben.

»Sondern unter die Hecke. Hinten beim Kompost.«

»Du bist ja grad wie der Laschinger«, entfuhr es mir. Echt. Die Mehlschwitze unter die Hecke kippen. »Der schmeißt seine Zigaretten auch unter den Busch.«

»Der Laschinger raucht doch gar ned«, antwortete Großmutter. »Wieso sollte der denn Zigaretten unter den Busch schmeißen.«

»Dann halt seine Frau.« Ich war wirklich ganz nahe davor zu hyperventilieren. Und es interessierte mich überhaupt nicht, ob die Laschingers rauchten oder nicht. Es ging mir nur ganz furchtbar auf die Nerven, dass Großmutter im Haus herumfuhrwerkte und Sachen von mir wegwarf. Oder etwas einkaufte, das wir schon tausendmal zu Hause hatten. Wie zum Beispiel die Sache mit dem Sauerkraut.

Als ich ins Haus kam, läutete das Telefon. Max wollte wissen, wie's mir ging. Ich fing auf der Stelle an zu heulen und begann, aus meinem Leben zu erzählen. Die Geschichte von den Laschingers ließ ich vorsichtshalber weg, um mich nicht als komplett unzurechnungsfähig darzustellen.

Max versprach, Mehlschwitze zu kaufen und unser Sauerkraut mit zu sich nach Hause zu nehmen. Das brachte mich noch mehr zum Heulen.

»Ich brat uns ein Steak«, sagte Max schließlich, nachdem ich eine Weile vor mich hingeschnieft hatte.

»Blutwürste«, sagte ich.

»Meinetwegen Blutwürste. Da passt das Sauerkraut auch besser«, stimmte er mir zu.

Manchmal hatte ich wirklich das Gefühl, dass ich den falschen Freund hatte.

Nach dem Mittagessen kam die Anneliese vorbei.

»Du siehst echt scheiße aus«, erklärte sie mir zartfühlend.

»Ich sitze den ganzen Tag zu Hause«, sagte ich übellaunig. »Da wird jeder vernünftige Mensch depressiv.«

»Und da kannst du dich nicht mehr kämmen?«, wollte sie wissen, dann umarmte sie mich trotzdem und flüsterte mir ins Ohr, dass man notfalls den ganzen »Zwirrl« aus dem Haar schneiden und eine schicke Kurzhaarfrisur draus machen könnte.

»Wir sind dicht dran«, behauptete sie, noch immer an meinem Ohr, und ergänzte, dass es auch gute Haarshampoos gebe, mit denen man prima Glanz ins Haar zaubern konnte.

Mir war es lieber, keiner schoss auf mich.

»Glaubst du, dass der Mörder von den Roidls und der, der auf mich geschossen hat, derselbe ist?«, wollte ich von Anneliese wissen.

»Keine Ahnung. Ich frag mich eh, wieso auf dich einer schießen sollte.«

Ich zog die Stirn in Falten. »Das war, gleich nachdem der Metzger die Wildsau geschossen hat.«

»Aber wieso sollte er dann auf dich schießen?«, wollte Anneliese wissen. »Ich mein, das mit der Wildsau, des is doch ganz was anderes.«

»Doch nicht der Metzger. Ich denk da mehr an die Schallers und die Grubers. Schließlich habe ich vorher den Metzger beschattet, auf dein Anraten. Und der Mane hat sich beobachtet gefühlt. Vielleicht hat er sich dann gedacht, ich bin ihm auf der Spur, und hat … dann mal hier rumgeballert.«

Anneliese verzog skeptisch ihr Gesicht. »Ach, Schmarrn. Der Mane doch ned.«

Dass mir das noch nicht aufgefallen war! Klar. Ich hatte den Metzger beschattet, und das war den Schallers und Grubers aufgefallen. Und danach hatte einer von ihnen auf mich geschossen.

»Es hat mit dem Anderl zu tun«, sagte ich noch einmal. »Der Roidl hatte irgendwas mit dem Anderl laufen.«

»Der Anderl hat nicht auf dich geschossen. Der war doch mit seinem Opa im Wald«, entgegnete sie.

»Vielleicht hat das ja sein Vater für ihn erledigt«, mutmaßte ich düster.

»Quatsch. Der hat dich doch gerettet«, widersprach Anneliese. »Außerdem hat er noch den Troidl abholen müssen, weil dem sein BMW nicht ang'sprungen ist.«

Der Troidl wieder. Vermutlich hatte er nur vergessen zu tanken. Oder wollte Benzin sparen.

»Dann eben seine Frau.«

»Die Kreszenz war zur Krebsvorsorge bei ihrem Frauenarzt.«

Die Anneliese hatte echt was auf dem Kasten. Die wusste sogar die Vorsorgetermine anderer Frauen. Ich bekam nicht einmal meinen eigenen auf die Reihe.

»Dann eben der alte Opa«, kreischte ich hysterisch. »Irgendeiner von dieser Brut halt ...«

»Gsch«, machte Anneliese und umarmte mich so heftig, dass mir die Luft wegblieb. Sie sagte eine Weile gar nichts, sondern sah angestrengt ins Gebüsch.

»Der alte Schaller war doch im Waldhäusl und hat den Zaun repariert.« Sie ließ mich wieder aus.

»Wir sind dem Mane und der Kreszenz zu dicht auf den Pelz gerückt.« Da war ich mir hundertprozentig sicher.

Und wenn ich noch weiter in die Richtung ermitteln würde, dann würde ich wirklich erschossen werden, da war ich mir auch ganz sicher.

»Wenn, dann war das der Mörder von der Marlis«, behauptete Anneliese.

»Sag ich doch. Der Mane ist der Mörder von der Marlis«, sagte ich weinerlich. Meine Psyche war nicht mehr die Beste.

»Vielleicht war es auch nur ein Versehen.«

Unsinn. Versehen.

»Haben die denn schon was gefunden, irgendwelche Spuren?«, fragte Anneliese zartfühlend nach.

»Wie soll man denn da was finden«, schimpfte ich. »Die Laschingers, die schmeißen ihren Müll unter die Hecke, da kannst doch gar nicht auseinanderhalten, was von wem ist.«

»Den Müll unter die Hecke?« Anneliese war sprachlos. »Echt. Die Laschingerin.«

Jawohl. Außerdem hatte sie BH-Größe XXXL, und ich wäre beinahe am Schock verstorben. Das wollte ich Anneliese aber lieber nicht erzählen.

»Was denn? Kaugummipapierln?«

»Zigaretten«, sagte ich.

»Zigaretten? Aber die rauchen doch gar nicht«, sagte Anneliese.

»Na und. Vielleicht raucht der alte Opa von ihnen.«

»Der alte Opa ist doch schon vor zwei Jahren gestorben.«

Wir sahen uns eine Weile an. Dann meinte Anneliese: »Du, das war bestimmt der Mörder. Der hat sich erst einmal Mut angeraucht, und dann hat er geschossen.«

Mut angeraucht. So ein Schmarrn.

»Oder glaubst du, die Reisingerin raucht heimlich?«

In meinem Kopf ratterten die Gedanken. Vielleicht hatte Anneliese ja recht.

»Wir brauchen Gefrierbeutel«, sagte Anneliese routiniert. »Die Zigaretten bringen wir ins Labor, die sollen eine DNA-Analyse machen, und dann haben wir den Täter.«

Anscheinend sah sie seit Neuestem »CSI: Miami« statt Rosamunde Pilcher.

»Wir holen nur die Zigarettenstummeln. Als Beweis«, erklärte Anneliese, während die Laschingerin und die Reisingerin uns auf die Pelle rückten. Ich wäre schon längst wieder geflohen, aber Anneliese war da ganz anders. Während sie Zigaretten eintütete, erzählte sie sogar von ihren Kindern, von der neuen Rechtschreibung und dem phonetischen Schreibenlernen. Die Laschingerin war begeistert, obwohl wir vollkommen unangekündigt in ihrem Garten rumstapften.

»Bei uns hat der Mörder ja sogar die Wäscheleine abgerissen«, erzählte die Laschingerin. »Der muss da durchgelaufen sein.«

Sie deutete in Richtung Straße.

»Und was sagt die Polizei dazu?«

Na ja, gar nichts. Weil die Laschingerin erzählt doch nicht jeden Schmarrn der Polizei. Außerdem war das bestimmt nicht der potenzielle Mörder gewesen, sondern jemand, der vor lauter Schreck über riesige Badeanzüge bei seiner Flucht alle Leinen zerfetzt hatte.

»Weil s' halt auch immer die Wäscheleine hängen lässt«, sagte die Reisingerin vertraulich, als wäre die Laschingerin nicht da. »Dabei wird dann die ganze Wäsche schwarz, da wo man's aufhängt. Aber wahrscheinlich bügelt die ihre Wäsche nicht einmal und bemerkt des deswegen nicht.«

»Meine Wäsche wird ned schwarz«, korrigierte die Laschingerin sie mit einem leicht biestigen Unterton.

»Außerdem, das hab ich schon immer gesagt, da erhängt sich doch noch einer. Wenn man da in der Nacht durchläuft«, verteidigte die Reisingerin ihre Meinung.

Wir alle sahen die Reisingerin an, als fänden wir es gut, wenn sich Mörder bei der Laschingerin an der Wäscheleine erhängten.

»Hätt ja auch jemand sein können, der ganz harmlos ist«, wandte die Reisingerin, jetzt ganz in der Defensive, ein.

»Bei mir braucht halt auch keiner in der Nacht durch den Garten laufen«, giftete die Laschingerin und nahm ihren Badeanzug von der Leine. »Da hat niemand was verloren.«

Sie drehte sich um und ging ins Haus zurück. Die Reisingerin schüttelte noch einmal nachdrücklich den Kopf, dann verschwand auch sie.

»Das bringst du jetzt dem Max«, empfahl mir Anneliese und drückte mir die Beweismittel in die Hand. »Und dann misst du noch aus, wie hoch die Leine von der Laschingerin ist. Dann wissen wir die Größe vom Mörder.«

Ich sah etwas skeptisch nach oben. Das musste echt ein Riese sein. Das waren bestimmt ein Meter neunzig.

»Wir haben doch gar keine Leute bei uns im Dorf, die so groß sind«, murrte ich.

»Na ja. Da braucht nur der Loisl seinen Hut mit dem Gamsbart aufhaben.«

Unsinn. Mit einem Gamsbart riss doch keiner eine Wäscheleine ein.

»Ist ja auch wurscht«, war Annelieses Meinung. »Ich muss jetzt heim und die Kinder abholen. Der Thomas ...«

»Ja, ja«, sagte ich nur. Keine weiteren Kommentare über den Thomas. Gut, dass Max und ich keine Kinder hatten. Wenn Männer im Allgemeinen keine Kinder versorgen konnten und ich im Speziellen auch nicht, dann hätten wir ein richtiges Problem.

»Außerdem wissen wir ja schon wegen der DNA, wer der Mörder ist«, sagte sie. »Die werden sich freuen, die von der Spurensicherung.«

Ja, da war ich mir auch ganz sicher, dachte ich mir mürrisch. Und gerade Max würde vor Freude an die Decke springen. Besonders, weil wir die roidlsche Handysache noch gar nicht ausdiskutiert hatten.

Nachdem ich das mit den Zigarettenkippen wieder dem Maarten überlassen hatte, musste ich den ganzen Stress mit einer riesigen Leberkässemmel aufarbeiten. Inzwischen war mir auch egal, dass ich dabei erschossen werden konnte. Während ich die Semmel in Empfang nahm, beschloss ich, meine nächsten Semmeln nicht mehr hier im Ort zu kaufen. Das Personenaufkommen in der Metzgerei war so riesig, dass einem ganz anders wurde. Die Langsdorferin schob mir schon wieder ihr Gehwagerl in die Kniekehlen. »Die ganze Zeit reden s' von Grabschändern, und jetzt sollen des die Wildsauen g'wesen sein«, beschwerte sie sich. Anscheinend hatte sie die ganze Zeit nicht richtig zugehört.

»Des hättst dir doch glei denken können«, erklärte die Kathl. »Des hat doch so was von nach Wildsau g'rochen.«

»Ich riech ja nix mehr, seit ich des mit der Nebenhöhleng'schichte g'habt hab«, klärte mich die Langsdorferin auf. »Des kann stinken wie noch mal was, und ich riech's ned.«

»Des is auch nix«, sagte die Rosl, weil keiner etwas dazu sagte.

»Ja. Wennst recht schweißelst, des merkst halt gar ned«, erklärte die Langsdorferin der ganzen Runde ernst. »Und dann sag ich halt meinem Ludwig, jetzt musst du wieder an der Wäsch riechen.«

An der Wäsche riechen? Das klang ja furchtbar.

»Und manchmal ...«, fing sie begeistert an.

»Ich muss echt in die Arbeit«, unterbrach ich sie verzweifelt.

»Sind die nicht g'fährlich?«, wechselte sie Gott sei Dank das Thema. »Die Wildsauen, des sind ja Trumm-Viecher.«

»Besonders die ang'schossenen, die sind gefährlich«, erklärte die Rosl ihr. »Wennst so eine triffst, ist's ja gleich aus.«

»Ja«, bestätigte die Metzgerin blutrünstig. »Da schießen's ned g'scheit, treffen die Sau am Unterkiefer, und dann wird die natürlich richtig bös.«

»Und dann verhungert s', die arme Sau«, sagte die Rosl unwirsch, die nichts davon hielt, dass man nicht gleich richtig schoss und traf.

»Die hätt doch bestimmt auch wieder rausg'funden, aus dem Friedhof«, meinte die Langsdorferin. »Die hätt man nicht gleich derschießen müssen.«

»Die hätt nie rausg'funden«, sagte der Metzger böse hinter der Langsdorferin und knallte die Beinscheiben in die Auslage. »Und die war auch gleich hin.« Ich hatte den Eindruck, dass er mir dabei einen ganz und gar mörderischen Blick zuwarf.

»Waren ja auch nur zwanzig Meter«, mischte sich der Troidl ein. Auch er sah mich nicht besonders freundlich an.

»Des war ein ganz sauberer Blattschuss. Ganz klassisch«, erklärte der Metzger stolz.

Na prima. Ich drängelte mich an der Langsdorferin vorbei nach draußen.

»Und, was ist rausgekommen?«, fragte Anneliese. Sie hatte ihren Kindern Eis in die Hand gedrückt und sie in den Garten geschickt. Mir hatte sie gleich zwei Eis zugeteilt, weil »die gar so klein sind«. Eine Weile zögerte sie noch, dann nahm sie sich auch zwei.

Was rausgekommen war? Beziehungsstress. So was kam bei uns immer raus. Ich wischte mir den Schweiß von der Stirn. Max hatte nämlich gesagt, Schuster, bleib bei deinem Leisten. Das sollte heißen, dass ich über seinen Ermittlungserfolg berichten durfte. Es hieß auch, dass ich nicht allein ermitteln durfte. Aber was sollte ich machen, wenn sein Ermittlungserfolg so dürftig war. Besser gesagt, wenn das, was ich von seinem Ermittlungserfolg wusste, so dürftig war. Und das mit dem iPhone hatte ihn wirklich fuchsteufelswild gemacht. Besonders, weil ich das Handy heimlich abgegeben hatte. Außerdem hatte er wissen wollen, was da zwischen Maarten und mir lief. Dann hatten wir uns eine Weile etwas angeschrien, und danach hatten wir uns eine Weile geküsst, weil ich den Max trotzdem lieber hatte als irgendjemand anderen, auch wenn er sich mit Handys und Zigarettenkippen ziemlich anstellte.

»Nix«, antwortete ich.

»Wie bitte?«, wollte Anneliese wissen. »Jetzt hab ich schon überall gesagt, dass die Bullen Speichelproben vom ganzen Dorf nehmen werden.«

Anneliese wieder. Von Polizeiarbeit keine Ahnung, aber überall rumtratschen.

»Echt?«, fragte ich entsetzt.

»Na ja, nicht von allen«, verbesserte sich Anneliese. »Nur von den Männern.«

Ich verdrehte die Augen.

»Du wirst doch nicht glauben, dass eine Frau einen solchenen Schmarrn macht«, verteidigte sie sich und packte das zweite Eis aus.

»Das dürfen die gar nicht, von jedem Speichelproben nehmen«, erklärte ich ihr dann doch. »Der Max hat nur gesagt, wer weiß, wer da wieder geraucht hat. Vielleicht der Laschinger, ganz heimlich.«

Das hatte Max zwar nicht gesagt, jedenfalls nicht so, aber im Grund hätte er das sagen können.

Anneliese seufzte. Anscheinend hielt sie meine Ermittlungstaktik für vollkommen daneben.

»Der Laschinger und rauchen.« Sie schüttelte den Kopf. »Erst vor ein paar Wochen hat die Laschingerin gesagt, dass er schon seit Jahren nicht mehr raucht. Und sein Arzt, der kann das im Blut sehen, ob er geraucht hat. Aber seitdem isst er nicht mal mehr was Süßes. Nicht mal eine Nussschokolad, wo er die doch so gern gegessen hat.«

»Anneliese«, unterbrach ich ihren Redefluss. »Das sagt doch gar nichts.«

»Wenn er nicht einmal mehr die Nussschokolade isst! Da war der echt scharf drauf. Dann glaub ich das schon. Vielleicht könntest ja noch einmal mit dem Schorsch reden.«

Wie bitte? Wo ich schon bei Max versagt hatte?

»Der war doch mal hinter dir her«, half sie mir auf die Sprünge.

»Weißt noch damals, in der vierten Klasse, da hat er doch immer …«

Papierflieger gebastelt und sie auf mich geschossen. Und ich musste die Papierflieger in den Papiermüll werfen, weil sie ja bei mir lagen und nicht bei ihm.

»Nein«, sagte ich bestimmt. Das würde ich garantiert nicht machen.

Kapitel 10

Wir hatten uns alle am Gartenzaun der Reisingerin versammelt und sahen in ihren Vorgarten. Die Reisingerin sah aus, als wäre sie furchtbar stolz. Jemand hatte ihr in der Nacht alle Gartenkugeln von den Stäben geschossen.

Ich schien die Einzige zu sein, die wirklich beunruhigt war. Die anderen waren hauptsächlich begeistert. Natürlich war es besser, wenn auf die Kugeln geschossen wurde und nicht auf mich. Aber ich hatte trotzdem das Gefühl, dass dieses ganze Rumgeschieße mir galt. Und deswegen konnte ich mich gar nicht so richtig freuen.

»Wer so was wohl macht?«, fragte sich die Reisingerin bestimmt schon zum hundertsten Mal.

Das konnte ich ihr zwar nicht sagen, aber ich konnte mir gut vorstellen, warum jemand was machte. Schließlich hatte ich auch schon jahrelang meine Gewaltphantasien beim Anblick der roten, gelben, grünen und blauen Glitzerkugeln gehabt. Ein Frosch auf einer Tonkugel, das ging ja noch. Aber dieses farbenfrohe Kugelgeglitzer. Ich war auch schon mehrmals nahe dran gewesen, eine nach der anderen mit der Zwistel kaputt zu schießen.

Die Reisingerin hatte natürlich sofort die Polizei gerufen, und bald hörten wir die Sirenen. Die waren geradezu inflationär, die Sireneneinsätze.

Großmutter und ich hingen interessiert am Zaun und beobachteten Schorschs Einsatz.

»Du lebst schon noch?«, fragte er bei mir zartfühlend nach, als hätte der Kugelmörder seine Wut, dass er mich nachts nicht im Garten erschießen konnte, an den Reisinger-Kugeln ausgelassen.

»Erst die Lisa. Dann meine Kugeln. Des wird ja immer narrischer«, erklärte die Reisingerin.

Was hieß hier immer narrischer? Ich schwieg beleidigt, weil das klang, als wären die Kugeln mehr wert als ich, die greißlichen Kugeln, die greißlichen.

Vor unserem Haus hielt ein daytonagrauer Audi, und ein schlecht gelaunter Max stieg aus.

»Da kommen sogar die von der Mordkommission vorbei«, sagte die Reisingerin zufrieden.

Ja. Und demnächst kamen bestimmt ein paar Pathologen und Profiler, um die Kugeln zu untersuchen. Ich warf Max einen mürrischen Blick zu.

»Bis jetzt hätten wir also noch nix gefunden«, gestand der Schorsch etwas kleinlaut. »Also, kein Projektil oder so. Die Kugeln hat's halt einfach zerrissen.«

Ach was.

Max seufzte nur.

Irgendwie hatte ich plötzlich gar keine Lust mehr, den Ermittlungen zuzusehen.

Max saß mir gegenüber und sah mir beim Essen zu. Er hatte bereits gegessen und war anscheinend fasziniert, wie viel ich aß. Großmutter hörte man in der Speisekammer, es rumpelte und schepperte hin und wieder, und sie sagte unverständliche Dinge, bei denen es bestimmt gut war, dass sie unverständlich waren.

Max hatte einen derart seltsamen Blick drauf, dass ich irgendwann zu essen aufhörte.

»Ess ich dir zu viel?«

Seine bisherigen Freundinnen waren ziemlich farblose Gestalten gewesen, jedenfalls hatte ich mir das zusammengereimt. Sie ernährten sich wie die Hasen vom alten Meier von einzelnen Salatblättern und lebten nie ihre Neigungen aus. Neigungen auszuleben war mein erklärtes Ziel, und gerade hatte ich die Neigung, ganz viel Fett in Form von Blutwürsten in mich hineinzustopfen.

Max schüttelte den Kopf und lächelte dabei. Anscheinend hatte er mir die Sache mit dem Handy doch schon wieder verziehen und außerdem beschlossen, dass Maarten nicht ernsthaft unsere Beziehung gefährdete.

»Ich kenne nur keine Frau, die so seltsame Dinge isst wie du.«

Ja, das wusste ich auch. Frauen ernährten sich angeblich von Rohkost und Milchkaffee und nicht von Bergen von Leber- und Blutwürsten. Oder Leber. Leber mit Bananen und gebratenen Zwiebeln von meiner Großmutter, das war das Beste. Da konnte ich glatt vergessen, wie stark die Leber mit Schadstoffen belastet war.

»Willst du probieren? Im Gegensatz zu seinen Wienern kann er das mit den Blutwürsten nämlich«, pries ich die Fähigkeiten vom Metzger. Und ich wollte jetzt wirklich keinen Vortrag darüber hören, was seine früheren Freundinnen gegessen hatten. Auf seine früheren Freundinnen war bestimmt auch nicht geschossen worden.

»Ich muss dann mal. Ich komme heute Abend wieder«, versprach er mir.

»Wisst ihr denn schon, wessen Handy das war, du weißt schon ...«

Max wusste es natürlich haargenau, aber er hatte es plötzlich wahnsinnig eilig.

»Das kann doch nicht so lange dauern, das rauszufinden«, jammerte ich noch ein Weilchen vor mich hin. »Ihr habt doch bestimmt Zugang zu allen möglichen Daten, das kann doch nicht so schwer sein, eine Handynummer festzustellen.«

Max seufzte und küsste mich kurz auf die Lippen. »Es ist von einem Handy ohne Vertrag. Wahrscheinlich holländischer Herkunft.« Er küsste mich noch einmal auf die Stirn und empfahl mir, auf mich aufzupassen.

»Holländischer Herkunft?«, fragte ich.

»Du bleibst im Haus«, sagte er. »Der Maarten hat heute keine Zeit. Du entspannst dich einfach. Machst dir einen gemütlichen Tag mit deiner Großmutter.«

Holland. Was sagte mir Holland?

Max verschwand nach draußen, Großmutter schimpfte in der Speisekammer über irgendeinen Saustall.

Ich hob die Augenbrauen. So viel zum Thema gemütlicher Tag mit Großmutter. Als sie wieder in die Küche kam, sah sie reichlich derangiert aus.

Die alte Schallerin. Rheumadecken. Krematoriumsangebote. Zigarettln. Und Handys. Vielleicht ein Handy für ihren lieben Enkelsohn, den Anderl.

»Wer hat jetzt eigentlich den Schaller-Opa damals in den Wald gefahren – der Girgl oder der Anderl?«, fragte ich Großmutter, weil mir wieder eingefallen war, was Maarten erzählt hatte.

»Was weiß ich. Die Kreszenz hat ihn doch selber rausgefahren.«

Die Kreszenz war das garantiert nicht, ich konnte mich noch blendend erinnern, dass die Kreszenz nach dem Schusswechsel bei uns am Gartenzaun gehangen war. Das konnte man sogar auf dem Video sehen, das der Kare so vorausblickend gedreht hatte. Die Sache mit dem Vorsorgetermin war also auch erstunken und erlogen.

»Nein, die Kreszenz, die war doch hier bei uns.« Ganz sicher. Sozusagen mit Beweisfoto.

»Vielleicht hat ja der Girgl seinen Opa rausgefahren. Ja, ich kann mich wieder erinnern. Sie hat gesagt, der Girgl, der nette Bub, hat seinen Opa rausgefahren.« Großmutter zog den Mülleimer unter unserem Spülbecken hervor und schimpfte über den Saustall, den wir überall hätten.

»Jetzt lass doch mal den Saustall Saustall sein«, empfahl ich ihr. »Hat die Kreszenz jetzt gesagt, dass der Girgl den Schaller rausgefahren hat, oder war das der Anderl? Oder der Mane?«

Der Girgl durfte doch bestimmt nicht das Auto vom Mane benutzen, so viel Tollkirschen und Fliegenpilze, wie der schon intus hatte.

»Beim Friseur hat sie gesagt, der Anderl war's«, fiel mir ein.

Großmutter richtete sich auf.

»Und jetzt soll es plötzlich der Girgl gewesen sein.«

Das hörte sich doch ganz danach an, als hätte einer von den zwei Buben ein Alibi nötig. Und sie konnten sich nur nicht drauf einigen, wer es nötiger hatte, ein Alibi zu haben. Anscheinend doch eher der Girgl, weil mir jetzt schon Großmutter und Anneliese und die Rosl erzählt hatten, dass der liebe Girgl seinen Opa durch die Gegend kutschiert hatte.

Das war jetzt wirklich kaum zu glauben. Da musste der arme alte Opa für ein Alibi herhalten. Der alte Schaller mit seinen Zaunlatten. Allerdings war es auch so was von wurscht, ob der Zaun im Wald kaputt war oder nicht. Der brauchte eher das Moosspray von der Reisingerin als eine Zaunlatte, erinnerte ich mich boshaft.

Maschen, dachte mein Gehirn, während ich noch einmal rekapitulierte, wie Anneliese und ich über den Zaun geklettert waren.

Maschen.

Maschen, dachte ich noch einmal. Da hatte es gar keinen Zaun mit Holzlatten gegeben.

Der Schaller und die Zaunlatten. Kein Mensch hatte sich die Frage gestellt, ob das überhaupt der Wahrheit entsprach. Was über Leute mit einem Bein geredet wurde, glaubte einfach jeder. Großmutter würde mir das jetzt auch nicht glauben. Geh, Mädl, würde sie sagen, der wird schon einen Grund haben mit den Zaunlatten, hin oder her. Haben ihn halt alle falsch verstanden.

Die Frage war, wem gaben denn die Kreszenz und ihre Mutter mit dem alten Schaller ein Alibi?

Ich hätte jetzt dringend in die Redaktion gemusst, um Recherche zu betreiben. Aber Max hatte befohlen, dass ich zu Hause sitzen bleiben sollte. Ich wählte seine Nummer, um ihm meine neuesten Gedanken zu verraten. Sein Handy war ausgeschaltet.

Ich seufzte.

Da ich sowieso nichts Besseres zu tun hatte, loggte ich mich wieder bei Facebook ein. Das, was Marlis geschrieben hatte, konnte ich nicht sehen, weil ich mit ihr nicht befreundet war. Angenervt suchte ich nach wildfremden Menschen. Da fiel mir siedend heiß wieder ein, dass Anneliese von Marlis' E-Mail-Account gesprochen hatte. Ich öffnete ein neues Fenster und gab marlis.roidl bei GMX ein.

Oh. Wow. Die Idee hatten anscheinend schon andere Leute gehabt. Denn das Programm gab an, dass schon achtundneunzigmal ein falsches Passwort eingegeben worden war.

»Oh je«, flüsterte ich. Langsam hatte ich das Gefühl, dass das alles eine Nummer zu groß war. Aber trotzdem tippte ich fast zwanghaft »Big Gumola« ein. Und das war tatsächlich das Passwort.

Das Postfach war komplett leer. Das gab's doch nicht. Hatte irgendjemand da aufgeräumt? Enttäuscht starrte ich eine Weile auf den Posteingang, bis mein Blick auf den »Gelöscht«-Ordner fiel. Wenn Marlis etwas gelöscht hatte, dann hatte sie bestimmt nicht daran gedacht, auch den Müll zu leeren. Ich klickte auf das Symbol, und siehe da, hier reihte sich Mail an Mail. Die ersten zwanzig waren von einem gewissen SLK@googlemail.com.

Ich klickte auf die letzte Nachricht: »Du spinnst«, hatte SLK zurückgemailt. Marlis hatte zuvor geschrieben: »Eine Million. Mein letztes Wort.«

Danach endete die Unterhaltung. Ich scrollte etwas weiter nach unten.

»Wieso nicht?«, wollte Marlis in einer älteren Mail wissen.

»Mehr ist es einfach nicht wert!«

»Vergiss es einfach«, schrieb SLK. »Denk nicht mehr dran.«

Woran?

»Wir haben es gesehen«, schrieb Marlis triumphierend. »Ich würde sagen, wir haben euch in der Hand.«

Noch eine Mail von ihr mit den schlichten Worten: »Eine Million!!!«

Wer war SLK? Und warum wollte die Marlis ihn erpressen? Der Anderl hieß AG. Der Girgl hieß GG. Der Mane MG (wie bezeichnend). Die Kreszenz KG. Die Zenz KS oder ZS ... Und wie hieß der alte Schaller mit Vornamen?

Großmutter schimpfte noch immer eine Weile vor sich hin, während ich schlaff auf der Eckbank hing und meinen Blutdruck absinken ließ.

»Wie heißt denn der Schaller mit Vornamen?«, wollte ich wissen.

»Der Wiggerl. Aber das sagt nie jemand.«

Prima. SLK. Wer gab sich denn so einen Namen?

Meine Neugierde war so groß, dass ich keine Lust mehr auf die Eckbank hatte.

»Muss noch mal in die Redaktion«, sagte ich und stand auf. Ich sah kleine, niedliche Sternchen vor den Augen. Das dauerte ein Weilchen. Als ich wieder etwas anderes sah als ein ausgewachsenes Planetarium, nahm ich meine Umhängetasche und ging.

Ich suchte im Archiv nach dem Artikel über den Schuss auf mich. Es dauerte eine ganze Weile, bis ich das System kapierte, nach dem Kare archivierte. Er steckte hin und wieder den Kopf durch die Tür und versuchte so zu tun, als käme er rein zufällig vorbei. Ich schaute mich lieber nicht nach ihm um.

Endlich hatte ich den Artikel gefunden.

Vor dem Garten blieben eine Menge Schaulustiger neugierig stehen. Sie fragten nach dem Grund für das große Polizei- und Medienaufgebot und wunderten sich über das Kamerateam.

Ich verdrehte die Augen. Vielleicht war der Kare eine gespaltene Persönlichkeit, weil er sich als Kamerateam bezeichnete.

Alle sind darüber schockiert, dass hier gezielt und augenscheinlich in Tötungsabsicht auf eine unserer Mitbürgerinnen geschossen wurde.

Darunter war ein Bild von mir mit einem dicken Balken über den Augen. Man erkannte mich trotzdem hervorragend.

Der Täter gibt der Polizei Rätsel auf. Aus welchem Grund sollte man auf die harmlose Maria L. schießen? (Name von der Redaktion geändert)

Na toll. Maria L. Jeder sah, dass das auf dem Bild unsere Mitbürgerin Lisa W. war. Aber immerhin kamen jetzt die verrückten Fremden, die manchmal mordend durch unser Dorf zogen, nicht darauf, dass es sich um mich handelte.

Der flüchtige Täter wurde nicht gesehen. Das Kommissariat I ermittelt. Wer die Tat beobachtet oder den Täter auf der Flucht gesehen hat, möge sich bei der Kriminalpolizei melden.

Darauf folgten eine Telefonnummer und eine E-Mail-Adresse.

Unzufrieden räumte ich im Archiv wieder auf. Nein, das half mir jetzt gar nicht weiter. Vielleicht der Film. Immerhin konnte ich da kontrollieren, ob die Kreszenz tatsächlich vor unserem Gartenzaun gestanden hatte.

Kare sah ziemlich neugierig aus, als ich mich vor den Rechner setzte. Mein Archivausflug war etwas derart Ungewöhnliches, dass er vor Neugierde fast platzte.

Ich sah das Video bestimmt zum hundertsten Mal. Mich so fleckig zu sehen regte mich noch immer ganz schön auf.

Und wie mürrisch die ganzen Feuerwehrleute aussahen, nur weil es gar nichts zu tun gab. Bei der Freiwilligen Feuerwehr, muss man wissen, waren sowieso lauter Leute, die froh über jede Windhose waren, die über unser Dorf raste. Man war dann meist selbst von einer diffusen Begeisterung erfasst, wenn man ihnen zusah. Mitten in der Nacht aus dem Bett springen und ungewaschen in die Kleidung, um dann Scheinwerfer zu installieren und eine Straße großräumig zu sperren. Deswegen war der Einsatz zu meiner Rettung ein bisschen enttäuschend.

Dann der letzte Schwenk in die Menge.

Die Kamera wackelte ein wenig, aber man konnte trotzdem erkennen, dass die Reisingerin gerade das große Wort führte. Anscheinend war sie aus dem Garten auf die Straße gegangen, um den anderen alles im Detail zu erzählen. Alle hörten ihr andächtig zu.

Ich ging noch einmal auf Abspielen des Videos, weil ich vergessen hatte, den Pausebutton anzuklicken. Das war Masochismus in seiner reinsten Form.

Wieder sah man die Reisingerin, wie sie von hier nach da zeigte. Die Rosl, die Kathl, die Mare, die Annl, die Kreszenz und der Schaller folgten ganz interessiert den Ausführungen. Wie bei einem Tennisspiel sahen sie synchron von der einen auf die andere Seite. Ich klickte »Pause« an, und die Menschen vor unserem Gartenzaun erstarrten.

Ich studierte den Computerbildschirm.

Was störte mich daran?

Der Kare blieb hinter mir stehen und grinste. »Das ist doch eine schöne Erinnerung«, sagte er beim Anblick des Standbilds.

»Ja, das kann ich noch meinen Enkeln zeigen«, bestätigte ich ihm seine Glanzleistung.

Ich seufzte. Mit Kare im Nacken war das kein Spaß. Der roch so nach Leberkässemmel, dass ich nur noch an Essen denken konnte.

»Ich kann dir das auch wo speichern.«

Für mich ganz allein. Toll. Den Witz mit den Enkeln hatte er anscheinend nicht kapiert.

»Danke«, sagte ich trotzdem. Immerhin schoss er nicht mit einer Mauser auf mich. Ich war inzwischen für alles dankbar, was gewaltfrei ablief.

»Der Herr Sander hat sich das Video auch schicken lassen«, erzählte er stolz. »Das ist bestimmt total ermittlungsrelevant«, gab er an.

»Hm«, machte ich abgelenkt.

Ich starrte eine Weile auf die Reisingerin mit weit aufgerissenem Mund. Das war doch mal ein gutes Bild von ihr. Und hinter ihr alle mit schief gelegten Köpfen. Besonders der Schaller. Wieso der überhaupt in die Richtung sah? Der konnte doch wahrscheinlich gar nichts erkennen.

»Die Kreszenz ist auch geschlagen mit ihrem Vater. Der wird immer komischer«, sagte der Kare, dann nahm er seine Fototasche, um zu gehen.

Na ja. Wenn man so jemanden wie den Mane heiratete, war

man eh abgehärtet. Dann machte ein Schaller als Vater auch nicht mehr viel aus.

Der Schaller.

Der Kare sagte noch Servus, dann ließ er die Tür hinter sich zuknallen, und ich war allein.

Andererseits war es auch total praktisch, wenn man einen alten Schaller zu Hause hatte. Der fuhr nämlich gerne in den Wald und reparierte Dinge, wie etwa Zäune. So jemanden hätten wir auch gut gebrauchen können.

Der Schaller hat auf diesem Video nichts verloren, dachte ich mir, und mir wurde ein klein wenig schlecht.

Der Schaller hatte nämlich, laut seiner gesamten Familie, Zaunlatten im Wald gerichtet. Und der Girgl oder der Anderl hatten ihn rausgefahren.

Ich sah ihn neben der Rosl stehen. Und ich sah im Geiste das alte Häusl im Wald. Und den niedergedrückten Maschendrahtzaun. Was für ein blödsinniges Alibi. Und dann der Polizei weismachen, der Schaller wäre da draußen herumgekrautert.

Vielleicht hatte auch der Schaller auf mich geschossen und sich dann das ganze Schlamassel ganz unauffällig angesehen. Unsinn, dachte ich mir. Erstens hatte er überhaupt keinen Grund, auf mich zu schießen. Und zweitens konnte er bestimmt auch nicht richtig zielen, geschweige denn, ohne die Kreszenz den Weg zu unserem Garten finden.

Ich dachte noch eine Weile darüber nach, dass die Kreszenz anscheinend nicht genau wusste, ob der Girgl oder der Anderl das Alibi dringender brauchte. Das war eigentlich extrem seltsam. Ich starrte eine Weile vor mich hin. Entweder, sie wusste es einfach nicht genau. Oder aber sie wollte den beiden Buben gar kein Alibi geben. Das bedeutete dann jedoch …, dass sie dem Schaller ein Alibi geben wollte. Was wirklich extrem abstrus war.

Ich ging zu Kares Tisch, um Max anzurufen. Wie auch immer, das war jetzt mal wirklich ein Fall für die Polizei. Ich hatte es nämlich so richtig im Gefühl, dass der Fall damit gelöst war.

Zwar wusste ich noch nicht, wer der Mörder war, aber ich hatte drei zur Auswahl. Den Anderl, den wahrscheinlichsten Kandidaten. Den Girgl. Oder auch den Schaller. Man sollte alte Leute nicht unterschätzen.

Max war nicht in seinem Büro, und auf dem Handy erreichte ich ihn auch nicht. Das war mal wieder typisch. Immerhin war seine Mailbox aktiviert.

»Pass auf, Max. Der alte Schaller war an dem Tag, an dem auf mich geschossen wurde, gar nicht im Wald, mit keinem seiner Enkelsöhne. Und schau mal im ›Gelöscht‹-Ordner der E-Mails von der Marlis Roidl nach, das Passwort ist … PIEP.«

Ich wählte noch einmal seine Handynummer. »… Marlis Punkt Roidl at GMX Punkt de. Und das Passwort ist Big Gumola.«

Ich hatte noch keinen richtigen Plan. Mein eigentlicher Plan war nämlich immer noch, Max alles Weitere machen zu lassen. Aber sein Handy war taub für meine Wünsche. Ich hatte ihm schon bestimmt die fünfte Nachricht auf die Mailbox gesprochen, die letzten mehr geschrien. Besonders bei der allerletzten Nachricht hatte ich ein ganz klein wenig die Nerven verloren. Als Kripobeamter sollte man doch wirklich so viel Verstand haben, dass man in so einer Extremsituation das Handy eingeschaltet ließ.

Mein nächster Plan war, meine Großmutter einzuweihen, weswegen ich mein Auto auch zuerst Richtung Heimat lenkte. Dann überlegte ich es mir aber anders und wollte ein klein wenig das Haus der Schallers beschatten. Vielleicht konnte ich Max damit den finalen Hinweis liefern.

Ich beobachtete das Haus, das in der prallen Mittagssonne lag. Kein Mensch zeigte sich. Ich stellte mir vor, ich würde Max auf dem Handy erreichen. Vielleicht spürte er meine Gedanken und schaltete sein blödes Telefon ein.

Nach einer Weile war mein Hirn so überhitzt – anders kann ich mir meinen nächsten Einfall nicht erklären –, dass ich beschloss, die Überwachung näher ans Haus zu verlegen. Der

Mane hatte anscheinend ein Rosengitter vom Baumarkt geholt, das jetzt noch neu und strahlend die Hauswand zierte. Prima Kletterhilfe, dachte mein benebeltes Gehirn, und ich kraxelte brav hinauf.

Was für ein Glück, dachte ich als Nächstes, als ich als Allererstes den Rücken vom Schaller sah. Ausgerechnet vor dem Zimmer vom alten Schaller. Danke, Mane.

Das nahm ich in den nächsten zehn Sekunden allerdings wieder zurück, denn der alte Schaller war gerade dabei, sich umzuziehen, und riss sich einfach alles vom Leib, was er anhatte.

Uah. Das war entsetzlich. Ich sah auf einen haarigen, faltigen Hängehintern. Ich machte mich auf einen hastigen Rückzug gefasst, da fiel mein Blick auf ein riesiges Handy, das am Tisch lag. Ein Seniorenhandy mit Ziffern, die so groß wie Klodeckel waren.

Holländisches Handy, dachte ich mir und starrte fasziniert auf den Tisch.

Mit einer Hand tastete ich nach meinem Handy und nach dem Zettel mit der Mördernummer. Das Rosengitter knackte verdächtig, während ich versuchte, einhändig die Nummer einzugeben. Ich hörte das Freizeichen. Gleichzeitig hörte ich, dass das Handy auf dem Tisch klingelte.

Volltreffer. Im nächsten Moment machte der Schaller Anstalten, sich umzudrehen und das Handy zu packen. Vor Schreck machte ich, dass ich wegkam. Unter mir krachte das Rosengitter, das anscheinend nicht als Kletterhilfe gedacht war, und ich rauschte nach unten. Unten angekommen, verhakte sich mein linker Fuß in den restlichen Splittern des Gitters. Mein Herz wummerte schon so laut, dass ich fast ohnmächtig wurde. Der Gedanke, dass sich gleich ein nackter Schaller aus dem Fenster beugen würde, gab mir allerdings Kraft. Ich zerrte so heftig, dass das Holz splitterte und brach und ich wie ein Sack Kartoffeln nach hinten fiel.

Noch immer war aus dem Haus nichts zu hören. Vielleicht war der Schaller ja allein zu Hause und hatte sein Hörgerät ausgeschaltet. Und er hatte schließlich sein Holzbein abgelegt. Das dauerte natürlich, bis er das wieder dran hatte.

Ächzend humpelte ich zum Auto zurück. Meinem Fuß ging es nicht besonders gut. Aber lieber ein verstauchter Knöchel als ein nackter Schaller von vorn. Da war ein bisschen Schmerz ein angemessener Preis, fand ich. Bestimmt war es besser, in angemessenem Sicherheitsabstand im Auto zu warten. Als ich gerade die Tür hinter mir verriegelt hatte, klingelte mein Handy.

Mist. Ich starrte auf das Display und sah die Mördernummer. Der Schaller rief an. Natürlich. Der wollte wissen, wer ihn da angerufen hatte. Ich hatte total vergessen, dass meine Handynummer auf Schallers Handy angezeigt wurde.

»Meinungsumfrageinstitut Svoboski«, meldete ich mich süßlich.

An meinem Ohr tutete das Freizeichen.

Während ich mit meinem Fuß gymnastische Übungen machte – damit er nicht ganz steif wurde –, ließ ich die Haustür nicht aus dem Auge. Ich wählte die Nummer von Max. Erst in seinem Büro. Dann seine Handynummer. Aber noch immer war er nicht im Büro und sein Handy noch immer ausgeschaltet oder in einem sehr großen Funkloch. Ich konnte den Schaller jetzt unmöglich aus den Augen lassen. Bestimmt machte er sich zu neuen Mordanschlägen auf den Weg, und das durfte ich nicht zulassen. Mit dem Riesenseniorenhandy die Marlis anklingeln. Mich überlief es kalt. Eilig drückte ich auf Wahlwiederholung und rief Max an.

Hinter mir brummte es gewaltig laut. Der alte Schneider hatte anscheinend beschlossen, den kleinen Grasstreifen zwischen Gartenzaun und Bürgersteig zu mähen. Ich überlegte mir diverse Ausreden, wieso ich in dieser Straße parkte. Vielleicht kam der alte Schaller auch bald heraus, dann war ich sowieso so was von weg.

Und tatsächlich. Da kam er bereits. Wirklich topmodisch gekleidet. Cremefarbene Söckchen in dunkelbraunen Sandalen mit Netzoptik. Und dann noch eine kurze Hose. Der Schaller kannte keine falsche Scham. Wozu auch, schließlich würde er gleich sein Holzbein abschnallen, wenn er sich auf sein Mofa setzte.

Dann musste der Schneider unbedingt noch ein paar Worte mit dem Schaller wechseln.

»Hast du des auch grad g'hört?«, fragte der Schaller.

»Des Rumpeln?«, fragte der Schneider nach.

»Ja. Als wenn halt der Holzstoß einfällt«, beschrieb der Schaller es genau.

Holzstoß einfallen, das war jetzt nicht schmeichelhaft.

»Mei«, sagte der Schneider allwissend.

Dasselbe dachte ich mir auch.

Endlich ging der Schaller zur Garage. Ich startete vorsichtshalber schon einmal den Motor. Das Garagentor ging von allein auf. Dann passierte eine Weile gar nichts, vermutlich weil der Schaller mit seinem Bein beschäftigt war. Dann hörte man einen startenden Motor. Hinter mir wurde auch ein Motor angelassen.

Der Schneider wieder. Ständig am Rasenmähen. Hoffentlich fährt er mir nicht vor das Auto, dachte ich mir noch, während ich die Garageneinfahrt fixierte.

Das Wichtigste war, den Verdächtigen nicht mehr aus den Augen zu lassen. Ich klemmte hoch konzentriert hinter dem Lenkrad, jederzeit bereit, den Gang reinzuhauen und loszurauschen.

Hinter mir hörte ich ein lautes Rattern, das immer näher kam.

Blaue Abgasschwaden wehten aus der Garage. Dann fuhr er los, durch das Gartentürchen hindurch und über die kleine Stufe am Bürgersteig, bis er vor meinem Auto auf die Straße einbog. Das Rattern hinter mir wurde noch lauter. Plötzlich ein Knall. Vor mir verengte sich das Gesichtsfeld, es zersplitterte in tausend Teile. Eine Landkarte. Dachte ich mir. Eine Landkarte auf meiner Frontscheibe ...? Ich sah für einen Moment gar nichts, dann tat es einen Knall, und ich sah wieder ausgezeichnet, denn die in kleinste Splitter zerbrochene Scheibe löste sich gerade in Luft auf, prasselte auf mein Lenkrad und mich herab.

Der Schaller hob noch einmal die Hand, um den Schneider zu grüßen oder vielleicht auch mich, das wusste man nicht so genau. Dann tuckerte er gemütlich die Straße entlang.

Fassungslos sah ich ihm nach.

»Tschuldigung«, sagte neben mir der Schneider.

Ich saß noch immer inmitten der Scherben und starrte ihn an. Der greißliche Schneider, der greißliche. Der hatte jetzt allen Ernstes meine Frontscheibe zerstört. Langsam und gemächlich sah ich den Schaller die Straße entlangfahren und dann auf die Hauptstraße einbiegen.

Ich stand neben meinem Auto und war kurz vorm Explodieren. Ich hatte keine Frontscheibe mehr. Nur weil der Schneider, der Depp, der, mit seinem Rasentraktor Rasen gemäht und dabei meine Autoscheibe mit einem Stein herausgeschossen hatte.

»Wahnsinn«, sagte er und sah ziemlich begeistert aus. »Das ist ja der Wahnsinn.«

Das fand ich allerdings auch.

»So ein kleines Steindl«, wiederholte er begeistert. »Da fährst mit deinem Rasenmäher über so ein winziges Steinderl, und schon haut's einem anderen die Scheiben raus.«

So ein Krampf. Einem haut's gar nicht die Scheiben raus. Sondern mir. Und mir würde es demnächst den Vogel raushauen, wenn das so weiterging.

»Des zahlt die Versicherung«, beruhigte er mich, aber er strahlte so viel Begeisterung aus, dass mir seine Versicherung kein rechter Trost war. Vor allen Dingen suchte seine Versicherung jetzt bestimmt nicht nach dem Schaller. Der konnte in aller Ruhe neue Morde vorbereiten, während ich hier neben meinem Auto stand und mich aufregte.

Ich drückte wieder hektisch auf meinem Handy herum, um Max zu erreichen. Aber noch immer teilte mir eine freundliche Frauenstimme mit, dass der Teilnehmer »temporarily not available« sei. Ich sprach noch einmal unflätige Sachen auf die Mailbox. Vermutlich würde sich Max nach diesem Tag von mir trennen, aber das war mir inzwischen auch egal.

»Kann ich Ihr Auto haben?«, unterbrach ich den Schneider unhöflich. »Das wär jetzt wirklich wichtig.«

Die gute Laune vom Schneider verflog sofort. »Des geht ned«, sagte er missgelaunt. »Aber das Radl von der Frau. Des könntest haben.«

Ich hätte ihm gerne erklärt, wohin er sich das Radl seiner Frau hinschieben konnte. Aber besser ein Radl als gar kein Fortbewegungsmittel.

Bei der Jagd nach einem Mörder sollte man sich nicht unbedingt auf das langsamste Fortbewegungsmittel verlassen, das einem zur Verfügung steht. Deswegen radelte ich als Nächstes zu Anneliese. Deren Familienkutsche war ungewohnt zu fahren, aber eigentlich schneller als mein Fiesta. Der Schaller war bestimmt zum Forsthäusl rausgefahren, das hatte ich im Blut. Als ich endlich losbrauste, sah ich Großmutter mit einem Sack Erde Richtung Friedhof gehen. Ich machte eine Vollbremsung.

»Was machst du denn da?«

»Fahrst mich zum Friedhof?«, fragte sie stattdessen und warf mir den Sack Erde halb auf den Schoß.

»Unser Grab ist total in Ordnung«, sagte ich verzweifelt. »Außerdem muss ich arbeiten.«

»Ich auch«, erklärte Großmutter bestimmt. »Fahr zu.«

Nein. Nein. Nein.

»Ich mach das schon«, wandte ich ein. »Lass den Sack Erde einfach da stehen, und dann mach ich das. Nach der Arbeit.«

»Du kannst das nicht gescheit«, erklärte sie mir.

»Natürlich. Ich bin …« Erwachsen, wollte ich sagen, konnte es mir aber gerade noch verkneifen.

»Ich weiß schon, wie du das immer machst. Husch, husch, und schon meinst, du bist fertig, wo doch überall auf der Umfassung noch die Steindln und die Erde liegen«, erklärte sie.

»Wir machen es zusammen«, köderte ich sie.

»Lass mich einfach beim Friedhof raus«, sagte sie stur.

Nichts da. Am Schluss fiel sie mir in das neu ausgehobene Grab vom Roidl.

»Da müsste ich ja umdrehen«, wandte ich ein. »Ich muss jetzt schnell zum Forsthäusl und danach …«

»Dann fahr ich halt mit«, sagte Großmutter mit einem Seufzer. »Und fahr nicht so ruckelig. Da wird einem ja schlecht.«

Es war ja schon blöd, mit Anneliese zu ermitteln. Seine eigene Großmutter mitzunehmen war hingegen der größte Blödsinn, den man sich als privater Ermittler überhaupt ausdenken konnte. Direkt vor dem Maschendrahtzaun parkte das Mofa vom alten Schaller. Das Holzbein und sein Besitzer waren weg.

»Bleib du im Auto sitzen«, versuchte ich den Blödsinn ein wenig einzudämmen. »Ich geh nur schnell einmal ums Häusl herum, und dann fahren wir wieder nach Hause.«

»Zum Friedhof«, verbesserte mich Großmutter. »Und was machst du beim Häusl?«

Tja, was tat ich da.

»Ich beobachte den Schaller«, gab ich zu. Ich konnte ihr unmöglich verraten, dass ich ihn für den Mörder hielt.

»Wieso?«

»Weil ich meine … dass er auf mich geschossen hat.«

»Der alte Schaller?«, fragte Großmutter fassungslos. »Da muss ich mit. Dem sag ich was.«

»Nein«, flehte ich sie an. »Du bleibst schön da sitzen. Ich will nur sehen, was er in dem Häusl treibt. Bitte.«

»Und im Häusl hat er seine ganzen Waffen?«, fragte sie nach.

»Nein. Das war ein Witz«, redete ich mich raus. »Ich schreibe halt einen Artikel über das Häusl. Und jetzt bleib sitzen.«

»Ja. Ja. Der Schaller. Dem würde ich so alles Mögliche zutrauen«, verriet mir Großmutter. »Was der mir früher zugezwinkert hat. Als wenn ich halt sein Gspusi …«

Ja, die Geschichte hatten wir schon.

»Als wenn ich mit so einem verheiratet sein wollte.«

»Oma, da hast recht«, stimmte ich ihr zu, ohne mitzudenken. Hauptsache, ich kam weg.

»Den ganzen Tag im Schützenheim sitzen und das Geld verpulvern. Dass die sich das gefallen lässt. Das kann man gar nicht glauben.«

Jawohl. Ich auch nicht, aber ich musste jetzt dringend nachsehen, was der Schaller ohne Zaunlatten hier draußen reparierte.

»Den ganzen Tag auf Papierscheiberln schießen und den Buben nicht bei den Hausaufgaben helfen«, schimpfte sie weiter vor sich hin. Ich machte, dass ich weiterkam.

Die Gartentür stand offen. Ich quetschte mich durch, ohne das Tor zu bewegen, und lief geduckt auf das Haus zu. Mit dem Bein blieb ich an ein paar Kletten hängen, dann hatte ich die Mauer erreicht. Mein Herz wummerte. Großmutter hatte ich vergessen. Mein Knöchel pochte. Dass einem so ein alter Mann noch derart einheizen konnte, der Wahnsinn.

Ich blickte durch das vergitterte Fenster. Für einen Moment sah ich gar nichts, dann erkannte ich den Schaller, der damit beschäftigt war, in dem Zimmer herumzuräumen. Er schlug die Häkeldeckchen zurück und packte rote Kaffeepäckchen in seinen Rucksack.

Seltsam. Extra in den Wald zu fahren, um neuen Kaffee zu holen. Vielleicht hatte ja die Kreszenz gesagt, so geht es nicht weiter, den ganzen Kaffee, den die alte Zenz verteilt, den kann ich nicht bei mir in der Speis aufheben. Da müsst ihr euch was anderes überlegen. Aus dem Rucksack schaute auch noch was Langes heraus, so eine Art Rohr.

Wenn, dann war das ja nicht sein Kaffee, sondern der von seiner Frau. Wahrscheinlich nahm sie den bei ihren Kaffeefahrten immer mit, wenn es in den Krematorien keine Videos mehr zu gucken gab. Und dann war das halt ein bisserl zu viel für zu Hause. Deswegen musste sie auch den Kaffee verteilen, so viel trank ja kein Mensch.

In meinem Gehirn ratterte es eine Weile vor sich hin. Das

Wort Holland gab dann den Ausschlag. Kein Mensch nahm so viele Pakete Kaffee mit nach Deutschland. Ausgenommen, es war etwas anderes drin.

Nein, das konnte nicht sein. Die Schallerin war doch schon achtzig. Und ihr Mann über neunzig. In dem Alter vertickte man keine Drogen mehr.

Es klackerte noch eine Weile in meinem Kopf. Das war eine prima Tarnung. Kein Mensch kam auf die Idee, dass die gute alte Zenz etwas anderes im Gepäck hatte als Krematoriumsangebote und Rheumadecken. Und was sollten sie sonst in diesen Unmengen von Kaffeepäckchen versteckt haben? Das Schallerhäusl als Drogenlager. SH. Anderl SH. Oh je. Wahrscheinlich waren alle beteiligt gewesen. Der Anderl, der Girgl – der natürlich als Selbstversorger –, Kreszenz, die alte Zenz. Der alte Schaller.

Ich kniff die Augen ein wenig zusammen, um zu erkennen, was da noch aus dem Rucksack herausragte. Wo war der Schaller eigentlich hingegangen? Hatten die in jedem Zimmer irgendwelche Drogenlager? Wenn ich jetzt einmal so ins Blaue hinein raten sollte, dann war der Roidl mit seiner Marlis hier draußen herumgekrochen, weil er nicht verstehen konnte, wieso dieses Häusl für die Schallers so wichtig war. Und hatten protokolliert, wer wann da gewesen war. Und nachdem der Schaller die beiden gesehen hatte, hatte er gesagt … nun muss ich euch zum Schweigen bringen. Oder so ähnlich.

Kaffee und … ein Gewehr, dachte ich mir. Das Rumoren in meinem Kopf ging weiter, und dann hörte ich die letzten Worte meiner Großmutter … das ganze Geld im Schützenheim verpulvern. Verpulvern. Eigentlich hatte ich es schon längst gewusst. Wenn er nicht gerade seine Bäume zu Krüppelbäumen verbog und mit dem Moped herumdüste, war er im Schützenheim. Ich war zwar immer der Meinung gewesen, dass seine Schützenheimbesuche nur ein soziales Event waren und eine gute Alternative zum Schmalzlwirt, weil dort das Bier billiger war. Aber vermutlich schoss er doch hin und wieder auf Papierscheiben.

Und das, was da so lang seitlich aus dem Rucksack herausragte, war doch …

Leider hatte ich keine Ahnung, wie eine Mauser ausschaute. Aber irgendwie wusste ich, dass eine solche seitlich in dem Jagdrucksack steckte. Und wo war jetzt eigentlich der Schaller?

Die Frage stellte ich mir einen kleinen Tick zu spät. Denn plötzlich bemerkte ich eine kleine hastige Bewegung aus den Augenwinkeln. Hinter mir stand jemand, der mir von vorn einen Stock an den Hals drückte. Das war so unangenehm, dass ich nicht einmal quietschen konnte. Ich versuchte, den Stock zu erwischen, der mir alle Luft nahm, und nach vorn zu drücken. Aus meiner Kehle kam etwas wie ein heiseres Krächzen.

Der Schaller, dachte ich nur, der Schaller hat Bärenkräfte. Ich kann mich doch jetzt nicht von einem neunzigjährigen Mann umbringen lassen!

Seine Hand, die ich neben mir sah, war alt, knitterig und hatte riesige blaue Adern. Und auf dem Handrücken sah ich verschorfte Kratzer.

Marlis, dachte mein Gehirn, obwohl ich gar nicht mehr denken konnte. Das war die Marlis. Die haben ihn damals auch gesehen, den alten Schaller.

Ich schaff das, dachte mein Gehirn. Und dann konnte ich mich an nichts mehr erinnern.

Als ich wieder aufwachte, lag ich Seite an Seite mit dem alten Schaller. Ich hörte in weiter Entfernung eine Sirene näher kommen. Und dicht an meinem Ohr, so schien es jedenfalls, sagte jemand, der mir sehr vertraut war: »Musst du dich immer in Gefahr bringen?«

Ich schlug die Augen auf und starrte in die Augen von Max.

»Was machst du da?«, fragte ich und konnte mich nicht entscheiden, auf welchen Max ich schauen wollte. Auf den linken oder auf den rechten. Endlich vereinigte er sich zu einem ganzen Max.

»Deine Oma hat mich angerufen«, sagte er und sah mir sehr intensiv in die Augen. »Eine Gehirnerschütterung hat sie, glaub ich, nicht.«

Wer hatte keine Gehirnerschütterung? War meine Großmutter niedergeschlagen worden? Mir wurde schlecht. Max' Stimme hörte sich komisch an. Als würde er mit seinem eigenen Echo sprechen.

»Aber der alte Schaller«, trompetete Großmutter so laut, dass es in meinem Kopf klingelte und zischte. »Dem hab ich dermaßen die Latte über den Kopf gedroschen. Wenn der keine Gehirnerschütterung hat, dann weiß ich auch nicht.«

Oh je. Anscheinend war während meiner Bewusstlosigkeit eine ganze Menge passiert. Und meiner Großmutter ging es bestens, immerhin etwas. Max hatte meine Hand in seiner und streichelte mit dem Daumen beruhigend über meinen Handrücken.

»Vielleicht wacht er auch gar nimmer auf«, mutmaßte sie noch. Ein »Schade wär es nicht drum« konnte sie sich wohl gerade noch verkneifen.

Das Zischen in meinem Kopf wurde zu einem lieblichen Zwitschern.

»Bleib nur liegen«, empfahl Max und drückte meine Hand noch etwas fester.

»Hast du nichts zu tun?«, fragte ich und schloss vorsichtshalber die Augen.

»Nein. Die Spurensicherung ist im Forsthaus. Und deine Oma hat ja den Schaller k.o. geschlagen. Der läuft nicht mehr weg.«

Man könnte ihm trotzdem das Holzbein abschnallen. Sicherheitshalber.

Max tätschelte weiter meine Hand. »Das nächste Mal sagst du Bescheid.«

Ich machte die Augen auf und sah ihn giftig an. »Ich habe das schon versucht. Aber dein Handy war ausgeschaltet.«

Max sah schuldbewusst aus.

»Hast du wenigstens deine Mailbox abgehört?«

»Ich habe nicht alles ganz verstanden. Besonders das Passwort nicht, das hättest du buchstabieren müssen. Bikumola.«

Kurz darauf klingelte sein Handy, und Max ließ meine Hand los. Eine aufgeregte Stimme kam aus dem Hörer, und er seufzte resigniert.

Als er auflegte, wählte er gleich noch einmal. »Wir brauchen noch einen Rettungswagen«, sagte er knapp.

Großmutter schnalzte mit der Zunge. »Drei Sanka. Glaubst es ned«, sagte sie zufrieden.

»Wieso denn drei?«

»Der Schorsch«, sagte Max. Max sagte nie »Der Schorsch«. »Hat mit dem Auto die Frau Schaller verfolgt.«

»Die alte Zenz ist mit dem Auto gefahren?« Großmutter sah sehr begeistert aus.

»Und ist von der Straße abgekommen.«

»Der Schorsch oder die alte Schallerin?«, wollte ich krächzend wissen.

»Der Schorsch«, klärte mich Max auf. »Die Frau Schaller hatte einen Zusammenstoß mit einem Müllwagen, ist aber unverletzt.«

»Glaubst des ned«, sagte Großmutter noch einmal zufrieden.

Das war ein wirklich gewaltiger Showdown. Der Schaller niedergestreckt von meiner Großmutter. Seine Frau, vermutlich auf der Flucht vor der Polizei, niedergestreckt durch einen Müllwagen.

Und ich hatte alles verpasst.

»In dem Alter sollte man schon ein bisserl g'scheiter sein«, fügte sie noch hinzu.

Dann hörten wir die Sirene vom Sanka.

»Hab ich's dir nicht gesagt«, sagte Anneliese zufrieden und drückte mir eine Schachtel Pralinen in die Hand. Sie hätte ruhig noch mehr Pralinen kaufen können. Schließlich war das alles nur wegen ihrer blöden Idee passiert, dass wir unbedingt ermitteln mussten. Sonst wäre ich im Leben nicht zum Forsthäusl gefahren. Und ich hätte auch nie vor dem Metzgerhaus gestanden und mich in den Augen von Mane und Kreszenz verdächtig gemacht. Dabei hatte ich gar nicht gesehen, wie sie die ganzen Gewehre einluden, um sie wegzubringen. Nicht, dass es noch zu einer Hausdurchsuchung kam.

Ich lag auf der Eckbank und sah mir die roten Rosen an, die mir Max geschenkt hatte. Vermutlich als Entschuldigung dafür, dass er sein Handy nicht eingeschaltet hatte.

»Die Marlis, die macht so was nicht.«

Vielleicht erschoss sie nicht ihren Ehemann. Aber sie erpresste von Drogenhändlern Geld. Und sie hätte sich von fremden Männern freitagabends mit Nutella einschmieren lassen.

Ich wusste nicht, was schlimmer war.

»Das glaubst nicht, der alte Schaller. Schießt auf alles, was sich bewegt«, sagte Anneliese.

»Hätt ja auch gereicht, wenn er den Roidl erschossen hätte«, stimmte Großmutter zu.

So ein Unsinn. Wenn die zwei da draußen rumgekrochen waren und ihn beim Verpacken von Drogen in Kaffeepäckchen erwischt hatten, musste er entweder alle umbringen oder keinen.

»Und dann noch so link sein und der Marlis eine Waffe in die Hand drücken«, empörte sich Anneliese. »Dass sie dasteht wie ein Mörder.«

Daliegt. Und Mörderin, korrigierte ich schweigend und massierte mir meinen Fuß, der noch immer von Manes Rosenspalier schmerzte. Vielleicht hatte die Marlis doch auf ihn geschossen. Wer wusste das schon so genau. Der Schaller konnte jedenfalls nichts mehr sagen. Seit dem gezielten Schlag meiner Großmutter lag er mit offenem Mund in seinem Krankenhausbett. Die Zenz hatte gesagt, dass meine Großmutter eine ganz schlimme Bixn sei. Weil das machte man doch nicht. Großmutter hingegen meinte, dass sich der Schaller nicht so anstellen solle. Der stelle sich nämlich nur halb tot, so wie sie ihn einschätze. Wenn er lang genug mit offenem Mund im Krankenhaus lag, rechnete er sich bestimmt gute Chancen aus, dem Gefängnis zu entgehen.

Ich verkniff mir den Kommentar, dass ich nicht genau wusste, was ich lieber machen würde.

»Soll ich noch einen Tee machen?«, wollte Maarten wissen und schenkte Großmutter nach. Maarten war ein echter Schatz. Ihm zuliebe trank Großmutter auch literweise den Ostfriesentee, den er angeschleppt hatte. Komischerweise schlief sie daraufhin tief und fest, während sie sonst immer nachts durchs Haus geisterte.

»Dankschön, Bub«, sagte Großmutter wohlwollend zu Maarten. »Dich, wenn ich ned hätt.«

Ich verdrehte die Augen. Ich hatte ihr jetzt jahrelang etwas zu trinken vor die Nase gestellt, aber mein Zeug wurde ja immer in die Grünlilie geschüttet.

»Und der hat mir schöne Augen gemacht«, sagte Großmutter und fügte ein Tststs hinzu. »Stell dir das mal vor. Dann wär ich jetzt mit einem Mörder verheiratet.«

Ich seufzte nur und steckte mir eine Praline in den Mund. Dann reichte ich die Schachtel an Anneliese weiter, die sich auch bediente.

»Aber ich hätte den schon besser erzogen«, behauptete Großmutter. Weil halt die alte Zenz nicht auf ihn aufgepasst hatte. Hätte sie sein Holzbein konfisziert, wäre das alles nicht passiert. Außerdem hätte meine Großmutter sicher nicht bei irgendwelchen Drogengeschichten mitgemacht.

Maarten nahm sich auch eine Praline.

»Und ich habe wahlweise eigentlich immer eher den Girgl oder den Anderl verdächtigt. Dass die mit Drogen dealen«, gestand ich. Und eigentlich tat ich das immer noch. Denn ich war mir hundertprozentig sicher, dass der Roidl und die Marlis nicht nur den alten Schaller erwischt hatten, sondern auch den Girgl und den Anderl. Der Anderl holte sich wahrscheinlich Nachschub, um den zu verkaufen. Und der Girgl holte sich Nachschub, um ihn selbst einzuwerfen.

»Ach geh. Der Girgl, der hat doch schon so viel Zeug geschluckt, der kriegt des doch gar ned auf die Reihe. Mit dem

Dealen«, erklärte Anneliese. »Und der Anderl, der will doch Theologie studieren. Da darf man das bestimmt auch nicht.«

»Wie. Der Anderl? Theologie? Der will Pfarrer werden?«, bohrte ich fassungslos nach.

»Na ja. Vielleicht nicht Pfarrer. Aber so als Pastoralreferent. Das kann ich mir gut vorstellen«, erklärte Anneliese und nahm sich noch eine Praline.

Großmutter schnalzte nur mit der Zunge, dann griff auch sie zu den Pralinen. Ich konnte mir das auch nicht vorstellen. Und ich war mir fast sicher, dass der Anderl auch bei der Drogengeschichte beteiligt gewesen war. Die Oma nach Holland schicken, den Opa umverpacken lassen und selber die Packerln verkaufen. So hatte ich mir das zusammengereimt. Und jetzt redete er sich heraus und tat so, als hätte er schon immer vorgehabt, Pastoralreferent zu werden.

»Und die Zenz behauptet, sie hätte von nichts eine Ahnung gehabt«, erklärte Anneliese weiter. »Sie hätte sich nur gewundert, dass die Packerln mit dem Kaffee immer weg waren. Wo sie doch extra fürs Altenheim so viel gekauft hatte.«

Jaha. Und extra aus Holland, da hatten die nämlich den niederländischen Spezial-Senioren-Schonkaffee.

So eine verlogene Brut. Ich würde mal sagen, dass wir jetzt haargenau wussten, wieso sich der Anderl einen Mercedes leisten konnte. Und wahrscheinlich stimmte es sogar, dass das Geld von der Oma war. Zwar nicht vom Bausparer, sondern von den eingeführten Drogen, aber was macht man nicht alles für seine Enkerln.

»Der Roidl hätt halt nicht in den Wald fahren sollen«, meinte Großmutter. »Sondern den Schorsch anrufen und den das machen lassen.«

Dann wäre jetzt der Schorsch tot und nicht nur mit einem Beinbruch im Krankenhaus.

Mir war es total peinlich, dass der alte Schaller mich beinahe umgebracht hatte. Sich von einem Neunzigjährigen überwältigen zu lassen, das war schon extrem unangenehm. Und dann noch von seiner sechsundachtzigjährigen Großmutter gerettet zu werden. Großmutter hatte mich hinterher noch richtig geschimpft. Ich könnte mich doch nicht von dem alten Schaller erwürgen lassen. Weil ich halt auch immer so einen Schmarrn machen musste. Bei anderen Leuten in die Wohnungen schauen, das machte man auch nicht.

Ich nahm mir noch eine Praline und reichte die Schachtel wieder Anneliese, die seufzend zulangte.

»Weiß man jetzt denn schon, wen die Marlis erpresst hat? Wer dieser SLK ist?«

»Wer soll denn das sein?«, fragte Großmutter. »SLK?«

»Ich glaube, das sind der alte Schaller und die Kreszenz«, mutmaßte Anneliese. Schaller Ludwig und Kreszenz. Ah. Schaller Wiggerl war natürlich Schaller Ludwig.

»Ich glaube, das ist der Anderl«, erklärte Maarten. »Das SLK kommt von seinem Auto.«

Mercedes SLK. Klaro.

»Aber das wird er nicht zugeben.«

Und dem Schaller stand der Mund offen. Dem konnte man ja schön alles in die Schuhe schieben. Zumindest waren sich jetzt kollektiv alle Schallers und Grubers einig, dass der alte Schaller als Drogenhändler erpresst worden war und daraufhin zur Waffe gegriffen hatte.

»Der arme Schorsch«, sagte Großmutter. »So schnell kann der nicht mehr arbeiten.«

»Übernimmst du dann seinen Job?«, wollte Anneliese von Maarten wissen. »Das wär eh g'scheiter. Du kannst des besser.«

Maarten sah plötzlich sehr unglücklich drein.

»Ich glaube, ich werde gar kein Polizist«, offenbarte er uns.

»A geh«, meinte Großmutter und tätschelte ihm die Hand.

»Wieso das denn?«, wollte ich wissen. »Du hast richtig viel rausgebracht.«

Wir sahen ihn alle sehr gespannt an.

»Aber irgendwie ... ich möchte lieber etwas anderes machen.

Das ist mir jetzt klar geworden. So mit deiner Großmutter zusammen. Das liegt mir viel mehr.«

Ich starrte ihn sprachlos an. Sag jetzt nicht Altenpfleger.

»Ich könnte mir den Job als Altenpfleger viel besser vorstellen. Natürlich KANN ich auch Polizist werden, aber ich habe das Gefühl, dass mich das hier viel mehr ausfüllt.«

Maarten. Das ist jetzt nicht dein Ernst. Stell dir vor, nicht nur meine Großmutter, sondern gleich ein Dutzend davon.

Ich beschloss, den Mund zu halten.

»Aber wie kommst du auf Altenpfleger, wenn du zu uns zum Mittagessen kommst?«, wollte Großmutter misstrauisch wissen. »Wegen der Reisingerin, oder was?«

Anneliese begann zu lachen, und in meinem Kopf rumpelte der Kopfschmerz von einer auf die andere Seite.

»Weil er halt so viele Alte bei uns im Dorf kennengelernt hat. Musst doch nur an den Schaller denken«, erklärte ich.

»Der ist doch auch nur ein paar Jahr älter als ich«, widersprach Großmutter.

»Aber geistig. Geistig ist der doch zweihundertdreißig«, gab ich zurück, und die Kopfschmerzen pochten direkt hinter der Stirn. »Und wer wird jetzt bei uns Mesner?«, lenkte ich ein wenig ab.

Vielleicht der Anderl. Jetzt, da wir schon einen Mesner gehabt hatten, der einen Swingerklub eröffnen wollte, würde einer, der ein bisschen Drogen vertickte, das Kraut auch nicht mehr fett machen. Als ich den Blick meiner Großmutter sah, sagte ich lieber nichts. Und die Pralinenschachtel war auch leer.

»Vielleicht der Martin«, schlug Großmutter vor.

Wir hatten uns um die neuen Gräber versammelt. Die Lautsprecher waren noch immer nicht repariert worden und quietschten erbärmlich.

»Aber schön ham s' ihn wieder herg'richt«, sagte die Rosl zufrieden. Den Friedhof nämlich.

»Und die Wildsauen kommen auch nimmer rein«, ergänzte die Metzgerin zufrieden.

Der Metzger sah nicht so aus, als würde er das glauben, und der Troidl fügte hinzu: »Die Sauen, des san Hund. Die wenn einmal was derschmeckt haben, die kommen immer wieder. Die rennen ja die ganze Nacht umeinander, die haben nix anderes zu tun. Und wo's was zu fressen gibt, des riechen die von weit her!«

»Was gibt's in unserem Grab zu fressen?«, wollte die Metzgerin böse wissen.

»Insekten«, sagte ich. »Die graben da nach Insektenlarven.« Ich war ziemlich stolz, dass ich das wusste.

»In unserem Grab ist so was nicht«, klärte mich die Metzgerin pikiert auf, und ich nickte schuldbewusst. In unserem Grab nämlich schon. Ich hatte das letzte Mal ganz dicke Engerlinge rausgegraben und dann aus lauter Tierliebe wieder in die Erde geworfen.

»Da brauchst einen Elektrozaun«, behauptete der Metzger. »Anders geht des gar nicht.«

»Und wie kommen wir dann auf den Friedhof?«, giftete seine Frau.

»Einen Bauzaun hauen die Tiere um, unter einem Maschendrahtzaun graben die sich durch«, rechtfertigte er sich.

»Eine richtige Sauhatz, anders geht's gar ned«, erklärte der Troidl. »Jeder ein G'wehr, und schon haben wir des unter Kontrolle.«

Oh je. Jeder ein Gewehr, das hörte sich nicht gut an. Da würde bestimmt etwas schiefgehen, und ich dürfte wieder die ganzen Leichen finden.

»Nur eine tote Wildsau ist eine gute Wildsau«, erklärte der Kreiter mit ernster Miene.

»Da kannst schießen, soviel du willst«, erklärte der Schmalzlwirt düster. »Die Viecher, die vermehren sich ja wie die Karnickel.«

»Vielleicht sollten wir ein paar Bären oder Wölfe aussetzen«, schlug ich unbedacht vor.

Alle Männer drehten sich zu mir um und warfen mir mörderische Blicke zu. Ich stellte mich etwas näher an meine Großmutter, die es bestimmt besser mit diesen schießwütigen Kerlen aufnehmen konnte als ich.

»Da kannst richtig froh sein, dass der Schaller so schlecht sieht«, sagte der Metzger mürrisch, der anscheinend gerade ähnliche Gedanken hatte.

»Ja. Stell dir vor, der Schaller hätt dich troffen«, sagte Großmutter zustimmend.

»Aber nur mit Kimme und Korn. Des kann der freilich ned«, schwadronierte der Troidl. »Der sieht doch niemals nicht die Kimme, des Korn und die Lisa auf einmal scharf.«

Alle nickten beipflichtend, als hätte er von der Jagd gesprochen. Ich schwieg beleidigt. Nicht einmal Großmutter fand das daneben. Noch dazu fragte ich mich wirklich, was ich denn gesehen haben könnte, damals, als ich den Metzger beobachtet hatte. Weswegen mich der Schaller umbringen wollte. Schließlich hatte ich ihn nicht erpresst wie die Marlis und der Roidl. Und jemand einfach mal vorbeugend umzubringen, fand ich reichlich überzogen.

Ein frischer Wind brachte uns alle zum Frösteln, aber im Prinzip waren wir froh, endlich hier zu stehen, »damit die Warterei endlich ein End hat«, wie die Rosl gesagt hatte. »Des hat doch koa Taug. Ewig die Leichen einfrieren.«

»Man hätt s' ja schon mal einäschern können«, schlug Anni vor.

»Ach geh«, sagte die Rosl neben mir. »Die von der Pathologie wollten ja noch einmal nachschauen, ob des alles passt. Da kannst doch noch ned alle einäschern.«

Alle nickten verständig und sahen sehr pietätvoll aus.

»Außerdem«, gab meine Großmutter zu bedenken, »was hättest dann mit der Urne gemacht? Daheim hing'stellt, oder was?«

Ich kniff die Augen zusammen und hoffte, dass ich dadurch auch weniger hörte.

»Mei, in Amerika, da machen s' des«, erklärte die Mare.

»Eine Großtante von mir, die ham s' eingeäschert und zu Hause aufs Fensterbrettl g'stellt und dort vergessen.«

»Ah geh«, sagte Großmutter böse. »Die alte Leni ham s' doch ned vergessen.«

»Freilich«, beharrte die Mare auf ihrer Geschichte. »Da steht's heut noch. Drunter ham s' die bayerische Fahne ausgebreitet. Die is schon drei Jahr tot, und bis heut ham s' sie ned zu ihrem Mann ins Grab rein.«

Na ja. Immerhin stand sie auf einer bayerischen Fahne.

»Die in Amerika wieder«, sagten die Rosl und Großmutter und schnalzten synchron mit der Zunge.

»Wie kann man nur. In dem Alter«, sagte die Langsdorferin und schob mir ihr Gehwagerl in die Kniekehle. Sie hatte wohl nicht gehört, dass es um die Leni in ihrer Urne ging. »Mit dem Auto einhundertsechzig fahren.«

»Das hat doch mit dem Alter gar nix zu tun«, erklärte die Mare. »In der Zeitung ist g'standen, dass die Schallerin den Schorsch abhängen wollte. Da musst halt ein bisserl aufs Gas gehen.«

Das hatten alle gelesen. Einer der wenigen Artikel, den der Kare nicht von Wikipedia hatte.

»Des hab ich auch g'lesen«, sagte die Langsdorferin. »Und wenn s' ned mit einem Müllwagen zamg'rauscht wär, dann hätten sie die nie erwischt.«

»Ich hab noch immer ned verstanden, wieso er unbedingt meine Kugeln im Garten zamschießen hat müssen«, beschwerte sich die Reisingerin. »Des kostet ja was.«

Das mit den Kugeln wusste ich schon, aber ich verkniff mir, es zu erzählen. Max nahm nämlich an, dass der Schaller total Muffensausen bekommen hatte, weil Anneliese behauptet hatte, die Polizei mache einen DNA-Test. Und er hatte sich überlegt, dass er sagen könnte, er habe nur auf die Kugeln geschossen und nicht auf mich. Und weil er halt so schlecht sah, hatte er zehn Meter danebengeschossen.

Jaha. Der schoss ganz schön gut, wenn er alle Kugeln perfekt zerschossen hatte.

Der Schaller war wirklich ein ausgebuffter Hund.

»Na ja. In dem Alter. Da werden manche Leut halt komisch«, sagte die Mare und bekam dafür ein paar glutvolle Blicke aus den Reihe derer, die demnächst auch so alt waren wie der Schaller.

Als der Roidl und die Marlis endlich unter der Erde waren, gingen Großmutter und ich Arm in Arm vom Friedhof.

Das Leben ist schön, dachte ich mir. Bestimmt würde draußen der Max auf uns warten. Der Rosenmüller eilte an uns vorbei, zwinkerte Großmutter zu und sagte noch: »Bis nächste Woche.« Als er mit wehender Kutte in die Aussegnungshalle abgebogen war, seufzte ich schwer auf.

»Weißt, Oma. Das mit dem Handauflegen. Das versteh ich nicht, dass der Rosenmüller das will.«

Großmutter sah mich verständnislos an.

»Ich mein ja nur. Es gibt doch Medikamente, oder.« Da brauchte sich doch Großmutter nicht so reinzuhängen.

»Der Rosenmüller lässt sich die Hand auflegen?«, fragte Großmutter und schnalzte mit der Zunge.

Ich sah sie von der Seite an. »Ja. Freilich. Von dir.«

»Von mir?«, wollte Großmutter wissen und schüttelte den Kopf. »Verzähl fei diesen Schmarrn nicht den anderen Kirchenrutschn. Die glauben des glatt.«

Mir blieb der Mund offen stehen. Immerhin hatte ich die Info von den Kirchenrutschn.

»Was machst du denn dann beim Rosenmüller?«, wollte ich wissen.

»A bisserl bügeln«, erklärte Großmutter. »Als wenn ich irgendjemand die Hand auflegen würd.«

Das war mal wirklich eine gute Nachricht.

Draußen stand Max. Er hatte einen ziemlich glutvollen Blick drauf, als er mich sah. Ich wollte lieber nicht wissen, was das zu bedeuten hatte. Ich redete mir ein, dass es bestimmt mit Sex zu tun hatte. Aber es konnte auch daran liegen, dass er noch immer ein bisschen sauer wegen meiner ganzen Ermittlungspannen war.

Neben ihm stand Maarten. Er hatte gar keinen glutvollen Blick drauf, sondern grinste ein bisschen schief. Wenn ich Glück hatte, würde ich gleich noch ein Problem weniger haben. So wie sich Resis Hund in den Maarten verliebt hatte, konnte es gut sein, dass Maarten ihn mit nach Hause nahm, wenn ich ein bisschen mit dem Zaunpfahl winkte. Er konnte den Köter nämlich überraschenderweise richtig gut leiden. Denn ob Resis Tante wirklich in zwei Wochen aus dem Krankenhaus wiederkommen würde, wer wusste das schon. Und ob Resi sich dann noch an ihren Hund erinnerte.

»Der Troidl is ein rechter Mucknbeitl«, ereiferte sich Großmutter Max gegenüber. »A Sauhatz auf dem Friedhof. Hast so was schon g'hört. Die derschießen sich noch gegenseitig.«

Dazu wollte ich lieber nichts sagen.

Großmutter hakte sich bei Maarten unter, Max und ich standen uns noch abwartend gegenüber.

»Was ist ein Mucknbeitl?«, fragte Max und sah mich noch immer grimmig an. Ich lächelte zufrieden. So gut war sein Bayerisch wohl doch noch nicht.

»Der Hodensack einer Mücke«, erklärte ich grinsend. Ich mochte es, wenn Max grimmig schaute.

»Geh, Mädl, was du wieder sagst«, moserte Großmutter weiter.

Na ja. War doch auch wahr.

Lieber hätte ich gesagt, Max, da hast jetzt wieder was dazugelernt. Mucknbeitl. Wildschweinjagden. Drogenvertickende Omas. Das gab es auch nur auf dem Land.

»Weißt du, Anna, manches hört sich in eurem Dialekt einfach viel liebenswürdiger an als übersetzt«, erklärte Max. Wie bitte? Er sagte Anna zu meiner Großmutter?

»Des sagst jetzt du, Max«, erwiderte Großmutter.

Er duzte meine Großmutter, und sie ließ ihm das durchgehen?

Ich selbst hatte auch ziemlich viel geschafft und deswegen ein irrsinnig gutes Gefühl, trotz Beerdigung. Denn ich hatte den Mörder gefunden – oder vielleicht hatte auch er mich gefunden. Außerdem hatte ich tolle Interviews geführt und tolle Artikel geschrieben. Als erfolgreiche Journalistin würde sich mein Leben bestimmt komplett verändern. Allein aus diesem Grund würde ich wahrscheinlich nie wieder in meinem Leben Leichen finden. Ich hakte mich bei Max unter.

»Seit wann duzt ihr euch denn?«, wollte ich wissen.

»Seit du da so bewusstlos herumgelegen bist«, erklärte Max. »Da ist uns klar geworden, dass wir einfach mehr zusammenhalten müssen.«

»Zusammenhalten. Ihr zwei müsst zusammenhalten. Jetzt, wo ich immer bewusstlos herumliege«, wiederholte ich griesgrämig. Ich wollte jetzt eigentlich nur noch mit Großmutter und Maarten nach Hause. Und nicht weiter darüber nachdenken, wieso Großmutter und Max zusammenhalten müssen. Und nicht etwa Max und ich.

»Ich habe Maarten gebeten, mit deiner Großmutter zu essen«, sagte er und hielt mich davon ab, den anderen hinterherzulaufen.

»Ach«, sagte ich, denn mir knurrte auch schon der Magen. »Und ich?« Wenn ich Hunger hatte, verstand ich keinen Spaß.

»Du kommst mit mir«, erklärte er sehr autoritär und zog mich in Richtung Parkplatz. »Ich habe eine Überraschung für dich.«

Ich hasse Überraschungen.

»Hast du ein neues Auto?«, wollte ich wissen. »Lädst du mich zum Essen ein? Gehen wir shoppen?«

Max stoppte vor seinem Auto, das immer noch das alte war, und drehte sich zu mir um. Ich lief in ihn hinein, und er hielt mich fest.

»Oder willst du mich verhaften? Und vielleicht verhören?«, wollte ich atemlos wissen.

»Lass dich überraschen«, sagte er mit einem breiten Lächeln. »Steig ein.«

Danksagung

Danken möchte ich allen, die mich beim Schreiben unterstützt oder es zumindest nicht komplett unmöglich gemacht haben:

Mein Sohn hat allein seine Hausaufgaben gemacht, ob er seine Vokabeln gelernt hat, weiß ich bis heute nicht. Meine älteste Tochter weigert sich nie, ihre Vokabeln zu lernen, jedenfalls nicht, wenn ich sie dazu zwinge. Meine zweitälteste Tochter musste noch keine Vokabeln lernen, und meine jüngste Tochter flutete nur das Badezimmer, wenn jemand vom Verlag anrief.

Meine Mutter hilft mir noch immer, wo es nur geht, während mein Vater zu jeder Tageszeit für mathematisch-chemische Fragen ansprechbar ist, danke!

Meiner Schwester danke ich für fachlichen Rat und das gemeinsame Sushiessen, ohne das die Auflösung des Falls nie gelungen wäre, und meinem Bruder danke ich, dass er mir Fragen zur Jagd beantwortet hat.

Mein Mann ist mein Stützpfeiler bei Computerdingen, und wenn ich mir etwas wünschen dürfte, dann wäre das die Reinigung des Kühlschranks.

Polizeiliche Unterstützung habe ich hauptsächlich von Axel bekommen, von dem sich Max einiges abschauen kann, und von den Ballistikern Jörg Pixberg und Joachim Osenberg, die sich mit großem Engagement in mein Szenario hineingedacht haben und fachkundig Auskunft gaben.

Meine Lektorin Meike hat sich ein Wellnesswochenende mit Ponystreicheln verdient, Ute hat nicht nur das Manuskript auf Rechtschreibung und Logik überprüft, sondern auch einen leckeren Rotkohl-Hackfleisch-Auflauf für uns gemacht, und Josef Kuffer hat die letzten Mundartfehler ausgemerzt. Danke schön!

Wenn jetzt noch Fehler im Buch sind, dann liegt das einzig und allein an mir.

Meine Agentin Susan hat mich wunderbar unterstützt, ebenso wie meine Verlagsdamen Annika, Antje und Helena.